轻云蔽月，流风回雪。

红艳露凝香，巫山枉断肠。

望烬星海

WANG JIN XING HAI

【龙柒】·著

廣東旅游出版社
GUANGDONG TRAVEL & TOURISM PRESS
悦读书·悦旅行·悦享人生
中国·广州

图书在版编目（CIP）数据

妄烬星海 / 龙柒著 . — 广州 : 广东旅游出版社，
2022.1
ISBN 978-7-5570-2574-8

Ⅰ . ①妄… Ⅱ . ①龙… Ⅲ . ①长篇小说—中国—当代
Ⅳ . ① I247.5

中国版本图书馆 CIP 数据核字 (2021) 第 160730 号

出 版 人：刘志松
责任编辑：周思思 杨 恬
责任技编：冼志良
责任校对：李瑞苑
封面设计：小茜设计 Miniqian
封面绘制：逐 夜

妄烬星海
WangJinXingHai

广东旅游出版社出版发行
（广东省广州市荔湾区沙面北街 71 号首、二层 邮编：510130 ）
联系电话：020-87347732
长沙鸿发印务实业有限公司
（地址：湖南省长沙市长沙县黄花工业园 3 号）
710 毫米 ×1000 毫米 16 开 22 印张 371 千字
2022 年 1 月第 1 版第 1 次印刷
定价：49.80 元

目录

XING HAI

WANG JIN

第一章 星海论道 …… 001

第二章 月落秘境 …… 024

第三章 拜入宗门 …… 047

第四章 致力于搬砖 …… 071

第五章 飞鸽传书 …… 095

第六章 讨要金龙 …… 119

第七章 投入凡胎 …… 144

第八章 改朝换代 …… 167

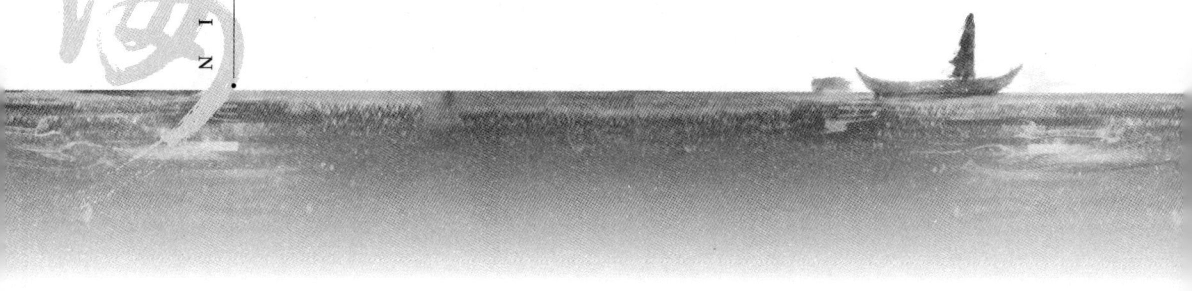

目录

WANG JIN XING HAI

第九章　回万秀山 …… 190

第十章　重新交好 …… 212

第十一章　国师秦清 …… 235

第十二章　辅佐皇帝 …… 257

第十三章　无奈装病 …… 280

第十四章　日渐消瘦 …… 303

第十五章　遇见故人 …… 326

第一章

星海论道

在修真界，涟华尊主沈清弦基本就是神的代名词。

且不提他那被奉为三圣的亲传弟子，也不提他那些把控修真界六大门派的徒孙、徒徒孙，单单是一个在他院前洒扫的小小仆人，如今都开宗立派，成为一方魁首。

凡是和涟华尊主沾过边的，哪怕是小花小草，最后也造化非凡。

足见这位尊主是何等至高无上的存在。

而如今，这位动动手指三界都得震一震的涟华尊主正陷入苦恼之中。

他闭关百年，终得机遇，本以为去往上界在望，却不想落入眼帘的竟是这个景象……

云雾之中霞光漫天，崩塌的天梯化作星辰散落四方，闪烁的微光如同林中萤火，微弱得让人心惊。仔细看去，其实还能看到天梯的轮廓，可惜失了根基，涟华尊主便没法再向前一步。

近千百年来，修真界无一人去往上界。

沈清弦原本以为是诸子心不诚才难过天堑，却未想，是通天之道崩塌，断了去往上界之路。

只能到这里了吗？

自师父之后，他们这一代只能止步于此了吗？

不仅仅是他，天梯崩塌，后人也只能走到这里。

百年来，他苦心修炼，最后却落得个通天无路。

他怎么能甘心？

沈清弦闭目，双手成结，陡然间，一阵耀眼华光拔地而起。光芒极盛极亮极明，哪怕在这无风无声无物的世界中也掀起了似海滔天的磅礴之势！

光芒再度膨胀，铺天盖地的力量涌去，仿佛正午的太阳降临在漆黑的夜里，瞬间照亮一切。

这个术，六百年前沈清弦曾用过一次。

当时他的两个弟子起了争执，一场恶战导致生灵涂炭，数座城池化作灰烬。

沈清弦施术，挽回数十万生灵的性命，将一切恢复原貌。

这样一个强大的修复术法，用在天梯之上却没掀起丁点儿波澜。

修复天梯……果然是妄想吗？

沈清弦正这么想着，一道突兀的殷红冲天而起，紧接着，一抹玉色悬浮于崩落的天梯轮廓上。

这是？

沈清弦定睛看去，在红色的光芒中辨清了那个物什。

一枚玉简。

沈清弦走近，伸手触碰了一下，一股陌生却极其强悍的灵力涌入他的掌心。

光芒散去，玉简展开，一行遒劲有力的字出现在上面："天道中落，上界无路，若欲修复，可按玉简行事。"

"修复？"沈清弦轻声呢喃着，"可以修复吗？"

像是回应他的话语，玉简上又现出了一行小字："其一，与顾见深见面。"

顾见深？

沈清弦想了一下，脑中出现了那个一袭深红长袍、桀骜不驯的男人。

心域的顾九渊吗？

寒风簌簌，霜雪漫天，连绵百里的万秀山高耸入云，似能触天。

云雾缭绕处，一座大殿坐落其中，青瓦高墙，冷寂、幽静，恍若海上仙岛。

数百年来无人踏足的大殿，今日异常热闹，外头无数弟子躬身而立，殿中燃起香炉，泡起灵茶，缥缈清香中，几位身着华服的修士分侧而坐。

只见左上手的青衣男子拍案而起："与魔修论道？老四你疯了吧？"

他下方的清秀男子道："师兄莫急，且听子良把话说完。"

虽是这两人的师弟，可曾子良的样貌、年纪明显要大上许多，神态瞧着也更加沉着稳重。他道：“唯心宫送来的帖子，你们自己看。”

青衣男子大怒：“这种魔宫来信，直接扔出去烧了！”

曾子良看向他，意味深长地道：“帖子是正红色的。”

青衣男子猛地一顿。

墨发的清秀男子接过帖子，看了一眼后，瞳孔猛缩，问道：“九渊魔尊亲笔所书？”

曾子良重重地叹了口气。

这下子连那易怒的青衣男子都冷静下来。

殿里一片寂静，落针可闻。

六人师出三圣，虽各自开宗立派，但同修天道，又都是涟华尊主的门生，所以关系密切，若有大事便会齐聚万秀山，一起商议裁定。

曾子良先开口：“师尊云游四方，百年不得见，我们也无从请示。这九渊魔尊的正红帖子，我们不接也得接。”

眼前的帖子像块烫手山芋，落在暖玉桌上，仿佛燃着炽热火焰。

天道有涟华尊主，心域有九渊魔尊。

别说他们六人，便是三圣在此，看到这帖子也得愁眉不展。

去？堂堂天道，怎么能去和那逆天罔伦的魔修论道？

不去？恐怕那九渊魔尊会借此生事，掀起腥风血雨！

青衣男子叶湛道：“你们胆小怕死，要去便去，反正我叶湛绝不赴宴！”

曾子良道：“师兄别意气用事，那魔尊性情古怪，此次他亲书邀约，若是不去……”

叶湛立即打断道：“要杀要剐，我叶某人绝不退缩，但让我迎合那魔头？不可能！”

“说起来……”清秀男子程静沉吟片刻道，“顾九渊怎会给我们下帖子？”

“去呗……”一道懒洋洋的声音响起，坐在角落里的异瞳男子说，“心域近几年实力强劲，我们去会上一会，也算是知己知彼。”

叶湛嗤笑道：“会上一会？你怕是要投靠那魔头吧？”

异瞳男子慵懒一笑，对这言论不置可否。

曾子良道：“老规矩，少服众。”

话音落，曾子良率先道：“我去。”

异瞳男子扬了扬白皙的手臂道："我也去。"

他右侧下手的一位妍丽女子柔声应下。

叶湛看向了身侧的程静。

程静眼睫微垂，顿了半晌后道："我去。"

这就已经有四个人同意赴宴了，坚持不去的叶湛二话不说，拂袖离开。

就在他出门的瞬间，一道霞光冲天而起，万秀山上瞬间龙吟凤唦。

殿中其余五人猛地站起，疾步走向殿门。

外头的景象极尽美丽震撼!

本是冰天雪地，但刹那间万物回春，光芒笼罩处孤冷散去，温暖落下。草木迎风摇曳，万花舒枝绽放，好像整座山都活了过来，用自己最曼妙的姿态迎接主人的归来。

叶湛、曾子良、程静……这六位当世大能齐齐俯身，行的是师门大礼。

外头站着的弟子还未从这震撼中缓过神，他们呆呆地看着前方，所有的视线都被那一抹白色所吸引。

极盛的光芒中，浅淡的白，成了最耀眼的存在。

他穿着最寻常的白衣，挽着最常见的发髻，丁点儿多余的坠饰都没有，可那清涟之气压倒万物。

众人都觉得心脏猛地一下跳得飞快。

等到回过神来后所有人都跪在了地上——身体不受控制，完全是由心而发。

一瞬间，涌上他们心头的只有虔诚和孺慕，还有充斥在整个胸腔、无法言说的感动。

这便是天道第一人，涟华尊主，所有天道弟子心中至高无上的"神"。

"都起来。"伴随着清朗如月的声音，一股柔和的风卷起，所有跪着的人都站了起来。同时他们感觉到体内一片澄净，往日郁结之处此刻竟全部畅通，修为也精进良多!

一众弟子面露喜色，俯身道谢。

叶湛上前一步，这位众弟子心中平时严肃刻板的掌门，此刻面色激动，薄唇微颤，说话的声音极轻极柔："尊主!"

沈清弦对他们抬抬手："进屋。"

他走在前头，其余六人跟在后头，一个个低眉顺眼，乖得像是刚入门的记名弟子。

外头的小辈们更是大气不敢出，他们连掌门尊颜都不敢多看，又岂敢冒犯了这位大人！

进到乾听殿，曾子良想起魔尊邀约之事，心头一跳，额头瞬间涌出豆大的汗珠。

不仅仅是他，程静和之前的吊儿郎当的异瞳男子，还有那妙龄女子，此刻都紧张得攥紧了拳头。

天道与心域，万年来势不两立，彼此征战良多，千年前涟华尊主灭了当时处处为恶的降尸一族，让心域元气大伤。

唯心宫派出亡渡四将，这四人的修为堪比三圣，结果却被涟华尊主轻易降服，那一战至今都是天道的传说。

涟华尊主代表的是天道，他肯定是极其厌恶心域的，这毋庸置疑。

可那正红色的论道帖子还放在桌上……

曾子良悔得肠子都青了，如果知道尊主今日出关，他打死也不会接下这帖子！

沈清弦坐在殿中，压了压手道："怎么都聚在这儿，是有什么事要商讨？"

他几百年未现世，但对如今的规矩还是很清楚的。

几个徒孙各立门派，若非有大事，不会齐聚此处。

他虽没掩盖出关的动静，但也没提前告知，这么短的时间内，六人都聚在这里，必然是早就约定好的。

六人都没出声，沈清弦目光微移，看到了桌上的正红色请帖。

帖子上黑芒闪烁，一个龙飞凤舞的"心"字跃然入目。

曾子良生怕叶湛坑自己，直接跪下，开口便是："尊主，弟子有罪！"

他一跪，之前同意赴宴的程静四人也一起跪下。

沈清弦拿起帖子，翻开看了一眼："与唯心宫在星海论道？"

曾子良紧张得汗流浃背，但也只得老实地承认："是。"

完了完了……尊主对魔修深恶痛绝，如果知道他们要赴宴，肯定会大发雷霆！

他请罪的话语还没说出口，沈清弦便又问道："顾见深去吗？"

听到沈清弦这句话，六位徒孙级的掌门心思各异。

曾子良：坏了坏了，尊主知道我等打算与那魔尊论道，必然震怒加倍！

举过手的四人组：附议附议。

唯独一直反对赴宴的叶湛此刻要多得意有多得意：你们这帮废物就等着受罚吧！

尊主问了，他们即便怕得不行，此刻也得出声。

曾子良硬着头皮说道："正是那魔……魔修下的帖子。"

沈清弦又问："在什么地方？"

曾子良胆战心惊地道："妄烬星海。"

这是天道和心域的分界处，走过星海是为天道，越过妄烬是为心域。

沈清弦扫了他们一眼："你们接了这帖子，是打算去赴宴了？"

尊主终于问出来了！

然而事已至此，曾子良只能如实招了。

还没等他开口，叶湛便抢先一步道："他们都打算去。"

他终于可以告状了！年近千岁，在徒孙、徒徒孙眼中不苟言笑、浩气凛然的掌门大人叶湛，此刻成了七岁幼童。

虽然在沈清弦眼里，这几位当世大能和幼童区别不大。

叶湛喜滋滋地想继续"揭发"，可惜沈清弦开口了："都去？"

"我……"叶湛正想赤胆忠心地表明自己不去，沈清弦下一句话已经慢腾腾地说出来："既然都去，那我也去吧。"

曾子良猛地抬头："……"

叶湛一口气差点没喘上来！

这是什么情况？

六人心里打鼓，揣摩不透尊主大人这话中的极深道意。

沈清弦又问道："日子定在什么时候？"

曾子良恭谨地回道："七日后。"

沈清弦挺满意地道："行，都先回去准备吧。"

七日，对修真界的人来说实在紧凑，大约就和凡人的几个时辰差不多。这些徒孙都已经是大佬级别的人物，肯定要裁定带谁去、怎么去，以及这些人去了之后，门派中的内务又该交托给谁……所以是该好好准备一下。

人离了万秀山，曾子良等人还没缓过劲来。

"准备？"程静呢喃了一句，"如何准备？"

他这轻声一语，点透了其他五人。

曾子良眸色一沉，额间的冷汗唰唰直下；叶湛眼睛一亮，握拳擦掌，俨然已经十分激动。

这一刻，六人都自以为明白了尊主大人的想法！

叶湛激动地道："且让那魔修有去无回！"

曾子良向来谨慎，闭了闭眼道："既是尊主的意思，我们就只好做足准备了。"

难怪听闻他们赴宴，尊主大人不生气；难怪尊主大人会问顾见深去不去。

七日后，妄烬星海定是一场恶战。

不过有涟华尊主在，天道这边倒也无所畏惧。那顾九渊再狂妄，也别想在尊主手下讨到半分好处！

天道第一人。

心域第一人。

妄烬星海的这一场论道，只怕会决出这天下第一人！

"告辞了。"曾子良抱拳，和其他五人道别。五人也都行色匆匆，急着赶回各自门派。

七日，实在是非常紧凑了。

虽然这两位开战，他们都只能围观，但只要在现场就危机重重！不提出手相助这种不切实际的事，他们要做的是拼尽全力护住自己和门徒，让他们别被余波扫到一命呜呼！

时间真的太少了！

无方宗，曾子良召集四大长老，开启宗内密库，拿出了千古神器——无方剑！

千鹤门，程静走进万年冰谷，唤醒了沉睡着的镇派神兽！

浸月宗，沐容吃下无数丹药，闭关冲击秘法最后一层，誓要在这极短的时间内突破瓶颈！

象星门……

樊海阁……

子午观……

一时间，修真界六大门派齐动，纷纷拿出看家法宝，为的就是在那亘古一战中活下来！

别怪掌门们脑洞大，毕竟和真相比起来，他们的揣测实在是再正常不过，正常到几乎就是"正常"本人了！

万秀山上，薄雾缭绕中，一朵小桃花因为吸满灵气而开了智。它舒展花瓣，柔嫩的身体脱离了枝干，飘到了半空中。

乾听殿是集清雅之大成者，无论是冷玉阶梯，还是碧瓦楼阁，皆雅致脱俗，虽不瑰丽不华美，却让所见之人心胸平和、行事规矩。

这桃花本是调皮的性子，可此时也拘谨了许多，循着灵气上前，在大片夜幽兰中看到了那抹让人魂牵梦萦的身影。

只是一个侧颜，便让小桃花顿悟大道。

一阵凉风飘过，小桃花化作少年，跪在花丛中，声音里满是虔诚和信仰：“大人。”

沈清弦浅眸微瞥，看了他一眼便道：“以后你便叫作宿雨吧。”

少年面露喜色，磕头道：“谢大人赐名！”

万秀山是灵气唯精之地，沈清弦又是万灵之体，所以经常有灵物开智得悟大道。

沈清弦瞧它是个桃花精，便给了它这个名字，取自“桃红复含宿雨”。

宿雨想上前伺候，沈清弦摆摆手道：“去歇着吧。”

宿雨面露遗憾，却也只能退了出去。

他刚刚悟道，沈清弦是怜悯他，怕他错过了潜心研磨的时间。

当然了，沈清弦这边也有事。

小桃花离开，沈清弦再度把注意力放到了手中的玉简上。

初看到“其一，与顾见深见面”时，沈清弦的想法和自己的徒孙们差不多，以为修复天梯是要除魔卫道。

他与顾九渊也算是老相识，年少时还曾同门过极短的一段时间。

不过，那时候沈清弦已有小成，一直在外修炼，顾九渊在万秀山待了两年后便寻无踪迹。

沈清弦之所以会记得，是因为师父曾感慨过：“天降之子，可怜逆性。”

当时沈清弦并未在意，等师父去往上界，心域一夜间壮大无边后，他才意识到这话的深意。

顾九渊有着傲人的天资，却一身反骨。

万秀山修的是顺天道，他偏偏满腹质疑，随心所欲。

心不和，难得大成。本以为他会就此陨落，却不想其另辟蹊径，在心域大放异彩。

之后沈清弦便没怎么见过他，不过这个名字却印在了心头。

难道，天道是让他手刃逆子？

他这么想着，玉简上又蹦出了一行字："其二，与顾见深同饮共醉。"

沈清弦沉吟了一下：趁他醉要他命？

不一会儿，玉简上又蹦出一行字："其三，与顾见深同游妄烬星海。"

沈清弦想：将他沉入星海？倒也是个好归宿。

玉简忍无可忍，又蹦出一行字："其四，不得对顾见深起杀心。"

沈清弦："……"

玉简一连冒了这么多行字后似乎是累了，之前一直闪烁的光芒咻一下便熄灭了。

沈清弦又想了一下：不是杀心，是规劝。

这次玉简没冒字了，看来是真"累"了。

也足够了，沈清弦已经得到了想要的东西。

看来只要光芒不闪，它就没法窥探自己的念想。

沈清弦轻轻抚摸着玉简，嘴角含笑。

倒也是个有趣的物什，竟有本事进到他的识海中。

修复天梯？

且试试吧。

七日眨眼即逝，徒孙、徒徒孙们整装待发，俨然是天道最强战斗力！

众人走进星海，在晨光中躬身行礼。

沈清弦仍是那副简单打扮，清净、素淡，却盖住了星海的无上光辉。

没人敢打量涟华尊主的容貌，也无须打量，在至高无上的力量面前，一切都是虚妄。

星海是湛蓝色，妄烬是深黑色。

湛蓝这边的一抹浅白成了最亮眼的光芒。

深黑那边的一抹殷红成了最霸道的存在。

黑蓝相接处，两个人遥遥相望。

沈清弦看到了顾九渊，只是一眼，便将记忆中模糊的影子具象了。

极深的妄烬路上，男子肤色雪白，身长肩宽，一袭深红长袍仿佛深夜中绽放的彼岸花，妖异张扬，随心所欲。

隔得很远，沈清弦却看到了他的眼睛：一双瑰丽如红宝石般的眸子。

他看着顾九渊，顾九渊也定定地看着他。一方云淡风轻，一方执着笃定。

沈清弦极轻地皱了皱眉……天道这边瞬间剑拔弩张！

曾子良、叶湛等人纷纷凝神闭气，等待着一触即发的大战！

忽然间，一股热气从脚底升腾，紧接着一缕难以言说的香气弥漫开来，这味道十分惑人，仿佛是最美的梦境、最深的渴望中那让人最为期待的一缕香气。

它勾起了众人内心深处年少时最纯真的懵懂，引出了漫漫人生路上最深沉的欲望，牵起了极深的渴望。

刹那间，数千名天道精英同时沉沦，连六大掌门都眸生茫然，分不清现实与虚幻。

现实……虚幻……

都是什么？

一个低沉的声音响起："何必自寻烦扰？"

轻慢慵懒的言语响彻众人心底，直冲脑海，攫住大家的一切精神和理智，让人忍不住迷失其中。

喜、怒、忧、思、悲、恐、惊，最扰人的七情此刻化作一体，融为一条笔直的线，席卷着温暖和炽热，涌动在众人的血液灵脉之中……

突然，一股冷冽的清风撕碎了缱绻疲懒。

瞬息间天地变换，温柔塌陷，虚妄的暖意散去，涌上心底的是彻骨凉意。

叶湛修为最高，最先回神，往日里冷静骄傲的男人此时手心后背全是冷汗！

是幻术！

九渊魔尊的迷心术！

万万没想到有涟华尊主在，这魔帝还如此嚣张！

早就听闻九渊魔尊擅驭人心，一手迷心术能让人数千年内辨不清真实与虚妄，可叶湛怎么都没想到魔尊竟然敢在此时、此地、如此大规模地施展。

更加可怕的是，除了涟华尊主，所有人皆中了此术。

要知道，在场诸人全是凝神戒备，精神高度集中，而且多多少少佩戴了抵御幻术的法器。

更不要提他们这些开海的大能，皆各有法门，从不畏惧任何幻术。

可刚才的一瞬，颠覆了一切。
若非涟华尊主出手，他们只怕要全军覆灭。
一阵阵寒意涌上心头，再没人敢小瞧那位心域的帝尊。
能与天道第一人齐名，他着实可怕！
幻术解开，众人才发现双方已经离得很近。
众人远远看去，发现那九渊魔尊正站在自家尊主面前。九渊魔尊身量略高一些，瑰丽的红眸中满是戏谑：“师叔，好久不见。”
从辈分上，顾见深还真得叫沈清弦一声师叔。
当年沈清弦是师父的关门弟子，而顾见深是沈清弦的师兄的关门弟子，虽然两人几乎没见过面，也没深交过，却是实实在在的同门关系。
当然了，如今双方站在这个位置上，九渊魔尊说这些就是挑衅了。
沈清弦面色不动：“帝尊客气了，道不同，无须论辈。”
顾见深没出声，只是垂眸看着沈清弦，从沈清弦乌黑的发到白皙的额间，最后停在了那抹眉心印上——血色的莲花生在似雪的肌肤上，平白添了一丝凄美之态。
顾九渊薄唇微扬，轻叹道：“轻云蔽月，流风回雪。”
八个字一落，天道众人瞬间原地爆炸！
这魔帝，竟……竟敢……
但更加狂妄的在后头，只见顾见深含笑问道：“尊主，可有人赞赏过你这倾世容颜？”
“放肆！”叶湛忍无可忍，只想和这魔修同归于尽！
沈清弦抬手拦下，叶湛气得都快爆炸了，放眼整个修真界，有谁敢如此对尊主出口妄言？
眼前这魔修实在可恶至极！
相较于弟子的震怒，沈清弦神态平静，他看向顾见深，轻声道：“红艳露凝香，巫山枉断肠。”
顾见深怔了下。
沈清弦凝眸看他：“帝尊之姿，艳绝芳华。”
这下原地爆炸的是心域的四护法、八大将、十六死卫！
这沈清弦竟把他们的帝尊比作一个以色侍君的女人！
三言两语，天道和心域已经剑拔弩张，立刻就能开打。

可身处中心的两个人在短暂的停顿之后，竟相视而笑。

没错……相视而笑!

天道六派以为自己眼瞎了。

心域诸人以为自己耳失聪了。

正所谓“语不惊人死不休”，天道众人本以为会魔尊一怒，伏尸成片，流血千里……结果顾见深好脾气地说道：“能得尊主赞誉，此生有幸。”

心域左护法剑怜瞬间瞪大了眼:不不不,陛下,不是这样的,那不是赞誉啊!

沈清弦微笑：“陛下，请。”

顾见深客气地道：“尊主，请。”

两人并肩而行，一个踏在茫茫星海上，一个踏在深不见底的妄烬路上，相携而立的修长身影，竟构成了千古绝伦的美景。

不不不，不存在的!

看着此景的人都在极力催眠自己,不存在美景,这是天底下最可怕的景象!

这一天，天道和心域的门徒，亿万年来第一次想到一块去了。

叶湛等人跟上，心里直懊恼：都怪我们不争气，让尊主受委屈了!

天道六派的想法是这样的：双方一见面，顾见深就给天道一个下马威，一个迷心术让众人都失了智，哪怕尊主没中招，可也有了顾忌。双方开战，倘若顾见深借机操纵天道众人，只怕尊主无力顾及他们，会造成损伤，所以尊主忍了下来，打算从长计议。

这样想着，叶湛等人便恨得很，恨那魔帝嚣张狂妄，也恨自己的无能，给尊主拖后腿了!

却说心域那边众人也有自己的想法。

虽然顾见深先发制人，用迷心术试探了天道的虾兵蟹将，但在叶湛等人都没察觉的时候，整个心域诸人也全被震慑了。

几乎是在迷心术解开的瞬间，沈清弦庞大的神识便铺天盖地而来，瞬间笼罩了心域所有门徒。

心域众人修行以“唯心”为第一要素，可沈清弦的神识太强悍，这样如天塌若山崩般压制而来，像神一样让人心生敬仰。

而敬仰与唯心是相斥的，如果沈清弦继续施压，这些心域的门人只怕全都可以改修顺天道了！

当然了，顾见深也及时撑起屏障，阻拦了沈清弦，可那一瞬间的巨大压制力也给了心域诸人不可磨灭的心灵创伤。

所以心域诸人也觉得自家帝尊受了天大的委屈！肯定是为了护住他们的百年修行，帝尊才同那天道的应声虫虚与委蛇。

门人们都想得挺多，不过结果还不错，双方不仅没打起来，还真的心平气和地坐在一起开始问道了！

其实也没什么道可问。

天道尊的是顺应天道，视其为亘古不变的信仰。

心域信的是心即天理，唯心而行。

这俩真论起道来，只怕分分钟会打起来。

理念相差太大，说白了，就是话不投机半句多。

沈清弦也没想和顾见深论道，他查看了一下玉简，那个“其一，与顾见深见面”已经变成了浅灰色，意味着完成了。与此同时，他识海中的天梯虚影有了一小块台阶。

虽然很是儿戏，但跟着玉简所言行事，似乎真能修复天梯。

有了显而易见的成果，沈清弦越发有干劲了。

“其二，与顾见深同饮共醉。”

喝酒？虽然沈清弦数千年没碰过这东西，不过这些都是凡物，难不倒涟华尊主。

只是……他要怎么开口提这事呢？

有件事叶湛他们猜得没错，沈清弦的确是担心他们，不过不是担心他们被迷心术所惑，而是怕把他们吓到怀疑人生。

比如，滴酒不沾的涟华尊主开始要酒喝……

正在涟华尊主苦恼之际，九渊帝尊给他“递枕头”了。

顾见深道：“为了此次论道，心域略备薄礼，不知能否请尊主赏脸一试？”

他话音一落，心域的使徒蜂拥而入，曼妙身姿，轻柔薄纱，纤纤玉手上捧着光华流转的玉瓶佳酿。

瓶塞开启，浓郁的酒香瞬间弥漫了整个大殿。

不知酒滋味，但闻酒香气，已让人心醉神迷。

使徒正要给沈清弦斟酒，顾见深接过玉壶道：“我来。”

使徒满眼震惊，却不敢违背，只得行了礼退下去。

大殿下，天道众人又开始痛彻心扉了。

谁都知道尊主超然于世，早已不碰这俗物，如今为了他们竟然……竟然……

叶湛紧握拳头，恨得咬牙切齿。

玉壶澄净，执着壶身的手骨节分明，修长整齐。

顾见深略微侧身，深红衣袖浮动，暗色纹路闪烁，美酒倾倒，仿佛落下了整片银河，端的是美妙绝伦。

沈清弦微微颔首，礼貌地道：“多谢。”

顾见深扬唇，一缕笑意让整个大殿氤氲起薄薄热气：“请。”

沈清弦勾起酒杯，他姿态清雅，喝酒的模样也和别人不同，好像不是在喝让人迷醉放浪之物，而是在进行仙风回荡的道法仪式，端庄谨慎又神圣。

可一想到这是酒，那神圣上便披了一件云雾般的轻纱，让人想将它撕碎。

顾见深眼中笑意更深，见他放下酒杯又给他斟满：“尊主觉得如何？可还适口？”

沈清弦道：“玉樽甘露，醇馥幽郁。”

顾见深又给他满上：“过誉了。”

大殿之上，两人把盏言欢，殿下众人却痛彻心扉！

叶湛等人，眼都发绿了！这魔修恶徒竟妄想灌醉尊主！

剑怜等人，眼都发红了！这虚伪造作的沈白莲（心域称谓）竟让陛下亲自斟酒！还一杯又一杯！

紧接着，双方的人都握紧拳头，惭愧到心间滴血——都是他们太无能了，竟让尊主（陛下）受此奇耻大辱！

连喝两杯后，沈清弦有些犯愁，酒是好酒，口味极佳，灵气充盈，味道堪称绝世。

只是玉简上书要与顾见深共饮同醉。

顾见深不喝，这个任务显然没法完成，而且只喝不行，还得醉，还得是同醉。

到了他们这个境界，酒量这东西不值一提。

酒量好也罢，酒量坏也罢，修为高了，就只剩下一个“高”字了。

哪怕沈清弦千年来都未饮一杯，如今也是千杯不醉。

推己及人，再看顾见深那姿态，沈清弦琢磨着，估计他万杯都不会醉。

这可如何是好？

沈清弦一蹙眉，台下的天道弟子们又揪心滴血了——他们怎能如此无能，怎能如此废物？怎能让他们的尊主受此委屈？

可是他们不敢妄动，不敢毁了尊主对他们的一片仁爱之心！

沈清弦想了下，决定先试探下，看看只是“同饮”的话能不能完成任务。

顾见深又要给他斟酒，沈清弦道：“陛下不喝吗？”

顾见深顿了一下。

沈清弦碰了一下他的酒杯道：“此等佳酿，不如同饮？”

顾见深便给自己倒了一杯，举了下后道：“既是尊主的意思，那顾某恭敬不如从命。”

说罢，他仰头喝下，一饮而尽的模样风流恣意，不经意间衣袖滑落，露出的小臂白皙却结实，很是惹眼。

沈清弦含笑给他满上：“陛下爽快。”

顾见深轻笑一声，连喝两杯。

这下轮到心域诸子心头滴血了。

沈白莲实在欺人太甚！不仅让陛下给他斟酒，还让陛下陪酒！

一个天道的应声虫，怎敢如此嚣张得意？

沈清弦一杯，顾见深一杯，觥筹交错间，两人已经饮下数瓶。

台下的两帮人只能干心疼，慢慢有“聪明人”回过神来。

比如，天道这边的曾子良用传音入密开小会……

解释一下，传音入密这个法术其实是瞒不过各家大佬的。

倘若沈清弦想听，曾子良和叶湛等人说的什么他全都听得清楚。

不过，在正常情况下他不会听。这是个主动能力，不是被动能力，毕竟天底下修士如此之多，如果谁和谁传密大佬都听，只怕要累死。

所以没什么特殊情况，沈清弦并不会去干涉他们开小会。

至于顾见深，却是没法听到曾子良等人在说什么的，因为有沈清弦在。沈清弦当然会给自家人开启屏障，阻挡外物。

同理，沈清弦也听不到心域诸人的小会，因为顾见深也会提前帮他们屏蔽。

所以各家小会开得都挺顺利。

曾子良道：“尊主这是在与那魔帝较量！”

叶湛怒道："较量什么？分明是委曲求全！"

曾子良道："你错了！尊主是何等人也？虽然顾及我们的安危，不肯与那魔帝正面冲突，但酒量比拼何尝不是一种修为的试探？"

程静深沉地道："有道理。"

修士喝的酒和凡人喝的酒自然是不同的。

修士酿的酒，溢满灵气，力道比凡间的酒大上不知多少倍。

修为越高，酒量越好的道理他们都懂，所以台上是一场不见硝烟的战争，涟华尊主和九渊魔尊的战斗已经打响！

谁先醉了，谁就落了下乘！

哪怕不流血，但只要胜负一定，就意味着谁的境界更胜一筹！

曾子良这一番说道，天道众人全都信了！

没错，没毛病，就是这样！

这边有聪明人，心域那边自然也有"聪明"人，思考的方向还出奇一致，认定了自家陛下是在借酒喻事，是为了心域的尊严在全力一战。

想到这些，两边的人都热血沸腾，燃起来了。

也不知道是谁开的头，总之，有人挑衅了一杯酒，对面的人立马应战。

不能让自家尊主（陛下）孤军奋战，他们也要加入战斗！

"神仙打架"他们插不了手，但虾兵蟹将可以收拾收拾。

叶湛早就窝了一肚子火，见有人来挑衅，他当仁不让，率先出击，喝酒的架势锐气万千，不坠子午观魁首之名！

剑怜立马应战，身为唯心宫首席护法，他还真不知道"输"字怎么写！

殿上，两位大佬在"办正事"；殿中，双方势力也开始了角逐比拼。

一时间，还真有些激情论道的模样……

论了三天三夜，沈清弦和顾见深丁点儿醉态不显，下头的人却全都倒下了。

从战绩来看，难分胜负，毕竟双方的人全倒了，半斤也就别笑八两了。

沈清弦看看玉简，略叹口气，知道这不醉是不行了。

可怎么醉……

怎么能醉？

顾见深出声道："尊主好酒量。"

沈清弦道："酒量好也不见得是好事。"比如此刻，想醉都醉不了。

顾见深意味深长地问道："尊主想醉吗？"

沈清弦反问他：“陛下想吗？”

顾见深道：“得遇知己，能求一醉，也是美事。”

沈清弦微笑着看他：“知己？”

顾见深问：“师叔？”

“罢了。”沈清弦轻声道，“还是知己吧。”

两人话里有话。

诚然，以他们的境界，想醉是真不容易，但也不是办不到。

修为高了，自然可以屏蔽酒劲，可若是压压修为，这灵酒的力道还是能让他们如俗人一样酒意上头的。

只不过，这个“压一压修为”的操作就成了关键的问题。

谁先压？怎么压？为什么要压？压了之后呢？

沈清弦是为了玉简，那顾见深是为了什么？

沈清弦真醉了，顾见深又会干什么？

狼子野心，昭然若揭。

所以沈清弦不能醉，若真醉了，别说修天梯了，这心域的恶狼恐怕会吃了他。

两人也只是说说客套话。

偏偏两人又真的想醉上一醉。

可惜了，没有信任的塑料情谊，还不到共醉的程度。

这么喝下去也不是办法，下面的门人都睡着了，他们再继续论下去也太不近人情了。

就这样散了？当然不行。

玉简给了沈清弦四个提示，他只完成了第一个。

最后一个不起杀心暂且忽略，第二个一时间也没法完成，那么第三个……与顾见深同游妄烬星海，似乎可以试上一试？

仿佛心有灵犀般，沈清弦放下酒杯，顾见深也放下了酒杯。

沈清弦提议道：“出去走走？”

顾见深应下：“好。”

虽然很不喜这心域的逆徒，但这次论道他如此知情识趣，沈清弦心中的厌恶竟淡了一丝。

同饮共醉难，这同游妄烬星海也不是个简单事。

首先，同游是没问题的，可这妄烬星海极大，到底要游到什么程度？

而且要先游哪个？

星海偏向于天道，妄烬则隶属心域，沈清弦没在星海布置陷阱，可顾见深呢？

沈清弦不得不防。

两人站在分界线上，顾见深倒是十分坦率："先去星海吧。"

沈清弦侧目看他："陛下……"

顾见深也看他："嗯？"

沈清弦的浅色眸中全是深意："你不担心这湛蓝之下藏着暗箭？"

顾见深反问得相当直白："尊主想置我于死地？"

以前沈清弦是想的，现在嘛……

应该也想，毕竟玉简上的第四行字还没淡，那"其四，不得对顾见深起杀心"，还明晃晃地摆在那儿。

不过想归想，沈清弦暂时是不会伤害顾见深的。

他勾唇，笑容霁月清风："只愿陛下万寿无疆。"

其实这也有点坏心眼了，虽然"万寿无疆"在凡间是个大好词，但在修真界嘛……仿佛在对一个凡人说"祝你活到六十岁"——不用你祝，也活得到六十岁好嘛！

不过顾见深没计较，反而挺开心的："我信任你。"

这是何等心胸开阔啊，话里的意思似乎是只要此刻沈清弦没起杀心，他就很高兴了。

沈清弦不禁多看了他一眼。

传闻心域的这位帝尊行事狠辣、作风放纵、为达目的不择手段，是个狠绝冷情之人……此刻他倒是装得很好，像朵美丽的千瓣绛桃，微笑的时候花瓣成雨，落了一地绮丽。

沈清弦颇觉赏心悦目，伸手道："请。"

既然顾见深"信"他，那就先去星海吧。

也不知这位帝尊是早有准备还是真的信他，一丁点儿犹豫都没有便直接踏进星海。

他落步的瞬间，湛蓝色的海平面似乎染上了一抹红，晕开的光芒碰撞着清寂的蓝，竟带出别样的美。

顾见深看向沈清弦："尊主？"

沈清弦回过神来，缓声慢语道：“芙蓉不及，水殿嫣溢。”

顾见深顿了一下。

幸亏心域的人不在，否则他们又要炸成天边烟火了。

这沈白莲竟一而再再而三地侮辱帝尊！

顾见深是个男人，还是个成就了霸业、颠覆了心域格局的男人，沈清弦却一而再再而三地将他比作女人，他怎么能忍？手撕了沈清弦都不够！

说完，沈清弦也略有后悔，又道：“抱歉，是我冒犯了。”

顾见深薄唇微扬，不见怒色：“何来冒犯？能得尊主欢喜，是顾某大幸。”

沈清弦微笑，错开话题道：“走吧，我带陛下四处看看。”

星海是个很奇妙的地方，说是海其实不是海，说是星其实也没有星。

整个表面上的淡蓝是一片珍贵的矿物质，而且是液态的，修为低的人踩上去就会被吞噬，从此与矿物融为一体。

当然这些对沈清弦和顾见深来说都不是事。

星海不宜居住，也没有其他灵物，空旷旷的一片，美丽是美丽，却清冷得过分了。

两人走在上面也没太多言语，大概是心里都惦记着事，至于他们在想什么，就不得而知了。

沈清弦将玉简上那行字在脑袋里过了过，觉得应该不至于走遍星海。

所谓同游，重点在“同”和“游”。

“游”这个字和游遍还是有很大区别的，只要走上一走、看上一看应该就差不多了。

稍微走了一圈，沈清弦便道：“星海冷寂，不如去妄烬看看？”

顾见深道：“虽然冷寂，但和尊主同游，乐趣无穷，真想走遍星海。”

这客套话说得好听，但沈清弦不甚在意。

出了星海就是妄烬。

同星海差不多的是，妄烬的深黑色也是一种矿物质。

两者相斥，挤在这正中央，亿万年来互不相让，仔细想想倒也有趣。

星海瞧着干净，妄烬看起来深邃。

其实都一样，都想吞噬踩上去的一切事物。

沈清弦信不过顾见深，不过他也没什么可顾忌的，就算妄烬真有埋伏，也问题不大，真能禁锢得了他的话也挺新奇。

他一脚踏上妄烬，手腕却被握住了。

沈清弦微怔，转头看向顾见深。

顾见深的食指在唇边比了一下，说道："尊主且稍等片刻。"

他话音刚落，一抹朝霞般的光芒扬起，仿佛给深黑夜空挂上了耀眼赤日，夺目的光彩绚丽璀璨，构成了盛大的极光美景。

沈清弦并未被这光芒所惑，他看到了那深红之中的金色。

龙吟声震天而来，半空的金龙眸子似海深沉，张扬的龙爪凶悍，姿态强势。

此等神兽，当真是吓破人胆。

不过沈清弦面色丝毫未变，只是清淡的眸子亮了亮。

他喜欢这个颜色。

明亮的，诸如金色和艳红，都是他心仪的。

顾见深道："虽未能游尽星海，但可以走遍妄烬。"

他略微用力，带着沈清弦跃上金龙。

这嚣张跋扈的金龙对顾见深很是温顺，还发出咕噜噜的讨好声。

顾见深没理它，反而一直盯着沈清弦。

沈清弦碰了下金龙的金色龙鳞。

顾见深问他："喜欢吗？"

沈清弦道："非常漂亮。"

顾见深道："可惜龙不入星海。"

沈清弦道："甚是遗憾。"

顾见深说得意味深长："尊主可以常来妄烬。"

沈清弦收回了手，笑了笑，不置可否。

顾见深也没再多说，只扬了扬手，一方玉桌和两个蒲团就落在了龙背上。

"尊主，请。"

沈清弦坐下道："陛下费心了。"

顾见深道："没事。"

玉桌上有艳红美酒和橙黄色的果子，特别惹眼。

沈清弦也没客气，拿起一枚果子，细细地看着它面上的光华流转。

顾见深道："心域的特产，橙华果。"

其实这果子并不怎么好吃，就是好看，特别亮，像一个小太阳。

显然这很戳沈清弦，他看着橙华果，眼睛完全挪不开。

顾见深嘴角带着笑意，并未多说。

金龙的速度很快又很稳，两人坐在龙背上，就好像在平地上，没有丝毫颠簸。

顾见深善谈，三言两语介绍了妄烬的特色，沈清弦也没太在意，一直盯着那几个“小太阳”看。

这次是真走遍了，金龙绕着妄烬飞了一圈。

再度回到原点，沈清弦才意识到自己错估了玉简对“同游”两字的理解。

看来“游”是游遍的缩写。两边都游了，结果任务还是没完成。

再邀请顾见深去一趟星海？

沈清弦有点开不了口。

不过开不了口也得开，总不能下次再约，也太古怪了。

沈清弦组织下语言道：“陛下的诚意让在下汗颜，不如我们重游星海？这次我……”

他的话没说完，忽然顿住。

两人齐齐转头，向着论道之地看去——那边人声与兵器声一片混杂。

顾见深道：“看来我们得先回去一趟。”

沈清弦很无奈。

因为论道大殿上，天道众人和心域弟子打起来了！

原因？

醒酒的两队人找不到自家老大了呗！

大殿上的场景也是非常壮观了！

放到普通人眼中，估计要吓得腿软脚软，目瞪口呆。

毕竟是天道六派和心域大将之战，规模抵得上世界大战了。

尤其是六派掌门都整装待发：神兵利器、灵兽异宝……都一股脑掏出来，阵仗相当惊人。

心域一看：好啊，你们果然是来打架的，家底子都带上了！

天道一想：我家尊主受的委屈，现在就从你们身上百倍千倍地讨回来！

刹那间，两边已经打得不可开交，都是怒火冲冲，拼命想弄死对方的架势。

这看起来挺儿戏的，其实嘛，战争这东西，起因都挺扯淡的。

双方打得正热闹着呢……

轰的一声！大殿烟消云散！

所有人都站住了，就像被定格了一般，不管前一刻是什么样的，反正这一刻都动不了了。

他们齐齐转头，看到了站在殿外的两个人。

白衣胜雪，深红映天，两个人站在那儿，诠释了最极致的强大。

“闹什么？”沈清弦声音很轻，却响在了天道诸人心间。

“不像话。”顾见深低沉的声音笼罩在心域众人的脑海中。

训完门徒，两位大佬又看向彼此，异口同声：“见笑了。”

天道和心域：“……”

沈清弦扬手，方才被顾见深毁掉的大殿瞬间恢复原貌，就连打得受伤的众人也都恢复如初，完美得好像之前的一切都没发生过。

顾见深红眸渐深：“尊主的法术实在精妙。”

沈清弦很谦虚：“雕虫小技。”

数十座城池都能恢复如初，现在不过是恢复一个大殿，真是“小技”。

顾见深打了个响指，被定住的人都能动了。

他俩一回来，弟子们都老实了。

他们也不是真老实，就是被吓到了，一个个怕得心脏直发颤。

虽然他们整天骂沈白莲，但必须得承认的是，这沈白莲强……太强了，这恢复术谁见谁知道，完全不像世间该有的术法。

天道诸人也是心有戚戚焉，自家尊主有多强，他们心里都有数，可这魔帝施的定身术，尊主竟然没能解开……

这世间竟有尊主解不开的术！因为对沈清弦的盲目崇拜，也让他们体会到了顾见深的强大和可怕。

沈清弦还惦记着同游的事，搞定了徒孙、徒徒孙后，他看向顾见深：“刚想起星海还有一处妙地，可否再邀陛下同游？”

顾见深那是相当配合。

两人一起离开，殿里的吃瓜群众一脸迷茫。

什么情况？怎么回事？有没有人来解释一下？

曾子良传音道：“跟上！尊主是要借机手刃狂徒！”

借同游之说，把人骗到星海上，就有大把机会来一决胜负！

心域的聪明人乱鹰也在传音：“不好！沈白莲肯定有阴谋，我们快快跟上！”

乌泱泱一堆人马就这样脑洞大开地跟了出来。

这次同游星海，沈清弦非常有诚意，他捏了个诀，清啸鸟鸣自天边传来，一只遮天蔽日的巨大白鹤缓缓落地。

白色羽翼恍若冬日初雪，骄阳落下，掀起雪色涟漪。

一路狂奔而来的弟子们都傻眼了。

这是尊主仙驾！那卑劣魔修怎配乘坐尊主的座驾？

叶湛等人又心疼得快要窒息了，但更让他们窒息的还在后头。

沈清弦竟对顾见深伸出手，要扶他上来："陛下，来。"

顾见深顿了一会儿才握住。

沈清弦……

天道第一人。

顾见深敛眸，遮住了眼底一闪而过的红芒。

沈清弦携着顾见深上了仙鹤。

其实他是故意握住顾见深的手，主要是为了验证一件事。

仔细想想，游星海和游妄烬的差别不只是游遍。

在游妄烬的时候顾见深曾握过他的手腕，为了将他带上金龙。

为防止失误，沈清弦也握住了顾见深的手。

还真被他料中了，没等游遍星海，玉简上的"其三，与顾见深同游妄烬星海"就变成了淡灰色。

完成了！

看来条件不是"游遍"，而是"牵手"。

垃圾玉简。

玉简好委屈，可是说不出。

虽然完成了任务，可沈清弦已经把人邀请到座驾上了，不游遍星海也不太好……

于是，沈清弦简单地招待了一下顾见深。

顾见深善谈，两人倒也不无聊，有说有笑地走了一圈，回来后可以收集一地下巴了。

天道诸人：没、没打起来？

心域诸人：没、没陷阱？

天道和心域：还真是同游星海？还……还牵了一下手？

不……不存在的……一定是他们还醉着！

此次论道就这样圆满结束，大家很平静地各自离开。

第二章

月落秘境

沈清弦很满意，四个任务完成两个，天梯上多了两块砖，虽然距离竣工还有极遥远的一段，但只要有希望，那就不用急。

耐性这东西，活得久了的人都有。

沈清弦看了看第四行字……

这个其实很好办，只要他敛了对顾见深的杀心，那就完成了，天梯又多了一块砖。

不过他敛不了，还是非常认真地想杀了顾见深。

现在的任务与顾见深有关，所以他不能动顾见深，可等任务换了方向，他就可以顺理成章地除掉顾见深。

心域魔帝做下的那些事，死几百次也不嫌多。

不过挺可惜的……他想到顾见深那红色的眼睛，若是失了生机就没那么漂亮了。

转念沈清弦又释然了，顾见深死了，那条金龙就可以易主。

那么金灿灿的一条龙，他偷偷养起来也是可以的。

他刚想完这一茬，才发现玉简在“瑟瑟发抖”。

说瑟瑟发抖也是比喻，只是光芒闪得像一个见着猛兽的可怜小虫。

沈清弦面上圣洁纯净，心里却是另一番景象：还是在同饮共醉上下点功夫吧，比如灌醉他，趁他不备……

玉简闪烁得更快了，不一会儿弹出了几行字。

“其五，赞赏顾见深的眼睛。”

“补充：不得少于三句话。”

“其六，向顾见深讨要金龙。”

“补充：可做共同财产。”

沈清弦：“……”

玉简的光芒越来越淡，快要熄灭前又闪出一行字：“其七，五日内前往月落秘境。”

赞美顾见深的眼睛？讨要金龙？

人死了也可以赞美吧……

他正在想着，玉简拼尽最后一分力气，吐出一行字。

“补充：必须活着！”

沈清弦很遗憾。

这两个任务沈清弦暂时不想做，他们才刚分开，若是此时他又凑上去夸顾见深的眼睛、要顾见深的金龙，这神经病的风范太足，他做不来。

最后这个任务……五日内前往月落秘境？可以先办了。

不过月落秘境是哪个秘境？

不怪沈清弦不知道，这里毕竟是修真的世界，放眼整个大陆，秘境多得数不过来，小世界比比皆是，沈清弦这种大佬哪里会记得。

沈清弦倒也可以用神识扫一圈来确定方位，不过有些“资源浪费”，而且修为过低的人被他扫到会造成一定的精神损伤。

涟华尊主可是仁爱之人。

沈清弦叫来了曾子良。

老曾猛地被传唤，迈步时紧张得同手同脚，差点没让自己的弟子架着走路！

越是临近万秀山，曾子良越紧张。

他不是叶湛那个一根筋，也不是程静那种不问世事的，六个人中，他是涉世最深的，同时也是野心最大的。

心里有鬼，曾子良自然怕得就多了些。

万秀山一如其名，山烟绕竹，青花欲燃，美得不似人间之地。

可怜曾子良没有一丁点儿赏看的心思。

阶梯终到头，老曾已经湿了后背。

殿外，一个唇红齿白的少年对他行礼："曾掌门，请。"

以曾子良的修为，自然是一眼看透这少年的真身，乃是一株刚化形不久的小桃花。

放到外面，这小小桃花妖，曾子良看都不会多看一眼，但这是在万秀山，是在乾听殿，而这小小桃花妖就是涟华尊主的随侍！

曾子良特别规矩地对少年行了礼："有劳。"

宿雨正是最单纯的年纪，还觉得这掌门宽厚有礼，完全没想太多。

"快快来吧，大人正在等着您。"宿雨的声音十分动听。

曾子良倒想套套话，但已经进了乾听殿，他连一个字都不敢多说，生怕说多错多……

曾子良那些弯弯绕绕的心思，沈清弦了解得很，不过只要没越界，沈清弦向来是睁只眼闭只眼，不多过问。

他们自诩正道，但其实离"正"这个字相差甚远。

亿万年来都是弱肉强食的生存法则，再"正"又能正到哪里去？

曾子良终于见到了沈清弦。

氤氲茶香中，月白色身影是天道的代名词。

曾子良俯身行礼，连一眼都不敢多看。

沈清弦道："过来。"

曾子良低着头走过去，心中忐忑不安，实在不知此次尊主传他所为何事。

沈清弦点了下旁边的空地，一把灵犀木椅出现。

沈清弦："坐。"

如此尊贵的椅子，曾子良哪里敢坐，颤声道："弟子不敢。"

沈清弦瞥了他一眼，曾子良的腿一软，啪嗒就坐下了。

沈清弦面上不变，声音也很温和："我找你来，是有事想问你。"

来了来了……曾子良的心脏怦怦跳，是不是自己黑千鹤门秘宝抢浸月宗资源的事被尊主知道了？

沈清弦懒得理他那些小心思，开门见山地道："月落秘境，你可知道？"

月落秘境！

曾子良跪下道："尊主，弟子知错！"

沈清弦："……"

曾子良吓得要死，万万没想到，他只不过和心域的人接触过一次，尊主就知道了！

月落秘境的确不是什么大秘境，别说沈清弦，连曾子良这个级别的大佬都不甚在意。

与其说它是个秘境，还不如说是个丛林。

月落秘境诞生于百年前，是一个和凡世相接的秘境，近来很多普通人都从那里走向仙途，当然也有不少低阶人士去那里闯荡修炼。

因为规模太小，所以各方势力都没去争抢这月落秘境，属于公共领域。

天道也好，心域也罢，底层人士都有可能前去冒险。

让曾子良吓破胆的这事其实很不值一提，他一把年纪了还不忘开枝散叶，孩子生了一堆，最小的今年才十八岁，活生生的小少爷。

小少爷生在世家，自然是要修炼的，但他爹是无方宗宗主，小少爷去哪里都可以横着走……

往日里嚣张惯了的小少爷便不可一世，去了月落秘境也狂妄得很。

天道的人顾忌他爹，所以躲着他走，但心域的人可不管这些，他们使了个计，绑了这小少爷，还给无方宗送了封信。

曾子良还挺喜欢这小儿子的，一听小儿子出了事，当即让弟子去解救。

因为顾及孩子安危，所以无方宗许了那些心域人不少好处……

哪承想这事就让尊主大人知道了！尊主会不会以为他心术不正、里通外敌了呢？

通没通外敌不提，这心术是相当不正了，都是同龄人，叶湛还是青年之姿，曾子良却已入中年。

沈清弦拿起茶杯道：“繁育子嗣是好事，但如何教育却要谨慎。”

曾子良连声道：“谨遵圣意。”

沈清弦看了他一眼：“喝茶。”

曾子良颤巍巍地端起茶杯，喝了一口后……

清灵之气涌入心扉，那些郁结、燥闷全都烟消云散，取而代之的是澄澈空灵的无上灵力！

曾子良的容貌以肉眼可及的速度恢复年轻，身体上的苦痛消弭，心灵也随之沉静……

老曾泪流满面，跪在地上磕头：“多谢尊主！”

沈清弦摆了摆手。

曾子良经此洗礼，又能为天道鞠躬尽瘁数百年了。

在老曾感动得眼泪直流的时候，沈清弦又道：“我这儿有两个初入世的少年，你且安排下，让他们去月落秘境行走一番。”

曾子良想起在殿外见到的桃花妖，立马应声道：“请尊主放心，此等小事，弟子定会安排妥当。”

沈清弦应了一声。

曾子良离开，沈清弦又把宿雨叫了过来。

宿雨正是最天真烂漫的时候，见着沈清弦也不怕。

沈清弦温声道：“既已入世便该修炼，明日你和另一位同伴去月落秘境走一遭吧。”

宿雨惊讶道：“大人，我可以离开万秀山吗？”

沈清弦道：“这是你的家，来去随你。”

宿雨高兴得眼睛直冒小星星。

沈清弦对宿雨轻声道：“回去准备吧。”

第二天，宿雨大清早醒来，一路小跑地背着包来到前殿。

说起来，尊主说有人和他同行，不知是谁？

正这么想着，宿雨就看到了站在殿前的少年。

“少年”转头，用一双黑白分明的大眼睛看向他。

宿雨完全呆住了！

“少年”乌黑长发，雪白肌肤，一双眼睛又大又水，眉心一抹朱砂痣红得让人心颤……

过了好半晌，宿雨才开口：“你……你……”

“少年”声音柔和软糯：“我叫朝烟。”

桃红复含宿雨，柳绿更带朝烟。

这是尊主告诉过他的诗句！

宿雨高兴地问道：“你是柳枝化形吗？”

朝烟点头应道："嗯。"

看来这就是与自己同行的伙伴了！宿雨非常高兴！

"你的行李都准备好了吗？我们去向尊主道别吧。"

朝烟道："尊主出去了，我们直接下山便是。"

宿雨不疑有他，连连点头道："也好。"

他拉着朝烟的手："来，给尊主磕个头吧。"

虽然尊主不在，但该有的规矩不能少，宿雨虽刚化形，但毕竟生于万秀山，心性极稳。

朝烟犹豫了一下……

沈清弦怕自己这一跪，大殿会塌，万秀山会崩。

罢了，还是使个幻术吧。

宿雨开开心心地拉着小伙伴下山，浑然不知这小伙伴的年龄不仅不小，反而很大……

就宿雨那年龄来说，沈清弦可以说是相当大了。

化作朝烟下山也是沈清弦的一个猜测。

玉简上的任务是五日内前往月落秘境。这个任务看起来相当简单，以沈清弦个人来说，别说五日，一个来回也就眨眼的工夫。

但这得付出代价，不是沈清弦付出，而是月落秘境。

那么小一个秘境，沈清弦本尊去了，估计会直接爆炸，渣渣都不剩。

秘境的形成大多是有根据的，一般是自成屏障，护住一方才能滋生万千灵物。

而这屏障又有一定的限制，别说沈清弦，就是曾子良去了，估计这个屏障都会受不住。

灵气之间的互相吸引是不容忽视的，曾子良体内的灵气大于这个屏障，就会不断吸收它，最后这秘境将不复存在。

虽然是低等秘境，但对后代的成长有极大的存在价值，所以修为到了一定境界的人，一般都不会进入这种秘境。

沈清弦却不得不去，而且他想得更多一些。

这个秘境不能毁，不提后人（毕竟大佬抬抬手就能给他们造好几个秘境），单单是这个玉简的后续任务，月落秘境就必须存在。

他不相信玉简只是让他去一趟，肯定还有其八其九其十……

所以沈清弦压制了修为，化作一个少年，以最正常的途径进入秘境。

宿雨一路上叽叽喳喳，不像桃花妖，倒像黄鹂鸟。

他俩还是很惹眼的，两个少年，都生得极好，任谁瞧见都会多看几眼。

宿雨天真，到了秘境外头，看着一堆摆摊的，眼睛瞬间睁大。

曾子良办事妥当，给他俩一人一个乾坤袋。乾坤袋里的东西……啧啧……比整个月落秘境产出的宝贝都多……

宿雨瞧见那糖人，开心地道："朝烟你要吃吗？"

沈清弦："……"

宿雨以为他害羞："尝尝嘛，没事的。"说着他就跑过去买了两串。

看着手上焦黄的东西，沈清弦面色复杂：嗯……他已经几千年没吃过俗世的东西了吧？

宿雨咬了一口，瞬间眉开眼笑："好甜。"

沈清弦咬了一口，眉心微皱。

好难吃……

宿雨边吃边赞叹："好好吃啊，太好吃了！"

沈清弦实在吃不下去，使了个术让它消失不见。

反正还没进秘境，用用法术也无妨。

他这么想着，却不料这细微的举动让极远处的某人注意上了他。

宿雨杂七杂八地买了一堆东西，才和沈清弦一起进了秘境。一进去，沈清弦便查看了一下玉简。

本该变成灰色的"其七"竟然还亮着。

怎么回事？难道这不是月落秘境？

为什么任务没完成？

难道化作朝烟这玉简就认不出他了？

沈清弦原本就觉得这玉简脑子不好使，这会儿更嫌弃了。

只是他不想变回本来面目，不压制修为的情况下，很少有人敢直视他；但压制了修为，再露出原先的模样，即便月落秘境不塌，他行事也会十分不方便。

早年他没成圣的时候，因为这事可没少开杀戒。

他站着不动，宿雨唤他："朝烟，快来看！"

沈清弦敛了心思跟了上去。再等等，也许是有什么条件没达成，比如待在秘境中多长时间才算"进入"之类的。

宿雨发现了一处漂亮的花丛。花长得低矮，没有枝叶，像是大片铺在地上的白雪，吸收着明亮的阳光，折射出澄净的光辉。

宿雨盯着它们道："尊主大人肯定会喜欢！"

这样神圣纯净的"小雪花"，肯定能讨尊主欢喜。

沈清弦笑了笑，心里道：你尊主可不喜这雪白的颜色。

宿雨又遗憾地道："真想采一些回去送给尊主。"

沈清弦道："我们还是要专心修炼，才不负尊主厚望。"

宿雨立马打起精神："对！朝烟比我懂事多了！"

大佬不想接受这句赞赏。

他们正欲走，那片"纯洁"的小雪花忽然暴起，一只锋利的爪子握紧了宿雨的脚踝。

宿雨惊呼，转头一看，一张脸瞬间苍白如纸。

哪里还有什么小雪花？等着他们的是一头龇牙咧嘴的凶猛巨兽。

"快跑！"宿雨急声对沈清弦喊道，"朝烟，你快跑！"

这么个大家伙，他们怎么打得过？他已经被抓住了，不能再拖累朝烟。

沈清弦哪里会跑？收拾这么个小东西……他连手指都不用动。

但它对宿雨和朝烟两个初修炼的人来说，实在是非常可怕了。

说来蹊跷……

沈清弦挺纳闷的，这头凶兽瞧着也有二阶了，怎么会出现在秘境入口处？

他压了修为，感知也跟着降低，再加上这么个小虫，对他来说，其实和真正的小雪花也没什么区别，所以没在第一时间感觉到。

不过就算感觉到了，他也不好表现出来，毕竟朝烟感觉不到。

宿雨还以为朝烟是被吓得动弹不了！

他虽然被抓住了，心里怕得要死，但还是鼓起莫大的勇气，从乾坤袋中掏出法器，想给朝烟争取逃跑的时间！

曾子良给的东西是极好的，可再好的神兵利器也需要主人驾驭。

宿雨如今虽灵力精纯，但实战经验为零，陡然面对这样的敌人，胜算可以忽略不计。

不过这小家伙很聪明，知道声东击西，想的不是杀死凶兽，而是从凶兽的爪下逃走。

他假装要砍掉爪子，等凶兽将他拉近后，他陡然拔剑，没有一丁点犹豫地刺向凶兽的眼睛！

有勇有谋，宿雨的资质也算是非常不错了，只可惜还是天真了些。

眼睛的确是凶兽的软肋，但这种凶兽大多没开智，受了伤后反而会发疯暴走，发挥出更加强悍的能力。

以宿雨和朝烟日前的本事，即便真挣脱了桎梏也跑不远。

宿雨从半空摔下来，脸上沾了泥巴，眼中却全是求生欲：“跑！”

他拉着沈清弦的手拔腿狂奔。

后面是嘶吼的凶兽，前头是狼狈奔跑的少年……

这场景，任谁看到估计都会认定凶多吉少。

不过这也没到沈清弦出手的时候，既然来了秘境，那宿雨也的确该好好历练一番。

虽然自己不出手，但也可以帮帮他，作为朝烟来帮他。

“这边。”沈清弦对宿雨说。

宿雨哪还有思考的时间，跟着沈清弦的指示向着左侧的丛林奔去。

丛林很深很大，跑起来也很费力，没多久宿雨便满头大汗、气喘吁吁，累得快要抬不动腿。

后头的凶兽却越跑越快，因为快要追上猎物而发出“哧哧”的兴奋喘息声。

宿雨根本不敢回头，但知道它离他们越来越近了。

哧哧声以及越来越清晰的巨掌落地的震地声，夹杂着凶兽特有的腥膻气席卷而来。

跑不动了……之前的战斗已经让宿雨透支了体力，现在彻底到了极限！

他面色惨白，额间全是汗，柔软的发湿淋淋地贴在面颊上，整个人都狼狈极了。

“朝、朝烟……”宿雨大喘着气对身边的少年说道，“你继续跑，别回头！”

朝烟紧握着他的手：“不行，我们要一起。”

宿雨道：“我……我能和它打，我……知道它的弱点了，你往前跑，去找人来帮忙，我可以的！”

说话都喘成这样了，估计他一停下就只有死。

沈清弦看着他明亮的眼睛，心想：真是一朵单纯的小桃花。

就在这关键时候，前头亮起了曙光。

沈清弦假装惊喜：“有人！宿雨，前面有人！”

宿雨跟着看去，果真看到了人影。

“救命！”宿雨急声呼救，吸引了前面人的注意力。

前头有五六个人，足够打败这头三爪猛兽了！

宿雨本来都累极了，现在又爆发出惊人的力量，拉着沈清弦玩命狂奔。

这边动静不小，那几个人也察觉到了，他们一看这架势，当即祭出法宝，一起攻击凶兽！

二阶凶兽对宿雨来说是致命的，但对于那几个人来说是历练的好物。

前头打得青光阵阵，后头沈清弦将宿雨安置在一棵大树后。

宿雨累得直喘气，这又惊又吓的，整个人都虚脱了。

沈清弦将水壶递给他。

宿雨大口喝着，好半天才缓过劲来。

沈清弦对他说：“好些了吗？”

宿雨露出了劫后余生的明亮笑容：“嗯。”

沈清弦瞥了眼身后，低头掩住了眼底的情绪。

劫后余生？只怕是另一个深渊。

宿雨站起来的时候前头的战斗也结束了。

凶兽绝望地嘶吼一声后轰然倒地，几个修士微喘着气，看起来还挺轻松。

宿雨很是钦佩：“我也要变得这样厉害！”

沈清弦笑了笑。

宿雨迎上去道：“多谢各位前辈！”

他像模像样地鞠躬行礼，是真的感激这份救命之情。

那修士中的瘦高个道：“举手之劳不足挂齿。”

这话更让宿雨感动不已！

瘦高个问宿雨：“你们二人师从何门？”

万秀山无门无派，宿雨也不是沈清弦的徒弟，所以他摇头道：“未曾拜入师门。”

那瘦高个眉头一挑，殷切地问道：“你俩可愿与我们同行？”

宿雨很惊讶：“我们可以吗？”

瘦高个道：“当然！同为顺天道者，理应互帮互助。”

宿雨转头看向沈清弦，惊喜地道：“朝烟，我们……”

沈清弦微微一笑：“我听你的。”

宿雨开心地握紧了沈清弦的手。

那几个人看到沈清弦后都怔了一下，紧接着眸中贪婪更胜。

沈清弦假装没看见。

宿雨太单纯了，在这个世界，单纯只会害了自己。

收拾凶兽尸体的时候，双方互作介绍。

这几个人来自不同的门派，是到月落秘境后才相互结识并一起行走的。

那瘦高个叫王禹，很是健谈。

他知道得多，一套一套地说出来，把宿雨这个不谙世事的人给哄得满眼都是钦佩。

还有个微胖的人叫李隼。这家伙一直想接近沈清弦，沈清弦装作怕生的模样，一直跟在宿雨身后。

宿雨还对沈清弦说："朝烟你别怕，王大哥和李大哥都是好人。"

沈清弦还是只挨着他。

宿雨很有大哥风范地说道："朝烟怕生，王大哥、李大哥，你们别介意。"

李隼盯着沈清弦道："不介意不介意，慢慢就熟了。"

一天的工夫，宿雨就把这几个救命恩人当好大哥了。

天黑后，好大哥的真正嘴脸显露出来。

他们应该是在晚餐里下了药，所以有恃无恐，其实沈清弦早就把宿雨饭里的药给解了。

所以当王禹将宿雨绑起来的时候，宿雨睁开眼了。

王禹顿了一下。

宿雨还在迷糊着："王大哥？"

王禹不再装了，他嗤笑一声："没想到还挺抗药，可惜晚了。"

"放开我！"沈清弦故意大喊一声提醒了宿雨。

宿雨瞬间清醒，看到绑在自己身上的绳索，他愣了愣，而后道："你……你们……在做什么？"

"做什么？"王禹笑道，"桃花妖、青柳妖……你们可值钱得很。"

宿雨睁大眼："王……王大哥你在说什么？"

王禹在宿雨脸上捏了一下道："也就你们这些小妖才这么单纯。"

宿雨虽天真却不傻，到了这个境地还有什么不懂的？

可是他不敢相信，满眼都是不可置信！

王禹一改白日的人模人样，笑得猥琐："你俩长得可真不错，肯定能卖个好价钱。"

李隼阴森森的眼神盯着沈清弦，沈清弦摆出一副害怕胆怯的模样。

"嘿，老王。"李隼问向同伴，"咱卖一个留一个呗。"

王禹一巴掌砸他头上："老实点，这可都是钱！"

宿雨这时候彻底回神了，看着吓得瑟瑟发抖的朝烟，顿时心如刀割。

"你们……你们……"

明白过来的宿雨双眸通红，胸腔里翻滚着的是滔天怒火！

他这一天可真是经历了太多变故。

先是被无瑕的小花引诱，着了凶兽的道，紧接着又是生死拼搏，逃得快要断气了才活下来，本以为遇上救星、碰到好人，结果一夜之间恩人变禽兽！

这一层层打击落下来，宿雨爆发了。

毕竟是在万秀山上得道的，潜力无穷。

他体内灵力翻涌，竟生生挣脱了绳索的捆绑。

王禹扬眉："你这小子还有些本事！"

宿雨怒声道："把他放了。"

王禹根本不惧他："呵呵，桃花妖，我看你是敬酒不吃吃罚酒！"

话音落，他一鞭子抽向宿雨。

宿雨虽灵力精纯雄厚，但到底没什么实战经验，完全是仗着一股子狠劲占了上风。

王禹不想伤了他，怕卖不上好价钱，所以节节败退，瞧着似乎被压制了。

这时候李隼一把掐住了沈清弦，扬声道："你是不是想看他死？"

宿雨猛地停住，眼中全是悲愤："别伤他！"

王禹趁机上前，一鞭子捆住他："那你就给我老实点！"

宿雨睁大眼，眸子变成了艳丽的桃红色，里面全是不甘与懊悔。

沈清弦觉得差不多了。

他正要出手……

忽然一阵狂风卷起，本就漆黑的夜在此刻竟染上了些许深红，冷寂的空气中飘散着一股难以言说的香甜气。

王禹和李隼等人都凝神戒备，四处张望："谁……是……"

第三个字还没说出来，他们就已倒地，鲜血喷涌而出。倒下前，他们看向彼此的目光中都是不可思议。

一片沾着血的红叶落下，一抹身影在幽冷寒风中降落。

他黑发似墨，肤白如云，扬起的嘴角多情却危险。

他弯腰，低声问道："怎么把自己弄得如此狼狈？"

沈清弦抬头看向他……

怎么变成蓝眼睛了？

好丑。

来人自然是顾见深。

他虽敛了修为，但样貌未变……哦，变了，漂亮的眼睛变色了。

沈清弦对此很不满，想到自己还有个夸他眼睛的任务，顿时更不满。

赞赏他的眼睛，不少于三句话？呵呵，他一个字都不想说。

宿雨经此一事已经谨慎多了，用一双艳色眼睛盯着顾见深，十分戒备："你是谁？"

救命之人不一定是救命恩人，就像之前的王禹、李隼等人！

顾见深微笑，明目张胆地扯谎："公子好，我是来接少爷的。"说完他看了看身边的少年。

宿雨微愣："你是来接朝烟的？"

沈清弦："……"一句话就被套出名字了。

顾见深顺坡下路："是的。"

宿雨看向沈清弦，桃花眼里一片茫然。

沈清弦不出声，就看身后的家伙要怎么瞎扯。

顾见深慢条斯理地解释道："朝烟少爷是我族圣子，因体弱多病，所以送去万秀山疗养。"

宿雨被骗得一愣一愣的，看向沈清弦，问道："是吗？"

沈清弦倒要看顾见深葫芦里卖的是什么药，所以点头应下："是的。"

这下宿雨是丝毫怀疑都没有了。

他现在可能信不过外人，但对朝烟是百分百信任的。

顾见深编故事编得挺来劲，只听他继续说道："昨日尊主告知我族，圣子已下山历练，长老便安排我来沿途照顾少爷。"

宿雨已经彻底信了："是这样啊……"

沈清弦想了下，觉得是这样也行，于是默许了。

顾见深看向沈清弦：“少爷，我是清深，您的仆人。”

心域的九渊帝尊是他的仆人？

可以，这世间也就沈清弦受得起了。

宿雨终于反应过来，走近沈清弦说道：“我以为你和我一样是在万秀山上化形的呢！”

他生于万秀山，本是一朵浑浑噩噩的桃花，却因涟华尊主出关，万秀山灵气四溢而意外得道，可谓幸运至极。

沈清弦温声对他说道：“很抱歉，之前没和你说清楚。”

宿雨连忙摆手道：“没事啦，我也没问。”

沈清弦心道：你问了，我也编不出这么个玩意儿。

宿雨还挺好奇的：“你们族都是青柳化形吗？”一族青柳，难不成是好大一棵柳树？

沈清弦看向顾见深，顾见深岔开话题道：“两位少爷，请移步慢聊。”

宿雨很不好意思地道：“我叫宿雨，你叫我名字就行！”

顾见深道：“宿雨少爷，请。”

沈清弦轻笑了一下。

顾见深看向他。

沈清弦薄唇微张，无声道：陛下还有这嗜好？

顾见深什么也没说，只笑得缱绻。

沈清弦冷漠地别开眼。

顾见深还是红色双眸的时候，这一笑是芙蓉不及，现在嘛……

顾见深带他们离开了这里，五个人都被顾见深的一片红叶诛杀，此刻遍地腥气刺鼻。

宿雨倒是不怕，他是桃花妖，对于一些人恐惧的事都没什么太大感触。

但在打斗过的地方聊天显然很不妥当，所以换个地方也对。

走了一会儿后，顾见深问沈清弦：“少爷累吗？”

沈清弦已经几千年没体会过累是什么滋味了。

不过宿雨已经有些累了，这一天对他来说实在太折腾了，又是战斗又是拼命逃跑，还颠覆三观，走了没多久便微微喘息。

沈清弦参照宿雨的模样，也让自己面色微红，轻轻喘着。

谁知他刚摆出这姿态，顾见深便伸手将他背起：“还有一段路，我背着您走吧。”

沈清弦：“……”

顾见深身高手长，背沈清弦就像背了个没重量的布娃娃。

宿雨看到沈清弦绯红的面颊，道：“朝烟你别勉强，今天你受累了。”

沈清弦道：“我自己能行。”

顾见深压低声音道：“您身体不比宿雨少爷，还是不要强撑了。”

宿雨立马想起之前顾见深说的“体弱多病”，赶忙说道：“是我大意了！忘了你身体不好！”

接着宿雨又语重心长地道：“这月落秘境危机四伏，你要积蓄体力，以防再遇劫难。”

沈清弦：“……”

顾见深眼中全是笑意：“少爷好好休息吧。”

沈清弦看他，笑得很甜：“那就辛苦你了。”

顾见深怔了一下。

下一秒，沈清弦使出了千斤坠。

顾见深面色一变，差点没把身上的“尊贵圣子”给扔出去。

沈清弦故意攥着他的衣服，顾见深整个人都快被他给压垮了。

宿雨察觉到了，略有些讶异地问道：“朝烟很重吗？”

朝烟生得纤细，瞧着就没什么重量，怎么这会儿他却感觉顾见深背得很累？

顾见深笑道：“很轻。”也就像座小山一样轻。

要是在月落秘境外，别说小山了，尊主大人重若山海，帝尊大人也是背得动的，毕竟修为摆在那里。

可问题是，想进这秘境又不让秘境崩塌，他就得压制修为，虽然保留了秘境能够承受的上限，但显然化成青柳的沈清弦也保留了上限。

因此，他用的这个千斤坠，顾见深是真的硬着头皮承受。

沈清弦仰头看他：“要不我还是自己走吧。”声音柔和，显然是故意逗顾见深。

顾见深背得更用力了一些：“没事，为少爷分忧是属下的职责。”

沈清弦趴在他背上道：“辛苦你了。”

顾见深皮笑肉不笑：“不辛苦。”

这三个字刚说完，身后的少年又重了三分。

走了半刻钟后，心地善良的宿雨看到一处开阔空地，便道："这儿好，我们就在这儿歇歇吧！"

顾见深背得筋疲力尽。

沈清弦抬头看了看，小声道："这儿好吗？"

宿雨道："挺好的吧！平坦开阔，还有不少枯树枝，我们升起一个火堆，还能……"

他话没说完，沈清弦便故意皱了皱眉道："会不会离得太近了些？"

宿雨看向他："嗯？"

沈清弦道："王禹他们肯定有同伙……他们会不会有什么传信手段？万一……"

这担忧也有道理，他们走得不算快，才走这么短的距离，如果王禹的同伙发现了王禹的尸体，肯定会到处搜寻。

先不提报仇的事，单凭桃花妖和青柳妖能卖个好价钱，这事就足够让他们见财起意了。

宿雨面色凝重："我们还是再走走吧！"

说完他担忧地看向顾见深："清深大哥你还行吗？"

沈清弦忍着笑，也一脸担忧地看向他："还行吗？要不我自己走吧。"

顾见深硬着头皮笑着缓声道："背一夜都没事。"

沈清弦面上甜笑心里冷笑，顺便让千斤坠又重了一重。

顾见深："……"

走了将近一个时辰，他们终于找到了落脚的地方。

沈清弦道："放我下来吧。"

顾见深全程保持完美风度，小心地将他放在一处干净的岩石上。

宿雨也坐下，深吸口气道："总算可以歇歇了。"

最该说这话的人其实是顾见深……然而帝尊大人是打死也不会说的！

沈清弦就想看顾见深能装到什么时候……

宿雨实在是累坏了，安顿好后没多久，便窝在睡袋里睡着了。

皎皎明月下，当世两位顶级大佬相视而望。

沈清弦先开口："陛下好雅致，竟有空来这小小秘境游玩。"

顾见深意味深长地看着他："尊主当真不知我为何而来？"

沈清弦微笑："难道真是在寻一位圣子？"

顾见深定定地看着他，过了好一会儿道："有可能。"

沈清弦问他："有可能？"

顾见深道："我想，圣子便在那里，既在那里，我去寻一寻也是可以的。"

沈清弦笑了下，没再出声。

面对这种典型的心域思维，他半个字都不想多说，毕竟眼下的情况还不适合与顾见深起冲突。

沈清弦道："想必今日陛下也累了，早些休息吧。"

顾见深低笑道："这样的累，不算什么。"

沈清弦只当他是死要面子，并未当回事。

一夜无话，当然两人也一夜未眠。

沈清弦抽空看了下玉简，发现那个进入秘境的任务已经变成了浅灰色。

完成了。

是停留的时间足了还是其他原因？

沈清弦瞥了下顾见深，总觉得这其中有些蹊跷。

他正思索着，积蓄了一点力量的玉简又开始作妖。

"其八，让顾见深背你。"

"补充：必须在月落秘境进行。"

泰山崩于前也从容不迫的涟华尊主："……"

闪完这行字，玉简大约是觉得自己活不久了，索性熄了光芒，直接装死。

这就很过分了。

背了一天都没发布任务，背完了才发布，这玉简是真的想死。

不过其实玉简相当冤枉……它之前被吓得体力透支，一点力量都没有，哪里还能发布任务？刚好进入月落秘境的任务完成，它才能发布下个任务。

归根到底还是沈清弦不该吓它……

当然这话谁敢说？反正玉简是不敢说的，它乖巧地挺尸，努力将自己的存在感降到最低。

天微微亮，大家都醒了过来。

宿雨招呼沈清弦道："朝烟，吃点东西吧！"

沈清弦一听吃东西，好看的眉心微微皱起。

宿雨哄他道：“吃点嘛，不吃哪有力气？”说着从乾坤袋里掏出一堆东西。

曾子良给他们准备的吃食都很不错，对于外出行走算是上等了。

只不过，再怎么上等的吃食，在沈清弦眼里也是残羹冷炙。

且不提他不食俗物已久，即便是还吃的时候，他也未曾尝过这种东西。

可惜进了秘境，他没法随意将这些东西变走，无论是空间转移还是幻术，都不是现阶段他的修为可以施展的。

真要吃吗？沈清弦默不作声。

宿雨却觉得自己的伙伴真是可爱，娇娇气气的还挑食，果然是个少爷。

亏了沈清弦没开神识，要不宿雨怕是要完。

就在这时，顾见深给他解围了：“少爷身子不好，不敢乱吃东西。”

原来身体孱弱的设定还可以这样用，沈清弦略满意。

宿雨立马道：“是这样吗？那……那朝烟该吃些什么？”

顾见深道：“属下这里早有准备。”

话音落，他拿出一个金灿灿的乾坤袋，相当金，闪瞎人眼的金。

宿雨在心里吐槽：这品味，啧啧……

沈清弦什么都没说，只用一双大眼睛矜持地瞥了三四眼。

顾见深变戏法般地从乾坤袋里拿东西。

一件两件三件四件……

宿雨睁大眼，看得目瞪口呆。

深红色银线闪烁的地毯，橙黄玉色镶着明亮红宝石的桌椅……连餐具都是闪瞎人眼的金盘银筷……

这画风，整个金光闪闪！

沈清弦看得双眸微睁，半天都没出声。

宿雨以为他和自己一样被这俗气的品位震惊到，还打圆场道：“哈哈，挺……挺亮……”

除了这个形容词，他实在不知道该说什么好，但清深大哥是个好人，他也不好去嫌弃人家的品位，只能勉为其难地夸一夸……

顾见深很是优雅地伸手：“少爷，请。”

沈清弦没动。

宿雨以为他嫌弃，毕竟他们都在万秀山上待过，那钟灵毓秀的地方堪比人间仙境，哪里是这凡夫俗物可比的？可怜清深大哥眼界太窄，以为这些就是最好的，想着要将最好的拿出来伺候圣子。

这么想着，宿雨便不忍心让忠心护主的清深大哥难过，于是对沈清弦说：“朝烟，去坐……坐吧。”啊，他怎么突然觉得眼睛疼？

沈清弦生硬地点点头。

宿雨见他这样，心里暖洋洋的，真是一双互相体谅、互相理解、互相爱护的好主仆。

玉简：少年，你怕不是瞎吧！

事实上，沈清弦哪里是嫌弃？哪里是拒绝？哪里是不喜？他正在经受着巨大的考验，正在努力让自己别“毁人夺宝”。

入座后，宿雨觉得眼睛更疼了。

这金灿灿、红亮亮的桌子对面是个清风绕雾、淡薄如云的青柳少年。

巨大的反差让宿雨几乎睁不开眼！

撑住！宿雨告诉自己，朝烟都撑住了，他也要撑住！不能伤了清深大哥的心，不能让朝烟的努力前功尽弃！

且不提桃花妖的疯狂脑补，咱来瞧瞧尊主大人。

沈清弦面色不变，但细心些就能看出，那双漆黑的眸子中藏着亮光，一闪一闪的，煞是好看。

顾见深薄唇微扬，继续从乾坤袋中拿东西。

餐具之后便是正餐。

顾见深准备充足，拿出的饭菜精致可口同时还带着刚出锅的温度，显然是乾坤袋中仍有乾坤。

一道道美味佳肴上桌，眼睛被辣得生疼的宿雨也不禁咽咽口水。

看起来好棒！闻味道都觉得好吃极了！

何止好吃……是相当好吃，毕竟是唯心宫的大厨亲自烹饪的，走遍天道和心域也是独一份。

顾见深给沈清弦倒了红茶：“少爷，请慢用。”

这举动可算是非常细心周到了，哪怕是沈清弦，此刻也颇觉受用。

他吃不惯俗世之物，但桌子上摆的都是上好灵材，经由大师之手烹饪的佳肴，无论色香味皆是上上品，实在无可挑剔。

宿雨尝了一口后，整个人都惊呆了……

“这也太好吃了吧！”宿雨看向顾见深，脸上全是惊讶，“怎么会有这么好吃的东西？”

难怪沈清弦会挑食，吃过这样的美味哪里还吃得下他乾坤袋里的东西？

沈清弦吃了一块圆溜溜的金色小米球，宿雨看向他，满眼都是：好吃吧好吃吧，是不是很好吃？

沈清弦淡淡地道：“还行。”

宿雨：“……”

他也夹起一块小米球，放到嘴里后，他觉得自己快升天了！

入口即化，化后醇香，唇齿间像盛开了无数繁花，娇艳之态，灵动之姿，曼妙无双！

“太好吃了！”宿雨除了赞叹已经没法说其他的话。

他吃了一会儿像是想起什么一般，转头看向顾见深：“清深大哥，这些都是你做的吗？”

顾见深点头：“对。”

宿雨已经崇拜上他了。

沈清弦瞥了他一眼，那眼神中的含义，大概翻译过来就是四个字：厚颜无耻。

顾见深装作没看见，反正他说这是自己做的，他宫里的御厨也不敢说不是。

吃饱后，顾见深又道：“少爷请稍候，我收拾一下。”

宿雨连忙道：“我来帮你。”

顾见深道：“这点小事，不劳宿雨少爷费心。”

宿雨还想说点什么，沈清弦招呼他道：“没事，让他收拾吧，他做惯了。”

幸亏心域的人不在这儿，否则他们分分钟和沈清弦拼命。

他们尊贵的陛下，他们至高无上的帝尊，他们毕生崇拜的对象，此刻竟然成了做惯杂务的仆人？

宿雨凑到沈清弦身边道：“清深大哥真是个好人。”

沈清弦不置可否。

杀人如麻、以血问道的心域魔尊是个好人？

桃花妖这眼睛是该好好治治了。

宿雨莫名抖了下，这一瞬间，他总觉得好像看到了尊主大人……

顾见深收拾完后，大家就该启程继续“冒险”了。

宿雨兴奋地道：“总觉得吃了饭后力气更足了。”他举了举胳膊，觉得里面全是力量。

不是觉得，而是肯定足。

他们吃的都是稀世灵材，喝的全是琼脂玉酿，凡人就是尝一口就能开启修为。也亏了宿雨生于万秀山，得道于万灵之体，否则还真消受不起那些珍贵灵食。

沈清弦还在琢磨着玉简上的任务。

顾见深见他没动，装作恭敬其实戏谑地问道：“少爷，需要属下帮忙吗？”

昨天他是设了套才背起这位尊贵的“少爷”，今天想必是不可能背他了。

正这么想着，唇红齿白的少年扬了扬下巴道：“我累了。”

顾见深：“……”

沈清弦一脸淡定地伸了伸胳膊。

顾见深眼眸深了深，如天空般的蓝色里有了点火焰般的红色：“少爷想要属下背着您吗？”

沈清弦十分坦诚：“嗯。”

谁知昨天累得腰都快折了也不肯放手的男人，今天开始搞事了。

顾见深温声道：“您刚吃完饭，还是起来走一走吧。”

沈清弦道：“不要。”

顾见深唇边全是笑意：“少爷不要任性，属下是为您的身体着想。”

沈清弦眯起眼睛：“你还知道自己的身份？”

顾见深：“……”

沈清弦虽然矮了他一截，气势却足足的，仰头斥道：“仆人就该听从主人的命令，这还需要我教你吗？”

宿雨被吓了一跳，想上前打个圆场，顾见深却已经微微弯腰，将人背了起来。他的声音低低的，其中满是宠溺和纵容：“谨遵圣子所言。”

沈清弦冷哼一声，用胳膊环住他的脖颈。

顾见深顿了下，沈清弦已经乖巧地靠在他背上，闭上了眼：“我睡会儿。”

顾见深转过头，看着他白净的脸和纤长的睫毛，脑中浮现出的却是那个高高在上、风华无双的帝尊。

他凑近沈清弦，低语：“师叔。”

顾见深饶有兴致地转头看着背上的少年。

他没睁眼，长长的眼睫毛像蝉翼般微微颤了下，接着嫩色的唇微张，说出了秋风扫落叶般的两个字：“闭嘴。”

顾见深眼底笑意更深：“如果师叔想要与我成为知己的话，我可以的。”

沈清弦猛地睁开眼睛，黑白分明的眸子里倒映着顾见深的面容。

两人对视，互不相让。

宿雨回头看他们：“怎么啦？”

沈清弦扬声道：“放我下来。”

顾见深问得戏谑：“少爷不累了？”

沈清弦略微用力便挣开了顾见深，大步向前走去，头都没回，自然也没回应他那句话。

宿雨落后了一步，凑到顾见深身边，小声问道：“朝烟怎么啦？”

顾见深扬唇：“是属下惹他不高兴了。”

宿雨好奇地道：“清深大哥做什么了？”

顾见深盯着前头少年的身影，笑得意味不明：“没做什么。”只是多说了几句话。

宿雨更加纳闷，不过他也分得清楚，朝烟没真生气，估计是在跟清深大哥闹别扭呢……

哎呀……这么一想，宿雨又被萌一脸！

事实上，这俩都想太多了，尊主大人只是完成了任务，借机走人。

至于顾见深的三言两语，他哪里会放到心上？

“别扭”一直持续到了正午，一上午沈清弦都没和顾见深说话，宿雨倒是两边跑两边嘀咕。不过，他越嘀咕越发现，人家主仆二人的事，他这个外人完全插不上手呀！

月落秘境可不是太平之地，整个上午都无事发生是因为顾见深灵力外放，寻常野兽不敢靠近。

但三人越往里走，危机越重。

太阳高高挂在天空正中的时候，一声尖锐的惊呼破空而来！

宿雨立马握住了短剑，凝神戒备。

沈清弦正看过去，顾见深便一把拉住了他。

沈清弦看向男人。

顾见深直视前方道：“少爷身子弱，还请多加小心。”

这设定可真好用。

宿雨也道：“朝烟你别上前！”有了上次的经验，他谨慎了许多。

眨眼间，伴随着刺鼻的血腥气，几个狼狈的身影出现在他们面前。

这是三男两女，都是修士打扮，瞧衣着还颇为精致，应该不是无依无靠的散修。

最前头的男人头发散开，额间有鲜血汩汩留下，整个面色都因为失血过多而憔悴不堪。扶着他的是个纤瘦的女子，看起来也好不到哪里去，身上到处都是血，也许是身边男人的也许是她自己的，总之她看上去面目慌张，全是恐惧。

另外的两男一女也是狼狈至极，女人的胳膊受了伤，男人胸前衣衫被撕毁，最后那人几乎是被拖着走的，原来是腿断了！

这五人的模样实在凄惨，任谁看了都会心生怜悯。

宿雨本性纯善，此刻已经心急火燎："你们怎么了？"

"跑！"前头的男人嘶哑着嗓子喊道，"快跑啊！"

几乎在他喊完这句话时，宿雨便听到了大地震动的声音，紧接着一个小山般高的凶兽出现在他面前。

这凶兽极大极威武，眼睛如硕大银盘，獠牙像锋利长剑，四肢踏在地上，传来的就是轰隆隆的震天巨响！

宿雨傻眼了，和这头凶兽相比，他之前遇到的小雪花简直是个小可爱！

宿雨反应很快，转身就跑："朝烟、清深大哥！快跑！"

这凶兽他们绝对打不过，百分百打不过，不可能打得过！

"啊！"一声惨叫响起，之前那断了腿的男人被巨兽吞噬了！

在他身边的男女被吓呆了，满脸都是恐惧，他们惊呼着："不要……不要啊……"

那凶兽猛地扑过来，场面异常血腥恐怖……

宿雨看了全程，整张脸瞬间惨白，连唇色都趋向于透明。

第三章

拜入宗门

顾见深垂眸看了一下旁边的少年，轻声低语：“尊主可真残忍。”别人看不到，但顾见深看得一清二楚，虽然那几个人注定跑不掉，但也不至于现在就跑不动，是沈清弦使了绊子。

沈清弦面色平静：“罪有应得。”

顾见深笑了一下：“这样好吗？那桃花妖可是纯妖体。”

沈清弦瞥了他一眼：“那陛下觉得该如何是好？”

顾见深道：“小心爱护，好好宠着。”

沈清弦盯着他：“活在温室？”

“不好吗？”

沈清弦深黑色的眸子里依旧平静如古潭：“不好。”

顾见深薄唇微扬：“天道无情，师叔不愧为天道第一人。”

他俩交谈间，最前头的两个人也被凶兽追上，眼看着就要命丧于此，宿雨咬牙掉头，一把拉住那女人，将她从凶兽口中拽了出来！

女子惊魂未定，吓得满脸都是泪，哆嗦着道：“救我……救救我……”

宿雨那个位置已经在凶兽的攻击范围内了！小桃花干脆不跑了，站定，抽出长剑，要和凶兽殊死一搏。

凶兽却好像对他并不感兴趣，执着地想要杀死那个女人。

宿雨紧张得额间全是汗水，却没有退缩，用着蛮力和笨拙的攻击技巧来保护那个浑身都是血的女人。

凶兽终于被他激怒，转头开始攻击他。

只是对峙的第一下，宿雨就感觉到了彼此间巨大的差距。

压力铺天盖地而来，无法逾越的鸿沟击溃了他战斗的信心。

他愣了一下，凶兽的利爪已经近在眼前……

千钧一发之际，一柄深蓝长剑横在他面前。宿雨睁大眼，看着以薄剑抵住万吨凶兽的男人。

“清……清深大哥……”

顾见深低声道：“退后。”

宿雨踉跄起身，向后跑了好长一段，再回头时看到的是毕生难忘的景象。

凶兽很强，男人更强。

长剑飞舞，湛蓝光芒好似水中游龙。

原来战斗也可以如此美丽……

战斗并未花费太长时间，但是这个时间对九渊帝尊来说已经长得可以当笑话讲了。

但毕竟限制了修为，稍微用点时间也比较符合实情。

凶兽轰然倒地，宿雨也终于回过神来。

顾见深走近，问道：“宿雨少爷，你还好吗？”

宿雨慢慢回神：“多……多谢清深大哥。”

顾见深微笑道：“是少爷的命令，您还是谢少爷吧。”

宿雨转头，看向身后的朝烟。

沈清弦极轻地眯了眯眼睛，瞪了顾见深一眼。

顾见深装作没看见。

宿雨轻吁口气，正要开口，那浑身是血的女人竟颤巍巍地站起来，向着来处奔去。

“你要去哪里？”宿雨急忙起身，想拉住她。

那女人受了极重的伤，本该是一动都动不了的，但此刻像是被什么牵引着，蹒跚又兴奋地向着后方跑去。

宿雨追了上去：“别再跑了，你的身体会受不住的！”

女人什么都听不到，兴奋地呢喃着：“是我的，都是我的，那些都是我的了！”

她跑得很快，宿雨担心她，便跟了上去。

顾见深问沈清弦："不拦着？"

沈清弦抬头看他："帝尊竟如此妇人之仁？"

一直都涵养极好的帝尊大人抽了抽嘴角。

沈清弦抬脚向前，跟上去道："收起那无聊的同情心，该面对的就只能面对。"

顾见深嘴角扬起，走在他身后问道："尊主对自己人都这么狠心吗？"

沈清弦没看他："听闻九渊帝尊以血入魔，屠戮万千生灵。"

顾见深面不改色："我对自己人却是极好的。"

沈清弦看向他："谁与你是自己人？"

顾见深盯着他，忽然间，湛蓝眸子褪色，点点艳红升起，霸占了整个瞳孔之后，低声道："……你。"

沈清弦看呆了。

沈清弦第一次这么近的距离望进这双眼睛，仿佛站在万山之下：赤色夕阳将天边映红，如火枫叶将湖水照亮，身在其中，看尽斑斓壮丽。

顿了一下后，沈清弦问他："有人夸过你的眼睛吗？"

顾见深眉尾略扬，旋即他薄唇微勾，戏谑地反问："有人会这样与我对视吗？"

的确……就像整个天道没人敢直视沈清弦一样，整个心域乃至整个天道，恐怕也没几个人敢去看一眼顾见深。

他恶名在外，哪怕生得璀璨绮丽，也是用鲜血堆积的。

红色的眼睛，在天道视为不祥，所以他才换了个颜色来月落秘境。

沈清弦轻声道："红色很好看。"

顾见深愣了下。

沈清弦盯着他的眼睛道："这是我见过的最好看的眼睛。"

他说得很慢，声音里没有往常的冷淡疏离，反而有一丝柔软，响在顾见深耳郭里，震动在心间。

顾见深的眸色陡然变深，就仿佛翻涌的火烧云，层层叠叠地聚集在一起，创造了一个精美绝伦的火焰世界。

沈清弦弯唇："我也想要……"

他还没说完，身后传来了少年的惊骇声："怎……怎么会这样?！"

沈清弦和顾见深同时回神。

顾见深改变了瞳色，沈清弦瞬间从缱绻美色中走出。

态度变化之快、反差之大，饶是九渊帝尊也深感错愕。

不过他心情很好，看着沈清弦冷淡的脸，想到这人是天道唯一的涟华尊主，是他曾经只闻其名不见其人的天骄师叔……

顾见深越来越觉得陪沈清弦做这些事的决定是正确的了。

沈清弦走近宿雨，看到了意料之中的一幕。

眼前是个干燥温暖的巢穴，虽然笨拙，却满是母亲对孩子的爱，精心雕琢，仔细保护，养育着嗷嗷待哺的幼崽。

可现在这巢穴已经成了修罗地狱。

里面有五只稚嫩的小兽，身长约两尺，绒毛软软的，爪子嫩嫩的，眼睛似乎都还没睁开。它们的母亲虽然是一头凶悍猛兽，这小兽却极其可爱，纯白的毛发，柔软又无害。

可怕的是，此刻这些小兽全都被人用最残忍的手段谋害了。

看到这一幕的母亲是何等的震怒与心痛，只要是心中微存善念的人看到了也会心生不忍。

宿雨有点迷茫，那浑身是血的女人却大笑着扑过去，在死掉的小兽身体里摸索着。

宿雨猛地回神："你在做什么？"

女人兴奋到语不成调："兽丹，五枚银钱兽丹！是我的，都是我的了！"

在她眼中，那些小兽似乎不是血肉，而是一堆毫无价值的垃圾，她没有丝毫怜悯地翻找，在摸到一个银灰色的珠子后，她失态地放声大笑。

宿雨看着这一幕，慢慢地明白了是怎么回事。

这五个人为了这些兽丹残忍地虐杀了那些可怜的幼崽，只是在最后关头被幼崽的母亲发现了。看到孩子出了意外，哪位母亲也无法忍受，于是凶兽暴走了，疯狂追杀着这些凶残的刽子手。

这五人自然不是这头三阶凶兽的对手，被追得四处逃窜，然后遇到了沈清弦等人。

宿雨出手，为了救下他们，杀了那头凶兽……

可事实上，他救的是杀人犯，杀害的是一位痛失幼子的悲痛母亲。

这个冲击对宿雨来说实在太巨大了，他站在原地，双目无神。

沈清弦也不需要做什么，那女人已是强弩之末，跑到这里已经燃尽了最后的生命之火。

她垂涎这些兽丹，可事实上，此刻她连拥有它们的力气都没有。

在握紧那颗兽丹之后，她的身体也彻底倒了。一阵艰难的喘息后，她仰面躺下，摔在自己制造的血腥地狱里。

至死，她都紧紧握着那枚兽丹。

宿雨呆了很久才出声道：“她死了……”

沈清弦沉默地看着他。

宿雨生在万秀山上，未经世事，此次在月落秘境里走一遭，足以窥探到这世间的边边角角了。

“咕噜”一声，那女人身体绷直，紧握的兽丹滑落，掉进了被杀害的小兽尸体中。

看到这里，宿雨的神经彻底绷断了。他捂着头，满眼都是绝望：“是我的错，都是我的错！”

是他不分青红皂白地冲出去，是他非要救这些罪大恶极之人，是他……害死了这头只想着保护幼子的可怜母亲！

干净的白纸上沾染了血色，让人心生遗憾，可也有着异样的美丽，毕竟生存不可能是一个颜色。

沈清弦走近，握住了他的手：“它叫银钱兽。”沈清弦的声音很轻，似乎从遥远的天边传来，如一阵轻风，柔软却没有情绪波动。

“银钱兽是三阶凶兽，喜食人肉。之所以会叫这个名字，是因为它们吃人时都是整个吞掉，连身上的一枚银钱都不会放过。因为吃多了金银宝贝，它们的兽丹被淬化得极其珍贵，是修士们趋之若鹜的珍宝。”

听着沈清弦的话，宿雨的神态并未恢复，反而越发慌乱。

顾见深道：“先离开这儿吧。”

沈清弦道：“嗯。”

听到这句话，宿雨回神了，他的面色依旧苍白，但失焦的瞳孔已经慢慢聚拢了。

“等……等我一下。”宿雨沙哑着嗓门开口。

沈清弦点头道：“好。”

宿雨从乾坤袋里找出个宽柄长刀，笨拙地挖着土。

他埋了这些小兽，连带着那些稀世罕见的兽丹一起埋在地下。

最后他把那个女人和其他修士也埋葬了。

顾见深轻声对沈清弦说：“不提醒他吗？”

沈清弦不出声。

顾见深闷笑一声。

沈清弦斜他一眼：“心域修的不是随心所欲吗？”

宿雨此举也是随心的选择，虽然有莫大的后患在，但也是随心，顾见深又为什么要去干涉？

顾见深漫不经心地道：“随心，随的是我的心。”

他若是想提醒宿雨，那就提醒，这与宿雨的心情没有丝毫关系。所谓随心，是只随自己的心，若是听从了别人的心，那又何来随心？

沈清弦轻笑：“心域的道意果然别致。”

这形容词已经满是嘲讽味了，不过顾见深没生气，反而觉得很有趣。

将一切都安顿好，虽然很累，但是宿雨的精神状态好了许多。

“我们走吧。”宿雨道。

一路无话，三人一直走到了天黑。

用过晚餐后各自休息，沈清弦抽空查看了一下玉简，发现夸奖眼睛的任务已经完成了。

沈清弦还有些纳闷，不是说夸奖不少于三句话吗？

之前被宿雨打断了，他还以为任务完不成了，原来那半句“我也想要……”也算夸奖？

果然是一枚愚蠢的玉简。

（玉简瑟瑟发抖中……）

说起来……顾见深的眼睛变色的时候似乎还对他说了句话？

说了句什么来着？

沈清弦只顾着看他眼睛去了，还真没留意其他，不过想来也不是什么正经话，没听到也就罢了。

玉简如今一亮就害怕，一害怕就冒字，也不管沈清弦在想什么，察觉到他在盯着它，它就哗啦啦冒出来一行字。

“其九，天很冷，地很硬，请和顾见深一同入睡！”

沈清弦沉默了一会儿。

玉简已经麻溜地装死了。

尊主大人看了看天梯，决定忍下来，继续搬砖。

一起睡？

沈清弦转头看向顾见深："你睡了吗？"

顾见深靠在树边，在他转头的时候已经看向他。

沈清弦窝在睡袋里，只露出一双大眼睛："你冷吗？"

顾见深没听透这话中深意。

沈清弦软声道："我有些冷。"

顾见深："……"

顾见深害怕自己会错意，于是问道："需要我帮你再生一堆火吗？"

眼下的情况，柴火为分界线，宿雨在左边靠着树，沈清弦在右边，离顾见深很近，两人小声说话也不必担心宿雨会听见。

沈清弦盯着他，开门见山地道："过来。"

如果不是少年的模样，这两个字的威慑力会增加十倍百倍。

现在嘛……

顾见深弯唇一笑，起身走过来："少爷有什么吩咐？"

他声音恭敬，姿态却是居高临下，眼底也全是戏谑。

沈清弦懒得看他这副假模假样，直接道："躺在这边。"

"装死"的玉简抖了抖，哎呀……尊主过于耿直！

顾见深眼底笑意更深，道："少爷这么大了，还怕一个人睡吗？"

沈清弦不出声，就这样安静地盯着顾见深。

顾见深也没继续逗沈清弦，顺着他的话说道："属下明白了。"

话音落，顾见深躺在了沈清弦旁边。

沈清弦似乎从未跟人一起睡过，没修炼前他是孤儿，被师父从草堆里捡了回去。

入了宗门，因为资质卓群，他被选进内门，衣食住行都是一等一的。

之后更不必提了，资源好、体质佳，悟性也是万里挑一，最重要的是心性强，虽然也遇到了无数挫折，但他走得一步比一步高，直至今日。

到了现在，别说是他的床榻了，连整个万秀山，都没人会轻易来打扰。

原来有人在旁边是这样的感觉，挺不错的。

沈清弦闭上眼睛。
顾见深却不想就这样算了，凑近道：“师叔，你是不是想同我处好关系？”
沈清弦睁开眼，长长的睫毛像张开的扇面，煞是好看。
顾见深含笑看他。
沈清弦看到顾见深蓝色的眼睛，毫不留情地吐出三个字：“想多了。”
顾见深：“……”
说完，沈清弦就一脸嫌弃地闭上眼睛。
顾见深闷笑一声，心里痒痒的。
他变了下瞳色，又说道：“既然这样的话，那我就不打扰师叔休息了。”
沈清弦闭着眼道：“待在这儿。”
顾见深道：“不好吧？”
沈清弦睁开眼，一下子跌进了光华流转的红色眸子中。
到嘴的话霎时间就没了，沈清弦眼都不眨地看着他。
这时，略远的地方传来了宿雨的声音：“朝烟，你睡了吗？”
沈清弦猛地回神，顿了下才扬声道：“没睡。”
宿雨犹豫了一下还是慢慢地用低哑的声音说道：“我……到底该怎么办？”
桃花妖迷茫了。
也难怪，成长的阵痛嘛，每个人都会经历。
虽然沈清弦这辈子就教过三个徒弟，但他对万秀山上的生灵都很照顾。
宿雨没了做桃花时的记忆，但沈清弦还记得这小家伙是长得最红最艳的那一朵。
冲着这点，沈清弦也愿意指点他一二。
沈清弦问他：“你觉得该怎么办？”
宿雨小声道：“不明白。”
今天发生的事，让他很难分出是非对错。
人类残害那些毫无还手之力的小幼崽，只为抢走兽丹。
凶兽震怒之下攻击人类，是为孩子报仇。
宿雨干涉了，顾见深为了救宿雨，杀了凶兽。
宿雨以为自己做错了，可沈清弦又告诉他，这凶兽不知害了多少无辜人类。
宿雨刚刚入世，最难的一个问题莫过于对与错。
谁对谁错？谁善谁恶？怎样去分辨？分辨不出该如何抉择？宿雨茫然了。

沈清弦正想开口，顾见深竟然出声了："你觉得对，那就是对，你觉得错，那就是错。"

沈清弦瞪他一眼。

顾见深小声道："妖族本来就适合待在心域，何必拘了他的性子？"

宿雨还是很崇拜顾见深的，听到他的话，又问道："可是我起初觉得自己对了，然后又觉得自己错了，接着又……"

顾见深又回他："这也没错，心本来就不是一成不变的。这一刻对，那就是对，下一刻错，那就是错，别禁锢了它，它就是你。"

这番话对宿雨还是很有冲击力的，他半晌都没出声。

沈清弦小声对顾见深道："所以心域才会有那么多肆意妄为、浪荡无法之徒。"

顾见深一脸笑意："像我这样的？"

沈清弦危险地眯起眼睛。

顾见深有恃无恐。

纵观全局的玉简觉得自己还不如昏过去来得爽快！

人家宿雨正在为人生真谛烦恼困扰，你俩却在打闹，这样好吗？真的好吗？

宿雨毫无所觉，认真地想了会儿后拿定主意了："清深大哥，明日你能教我修炼之法吗？"

顾见深正要开口，沈清弦便扬声道："我族的功法不适合你。"

不能让顾见深教宿雨，万秀山上的灵物怎能成了心域的傀儡？

顾见深也不好勉强，毕竟是自己写的剧本，还是顺着演下去："虽然我不能教你心法，但可以教你一些作战技巧。"

宿雨已经打起精神来："有劳清深大哥了！"

他要变强，他想变强，变强了才能看到更多，才能拨开迷雾见明月！

宿雨解开心结才察觉到一些不太对的地方，他掉转头，穿过柴火堆看过去："清深大哥你睡在哪儿？"

顾见深："……"

沈清弦："……"

宿雨努力睁大眼看过去，还是没看到顾见深的身影。

半晌，他又好奇地道："朝烟，你的睡袋好大啊……"

其实曾子良给他们准备的睡袋都很大，不过有自动收缩功能，宿雨和朝烟身量差不多，可此刻朝烟的睡袋比他的大了一倍不止。

宿雨担忧地道："你的睡袋是不是坏了？会不会冷？要不要换个？"

这话也是有道理的，睡袋裹着才暖和，空荡荡的，那么大，肯定冷！

沈清弦可不想宿雨看到他这边的情况，扬声道："没事，我故意弄这么大的。"

宿雨诧异道："不冷吗？"

沈清弦道："我热，所以弄大点凉快。"

宿雨非常震惊："原来你们青柳是热性体质……"

他都冷得卷紧被子只露眼睛了，朝烟竟然还觉得热！

"那好吧……"宿雨说道，"你早点休息。"

沈清弦嗯了一声。

没过多久，宿雨已经呼吸绵长，显然是睡着了。

两位大佬可睡不着。

顾见深小声问他："少爷热吗？"

沈清弦道："冷。"

顾见深："那我给你取暖。"说着施了个术。

沈清弦："……"

顾见深等着他投降，然而涟华尊主从来不知道投降为何物。

他也施了个术，让自己的身体变成冰块一样冷。

比天还冷，比地还硬。在这寒风阵阵的小地方，身边有这么个大冰块，有多销魂只能问顾见深了。

不过沈清弦能施术，顾见深也能，他把自己变得滚烫，像个烧红的烙铁一样烫。

两人一冰一热，冻死人又烫死人。

沈清弦哪里会认输，他让自己的体温降了又降，誓要把顾见深给冻住。

顾见深便让自己体温热了又热，决心将身旁的冰块给融化。

一来二去，两人一晚没睡。

热的？不不不，是累的。

那可是相当累，毕竟施术施了一夜，能不累吗？

天亮后，宿雨打着哈欠从睡袋里爬出来。

“咦……朝烟你没睡好吗？”

沈清弦：“……”

转眼宿雨又看到了顾见深：“啊，清深大哥你是为了守护我们，所以一夜未眠吗？”

顾见深：“……”

昨晚的事实在有辱大佬风范，两人不约而同地选择岔开话题。

沈清弦道：“过来吃饭吧。”

宿雨也没怎么纠结，他心里惦记着修炼的事，只想吃饱喝足快点干正事。

顾见深已经准备好了早餐，依旧是华丽丰盛又美味。

宿雨心服口服，一边吃一边夸，只恨自己文化不高，会的词太少……

沈清弦淡定多了，连正眼都没给顾见深一个。

由于他一直是这副模样，所以宿雨并未察觉异样，而顾见深入戏得很，乐意哄着他家“少爷”玩。

吃过早饭，宿雨眼巴巴地看着顾见深。

沈清弦便道：“既然都说好了，那你就教教宿雨吧。”

顾见深道：“是。”

沈清弦看着他那假恭敬的模样，嘴角微勾，又加了句：“修习武技是很辛苦的事，宿雨你可莫要懈怠。”

宿雨连忙道：“我不怕吃苦！一定会好好学的！”

沈清弦又嘱咐道：“清深的体力极好，你就不必客气了。”

他还是第一次叫“清深”这个名字，顾见深忍不住看了看他。

他满脸冷淡，一副高高在上的模样，眼尾却有点狡黠，像只小白狐。

顾见深低下头，嘴角却扬得更高了，心域的人都爱说涟华尊主是举世无双的一株白莲花，他却觉得涟华尊主是只高傲的白狐，容貌倾城，睥睨一切。

宿雨哪能想到清深大哥和朝烟之间发生了什么，只当朝烟是在提醒他，连忙道：“放心，我体力也非常好！”

一定要坚持住，宿雨想着，清深大哥不会累，我也不会累，要抓住这千载难逢的机会。

挖好坑后，沈清弦心满意足地坐在一边喝茶。

经过昨晚的施术斗气，顾见深现在的灵力透支了大半，基本是空空如也。

毕竟都压制了修为，无论是灵力储存上限还是吸收速度都大打折扣，和平常能进入月落秘境的“高手”并无二致。

两人昨晚较量一宿，沈清弦都累得只想坐着喝茶了，想必顾见深也是如此。

可怜少爷可以喝茶，仆人却得陪练。

尤其这桃花妖还是个“小怪物”。

毕竟是万秀山上的灵物，资质高，体质极好，再加上昨天受的刺激和沈清弦今天的三言两语，宿雨打起了十二分精神，干劲满满！

沈清弦端着茶杯，漫不经心地道：“清深，宿雨是我的好友，你可要用心教。”

顾见深垂下眼帘，眸中全是锋芒，声音却异常恭顺：“属下明白。”

沈清弦轻笑一声，喝了一口杯中灵茶，只觉得风味绝佳。

一整天，宿雨都秉持着勤学苦练的基本原则，拼命求学。

他一个桃花妖都不说累，心域的帝尊大人会说累？那是会让人笑掉大牙的。

两人一刻都没停歇，折腾得尊主大人心神愉悦。

他们都这么累了，沈清弦还不忘指使顾见深，宿雨再怎么能干也需要中场休息，这休息的时间，顾见深就来“伺候”小少爷了，端茶倒水准备午餐……

一整天忙下来，沈清弦拉住了顾见深的衣袖。

顾见深自始至终面色未变，还是从容不迫的优雅模样：“少爷还有什么吩咐？”

沈清弦压低声音道：“陛下如此擅长伺候人，不如日后随我回万秀山做个奴仆吧。”

顾见深蓦地凑近他，在他耳边说道：“唯心宫是整块金红玉所建，尊主不想去看上一看？”

沈清弦眼睛一亮……金红玉啊。

顾见深又道：“来唯心宫，我保证能将尊主招待得舒舒服服。”

沈清弦想到心域的随心所欲，顿时没了兴致，推开他道：“消受不起。”

修炼一整天，入夜后宿雨早早睡下，没多时便沉入梦乡。

这家伙满脑子都是新学的剑术，梦里还在背口诀……一句一句的，让准备干正事的沈清弦一度以为他没睡着。

再三确认桃花妖是真的睡着之后，沈清弦又开始“搬砖”了。

是有新任务了？

不……上一个任务还没完成。

昨晚他和顾见深是躺在一起了，可惜都没睡，两人对战，都累得要命，哪里睡得着？

可怜任务是很简单，就是一起睡觉，闭上眼睛，放空大脑，好好休息那种睡，可没说让他们对战一宿。

沈清弦白天一个劲地坑顾见深，也是为了晚上的搬砖大业。

把这家伙折腾累了，进了被窝可不就闭眼即睡？

顾见深一睡，他也可以睡，任务就完成了。

某种程度上，心域众人对于沈清弦的评价是很中肯的，涟华尊主十分担得起“黑心莲”这个形容词。

尤其是在对待“敌人”时，可以说是相当黑了。

沈清弦道：“睡觉吧。”

顾见深没出声，就这样看着他。

“怎么？”沈清弦又用起了激将法，“陛下怕了？”

顾见深低头看他：“怕什么？”

沈清弦有些不自在，顾见深故意靠近他问道：“怕师叔会伤害我？”

沈清弦：“……”

顾见深眼底全是笑意，本就妖艳的红眸此刻像蓄满了阳光的红宝石，好看得惊人。

因为这双眼睛，沈清弦忽略了他言语中的挑衅，变得异常“乖巧”。

“睡觉。”

沈清弦闭上眼睛，呼吸匀称，似乎真的睡着了。

可事实上……

顾见深问他：“师叔你为什么要来这月落秘境？”

沈清弦闭着眼反问：“你又为什么要来？”

他俩都是超脱于世外之人，这小小的月落秘境就像个蚂蚁一样，实在没有一丁点值得他们二人关注的地方。

可现在他们不仅来了，还刻意压制了修为，生怕毁了这个地方。

这月落秘境有什么蹊跷之处吗？

他们都很清楚：没有。

所以，为什么？

沈清弦当然是为了玉简上的任务。

虽然听起来很荒谬，但天梯的确多了五块砖，这就由不得他质疑了。

大道如此，潜心修炼便是。

这也是天道一直以来的修炼观念。

当然沈清弦不会把这些告诉顾见深。

顾见深如今一副千好万好的模样，那是因为奈何不了沈清弦，若是让他知道修复天梯与他有关，顾见深指不定得搞出什么幺蛾子。

沈清弦不会让自己的把柄落进顾见深手中的。

顾见深心里的想法和他八九不离十，当然嘴上满是正经："论道初见，魂牵梦萦，总盼着能与师叔再见一面，恰好察觉到您来了月落秘境，所以才跟了过来。"

理论上……顾见深的确比沈清弦晚来了一步，这么说似乎也没毛病。

沈清弦见招拆招："是宿雨想着下山历练，我闲来无事，索性四处走走，顺便看看如今别人的修炼之道。"

顾见深又道："原来如此。"

沈清弦客套道："只是没想到，此举竟叨扰了陛下。"

顾见深："怎能如此说？能与师叔再见面，是见深大幸。"

沈清弦面上微微笑，心里呵呵呵。

看起来似乎彼此都回答了对方的问题，看起来好像都理由充分、有理有据，但其实……两人心有灵犀地琢磨着：沈清弦（顾见深）到底要干什么？

继续聊下去也只是车轱辘般没营养的废话，沈清弦不想再浪费一宿，闭上眼道："睡吧。"

顾见深缓声道："好。"

这次两人都没较真，没去争个谁先睡着，谁后睡着……

毕竟睡觉这事对他们来说和其他人不一样。

哪怕睡着了，神识也是醒的，只要有一点风吹草动，立马就会清醒，完全不必担心对方趁自己睡着搞偷袭。

大约是沈清弦先睡着的，顾见深倒也没比他晚多少。毕竟折腾了一整天，疲乏困倦来袭，他不知不觉就睡着了。

皎皎月光，睡着的两个人美好得像一幅画，足以让小虫停止低鸣、夜风停止呼啸、树叶停止摇曳……因为舍不得惊醒他们。

第二天，顾见深一动，沈清弦便睁开了眼。

顾见深道："你醒了？再睡会儿吧，我出去给你们准备早餐。"

沈清弦本想说"好"，而且两人也该分开了，万一宿雨醒来，看到两人，不知道会想什么……

他看了下玉简，忽然道："等一下。"

顾见深："怎么了？"

任务没完成……

哪里不对？他们明明都睡着了，难道顾见深一宿没睡？

不可能……他绝对是睡了的。

时间不够？

沈清弦脑袋转得极快，立马想出了数个可能并且筛选出最可能的一个——天还没亮。

沈清弦闷声道："天都还没亮。"

顾见深怔了下。

沈清弦认真地搬砖："你再睡会儿吧。"

顾见深："……"

天亮后，玉简终于不作死了，那任务变成了浅灰色。

沈清弦看着天梯上又多了一块砖，顿觉干劲十足，去上界指日可待！

说起来还有个讨要金龙的任务没完成，沈清弦想着该怎么把话题往这方面引上一引。

这时身边传来了宿雨的声音："昨晚睡得真好。"

宿雨醒了！

沈清弦还和顾见深躺在一起！

可怜以他们现在的修为都没法使出类似于瞬移之类的法术。

宿雨伸了个懒腰道："朝烟，你还在睡吗？"

沈清弦："……"

宿雨四下张望了一番："清深大哥呢？"

沈清弦警告地看了顾见深一眼。

宿雨已经走过来了，边走边小声道："你怎么又把睡袋弄得这么大？真的不会着凉吗？"

顾见深扬声道："还真着凉了。"说着他对沈清弦眨了眨眼睛。

沈清弦竟然瞬间领会了……

沈清弦运转灵气，让自己的脸红了红，然后又咳嗽了一声。

宿雨快步走过来：“受寒了？”

走近后，看到眼前的景象，宿雨立马呆住了。

睡袋中，还有顾见深……

宿雨：“……”

顾见深道：“他昨晚一直喊冷，我过来照顾他。”

宿雨半晌才找到声音：“我……我……去烧水。”受寒了，喝点热水还是很管用的。

宿雨一走，沈清弦又踹了顾见深一脚：“出去。”

顾见深：“师叔好薄情。”

沈清弦：“……”

宿雨再回来的时候，顾见深已经在准备早餐了，沈清弦披了件长毛大衣坐在那里。

宿雨把热水端给他，沈清弦只得继续装病，小声道：“谢了。”

宿雨道：“昨天我就让你不要把睡袋弄这么大，你偏不听，这下可好了！”

“……”

鬼鬼祟祟的玉简：不要面子啦！我们涟华尊主不要面子啦！竟然让桃花妖给训了！

沈清弦能说什么？只能把热水当成顾见深，喝他个一干二净。

之后一整天，宿雨认真修炼，沈清弦好好“养病”，顾见深身兼数职，一边当老师一边当仆人。

晚上睡觉时，顾见深问沈清弦：“少爷，需要我帮您取暖吗？”

沈清弦装病装得很累，压低声音：“滚。”

顾见深伸手在他额头上碰了下道：“还行，稳定下来了。”

沈清弦瞪了顾见深一眼。

刹那间，整个月落秘境都抖了抖！

宿雨吓得连忙爬起来：“怎么了？出什么事了？”

这杀气好可怕，莫非有什么高阶凶兽出没？

不止宿雨，所有在月落秘境的人都被吓了一跳，一个个祭出法器，凝神戒备。

好在下一瞬，这杀气收敛，月落秘境又恢复了平静。

沈清弦背过身，裹在睡袋里闷不吭声。

顾见深眼中嘴角全是笑意，心情好得不像话。

沈清弦怎么就忍下来了？玉简兄劳苦功高。

就在沈清弦杀心大盛时，玉简的“其四，不得对顾见深起杀心”越变越深，都快成深黑色了。

与此同时，玉简下冒出一行字：“补充：变成深黑将前功尽弃！”

天梯上那可怜兮兮的六块砖非常应景地晃了晃，一副“你敢杀了顾见深，我就掉下来给你看”的架势……

沈清弦只能忍了！

因为沈清弦这一怒，月落秘境引起了无数大能的重视。

这冲天而起的磅礴灵气！这如山似海般的惊人杀意！

难道是有圣物出世？难道是有凶兽入圣？

一时间天道也好、心域也罢，一堆元老级别的人物召开会议，商谈这月落异象。

当然这异象还不足以引起天道六派和唯心宫的重视。

毕竟叶湛、曾子良……还有唯心宫的护法们，都是当世的压阵大能，一点小事还不足以让他们上心。

幸亏他们没上心，否则月落秘境百分百原地爆炸。

不提曾子良等人，单是叶湛这个尊主的忠实粉丝，如果发现这灵气是来自自家尊主，那还不第一时间冲到月落秘境？以他那修为，月落秘境从此可以改名为月落废墟了。

三日后，宿雨走出了月落秘境，顾见深和沈清弦自然也陪着。

宿雨学习能力极强，顾见深能教的都教了，之后就需要修炼一门合适的心法了。

沈清弦正想问一下宿雨日后的打算，他的玉简又闪了闪。

“其十，与顾见深拜入同一宗门。”

“其十一，与顾见深共居一室。”

拜入同一宗门？

沈清弦越发觉得玉简是智障。

他和顾见深师出同门，论辈分，顾见深还得喊他一声师叔。他们本来就是一个宗门，哪里还须再拜入同一宗门？

玉简还没断气，赶紧又冒出一行字：“补充：过去不算，只看现在！”

沈清弦：“……”

玉简生怕大佬不明白，赶紧再冒出一行：“拜入同一宗门，住进……”

一句话没说完，玉简没气了。

愚蠢……

沈清弦很不解，大道怎么会指派这么个笨蛋来协助他修复天梯？

算了，看在天梯的分上，不计较了。

拜入宗门不难，全天下这么多宗门，他想去哪儿谁都拦不住，问题是如何能和顾见深拜入同一宗门呢？

这家伙是心域的帝尊，会愿意拜入天道的宗门？

出了月落秘境，外头有不少宗门在招募弟子。

这也是勇闯月落秘境的一大好处，这个秘境的出口只有一个，只要能从这里走出来，就说明横跨了整个秘境，显然是有一定实力和机缘的。

一些小的宗门为了招揽优秀弟子，常年在此处驻扎门人，期望能收获到出众的人才。

出去前，沈清弦问宿雨：“你之后有什么打算吗？”

宿雨道：“我想继续修炼！”

沈清弦道：“你回一趟万秀山，尊主自会帮你安排。”

宿雨摇摇头道：“尊主大人既让我下山，便是希望我自行历练，没点成绩我怎好意思回去见他老人家。”

沈清弦又道：“那你可以去见一见曾子良。”

宿雨连忙道：“不妥当，曾大人肯定会给我最好的修炼环境和资源，但这不行的……”

在月落秘境待的这几天，宿雨切实感觉到自己和其他人的差距。

不是资质不是资源，而是阅历。

修炼之路漫漫，不是仅凭一腔热血就能触碰大道的。

沈清弦微微点头，表示赞同。

宿雨又问他：“朝烟，你打算和清深大哥回族里吗？”

是了……顾见深给他俩加的人设是他们同为青柳一族，顾见深是来接圣子回去的。

不等顾见深开口，沈清弦先一步说道："我不回去。"

宿雨眨了眨眼睛："怎么？"

沈清弦一本正经地胡说八道："回族里我只会被当成圣子，长老们肯定会把最好的给我。就像你说的，修炼之路没那么简单，活在安逸的环境里，哪怕修为高了，日后也难有大成。"

宿雨看了看顾见深，很担忧："可是……"

沈清弦也看向顾见深。他仰着头，紧绷着脸，水色的眸子里却有浅浅的祈求："清深，我们不回去好吗？"

顾见深明显怔了下，接着俯身，行了个礼道："谨遵圣意。"

沈清弦心里呵呵，面上却满是信赖："谢谢你，清深大哥。"

这称呼一出，沈清弦都被自己的言语惊到，半句话都不想再说。

宿雨是最高兴的，太好了，他们还能在一起！

他们一出月落秘境，便有一位瞧着仙风道骨、其实还没筑基的修士走上前："天武峰广纳门徒，不知三位可有兴趣前来一看？"

宿雨正好奇呢，那头又有一位曼妙女子迎来，开口便是："三位小兄弟资质卓绝，我们森罗苑才是你们的最佳选择。"

那位仙风道骨的修士立马垮下脸来："小兄弟切莫被邪人所惑，那森罗苑是心域魔修！"

女子立刻道："我心域求的是问心无愧，哪是你们这些伪道学能明白的？"

那修士也是一点就炸："问心无愧？杀人如麻、肆意纵欲、荒唐不堪，也敢称无愧？"

女子理直气壮："杀该杀之人，行心之所向，何愧之有？"

别说招募弟子了，这俩已经先吵翻天了。

宿雨满头黑线地绕过去，还吐槽了一句："好幼稚。"

沈清弦和顾见深同时体会到何为会心一击。

喀喀……也不是，门徒争吵是门徒的事，他俩和气得很。

至于第一夜，那堪称幼稚祖师爷的冰火两重天，两位大佬都选择性遗忘了。

宿雨还是很有想法的，卖力吆喝的一般是收不到人的小门小派，正规成系统的门派都是等着人去拜访的。

比如眼前的子午观，端庄大气，严肃内敛，更重要的是，后头排队报名的队伍极长，看不到队尾在哪里。

宿雨眼睛一亮："我们去那里看看吧！"

沈清弦眉毛挑了下。

如果他没记错的话，子午观是叶湛掌管的门派。

他对这个徒孙还是很有印象的。

主要因为叶湛是实打实地尊敬尊主，每次见着沈清弦都异常激动。如今老了还好些，记得初任掌门的时候，沈清弦见了他一面，这家伙回去后躲在屋里七天七夜没出来。

叶湛的师尊赤阳子担心他，去踹他房门，结果看到这家伙哭得眼睛都肿了。

赤阳子："你这搞什么？"

叶湛哽咽道："得见尊主，感激涕零！"

他师尊都想把这蠢货逐出师门了。

赤阳子把这事当笑话说给自己师尊也就是沈清弦听了，沈清弦就把这孩子给记住了。

好歹他哭了七天七夜，沈清弦就这么忘了太不好。

按照沈清弦的设想，他只想进一个没徒孙、没徒徒孙的门派，这样就不用担心被人认出来，省事不少。

可看到那两个吵成一团的幼稚鬼，沈清弦觉得还是别委屈自己了，好歹子午观瞧着还像回事些。

虽然队伍很长，但因为只是登记名字，所以进度很快，没多时就轮到了他们。

宿雨在前头，他还挺紧张的，站得笔直，眼睛亮晶晶的。

坐着的那位修士问了他几个问题，略作统计便说道："明日请到子午山下等待考核。"

宿雨赶紧应下。

沈清弦和顾见深也是如此，只不过那人多看了顾见深好几眼。

倒不是顾见深暴露了，而是他长得太惹眼，不只是这位修士，排队的时候就有一堆人不停地偷瞄他。

离开的时候，沈清弦小声在他身边说道："陛下姿颜绝丽，招人垂怜。"

这话也只有涟华尊主敢说了。

当夜，他们歇在子午山下。

虽说明日考核，但也没什么可紧张的，这种入门的考核无非是看看资质。

宿雨那资质，肯定是没问题的。

沈清弦和顾见深哪里会担心这种事？他俩还在说悄悄话。

顾见深问沈清弦：“尊主就不怕我毁了子午观？”

子午观是天道六门之一，可以说是肱骨之地，顾见深这个心域帝尊潜入这种地方，可以说是极具威胁了。

沈清弦瞥了顾见深一眼：“你毁得了？”言下之意就是，你当我不存在啊？

顾见深忍不住逗他道：“师叔在的地方，我自然毁不掉。”

沈清弦：呵呵……

忍住，一切都是为了搬砖。

一夜很快就过去，隔日他们齐齐来到子午山下。

考核的确不难，先爬山梯，后承灵压，再看灵田。

爬山梯像春游，三人有说有笑间就完事了，虽然同行的倒下了三分之二。

承灵压像挠痒痒，两人还没感觉到什么就结束了。虽然这次连宿雨都面色苍白外加大汗淋漓，其他人更是腿软得快跪下了。

最后就是看灵田了。

其实这一套考核的真正目的只在最后一项。

灵田是天生资质，规模越大意味着灵力储存量越足，那修炼起来也就事半功倍。

怎么判断灵田大小？最简单的方法就是消耗。

爬天梯也好、承灵压也罢，其实都是在消耗，如果这两项结束了还有剩余，那就说明资质尚可，可以入门。

但入门还有内门、外门和记名弟子之分。

这个区别就要在最后一关判断了。

为了激励大家，修士们还把这些等级所享有的福利都逐一列了出来。

比如内门弟子有自己的洞府，资源极多，还能得到长老的亲自教导，前途堪称无量，当然名额极少，数十年难有一位。

外门弟子相对差一些，但也是正经的子午观弟子，如果发奋努力，以后也是有前程的。至于记名弟子嘛，就跟仆人差不多了。

沈清弦不关注这些，他看到的只有关于住宿那一点。

内门弟子——独居。

外门弟子——双人小屋。

记名弟子——通铺。

宿雨看得更仔细些，说道："估计我剩下的灵力也就能进外门了……"

说着他看向沈清弦道："朝烟，如果我们都进了外门，刚好可以住一起！"

沈清弦："……"

不……少年，你必须进内门！

外门是双人小屋，刚好符合沈清弦的任务要求，只要他和顾见深一起进了外门，那就可以住在一起，任务完成，皆大欢喜。

前提是没有宿雨捣乱。

如果宿雨也进了外门，那么他肯定会想和沈清弦住一起。

沈清弦也不好说一句：我想和我的仆人住。

毕竟是仆人嘛，睡什么外门，就该睡门外。

为了避免这个情况出现，沈清弦是一定要将宿雨送进内门的。

至于记名弟子？宿雨出自万秀山，怎么能当仆人？他们万秀山可没有给人当仆人的癖好。

想要将宿雨送入内门，对沈清弦来说是一件再简单不过的事。

别说是直接灌注灵力这种小事，扩撑灵田这种普通修士听起来不可思议的动作沈清弦也可以轻易为之。

进不进内门，看的无非就是灵田大小。

他帮宿雨扩一扩，小事一桩。

心里这么想着，嘴上沈清弦还在哄着宿雨："嗯，如果我们一起进了外门，那就住一起。"

宿雨开心得笑弯了眼睛。

顾见深看了看他们，眉毛扬了扬。

难道宿雨真的以为顾见深应该睡门外？不不不，宿雨是个好孩子，他很了解清深大哥的实力，认为以顾见深的灵田资质肯定是有资格进内门的！

宿雨在心里暗自决定：等清深大哥去了内门，他一定会代替清深大哥好好照顾朝烟的！

多么好的孩子啊，可惜他的期望只能落空了。

轮到宿雨去考核灵田了，他还是有些紧张的，毕竟体内灵力所剩无几，万一失误，不小心成了记名弟子，那就丢脸丢大了！

考核的修士嘱咐他道："放开灵田，一定要拼尽全力！"

宿雨郑重地点头：“好！”

现在还不急着帮他扩张灵田，沈清弦想的是直接给他灌注灵力，让他先通过考核。

让人尴尬的是，因为离开俗世已久，沈清弦也不清楚怎样的成绩才算是可以进入内门修炼的天骄……

他倒是可以用神识扫一下面前负责考核的修士，但这是在子午观下，只怕他稍微放出神识，下一秒叶湛就跪在他面前。

那还进什么外门？直接空降北殿，成为座上宾。

哦，之后还会有些越传越不像话的流言，比如：涟华尊主修为尽失，幻化样貌，打算入子午观重新修炼……

这么一想，沈清弦就熄了惊动叶湛的念头。

试试吧，总之少点，给宿雨一头发丝的灵力应该够了。

宿雨的手放到测试灵力的水镜上时，沈清弦精准无误地给了他一根“头发丝”的灵力。

下一瞬，异象冲天，磅礴如山的灵力照亮苍穹！

沈清弦：“……”

顾见深：“……”

宿雨：“……”

现场剩余的人都一脸迷茫，好一会儿都没反应过来发生了什么。

终于，负责考核的修士先回神，噌地站起，胡子都快翘上天了：“小……小兄弟！你……你……”

因为太兴奋，他连话都说不利索了！

他旁边的修士相对镇定一些，但也是脸面通红，激动不已：“百年……不……千年难得一见的奇才啊！赶紧通知福庆长老！赶紧……赶紧的……”

宿雨已经拿开了手，呆呆地看着自己的掌心，脸上一片迷茫……

什么情况？他的灵气有这么足吗？不对啊！

沈清弦转头，盯着顾见深。

顾见深清清嗓子，目不斜视地看着前方。

究竟是怎么回事？难道沈清弦一根头发丝的灵力有这样大的威力？

当然，咱们尊主“头发丝”的灵力也是很厉害的，但还真没到这个地步。

主要是因为当沈清弦给宿雨灌注灵力时，顾见深也帮了根“头发丝的灵力”。

不想让沈清弦和宿雨住一起，更不想睡在门外的心域帝尊奇迹般地和自家师叔的想法撞一起了。

第四章

致力于搬砖

不能让宿雨在外门，那就让他去内门吧。

因为不愿暴露自己心域身份的顾见深也没用神识，同样估摸着“头发丝”的灵力应该差不多够用了。

于是，被两根头发丝的灵力加持的宿雨爆发了！

即便只是一根头发丝，宿雨也已经是内门弟子中的佼佼者了，居然又翻了一倍，可想而知有多可怕！

那位负责纳新的长老来得很快，看到水镜上充盈到快要爆炸的灵力，他满脸都是喜色。

不得已之下，沈清弦只能依此标准拓宽了宿雨的灵田。以至于这位长老握住宿雨的手腕后，兴奋得差点没跳起来！

“奇才奇才！听闻几千年前，赤阳圣人的灵田便有如此广阔！”

赤阳子是沈清弦的二徒弟，如今三圣之一，也是传说中的传说了。

沈清弦回忆了一下……

好像赤阳子刚入门的时候灵力的确一般，比沐熏和夏停差远了。

原来那样的灵力都已经是广阔了……早知道他给少点的……

其实也没这么夸张，因为叶湛师承赤阳圣人，所以整个子午观都对掌门的师尊盲目崇拜，各种神奇的传说都往他“老人家”头上套，就好比叶湛盲目崇拜自家师尊的师尊沈清弦一样，这大概就是“隔辈亲”。

因为这些盲目崇拜，事实如何早已无人知晓。

宿雨全程一脸迷茫，在这位长老要带他走时，他才回过神来：“请稍等一下，我先去和朋友说一声。”

长老生怕他改投他门，自然是千依万许。

宿雨喊道：“朝烟……”

沈清弦由衷地笑道：“去吧，反正我们在同一个宗门。”

宿雨张张嘴，很多话涌到嘴边又说不出来。

沈清弦还是很喜欢桃花妖的，温声道：“好好努力，不要辜负了……的期望。”

他隐去了尊主二字，但宿雨听得明白，他的脸一下子明亮起来，整个人也精神了：“嗯！一定！我们一起加油！”

沈清弦微笑，眼眸柔软。

顾见深盯着他看了好一会儿。

宿雨一走，沈清弦便冷下脸来，瞪了顾见深一眼，警告意味十足。

顾见深小声道：“我是想给师叔做伴。”

沈清弦：“呵呵。”

顾见深凑近问道：“那师叔又是为什么？”

他给宿雨一根头发丝的灵力，是想将其送进内门，自己才可以和沈清弦独处，那沈清弦呢？

沈清弦又为什么不惜“作弊”也要把宿雨送进内门？

沈清弦：“……”

他还不是为了搬砖！

不过这当然不能说，沈清弦看向顾见深，反问道：“你觉得呢？”

顾见深的眼角、嘴角全是笑意：“我觉得师叔和我想的一样。”

沈清弦道：“想太多。”

扔下这三个字，沈清弦去进行考核了。

进外门的标准有很多，沈清弦可以轻易拿捏，他不担心顾见深会去哪里，这家伙来子午观就是为了他，想必也不会去其他地方。

果不其然，两人同时进入外门，巧的是，两人连考核成绩都一模一样。

当然是顾见深故意的……

缘分什么的，对心域来说就是人注定。

进入外门就算是拜入同一宗门，其十的任务应该完成了。

不过，同居一处还没达成，沈清弦也没去查看玉简。

本以为同时进入外门，又是相熟的，肯定能顺利进入同一个宿舍，结果这子午观还有抽签的规矩。

管事是这样说的："既拜入子午观，那大家今后都是同门师兄弟！不要拘束于同谁居住，随缘而定。"

随缘个鬼，其实吧……之所以会抽签，是因为子午观外门的住宿条件参差不齐。

有的地方灵气充盈，有的地方灵力枯竭；有的地方是结实的石屋，有的地方是漏水的茅屋……

如果让弟子自己去挑选，只怕会打起来，索性抽签，若是运气不好，那也怨不得谁。

沈清弦眼眸一沉，想去找叶湛聊聊了。

子午观有这么穷吗？就不能规规矩矩地建一片舒适温馨的小屋吗？

抽签也是可以作弊的，这个难不倒尊主大人，可问题是，他在顾见深后面，顾见深先抽，得顾见深抽完了他才能抽。

那么问题来了。

顾见深看向沈清弦，轻声道："看来很难和师叔住一起了。"

言下之意就是，如果沈清弦不想抽中和他住一起，那就肯定抽不中。

可如果……

沈清弦：叶湛，你过来，我保证不打脸。

折腾半天，沈清弦哪能在这里前功尽弃？

可看顾见深那嚣张模样，他又很不满。

顾见深还在装："少爷，我不在的话，你能照顾好自己吗？"

沈清弦冷笑。

顾见深似乎是胸有成竹，装着可怜，眼底却全是戏谑，就等着沈清弦"自投罗网"。

眼看着轮到顾见深抽签了，负责的是个女弟子，应该是外门的弟子，她本来一副趾高气扬的模样，很看不上这些新入门的。

可当顾见深站在她面前时，女弟子一下子呆住了。

顾见深对她笑了笑："师姐好。"

三个字就把这女弟子的魂给勾走了！

沈清弦面色更冷了。

顾见深抽完签，看了看数字后回头对沈清弦说："六九。"

沈清弦送他一个大大的白眼。

顾见深嘴角笑意更深，无声地对他说道：我等你。

等着吧！

下一个就是沈清弦，他走到签筒前，那女弟子还满脸羞红。

就这定力还想修成大道？做梦。

女弟子见顾见深临走前向沈清弦打了招呼，知道他们是结伴而来的，于是对沈清弦殷勤得很："小师弟加油，抽个好的住处。"

这声"小师弟"叫得沈清弦眉尾一扬。

女弟子还在努力刷好感，企图给顾见深送份大礼。

同行的一般都想住在一起，六九号又是很不错的一处小院，能将他俩送一起，想必顾见深会感激她的！

想到这里，女弟子心脏怦怦跳，越发殷切了："放心抽吧！"

这种抽签对于刚入门的弟子来说很难作弊，但这女弟子好歹筑基了，稍微要点花招，还是不难的。

沈清弦刚把手伸进去，就察觉到有个签子往他手上贴。

女弟子还对他眨了眨眼。

沈清弦累积的不爽彻底攀上了顶点！

六九？

他偏不抽这个。

有了一口气的玉简眼睁睁地看着自家主人选了个"九六"！

他拿出签子的时候，女弟子愣了愣……

怎么回事？她都把签子放到他手上了，他怎么不抽？

可怜签子上写的是规规矩矩的汉字，女弟子也不能强行把"九六"念成"六九"。

沈清弦扬了扬手里的签子道："九六。"

女弟子偷偷瞄了下顾见深，满脸遗憾地记了下来：好感没刷起来……想哭。

沈清弦拿了门牌后转身走人。

顾见深就在不远处等着他，见他走近了便说道："师叔这是何必？"

沈清弦一声不吭。

抽完签，自有管事带他们去各自的小院。

六九和九六一看就离得极远，他俩走的方向自然也不一样。

沈清弦全程都没看顾见深一眼，只听着管事的吩咐，径直去了自己的小院。

顾见深摇摇头，也没说什么。

玉简好急啊！天哪，大佬你不做任务了吗？不修天梯了吗？不搬砖了吗？怎么能这么任性呢？心好累……

沈清弦会放弃？

天真。

九六小院的位置相当偏僻，而且极其简陋。

位置偏远，灵气稀薄，更糟心的是房子很小，院子也很小，还是摇摇欲坠的茅草屋。

总结一下就是……尊主大人的手气差爆了，抽中了最低档次的双人小屋！

沈清弦抬脚迈进去，刚进屋便眉心紧皱。

这屋子比他想象中还要脏乱差。

屋子只有一间，集卧室、客厅、厨房、餐厅、浴室于一体。

关键还是两人份的。

沈清弦当然可以施术让屋子大变样，可问题是，他还有个室友。

正这么想着，外头就来人了。

一个胖子晃悠悠地进来："天哪，我这运气也太差了吧！"

沈清弦转头。

胖子立马呆住："好……好……"

沈清弦扬眉。

胖子硬生生把后面的话给咽了回去。

沈清弦和他打招呼："你好，我叫朝烟。"

胖子看着沈清弦，有些不好意思，然后慢吞吞地道："我叫朱子林，性别男……"

沈清弦："……"

难道我还看不出你是男的？

意识到自己说了胡话，胖子连忙改口："我是说……难……难于上青天……"

尊主此时的眼神大概就是关爱智障了。

朱子林满脸尴尬，看都不敢看他了。

沈清弦十分思念宿雨。

沈清弦很愁，同样大的年纪，怎么胖子和桃花的差距这么大？

朱子林试图讨好沈清弦："朝烟，你先挑床吧，反正……反正我睡哪儿都行。"

沈清弦嘴角抽了抽。

朱子林又道："你饿吗？我这里有很多好吃的，都给你，谁叫……谁叫你这么……"

沈清弦："……"

胖子干脆破罐子破摔了，说道："你别介意，我不会说谎，心里有什么就说什么……"

沈清弦："……"

他能怎样？他这把年纪了，还能和小辈计较？

胃疼。

好在某人动作很快，在沈清弦忍无可忍时来了。

沈清弦松了口气，真的是大大地松了口气。

朱子林正在美滋滋地铺床，一边铺一边说："床真小啊，要是……要是咱们拼一起就宽敞了。"

说着他又赶紧道："我不是想和你睡一起，我只是……"

嘭的一声，木门应声倒地。

胖子吓了一跳，连忙抬头看去："谁啊？"

顾见深逆着光站在门边，胖子看不清他的容貌，只觉得周边的气氛都冷得瘆人，好像无数刀子抵在了肌肤上，再动一下，他就要鲜血淋漓。

朱子林一动不敢动。

被这么强的杀气紧裹着，沈清弦却泰然自若，仿佛身处娴静的花园之中。

顾见深看着他，半晌后薄唇微扬："少爷怎能住在这种龌龊之地？"

话落，他走上前，单手将沈清弦扶了起来。

沈清弦也没拒绝。

顾见深周身的气势收敛，茅草屋内的空气恢复正常。

朱子林能动了，他大喘着气，额头上冒着冷汗：“吓死宝宝了，吓死了吓死了……”

说着他终于看清了顾见深，然后……呆住了！

比之前还呆还傻。

沈清弦别开眼，胖子已经开口：“好……”

顾见深危险地眯起眼睛。

身处死亡边缘的胖子浑然不觉，他摇摇头，满脸都是赞叹和欣赏：“你们都好好看啊！”

朱子林低头看看自己，再抬头看看他们，一脸的伤心与无奈：“我太丑了，不配跟你们在一起玩，呜呜呜！”

说完，伤心的胖子捂着眼睛跑了出去……

胖子跑了，屋里的顾见深和沈清弦大眼瞪小眼。

顾见深沉默半晌后道：“天道的弟子果然不凡。”

沈清弦：“……”竟然无力反驳，堵心。

刚跑出去的胖子又跑回来了，对顾见深说：“我们换房间吧，我不配跟你们待在一起。”

顾见深过来就是想和他换房间的，为此他还准备了一堆好东西，并且把六九小屋收拾得特别好，生怕沈清弦的室友不和他换。

结果，他刚进来就听到这人说的那些话。

他震怒之下想用强的，结果……这胖子主动撤了。

帝尊决定留胖子一命。

胖子跑掉，屋里的两个人好长一段时间都没出声。

过了一会儿，顾见深扬了扬手，脏乱差的茅草屋瞬间变成了金碧辉煌的华丽宫殿。

沈清弦的瞳孔猛地一缩。

顾见深走到他面前，道：“抱歉，是属下来晚了。”

沈清弦仰头看着顾见深：“眼睛。”

顾见深：“嗯？”

沈清弦伸手指着他的眼睛：“……眼睛颜色。”

顾见深笑得满是纵容，湛蓝色的眸子瞬间变成了光华流转的艳红色。

沈清弦定定地看着，下一刻他站起来，幻化的样貌褪去，取而代之的是天道第一人的绝代风采。

他直视顾见深，薄唇轻启："真想看一看真正的唯心宫。"

花弄影，月流辉，金珠红玉铺满阶……这大概就是沈清弦憧憬中最美的地方了。

更不要提那艳中有更艳，那便是顾见深这一双红眸。

顾见深看着眼前这云英化水般清丽绝俗的青年，弯唇轻笑："不如现在就去。"

沈清弦没出声。

顾见深又走近他一些，两人对视，顾见深道："唯心宫在等你。"

这话顾见深说得意味深长，沈清弦却从中听出了利刃："等我自投罗网？"

顾见深微顿，接着说道："若能网住，蓬荜生辉。"

沈清弦轻笑，转身坐到榻上，撑着下巴，浅色眸子里空寂无波，道："我要喝茶。"

顾见深抬手，茶具落桌，热水入壶，浓郁茶香铺满房间。

沈清弦却道："我想喝陛下亲手冲泡的心域红茶。"

顾见深看向他："怎样算亲手？"

沈清弦道："外头有空壶一个，柴火数堆，生火烧水，冲茶泡茶，陛下不会吗？"

顾见深仍旧微笑以对："好。"

顾见深出屋，屋子里的沈清弦却眸色微沉。

沈清弦不用出去也知道，顾见深的确在用最原始最费力的方式亲自给他生火烧水。

别说堂堂心域帝尊，哪怕是这子午观中的一个管事都不会去做这些杂事。

顾见深到底为何而来？

沈清弦想不明白。

之前数千年，他与顾见深都井水不犯河水，未曾见过一面。

怎么自妄烬星海论道之后，他就和顾见深"形影不离"了？

他是因为修复天梯而不得不接近顾见深。

那顾见深呢？

这家伙口蜜腹剑，说的话半句都听不得。

更何况，心域之人向来肆无忌惮，这顾见深地位如此之高，指不定如何放纵随心！

想到这儿，沈清弦脑中冒出个念头……

莫非顾见深只是太无聊了，想出来找人玩玩而已？

这好像也挺符合心域的行事作风。

不过……沈清弦沉下眸子，他可没兴趣陪顾见深玩闹。

顾见深认认真真地生火烧水，像个凡人一般动手，辛苦忙碌。

沈清弦眼睛一眨不眨地盯着他。

虽说干着如此粗鄙的活儿，但顾见深生得太好，一举一动行云流水，若是让那些女弟子瞧见了，只怕又要心如擂鼓，犯傻行痴。

顾见深正忙碌着，忽然院门大开，胖子一脸呆滞地站在门边。

顾见深抬头看他。

胖子慢吞吞地说道："我忘记拿行李了，天哪……天哪……烧火都这么好看！"

沈清弦："……"

顾见深道："你等一下，我去给你拿。"

茅屋里早就大变样了，虽然他们俩抬抬手就能让它恢复原貌，但顾见深不想让沈清弦在脏乱差的屋子里多待一息。

胖子连忙道："你忙，我自己去就行！哎呀……哎呀……人家还想再看一看。"意识到自己又说错话了，胖子赶紧捂住嘴！

这下顾见深更加不会让他进屋了。

朱子林好委屈，可他不敢说……

顾见深进屋，沈清弦指了指角落里的小破包。

顾见深勾勾手指便拿到了小破包，出门前说了句："那胖子还想再看看你呢。"

沈清弦道："我怕吓着他。"实话实说，别提胖子，谁来看了都得吓跪。

顾见深却道："不一定，他没准会好好歌颂一番，从此发奋努力，踏上追寻你的修仙之路。"

沈清弦顿了顿，鬼使神差地来了句："你在嫉妒我？"

顾见深："……"

沈清弦莫名心情大好，可惜下一秒顾见深就堵得他不开心了。

"是。"顾见深盯着他。

沈清弦："……"

顾见深没停留，出去打发胖子了。

沈清弦半晌后吐出两个字："无聊。"

外头的顾见深勾了勾唇，小心翼翼地给他烧水。

心域红茶不是最好的茶，和万秀山上的灵云茶相差甚远，但毋庸置疑的是，这茶很对沈清弦的胃口。

色泽明艳，香气浓郁，从灿灿澄玉茶壶中倾倒而出，仿佛天边的火烧云。

两人都没再说话，静谧的空气里竟有一丝难以言说的契合。

安顿下来后，沈清弦静等着"同居"的任务完成，可惜三天过去，这玉简纹丝不动。

都住一起三天了，还不算同居？

沈清弦蹙眉深思，莫非这其中还有什么细节要求？

三天后，门内有长老讲会，外门弟子都得前去听讲。

沈清弦还没完成任务，所以不想被赶出去，于是大清早起来准备前往中峰。

顾见深这几天特别安分，专心伺候他，无微不至。

比如此刻，沈清弦伸伸胳膊，顾见深便给他穿上了外衣。

沈清弦侧目打量顾见深："心域诸人见到此景，只怕会将你拉下帝座。"

堂堂帝尊竟沦落到伺候他人更衣，还当什么至尊？

顾见深问："尊主觉得心域为什么是帝制？"

天道门派林立，哪怕沈清弦是公认的第一人，也从不干涉势力纷争，更无心一统天道。

但心域是中规中矩的帝制，顾见深是九渊帝尊，掌控着整个心域，令心域所有修士俯首称臣。

要知道，心域和天道信念不同，一个是随心而行，一个是顺应万物。

按理说，随心而行的心域诸子是最不可能承认帝制的一群人。

但顾见深做到了。

沈清弦还挺好奇的，问他："为什么？"

顾见深微笑："……揍得他们心服口服。"

沈清弦："……"

心域随心，心最无常，面对那群恣意不羁的家伙，绝对的力量就是最强的话语权。

顾见深总结了一下："所以师叔不用担心，丢了帝位再打回来就是了。"

沈清弦盯着他看了好一会儿。

顾见深问："怎么？"

沈清弦别开视线，什么都没说。

这才是顾见深吧，脱去假惺惺的优雅外壳，内里是个地地道道的心域魔修。

比谁都狂妄，比谁都嚣张，比谁都轻视天道。

有趣。

他越来越想看到"真正的"顾见深了。

长老讲会无非就是吹一番天道，再吹一番子午观，然后讲一些门内规矩和修炼方式。

让沈清弦极其尴尬的是，所有新入门的弟子都要对着万秀山的方向拜一拜。

毕竟子午观掌门是尊主的资深粉丝，门下弟子当然也要将尊主奉为毕生偶像，好生跪拜……

有小弟子窃窃私语："听闻尊主识海通天，对诚心跪拜的门内弟子多有庇护！"

"我听我大哥说过！上一届有个弟子没有跪拜尊主，之后在试炼任务中丢了性命！"

"试炼任务不是最安全的吗，怎么会丢了性命？"

"因为心不诚啊！"

一群少年顿时面露恐惧，拜得那叫一个颤颤巍巍……

还有更胡扯的："我还听说有次一个弟子连跪三天，连磕九百九十九个头，站起来后竟从炼气直接筑基！"

"真的吗？"

"真的真的！"

"可我做不到啊，连跪三天，连磕九百九十九个头，会死人的！"

顾见深含笑看向沈清弦，沈清弦板着脸，很想把叶湛提溜过来，让他好生听听这些混账话！

拜完涟华尊主，入门仪式算是彻底完成了。

外门弟子是没有师尊教导的，他们的修炼之道是去历练堂接受任务，当然了，这些任务都很简单。

比如给管事长老跑跑腿，再比如，去灵植园、后厨等地打杂，最危险的任务也不过是去捕获些普通野兽或者采些皮毛兽骨等。

沈清弦也像模像样地接了个任务，内容是：收集牛皮二十张。

牛皮……

沈清弦并不知道这东西长什么样。

毕竟连九阶凶兽尊主大人都懒得看一眼，太丑，拒看。

沈清弦没把这任务当回事，他还惦记着玉简上的任务。

同居……

难不成他真要和顾见深一直住在一起？

像是为了印证他的想法，一直装死的玉简终于露头了。

"其十一补充：请同吃同住同行，持续七日。"

沈清弦："……"

这就生气了？玉简瑟瑟发抖地继续冒字：

"其十二，点燃缘分香。"

"其十三，为顾见深准备衣物。"

"其十四，与顾见深一起耕织。"

死了死了死定了……玉简识相地自己熄火！

玉简吓得要死，其实沈清弦并未生气，他看着这几个任务，脑中那模糊的念想越发清晰了。

难道……大道是想让他经历一场劫数？

最初的任务还不算什么，最近几个任务难度越来越大。

沈清弦脑中闪过顾见深宝石般的红色眼睛……

如果非要经历这些劫数，那么，有顾见深陪着一起完成倒也不错。

说来可能没人会信，沈清弦活了万年有余，却从未经历过任何挫折。

相比这些挫折和劫数，真正为难沈清弦的，是他的癖好。

沈清弦喜欢鲜艳及亮晶晶的东西，看到了就想带回家。

没有成圣前，沈清弦最爱去的就是拍卖会。他修为高，法宝多，反正也用不到，索性拿到拍卖会去换"宝贝"。

当然这宝贝是他自己的宝贝，别人觉得什么用也没有。

比如，由无数红宝石拉丝织成的衣服；再比如，俗世的闪亮亮的大金砖；

再比如，镶满了宝石，放到屋子里可以用来照明的巨大王冠……

这些个玩意儿对修士来说就是垃圾，而且因为太俗，看着都觉得辣眼睛。

偏偏沈清弦喜欢得很，拍卖会上的其他人都在争抢着要那些他弃之如敝屣的法宝，他却紧紧盯着这些玩意儿……

他财大气粗，谁能和他争？于是，他每次都是满载而归，开心得不得了。

那些年他的修为止步不前，迟迟无法成圣。

他的师尊很纳闷，自己这个小徒弟的资质亿万年难见，按理说早该入圣了，怎么还没动静？

师尊出关一看，好家伙，自家清清冷冷谪仙一般的小徒弟，正沉迷在大红大艳中无法自拔。

一气之下，师尊大人把沈清弦扔到了万秀山。

万秀山是灵气极度充盈的仙地，普通修士住在这里还好，沈清弦这个万灵之体一来，整座山的灵力超标，凡世俗物根本无力承受。

沈清弦喜好的那些东西都是些大俗之物，俗到一点灵气都没有，如果把它们拿过来就等于毁了它们。

可能会有人问，为什么尊主大人不收集有灵气的鲜艳宝贝？

还真不是沈清弦不想，而是没有……

天道亿万年来的审美都是这么的朴素，月白、湛蓝、靛青……总之，绝对没有大红大艳的灵物。

师尊告诉沈清弦："潜心修炼，修炼到一定境界后，一切欲念皆无所谓了。"

这句话激励了沈清弦，他开始摒弃杂念，潜心修炼。

时间一晃而过，师尊去往上界，沈清弦也问鼎天道，却再也没了欣赏花红柳绿的心性。

不是不喜欢，而是明白了克己自持。

如今他止步于天梯前，接到的是修复天梯的任务。

细细察看这些任务，不难发现缘由。

劫数吗？

沈清弦不介意尝试。

顾见深和沈清弦接到的试炼任务是一样的，都是收集牛皮二十张。

顾见深看着竹简上的字，问他："师叔见过牛吗？"

沈清弦看向顾见深："你见过？"

顾见深道："听说牛是一种见到红色就会兴奋的动物。"

沈清弦顿了顿："如此看来，倒是个很有眼光的生物。"

顾见深满目笑意。

沈清弦想起另一个眼光极好而且长得很好的生物，问顾见深："你的那条金龙叫什么名字？"

顾见深一眼看穿他的心思："想要它吗？"

"嗯。"沈清弦此时还是少年模样，他仰头看顾见深，明亮的眸子里全是期待。

顾见深道："等师叔到了唯心宫，我就把它送你。"

沈清弦微微睁大眼："真的吗？"

顾见深顿了下，道："嗯。"

沈清弦弯了弯眼睛："我会去的。"

顾见深："……"

沈清弦已经向前走去："今天就不去做任务了，等明天再去收集牛皮吧。"

他径直向前走，顾见深在后面盯着他的背影。

前头的沈清弦唇瓣微扬，面上哪还有那天真烂漫的模样。

回到小院，在往屋里走的时候，沈清弦慢慢恢复尊主的模样。

这是非常好看的画面，少年一步步向前，墨发如雾，纤影似云，眨眼间沉沦百年，似是看尽一生。

顾见深定定地看了好一会儿，直到沈清弦转身看他："站那儿干什么？"

顾见深笑了下，什么都没说。

沈清弦见他进来便说道："陛下，我有个不情之请。"

顾见深："尊主请说。"

沈清弦道："我留在这子午观，并不是想看徒孙后辈的修炼之路，而是另有他念。"

顾见深凝神听着："怎么？"

沈清弦却又卖起关子了："现在不可说，希望到时候陛下别恼怒。"

顾见深道："无论师叔做什么，我都不会生气。"

沈清弦微笑："杀了你也不生气？"

顾见深道："死在师叔剑下，何来生气？"

沈清弦弯唇笑着，声音清凉：“陛下……我想喝茶。”因为尾音略扬，那凉中又带了一丝柔软。

顾见深垂下眼帘，低声道：“好。”

入寝前，沈清弦坐在床边看着顾见深。

顾见深看向他：“有什么事吗？”

沈清弦问：“你的床宽敞吗？”

顾见深顿了下道：“还好。”

沈清弦道：“我的很窄。”

顾见深看着他道：“我这就给你换一张。”

沈清弦道：“不要幻术。”

顾见深笑道：“这房间窄小，不用幻术怕是放不下宽敞的床。”

沈清弦道：“看得破的幻术睡着不舒服。”

顾见深道：“那我们换个地方……”

他还没说完，就被沈清弦打断了：“拼一起。”

顾见深眉头一扬。

“不必那么折腾，”沈清弦盯着他，轻声说道，“两张床拼一起就宽敞了。”

顾见深的眸色陡然变深：“师叔是这样想的吗？”

沈清弦反问他：“可以吗？”

顾见深没拒绝。

他眸色变红，笑了笑：“自然。”

沈清弦起身道：“有劳了。”

顾见深抬抬手指，瞬间就将两张床拼成一张。

虽然房间有限，两张床拼在一起也不算太大，但顾见深很有心计，将床布置得相当美丽。

当然是尊主大人眼中的美丽。

华幔垂地，大红丝被，镶嵌其中的金线熠熠生辉。

沈清弦盯着看了好一会儿。

顾见深道：“师叔在俗世待过吗？”

沈清弦摇头道：“不曾。”他年幼时倒是在俗世待过，但时间短暂，几年光景仿佛一眨眼，半点记忆都没留下。

顾见深压低声音说道：“在俗世中，红色是十分吉利的颜色。”

顾见深眼睛一眨不眨地看着沈清弦，试图从他的神态中看透他的心思。

但很可惜，沈清弦活了上万年，实在是让人看不穿。

眨眼间，沈清弦又变回了少年模样。

他对顾见深道："早点歇息吧。"

他仰着头看顾见深，眸色澄澈，真像个天真的少年，干净又美丽。

顾见深垂眸看他，半晌后终于开口："嗯。"

沈清弦规规矩矩地坐在床上，松开长发，发丝散落，衬得他的整张脸越发精致。

他盯着顾见深，嫩色的唇微扬："……靴子。"

话音落，他略微抬高左腿，示意顾见深为他脱靴。

还是那句话，幸亏心域诸人不在，否则他们拼了老命，也得跟沈清弦干上一架！该死的黑心莲！竟然这么侮辱我们的陛下！

可其实呢……一个愿打一个愿挨，他们陛下心甘情愿，做得那叫一个心满意足。

脱下靴袜，顾见深问道："师叔冷吗？"

到了他们这个修为，多冷也不冷，多热也不热，问这一句实在可笑。

沈清弦却回他："冷。"

顾见深猛地抬头。

沈清弦道："能施术帮我取暖吗？"

沈清弦心情特别好，扬起的嘴角压都压不住。

慢慢来，才刚开始。

睡前他看了看玉简，想着"为顾见深准备衣物"的任务要怎么完成，看来得找机会才行。

一夜好梦，嗯……是沈清弦一夜好梦。

第二天沈清弦神清气爽，吃过饭后他说道："我们去收集牛皮吧。"

顾见深自然是依着他。

子午观像所有传统门派一样，也有个后山丛林。

刚入门的弟子若是接到了狩猎的任务，可以在外围寻找猎物，击杀然后收集。

像牛这种家畜级别的动物，基本在后山外围就可以找到。

沈清弦本以为这种眼光极好的牛是像金龙一样漂亮的生物，结果……

沈清弦一脸嫌弃："这就是牛？"

顾见深微笑："对。"

沈清弦默了默，总算没把"丑"字说出来。

其实子午观的牛还挺萌的，毕竟沾了点灵气，还是散养的，一个个眼睛贼大，圆溜溜的，还真让人有点下不去手。

不过沈清弦和顾见深都不是心慈手软之人。

因为前不久才纳新，所以来做任务的弟子不少，估计接到收集牛皮任务的人也有很多。

这个任务对两位大佬来说实在渺小到不值一提，但对于新入门的弟子来说就不是易事。

首先，有些牛强壮有力，跑起来特别快，杀起来并不容易。

再者，跑得慢的牛会卖萌，水汪汪的大眼睛一眨巴，再嗷呜呜叫两声，估计就有小弟子想放生了。

相比较其他人的手忙脚乱，顾见深这边动作麻利，十分迅速。

沈清弦根本不用动手，顾见深丢一根汗毛就搞定了。

有小弟子看不过去了，他们这边弄得汗流浃背，累得气喘吁吁，结果人家连点灰尘都没沾到身上就搞定了一张牛皮，这得多气！

眼看着沈清弦老神在在地坐在那里喝茶，他们便开始冷嘲热讽。

"有钱人家的少爷还修什么炼？老实在家享受便是。"

"修炼是要锤炼身体，磨砺意志，领着仆人做任务，真是儿戏！"

耳朵特别好使的尊主大人自然听得明明白白……当然听到也得当没听到，他总不好和这些小辈计较。

不过沈清弦也不想欺负小辈，这里牛少人多，这样下去，他俩倒是快速完成任务了，但这些小弟子也未免太惨了些。

为了照顾后辈，沈清弦唤来顾见深："我们去里面看看吧。"

顾见深微笑："行。"

可怜沈清弦体恤这帮小弟子，这些小弟子却不领情，反而窃窃私语："真是不知天高地厚，还去里面看看，最好是有去无回！"

沈清弦："……"

顾见深温声道："走吧，找个没人的地方。"

很好，后头的窃窃私语又有其他料了："天哪，这是不想跟我们在一处吗？到底是哪家的千金少爷？"

沈清弦："……"

顾见深闷笑出声。

沈清弦瞪他。

顾见深道："不是故意的。"

沈清弦没说话。

两人越走越偏，应该已经走过安全区，进入比较危险的地方了。

可惜全天下最危险的两个人就在这里，所以，再危险的地方对他们来说也不危险。

走着走着，沈清弦忽然道："就这儿吧。"

两人寻了一处干净的地方，沈清弦便恢复了原模样。

顾见深瞳孔微缩。

沈清弦转头看向旁侧，慢声道："这灵泉瞧着不错。"

他的视线尾端是一处天然灵泉，泉水汩汩，灵气氤氲，是处妙地。

顾见深也看到了。

沈清弦已经径直走去。

穿过大片馥箩叶，灵泉在薄雾的笼罩下悠然自得。

顾见深跟了过去，只看了一眼便整个愣住。

此时沈清弦抬手，袖笼下滑。他手指微动，解开了束发的丝带，墨发像瀑布般滑下，直垂腰际。

沈清弦走向灵泉，当脚尖碰到水面时，掀起的涟漪仿佛震颤了整个丛林。

他走进水中，身体和灵泉水相接，墨色的发铺洒开来，像星幕坠落，天地倒置。

顾见深忽然觉得，这灵泉水洗不净沈清弦的身体，反而是在玷污。

"陛下……"沈清弦靠在池边，浅笑着看他。

顾见深猛地回神，一双湛蓝色的眸子变成了完全的红色。

沈清弦薄唇微扬——果然这双红色的眼睛就该是嚣张跋扈的。

顾见深径直走向沈清弦，他虽然进到水中，但因为灵气附体，那些水根本靠不近他，所以连衣衫都没沾湿一丁点儿。

沈清弦看着他。

下一瞬，顾见深就将沈清弦也护在了灵气之中，把那些碍事的泉水全部扫开。

顾见深眼睛不眨地盯着沈清弦，沈清弦没有一丁点不自在，反而勾唇笑道：“陛下这是做什么？”

顾见深道：“这水不干净。”

沈清弦眼底全是笑意：“有吗？”

沈清弦身体未动，却释放了些许灵气，本来被赶走的灵泉水一拥而上，弄湿了沈清弦的身体，也打湿了顾见深的衣裳。

他慢慢说道：“我不过是喜爱这泉水，想来休息一番，你为何反对？”

从字面上来讲，沈清弦说的还真是一字不差。

顾见深薄唇紧抿，定定地看着他。

如此被人牵着鼻子走，对顾见深来说还真是平生头一次，很新鲜，很有趣。

顾见深转身，几步走上岸。

沈清弦饶有兴致地看着：“不来试试吗？这灵泉水舒服得很。”

本以为顾见深打退堂鼓了，谁知他扬唇低声道：“师叔邀请，怎敢不从？”

沈清弦好整以暇地看着他。

顾见深却没看沈清弦，慢条斯理地松开发带，在发丝散落的瞬间，红芒轻闪，刹那间殷红散落，如天边燃起的猩红火焰。

沈清弦眼睛陡然一亮。

红发……好漂亮的红发！

白肤红眸本就好看极了，再配上这艳丽的红发……

顾见深肤色白，但是身材结实，不似沈清弦那般清冷淡薄。他更加强势，每一寸肌肉的存在都恰到好处，多一分不可，少一分不行，积蓄的力量彰显了极致的身材。

里衣被水浸湿后，沈清弦看到了顾见深那自肩膀游走至腰间的红色纹路。

以血入道，终受其困。

这是禁忌的符号，是付出了极大代价，是穷凶极恶的标志。

却如此好看。

沈清弦想看一看真正的顾见深，这会儿是真的看到了七七八八，比他想象中还要让人惊讶。

顾见深仰靠在池边，声音懒洋洋的：“这灵泉果然不错。”

沈清弦："……"

顾见深离他很远，一人占一边，很有"井水不犯河水"的意思。

沈清弦想再看看禁制，往顾见深这边挪了挪。

顾见深装作没看见。

沈清弦来到他身边，看着他的肩膀。

那是血印的起始。

顾见深问："师叔想做什么？"

沈清弦道："想看一下禁印。"

顾见深见他这样，又是好笑又是好气。

顾见深似乎想到了什么，故意挑衅道："师叔……你答应我一个条件，我就给你看。"

沈清弦猛地抬头，精准地捕捉到顾见深眼底的戏谑。

这个浑蛋，竟然敢跟他谈交易。

不看了，谁稀罕！

沈清弦豁然起身，出了灵泉池，也懒得动手穿衣服了，直接施术变成少年模样。

沈清弦齐齐整整地站在岸边，扬着下巴道："走了。"

前前后后，这态度堪称天差地别。

顾见深看向他："不泡了？"

沈清弦气哄哄地回道："穿好衣服，杀牛去。"几个字说得咬牙切齿。

顾见深逗他："师叔想看的话，就再多看会儿。"

沈清弦转头："不想看。"

若是他的神态没那么心虚的话，顾见深还能信两分。

顾见深道："不想看就算了。"说着也从水中走出。

本来嘛，施个术就能穿好衣服，可顾见深偏不，他拿起湿漉漉的衣裳，慢腾腾地挤着水："衣服这么湿，怎么穿？"

沈清弦看他一眼，再看他一眼，然后又看他一眼……

沈清弦本来有些恼怒，转念一想，正好可以完成为顾见深准备衣物的任务，便从乾坤袋中取出一套衣物，拿给顾见深。

接着，少年的声音冷若冰霜："给我杀牛去！"

顾见深心情大好，行了个礼，恭敬地道："遵命。"

顾见深肩膀处滑下缕缕发丝，眼看着红色被黑色吞噬，沈清弦仿佛回到了几千年前，体会到了被师尊从金银窝拎出来时的郁闷心情……

两人统共收集了四十张牛皮，因为牛皮质量极佳，他们被评了大优，有资格在接下来的三个任务中挑选一个。

沈清弦之所以会做这个任务，为的就是刷出“耕织”的任务。

可惜他运气不好，没刷到，于是随手接了个去城里送信的任务，顾见深自然和他一样。

回小屋的时候，沈清弦查看了一下玉简。

其十三任务达成，新的任务冒了出来。

“其十五，答应顾见深一个条件。”

玉简已经是死猪不怕开水烫，发布了这么“可怕”的任务，它竟然还没熄火。

沈清弦顿了顿，眼睛蓦地一亮。

进到屋里，他立马问顾见深：“之前说的还算数吗？”

顾见深没反应过来他要说什么。

沈清弦变回尊主模样，靠近顾见深道：“答应你一个条件就可以让我看你的禁印吗？”

沈清弦的想法非常不错，反正为了搬砖，早晚都得答应顾见深一个条件，不如现在就答应，还能看禁印。

至于那妥协即输的理论……都是浮云，尊主大人只觉得自己赚到了！

可怜顾见深被沈清弦这出其不意的反问给弄蒙了。

他盯着沈清弦，勾着嘴角问：“为什么又可以了？”

之前他提出来的时候，沈清弦一副凶巴巴的模样，还给他甩脸色，这会儿怎么又同意了？

沈清弦道：“仔细想想，还是觉得挺划算。”

答应顾见深一个条件，能完成任务，还能看到旷古难遇的禁印，简直不要太值。

顾见深意味深长地来了句：“这样啊……”

沈清弦已经做好准备了，他认真地看顾见深：“行吗？”

顾见深此时却坐地起价：“我觉得不行。”

沈清弦万万没想到：“什么？”

顾见深套用了他的原话：“仔细想想，我认为很不划算。”

沈清弦："……"

顾见深一本正经地强词夺理："我认为用我的禁印换一个条件可能不是很划算。"

沈清弦睁大眼，漂亮的眼中写满了一句话："怎么有这般厚颜无耻之人？"

顾见深当没看见，然后故意说道："还是算了。"

沈清弦："……"

这浑蛋如此不讲理，沈清弦已经不想和他说话了！

顾见深见火候差不多了，放下台阶道："师叔，我不是那不通情理之人，只是从辈分上讲，我是小辈，您年长于我，总不好欺负我不是？"

沈清弦心道：真欺负你，我现在就该揍得你动弹不得。

"你看这样好不好？"顾见深继续道，"公平起见，我们再加一个条件行吗？"

沈清弦问："什么条件？"

顾见深故意靠近他，道："……我还没想好。"

沈清弦没说话。

过了半晌，沈清弦说道："让我考虑一下吧。"

顾见深笑道："好。"

晚饭的时候，他们小屋来了位客人。

不是别人，正是去了内门的桃花妖。

宿雨记挂着朝烟和清深大哥，在内门安顿下来后便匆忙赶了过来，想看看他俩。

为了接待他，顾见深只得撤去华丽的装饰，还原了小木屋的本来模样。

宿雨很心疼，一眼发现了关键点："你们只有一张床啊？"

其实是两张来着，拼在一起了……

宿雨看向顾见深道："清深大哥睡哪儿？难道你一直守在门外吗？"

宿雨会这么想也不奇怪，毕竟沈清弦是少爷，总不可能让少爷睡地上，只有一张床的情况下，顾见深肯定是没得睡了。

沈清弦道："没事，青柳族喜好站着睡，清深最爱站着睡了。"

宿雨惊讶地道："这样啊。"

顾见深只能微笑道："对。"

宿雨还在义愤填膺："不行，还是得去找管事说一下，明明是双人小院，为什么只给一张床，也太不公平了！"

沈清弦可不想让外人来看这张"双人床"，岔开话题道："你在内门可还好？"

宿雨连忙道："很好！大家都很照顾我，掌门师尊说要收我做亲传弟子！"

沈清弦眉头一跳，隐约有种不好的预感。

宿雨又道："说起来还是要多谢曾前辈，他特意来了趟子午观，对我百般照顾。"

虽说当初想的是不惊动曾子良，但曾子良这圆滑世故的家伙，肯定不会放过这种溜须拍马屁的好机会，自然是主动凑上来卖好。

沈清弦问道："你和曾……前辈提起过我吗？"

宿雨道："当然啦，曾前辈听说你在外门很是懊恼，说一会儿就来看你！"

沈清弦："……"

须臾间，一阵仙风道骨之气拂面而来，很有大佬派头的曾子良出现在门外。

然而下一瞬，"大佬"脚一软，差点跪下！

沈清弦看着他。

曾子良大惊失色："尊尊尊……"

宿雨满脸疑惑。

沈清弦不咸不淡地打断他："前辈好。"

曾子良倒吸口气，一个没站稳，向后仰去。

他的徒弟连忙搀住他，眉宇间全是焦灼："掌门师尊！您怎么了？"

曾子良恍惚间似乎看到了寿命的缩减，这一声前辈，叫得他折寿啊！

沈清弦给他一个凌厉的眼神，曾子良一个激灵，总算稳住了！

"哈……哈哈……"曾子良真心绷不住自己这"道貌岸然"的高深形象了，"朝……朝烟是吧……你……你有没有兴趣来无方宗？我……我……"我把掌门之位让给你，好不好啊尊主大人？

沈清弦向他行了个礼："朝烟愚笨，只想待在这里潜心修炼。"

愚笨！愚笨！愚笨！

曾子良快要昏过去了！

宿雨一脸疑惑，不知道一直慈眉善目的曾前辈为什么成了这样子。

沈清弦直接下逐客令了："曾前辈还有什么事吗？"

言下之意就是没事可以滚了。

曾子良赶紧道："没事！什么事都没有……我……我……"他已结巴得说不出话来，心道：我这就滚了！

第五章

飞鸽传书

曾子良的小徒弟很是担忧他，顺便对沈清弦很不满。

一个小小青柳妖，怎的如此嚣张！

不就是来自万秀山吗？我们掌门师尊可是尊主大人的徒孙！他一个小仆人，得意什么？见着掌门师尊竟然不下跪磕头！

幸亏曾子良没听见，要不然，一准把这逆徒逐出师门！

曾子良走了，沈清弦想到，一会儿八成还会来一位，索性先把宿雨也送走。

他说道："你在内门要好好修炼，不要总记挂着我，我这边挺好的。"

宿雨对他很是不舍："你有什么需要的一定要告诉我。"

沈清弦道："会的，你也别想太多，好好站稳脚跟，日后才有前程。"

宿雨心里也明白，他虽出自万秀山，但其实尊主大人避世已久，他不好生修炼，指不定有什么祸患来袭。

他认真地说道："我会好好努力的！"他要让自己强大起来，以后才可以让朝烟依靠！

送走宿雨，一会儿工夫，另一位"大神"也到了……

来人正是这子午观的当家掌门，沈清弦的另一个徒孙——叶湛。

曾子良是惯于拍马屁，所以宿雨也好，"朝烟"也罢，他都是要好生照顾的。

但叶湛不同，他是资深迷弟，爱屋及乌，听闻宿雨还有个小伙伴，立马就要过来看看。

开什么玩笑？那可是万秀山的青柳，是见过尊主圣颜的，怎能在此等简陋之地修炼？

叶湛风风火火地赶过来，定睛一看，直接来了个五体投地！

幸亏他是自己来的，要不然……整个子午观都得跟着跪下！

沈清弦抬了抬手：“起来吧。”

叶湛倒是想起来，可是他站不起来！

“尊……尊主大人，弟子不知您……您……”叶湛已经结结巴巴，语无伦次了。

沈清弦道：“行了，我此行是有私事，本不想惊扰你。”

叶湛顿了顿，竟兀自哽咽起来。

沈清弦：“……”

他忽然就想起赤阳子讲的那事了，哭了七天七夜什么的，叶湛你能不能行了？

叶掌门一边掉眼泪一边低喃：“尊主大人竟来了子午观，弟子是何等好运！何等好运！何等好运啊！”

沈清弦：“……”

他转头对顾见深说：“我们进屋吧。”

先让叶湛哭个够。

顾见深眼中全是笑意，用传音入密之法道：“师叔可真是魅力无穷。”

沈清弦不想说话。

激动得哭个不停的叶湛竟然停了，他看向顾见深，瞳孔猛缩，瞬间拔剑！

叶湛也是胆子大，竟然敢用剑指着心域的九渊帝尊……这几千年来，他是独一份。

沈清弦怕顾见深抬抬手指就把自己的徒孙摁死，于是低斥道：“你这是做什么？”

叶湛一看沈清弦就态度一百八十度大转变，连忙恭声道：“尊主，这魔修潜伏在此，定是心怀歹意，请您明察！”

说起来沈清弦还挺欣慰，他这徒孙虽然有点神经兮兮，但脑袋还是好使的，感官也敏捷。

其实早在曾子良过来的时候，顾见深便给自己施了个幻术，而且是个精妙绝伦的单体幻术。

大体就是宿雨看他是一个样，曾子良看他又是一个样。

宿雨知道他是清深大哥，曾子良还以为他是一根门柱。

到了叶湛这里，顾见深也用了幻术，所以叶湛起初根本没发现他，只顾着哭唧唧了。

如果叶湛知道有个魔修在，大概早就拔剑，誓死护卫尊主了！

为什么他这会儿又发现了？是因为顾见深用了一下传音入密。

顾见深和沈清弦说悄悄话，那细微的灵力波动触动了叶湛。

顾见深的心域心法瞒得过普通人，但叶湛作为六门之一的掌门首座，修为还是没毛病的，这么点动静他都捕捉到了，虽然他还是认不出这魔修是谁。

当然……认出了也没事，老叶不怕，照样拔剑！秒送人头！

沈清弦打圆场道："行了，我难道还看不出他的身份？"

叶湛很紧张，生怕这魔修的污脏之气玷污了自家纯洁高贵的尊主大人！

沈清弦安抚他道："我此行有秘事，你莫要过问了。"

叶湛自然是不敢询问的，于是躬身行礼："弟子明白了。"

沈清弦又道："你回去干你的事，我这儿也不用你们操心，等事办好了我自会离开。"

叶湛前头全没听到，就听到最后那"离开"两字了，他又泪眼汪汪了！

沈清弦完全摸不透他的哭点。

叶湛哽咽道："尊主……"

沈清弦："……"

叶湛眼泪哗啦啦直流："弟子下次什么时候才能见到您？"

沈清弦已经想拿脚踹人了，好说歹说地哄走了叶湛。临走前，这位子午观大佬向顾见深瞥去了极其复杂的一眼。

翻译过来大概就是：你这魔修何德何能，居然可以待在尊主身边！好羡慕好嫉妒好恨，好想拔剑！

顾见深：呵呵。

沈清弦怕自家傻徒孙把自己作死，于是挡在两人中间，隔绝了这找死的视线。

顾见深自然而然把视线顺势放到了沈清弦身上。

沈清弦道："进屋。"

顾见深笑道："叶掌门的赤诚之心，我能领会一二。"

沈清弦斜他一眼："哦？"

沈清弦干脆转身看着顾见深："我看陛下未必如此。"

顾见深盯着他道："何出此言？"

沈清弦含笑道："陛下若能领会，为什么不答应我的要求？"

他要看顾见深的禁印，顾见深还一堆条件。

顾见深眸光陡然加深："你可考虑好了？"

沈清弦应道："嗯。"

顾见深面带笑意地看着他。

沈清弦也看着顾见深："眼睛。"

顾见深扬眉。

沈清弦定定地道："眼睛颜色。"

虽然知道沈清弦只是喜欢红色，但顾见深还是顺着他了。

顾见深微笑，紧接着漆黑被殷红侵蚀，湛蓝被艳红颠覆……

真正的魔尊站在了沈清弦面前。

接着顾见深又释放了禁印，红色的纹路像在朝阳下流动的红宝石，夺人眼目。

只是看了一会儿禁印后，沈清弦就把顾见深推开，薄唇轻启，吐出两个字："够了。"

顾见深："……"

顾见深道："尊主果然自持。"

天道遵的是克己自持，虽然沈清弦喜欢红色的东西，但沈清弦还是只看了一会儿禁印就抽身，克己的造诣相当高了。

沈清弦说得意有所指："陛下好像没那么随心。"

顾见深没说什么，只是笑了笑。

沈清弦完成了任务，又看到了禁印，此时的心情是相当美妙的。

他抬抬手，让木屋又变成了华丽的模样——有了顾见深之前的样板，沈清弦就可以自己动手"改装"啦。

他坐到柔软的榻上，看向顾见深："陛下，我想喝茶。"

顾见深微微摇头，低笑道："好。"

他能怎样？沈清弦都这么说了，他还不是得好生伺候着？

喝茶后是晚餐，之后是点心，夜色深了之后，沈清弦道："睡觉吧。"

顾见深：“……”

沈清弦幻化成少年模样，躲进被窝里招手：“陛下，天色不早了。”

顾见深没动。

沈清弦弯着眼睛，又喊了一声：“陛下？”

顾见深这才走过去，躺下。

下一秒沈清弦看向他：“陛下怎么了？”

顾见深淡淡地回道：“……无事。”

沈清弦也不拆穿他：“这样啊。”

顾见深道：“师叔答应我的条件还记得吧。”

沈清弦说：“你说就是了，我还会赖账吗？”

沈清弦盯着他，看了一会儿后道：“想好了同我说就是，到时候记得眼睛颜色要……”

所以……你在乎的只有眼睛颜色吗？

帝尊大人可以说是非常气了。

沈清弦是越来越适应在这边的生活了，一闭眼就睡着了。

第二天又是美好的一天，沈清弦惦记着玉简上的一起耕织，还想从子午观的试炼任务入手。

最自然的莫过于接到类似的任务，然后顺势把玉简的任务做了。

否则的话……即便耿直如沈清弦也说不出口：“咱俩来耕地织布吧……”

可惜子午观的规矩是一次只有一个任务，做完了才能接下一个。

眼下沈清弦接到的是去城里送信的任务。

大清早，沈清弦收拾齐整对顾见深说：“我们去送信吧。”

也不知道是谁，有这么大福气让天底下至尊无上的两个人送信。

怕是消受不起哦！

顾见深自然是随着他。

两人一起下山，路上没什么好说的。下山的弟子有不少，有的是去做任务，有的是去城里闲逛游玩。

沈清弦没什么闲逛的心情，他想赶紧送完信再回子午观等新任务。

送信的目的地在城北的吴宅，没多久两人就到了。

这吴宅瞧着还颇为富贵，听闻家主是子午观的记名弟子出身，虽然资质差了些，但颇有经商头脑，入世后经营了灵植庄子，还挺有些成绩。

本以为将信放在门口即可，谁知那门人看到沈清弦当即眼睛一亮："小兄弟且等等……这信老奴收不得，小兄弟得亲自交到老爷手中。"

沈清弦并未当回事，当即应了下来。

那门人引着他们进了宅子。

为了避免麻烦，顾见深给自己用了幻术，所以这老头并未留意到他。

宅子颇为清秀，浅草薄花，小桥流水，一方小亭俏立其中，颇为雅致。

当然这些入不了沈清弦的眼。

吴宅的家主名唤吴修韦，是个中年男人。

看到沈清弦进来，他竟迎了出来。

沈清弦规矩地向他行了礼，毕竟是前辈嘛。

吴修韦连忙扶起沈清弦："小兄弟莫要多礼，你是外门的正式弟子，哪里能拜我这种不入流的。"

沈清弦懒得和他客套，当即说明来意。

谁知这吴修韦热情得很，执意要留沈清弦吃饭，态度十分殷勤。

沈清弦哪有闲工夫来做这些，婉拒道："不劳前辈费心了，我还有事要办，先行一步。"

吴修韦满脸遗憾："那只能有缘再见了。"

出了吴宅，顾见深又打趣他："尊主当真是走到哪里都招人喜欢啊。"

沈清弦看他："难道陛下不是？"

顾见深却道："我年轻时形貌可怖，旁人都怕我得很。"

沈清弦扬眉："可怖？"

他这皮囊可不是幻术，是货真价实的。

顾见深微笑道："那时我受了天谴，容貌尽毁。"

沈清弦顿了下。

顾见深道："好在留下一口气，在心域活了下来。"

沈清弦看向他道："若非你欺师灭祖，天谴也落不到你头上。"

虽然当年沈清弦不在，但对这些事情也都知道。

当时天道以万法宗为尊，万法宗又有九峰，顾见深师从上德峰。

上德峰主收他为亲传弟子，很是喜爱。

谁知，这资质卓绝的天骄爱徒竟一夜间屠了上德峰。

传闻当时的上德峰犹如血海，顾见深杀了自己的嫡系师兄弟十二人、同门弟子百人，最后上德峰主出关，急怒之下要手刃逆徒。

当时那般年轻的顾见深竟然和自己的师尊打了个平手。

之后他逃离上德峰，跨过星海，走进安烬，成了心域的九渊魔尊。

事情已经过去了几千年，当事人要么寂化，要么去了上界，还知晓的，已经没有几人。

叶湛、曾子良这一辈，甚至都不知道顾见深出自万法宗，更不要提这些旧事了。

当然了，对于心域魔尊来说，早年的这点血腥不算什么，他真正以血修炼的那次，直接屠戮了整个国家。

沈清弦算是半个知情者。当时他云游在外，听闻上德峰出事，一回来看到的却是万法宗的末路。

九峰之间本来就不太平，万法真人去往上界，上德峰一倒，整个宗门失去制衡，彻底乱了。

那之后是天道的黑暗岁月，开启这个黑暗的正是顾见深。

听闻当时的心域也是一片混乱，而那时顾见深刚进入心域。

有人说顾见深是血煞转世，生来便是腥风血雨。

不过这话现在已经没人会提了。

天道平稳，心域安定，顾见深虽被天道诸人日日谩骂，但在心域似乎极有威望，反正没再听过什么血煞转世之说了。

如今再谈起这些，沈清弦和顾见深都心平气和得很。

顾见深道："我这人向来运气差，比不得尊主受尽万千宠爱。"

沈清弦道："运气好不敢说，只是从未生过背离天道的念头。"

顾见深忽然问道："师叔觉得天道在何处？"

沈清弦说出了天道的基础教义："万法皆空，唯道是尊。"

顾见深笑了笑。

忽然，一个熟悉的声音从不远处传来。

"小妹妹你别哭呀！哥哥……哥哥……我最喜欢帮助漂亮的小姑娘了！"

一听这后半句的大实话就知道是谁了。

沈清弦看过去，果然看到了朱子林。

说起来，这胖子只要看到长得好看的人，都能被其迷住。

顾见深道："胖子被人骗了。"

沈清弦应道："嗯。"

那姑娘说和亲人走散了，又不小心崴了脚，想回家却走不动路。

朱子林看人家长得漂亮，自是非常热心，又是送药又是要送人回家的……

实际上，那姑娘的修为比朱子林高多了，即便崴了脚也没事，所以那番说辞都是故意骗朱子林的。

"跟上去看看。"沈清弦这么说着。

本来这事他们只要出面戳穿就可以了，但那姑娘身上的血腥气有些浓，沈清弦觉得这可能不是简单的骗财。

沈清弦看得出，顾见深自然也看得出，毕竟血这种东西，他比谁都敏感。

两人隐了踪迹毫不费力地跟了上去。

那姑娘说："谢谢哥哥了！"

朱子林憨笑道："没事没事……"后半句的心里话又不自觉冒出来了，"超开心的，能扶着这么好看的姑娘……"

沈清弦："……"简直不想管他了！

一路跟着，他俩越走越偏，几乎出城了。

胖子有些警惕了："你家在城外啊？"

"姑娘"还可怜兮兮的："哥哥是看不起我们乡下人吗？"

胖子连忙道："怎么会？我也是乡下人！"

姑娘对他甜甜一笑，他又分不清东南西北了。

走着走着，这路已经偏远得越来越不像话了，甚至连天色都渐渐暗了下来。

本来是大中午的好天气，此时却乌云密布，瞧着像是要下雨。

朱子林问道："还没到吗？"

姑娘说："快了。"

话音刚落，一个硕大的宅子突兀地出现在远处。

空旷的平原上，被低沉阴霾的空气弥漫着的青瓦房屋仿佛屹立在那里的巨大坟墓。

如此诡谲，胖子立马怕了："那……那是你家？"

姑娘喜笑颜开："是的，终于到家了。"

胖子还是有些害怕：“既然到家了，那你快回去吧，我……我也走了。”

姑娘看着他：“都到家门口了，哥哥进来坐坐吧。”

胖子连连摇头：“不用了！”

姑娘说：“来嘛，你不是说我漂亮吗？”

在阴森森的环境下，姑娘笑得如此诡异，朱子林终于意识到不对了！

“我……我走了……”朱子林慌忙想走，但那姑娘的眼中突然射出一道黑芒，紧接着朱子林就呆住了。

“迷心术。”沈清弦瞥了顾见深一眼。

听闻顾见深深谙此术，能让人数百年沉迷其中。

不过这姑娘的迷心术很不到家，估计也就只有让朱子林自己走进宅子的功力。

顾见深问他：“不出手？”

沈清弦道：“进去看看。”

这宅子里的血腥味太重了，而且有着浓郁的恶煞之气。

其实这宅子之外还是万里晴空，唯独这一片如此漆黑阴暗。

固然是有人刻意为之，不过和这弥漫不散的恶煞也脱不了干系。

顾见深道：“我以为这些事你不会管。”

虽说这事一看就有蹊跷，而且八成藏着更多的恶心事，可这对于沈清弦来说仍是小事，不值一提。

真要管这些，只怕涟华尊主要忙到脚不沾地。

沈清弦知道他的意思，道：“管不尽天下事，可管得了眼前事。”

顾见深眸中含笑，将沈清弦拉到身后：“既如此，那属下自当助少爷一臂之力。”

沈清弦瞥他一眼：“这是作甚？”

顾见深道：“前方污秽，还是我在前方为少爷开路吧。”

沈清弦看了看他，倒也没坚持，任由他走在前面。

二人无声无息地潜入宅子，发现里面比外头还要阴森。

明明是白日，可这宅子里伸手不见五指，漆黑得像无月之夜。

顾见深一看就知道：“是迷阵。”

沈清弦似是发现了什么：“等等。”

沈清弦向前走去，白皙的手悬空，似是碰到了什么东西。

他眉心一皱。

顾见深看向他："怎么了？"

沈清弦皱眉道："没什么。"

他不说，顾见深也没追问，只道："需要我破了这迷阵吗？"

沈清弦摇头道："别打草惊蛇，直接穿过去吧。"

顾见深自然是没意见的。

这种迷阵里有些许幻术，不过，这些低阶幻术对顾见深和沈清弦来说就像幼童画在墙上的老虎，假得不能再假。

沈清弦在前头，正要抬脚迈进去……

玉简特别有存在感地闪了闪。

沈清弦猜到这家伙又要作妖了。

不过，看看也好，能顺势搬个砖再好不过。

玉简博得主人的注意力后麻利地开始冒字："请让顾见深知道您怕黑。"

沈清弦："……"

下面还有一行字："补充：需言行皆有，让人信服。"

沈清弦嘴角抽了抽。

玉简害怕得不行，赶紧熄火，乖巧地表示自己已死，不劳大佬烧纸！

怕黑？沈清弦怎么会怕黑？

也许很久很久以前他怕过，但现在……这世间可真没有能让他怕的东西。

他停在迷阵前不动，顾见深问他："怎么了？"

沈清弦："……"

顾见深看向他："嗯？"

沈清弦顿了顿，硬着头皮小声说道："我怕黑。"

说出这三个字……

两位大佬一起愣住了。

沈清弦是尴尬，顾见深是意外。

半晌后，顾见深开口，声音里带了笑意："这个……我可真没想到。"

沈清弦不愧为天道第一人，为了搬砖真是无所畏惧。他因为郁闷而微颤的声音还真有点害怕的意思："我既是人，自有怕的。"

虽然这里漆黑一片，但顾见深还是能清晰地看到沈清弦的。

少年精致的脸上有些纠结和难过，的确和平常不一样。

不知道他又在玩什么……

顾见深温声道："别怕，这里不是只有你一个人。"

沈清弦："……"

顾见深再次提议："迷阵里更黑，不如你继续躲在我身后吧。"

沈清弦点头："好。"

顾见深嘴角微扬，又哄道："没事的。"

沈清弦一个字都不想说！

进到迷阵里，果然更加阴森可怖。

不仅漆黑，而且极冷，阴风呼啸而来像是要渗透到骨头里，冻得人瑟瑟发抖。

这吓到尊主大人了吗？

不仅没吓到！这反而提醒了沈清弦。

害怕的话……应该身体变冷，顺便瑟瑟发抖？

为了让顾见深相信他真的怕黑，沈清弦故意把身体的温度弄低，顺便抖一抖。

顾见深发现了沈清弦的"异样"，低声笑了下。

沈清弦有些气："笑什么？"他都"怕得"瑟瑟发抖了，这家伙还笑！

顾见深清清嗓子道："师叔，你这身体的温度冷得像万年寒冰了。"

沈清弦："……"哦，用力过猛，温度降得太低了。

沈清弦强行解释道："我一害怕身体就会变冷，越怕越冷。"

言下之意就是，看我多怕黑，快点相信！

顾见深立马安慰："别怕，我在这儿。"

沈清弦："……"总觉得自己有些亏！

他翻看了下玉简，任务还是亮的，没变灰说明没完成，没完成，说明顾见深根本不相信。

好气，这个虚伪的心域魔帝！

沈清弦一门心思地想着该怎么让顾见深相信。

过了一会儿，沈清弦轻声道："其实我没你说的那样运气好。"

顾见深问他："怎么？"

谁不知沈清弦是天之骄子？从成名那一刻起便扶摇直上，在天道最黑暗的岁月里，他立下不世功勋，以圣人之躯操控诸神秘法，挽救了数百万生灵，至今都是无上功德。

沈清弦却道：“我入门早，总角时因体质瘦小又孱弱，受尽同门欺凌。”

顾见深想了下道：“是万灵之体的反噬吗？”

沈清弦是亿万年难得一见的万灵之体，但这种体质实在逆天，别说修士们，连上天都要嫉妒。

尚未踏入修炼之路的小清弦早早进了万法宗，吸纳了过多灵气，反而激发了万灵之体。偏偏他当时年幼稚嫩，无法承受，遭到反噬。

他生得比别人瘦小，几度连话都说不明白。

当时他备受掌门宠爱，本就引得不少弟子不满，此刻见他如此愚笨孱弱，当即起了玩弄之心。

孩子的恶意有时候比成人还要可怕。

他们将小清弦丢在一个荒废的深井中，足足几十米深，下面泛着潮湿的腐臭味，上面的井盖被人盖住。

完全密闭的空间，一片漆黑。

沈清弦在里面待了整整两日，后来被师父救出。那时正是傍晚，走出深井的时候，他第一眼看到的是夕阳，红得耀眼，红得炽热，充满了力量。

说完这些，沈清弦有些意外……

原来这些他还记得，都过去……万年之久了吧？

他以为自己早就忘了，原来还能想起来。

不过，他完全不记得当时的感觉了，有害怕吗？漆黑、深邃、幽闭，他应该是害怕的吧？

虽然对于修炼人士来说，两日不过是一眨眼的工夫，但那时候他尚未修炼，还是觉得很漫长吧？

可是他记不起这些感觉了。

顾见深怔了下，声音与以往不同，是真正的温柔：“所以你才喜欢红色吗？”

“嗯？”沈清弦面带疑惑，并未意识到这其中的联系。

顾见深笑了下：“可红色并不代表着……光明。”

沈清弦道：“不是光明，是生命。”

顾见深微怔。

沈清弦发现玉简上的“其十六，请让顾见深知道您怕黑”变成了代表着完成的灰色。

很好，顾见深被忽悠住了。

说话间，迷阵已经走到了尽头。

踏过最后一步，入目的景象让沈清弦眉心紧皱。

这是一个破烂的道观，神像下是散发着腐臭味的祭品，案台下缩着七八个少年。

他们都面色苍白，双目无神，显然是被迷了心智，朱子林也在其中。

顾见深问他："把这儿毁了？"

沈清弦道："等等。"

这些人身上财物尽在，也没受什么伤，把他们掳来是要做什么？

沈清弦一眼就看清了几个人的情况。

似乎都是灵田颇有规模的，胖子是个中翘楚。毕竟胖子能进子午观外门，已经很有修炼的资质了。

正在此时，一阵脚步声传来，还有交谈声。

"老四你可以啊，竟然拐到了朱子林。"

朱子林是胖子的名字，他们竟然知道。

沈清弦眯起眼睛，心中怒火升腾。

一个阴柔女子轻笑道："那朱子林是个蠢蛋，看着漂亮姑娘就挪不动腿了。"

"只是可惜了，这么个好苗子，咱们得送出去。"

"行了，给你也是浪费，送上去了咱们还能得点好处。"

那粗哑男子阴恻恻地笑道："也是，这次抓得多，没准能留几个给咱。"

沈清弦听他们这对话，隐约猜出了七七八八，不禁火气上涌，面色更冷。

顾见深握住他的手道："跟去看看吧。"

沈清弦应道："嗯。"

既然还有老巢，那就干脆一窝端了。

这几个人如同拎货物般将这些少年拎起来，说说笑笑地出了宅子。

其实他们这里非常隐蔽，宅子位置偏僻，寻常人找不到，宅子内又有迷阵，即便有人进来也不怕暴露踪迹。

更不要提这几人的修为都不俗，比得上子午观的管事了。

只可惜他们遇到的是顾见深和沈清弦。

这天底下能拦住他们俩的地方……嗯，一个是万秀山，一个是唯心宫，其他地方都是儿戏。

顾见深和沈清弦就这样跟在他们身后，他们却毫无察觉，一路笔直地进到丛林，又穿过一个更精妙一些的阵法，然后来到了一处更大的宅邸。

只是站在这里，沈清弦便双眸冰冷，周身气势紧绷，若释放出来，只怕方圆数里都得沦为冰窟。

顾见深道："师叔息怒。"

沈清弦什么都没说。

他们还没进去，这浓郁的血腥和异味已经将天空都染成了深灰色。

沈清弦径直走进宅子，越走越气，越看越怒！

这竟是个作恶的老巢！还只抓一些资质好、没阅历、不谙世事的少年！

那几个人把朱子林他们送了上去，为首的中年男子满脸喜色："不错，竟然弄到了外门的弟子，很好很好！"说着又道，"其他的你们拿回去享用吧，只留下这胖子即可。"

那女子和男人很是开心："多谢孙长老！"

名为孙长老的中年男子又喊住了他们："我听老吴说，这次外门有个非常好看的少年，生得细皮嫩肉，资质还好，今日好像接了送信的任务，所以去了吴宅，你们多多留意，争取把他给我抓来。"

听到这里……沈清弦彻底气炸了。

虽然从最初看到迷阵时，他就疑心这些人是出自子午观，但没彻底肯定。

如今这话一出，却是可以坐实了！

他还纳闷，怎么死的都是些有资质的？怎么朱子林就这么巧被盯上了？

原来是内外勾结！

叶湛这个蠢蛋，竟让门人在眼皮底下行此恶事！

沈清弦突兀地现出身形，在场的十多人全都呆住。

那姓孙的首领最先回神："你……你是何人？"

虽然眼前的人生得一副稚嫩少年的模样，但他能悄无声息地潜到这里，可见修为不俗，实在让人大意不得。

瞬间，这十多人都祭出了法器，如临大敌。

沈清弦只觉恶心，抬手欲取他们性命，谁知竟被顾见深拦了下来。

沈清弦眯起眼睛，危险地看向顾见深："陛下这是何意？"

"让我来，"顾见深道，"别脏了你的手。"

沈清弦眉心紧拧，反问他：“你觉得我的手不脏？”

顾见深道：“当然。”

话音刚落，沈清弦指尖白芒闪烁，之前那欺骗朱子林的女修士胸口被戳了一个巨大的血洞。

直到断了气，这女人都不知道自己是怎么死的。

鲜血汩汩而出，女修仰面倒地，甚是凄惨。

这些作恶多端的恶魔看到自己人的血竟然面色惨白，一个个吓得屁滚尿流。

沈清弦一步一步走近他们，他脚步不快，却带着铺天盖地的强大力量，将那几人骇得心神俱颤。

“你是谁……你到底是谁……”

那孙景元应该是在子午观任过要职，愣了愣后，他惊呼出声：“尊……尊主！”

沈清弦灵力外放，如此磅礴的力量足以证明他的身份。

放眼整个天道，除了涟华尊主，还有谁能有这样可怕的力量？

可是尊主大人怎么会在这儿？孙景元已是骇到极点！

沈清弦面无表情，声音冷凝：“生而为人，竟如此丧尽天良！”

一字一句，震得在场几人全都跪伏在地，颤颤巍巍。

那孙景元反倒没跪，或许是知道自己难逃一死，听到沈清弦的话语竟放声质问：“天良？他们杀害猪牛羊，就不丧尽天良了吗？”

沈清弦死死地盯着他。

孙景元面露癫狂，声音也近似疯魔：“同样是血肉之躯，同样是天下生灵，为什么杀害其他动物就可以？”

“你可以杀别人……”不等沈清弦开口，顾见深现出身形，垂眸盯着这个狼狈的人，“……我也可以杀了你。”

话音落，孙景元便倒在了地上。

与此同时，其余数人也都倒在血泊之中。

顾见深能操纵血液，他意念一动，这些人自然活不成。

沈清弦深深地看了他一眼。

顾见深道：“抱歉，越俎代庖了。”

沈清弦收回视线，下一瞬就褪去变化，回到了原本模样。

猩红血海中，他身着霜色长袍，纤细洁白。

如此风华，当真无愧天道第一人的名号。

顾见深薄唇微扬，轻声问道："师叔，天道只庇护人类吗？还是说天道本无情？"

沈清弦看向他："你的心又是对的吗？"

顾见深反问："那天道又是对的吗？"

沈清弦沉默不语。

顾见深道："我找不到答案，所以只信自己。"

沈清弦却没再回应，他闭上眼，刹那间神识外放，广袤而厚重的神识席卷了天道六派。

叶湛、曾子良、程静等人纷纷垂首跪下。

沈清弦冷凉淡漠的声音响在他们耳边："速来见我。"

说完这四个字，他又看向顾见深："让陛下看笑话了，我还有些私事要处理，就此别过。"

顾见深笑了笑："师叔慢走。"

沈清弦在瞬息间便回到了万秀山。

山门外，天道六派的掌门已跪在那里。

沈清弦看都没看他们一眼，径直走向殿中。

沉睡的乾听殿苏醒，灵气涌动间，仿若仙境。

如此美景却无人欣赏，跪在外头的六位掌门皆噤若寒蝉。

沈清弦拂袖扔出一颗纳影珠，那宅子中的一幕幕出现在叶湛等人面前。

一点点看完……叶湛面上血色尽褪。

沈清弦的声音从大殿传来，遥远却清晰："那孙景元可是子午观之人？"

叶湛跪伏在地，声音中满是羞愧："是！"

程静不禁有些着急……

其实孙景元也不算是子午观真正的门人，他修行时便是记名弟子，后因路子不正还被开除观籍……

不过，这事和子午观的确脱不了关系，但是也要稍加辩解啊，如此这般……

沈清弦反而挺满意叶湛的态度。

他这徒孙的性格，他也是知晓一二的。

严肃而执着。

因为尊师重道，所以对他甚是敬仰，也正是有这品格在，因此心性不差，行事光明磊落，坦坦荡荡，比曾子良强上数倍不止，但也有致命的缺点。

太过公正乃至死板,对自我要求严格,对门人要求也严格,却不谙御下之道。

沈清弦低声道："都进来吧。"

六人齐声应下，全都低着头一步一步小心地走进大殿。

惹得尊主如此生气，他们诚惶诚恐。

一进到乾听殿，叶湛立马跪下。

沈清弦走向他："起来。"

叶湛的声音颤抖："罪子不敢！"

沈清弦问他："何罪之有？"

叶湛道："身为子午观掌门，却纵容这种恶事诋毁天道！"

沈清弦居高临下地看着他："纵容？"

叶湛额间冷汗直流："一叶障目，已是纵容。"

沈清弦冷笑了一声。

叶湛满目死灰："尊主，弟子不肖，愿自请坠仙崖！"

坠仙崖是天堑，从那里跃下，纵是神仙也难逃一死。

沈清弦笑了："你一跃而下倒是轻省，子午观呢？让它改作杀人观？"

叶湛哑然，没脸抬头。

沈清弦低斥一声："起来。"

叶湛顿时感觉到一股磅礴雄厚之力，扶着自己站了起来。

沈清弦就在他面前……清风朗月，净尘绝世，对比之下，叶湛越发自惭形秽，悔恨不堪。

沈清弦的声音清清冷冷的："收起你那窝囊念头，回去好好整治一番子午观。"

说着他看向其他五人，继续道："身为掌门，你们肩负重任，修为高了又怎样？悟性强又如何？连门内秩序都管不明白。"

六人垂首，一个个大气不敢出一声。

沈清弦继续说道："叶湛，限你七日内查明此事，给我个交代，至于惩罚，七日后再来领吧。"

叶湛沉声应下。

沈清弦又扫了眼其他人，沉声道："子午观的事不会是个例，诸位引以为戒，回去自查！”

说着他拂袖，将这六人都送了出去。

山下。

叶湛身形摇晃，程静连忙扶住了他。

叶湛摇摇头，声音里满是憔悴：“……我让尊主失望了。”

他这一声叹息让其余五人都于心不忍。

可事实上，叶湛就是错了。

哪怕有无数的理由可以让他推脱责任，但错了就是错了。

若非他御下不严，若非他疏忽失察，又怎会发生这样丧尽天良的恶事？

那些枉死的人，那些因子午观之名前来诚心求道的人，岂能遭受此等可怖之事？

想到这里，叶湛恨不能以死谢罪。

程静安抚他道：“你莫要入了心魔，尊主是希望你历经此事后能更好地周全门人！”

曾子良也说道：“师兄，切莫再负了尊主期望。”

听到这些，叶湛总算振作起来，眸中才算是有了些生机。

忽然间，一道霞光自万秀山上腾空而起，六人纷纷转头，皆目瞪口呆。

叶湛喃喃道：“这是……”

程静接道：“……净化术。”

世间未能成圣的生灵是要进入下一轮生机的，含恨惨死之人往往灵本不净，觊觎报仇。可失了神智，又哪知道谁是仇人谁是无辜的？肆意作恶的下场是灵本消散。

那些少年本就无辜，可死得实在太惨，若是犯了恶事，最终落得个烟消云散，也实在让人心疼。

净化术在天道只有四人能用，三圣和涟华尊主。

而沈清弦用出来效果最佳，甚至能让活着的人也心情平静，远离魔障。

看到此术，叶湛终是热泪盈眶。

尊主在给他收拾烂摊子，在为他积德除孽！

尊主甚至怕他被心魔绕身，将净化术也落到了他的心间。

“弟子不肖……”叶湛老泪纵横，“弟子不肖啊！”

其他五人也是叹息不止。

三个时辰后，霞光散尽，万秀山又恢复了仙风缥缈的姿态。

用了如此比神之术，沈清弦面不改色，没有丝毫疲倦之态。

他能解决这一次，却不能解决千百次，只愿叶湛等人能担负起重责，护好门人，还天道乐土。

罪孽是消不掉的，从源头掐死才是正理。

沈清弦习惯在午时喝茶，不是身体需要，纯粹个人喜好。

万秀山上有绝佳灵茶，丰盈纯美，入口丝柔顺滑，清香沁鼻。

往日里沈清弦还挺享受这闲暇的午后时光。

如今……少了个泡茶人，他竟觉得无聊了许多。

灵茶比红茶纯却没它美。

万秀山比子午观美却没它舒适。

此刻沈清弦忽然想到那个红眸的帝尊……

嗯……沈清弦觉得和顾见深一起做任务的感觉也并不讨厌，看来修复天梯指日可待。

玉简：“……”

大佬啊！不是这样的啊！你不讨厌的是红色的头发、眼睛和禁印，并不是他本人吧，这……这不对啊！

可是玉简不敢说……它还是很怕死的。

沈清弦心情好了许多。

他又想到子午观小屋里的装修，那镶着红宝石的坐榻、金线闪烁的床帏，还有大红被子……

玉简：看吧看吧！你明明就只是喜欢大红大金啊主人！

沈清弦越想越嫌弃万秀山……

亏了万秀山不知道，要不然一准哭晕过去。

它堂堂第一仙山，什么时候被人嫌弃过？

还是联系一下顾见深吧，沈清弦得出了最终结论。

毕竟他还有好多任务没完成呢，敲打完叶湛等人，他也该去忙自己的事了。

心思刚动，他就看到玉简闪了下。

有任务了？沈清弦薄唇微扬，竟觉得这玉简挺识相。

这时候发布一个任务，真是再好不过了。

正这么想着，他就看到了玉简上的字。

笑容逐渐消失，沈清弦想毁灭玉简。

玉简好怕，可还是要履行职责！

“其十七，给顾见深飞鸽传书。”

飞什么鸽？传什么书？玉简你是个傻子吗？

玉简：再见，我有急事先走一步……啊……（熄火）

这任务实在脑残，倒不是说修真界没有飞鸽传书，其实也是有的，只不过那是小弟子们才会干的事，而且大多是向凡人父母那里传家信。

到了沈清弦这种级别，哪里还用飞鸽传书？他神识一散，顾见深在天涯海角也能听到他说话。

可眼下，为了完成这个任务，他还得去找只飞鸽，还得一路护着它，不让它被老鹰吃了，更要小心被人拦截，还要担心它穿不穿得过各地的结界护罩。

实在麻烦！

但这是个实打实的任务，不做岂不漏掉一块砖？

为了天梯，麻烦些也没什么。

沈清弦找到了曾子良。

曾子良正在那里心惊胆战地清理门派。

曾子良可以保证无方宗里肯定没有那种丧尽天良的恶事，但是一般小恶恐怕比别人家多了去了，比如上行下贿，倚强凌弱，私吞秘宝……

总之，这些曾子良以前睁一只眼闭一只眼的事，现在全都要逐一清理，一个都不准出现！

尊主神威，曾子良怕得很！

沈清弦一找，曾子良就怕得要命，心想这次完了，难道是哪个逆徒犯下大事了？

曾子良诚惶诚恐，当着自己徒弟的面，都快要给万秀山跪下了。

沈清弦却只说道：“帮我找几只鸽子。”

鸽子？老曾迷茫。

沈清弦想了下，说道：“要身形矫健、尾羽修长、常年飞行的鸽子。”虽然这样补充说明也没什么用处，但总好过来个老弱病残。

曾子良半晌才回过神来，竟然是要鸽子，而不是要他的命！

他赶紧应下：“弟子领命！”

曾子良又忙对身边的弟子说:“找鸽子,快去给我找个又肥又美的大鸽子!”

弟子们一脸迷茫:师尊辟谷已久,怎么就想起要吃鸽子了?话说,吃鸽子的话,不该选择乳鸽吗?

小徒弟小声提醒:“师尊,鸽子的话,烤乳鸽最好吃。”说着他自己都要流哈喇子了。

曾子良:“……”

难道尊主大人是要吃烤鸽子?

他稍微脑补了一下,顿觉天崩地裂!不可能的,不存在的,他们的尊主大人怎会食这种凡俗之物?

那要鸽子干吗?

难不成是要飞鸽传书?

开什么玩笑?尊主大人神识一散,谁能听不到他的传音入密,怎么可能会用如此低等的传信手段?

不是烤乳鸽又不是飞鸽传书,那是要来干吗的……

曾子良这脾气放到古代,那就是个大奸臣,正事干不利索,揣摩上头心意一个顶十个。

他认真琢磨一番后,觉得以尊主的品性,定是要赏鸽!

听闻现世中有人将鸽子看成和平的象征,尊主心怀大义,定是想以此物告诫大家,和平治世方是大道正途!

“吃吃吃,就知道吃!”想通这些的老曾给了小徒弟一脑门。

他这小徒弟随他,滑头得很,嘿嘿两声,也不怕他。

曾子良连忙吩咐下去:“找……找样貌俊美的鸽子,要白羽似凤,瞳眸如水!”

这等小事,他的门人自是速速给他办好。

没多久,一双堪称鸽中之凤、漂亮到可以收藏的飞鸽被送到了曾子良面前。

他认真打量一番,虽觉此等俗物配不上万秀山的钟灵毓秀,但也没招了,毕竟它们只是鸽子。

“行了,你们下去吧!”

曾子良虔诚地问沈清弦:“尊主,事已办妥,子良为您送去可好?”

沈清弦应道:“嗯。”

曾子良赶紧拎着两只白鸽,小心护卫,仔细地将它们送到了万秀山上。

因为万秀山上灵气充盈，怕此等凡物招架不住，所以曾子良细心地将它们放到了宠物袋中。

一路走近乾听殿，先跪拜行礼，再奉上宠物袋，曾子良还挺期待的。

这双鸽子在鸽子中实属不俗，他敢保证，世间除了他，再没人能找到比这更仙姿缥缈的鸽子了！

他做事如此妥当，尊主会不会表扬他？

老曾很期待！

然而……

沈清弦道：“放这儿就行。”

啊……尊主都不打开看看吗？

曾子良好不甘心，但也不敢问，只能一边委屈巴巴地往后退，一边期待尊主打开看看，没准尊主喜欢了就会表扬他呢……

事实上，老曾该庆幸，幸亏沈清弦没当着他的面看到这俩鸽子，否则肯定要训得他大汗淋漓。

这两只是什么玩意儿？

又白又瘦，还顶着一对蓝眼睛，能再丑点吗？

还有这尾巴……他要求尾巴修长，是希望它们飞得快，可这尾羽都能和孔雀媲美了，飞得起来吗？

沈清弦本以为曾子良是个机灵人，谁知办如此蠢事。

算了，本来他也不指望普通鸽子能飞到心域去……反正都要改造，就改造这两大尾巴吧。

沈清弦想了想，先把它们的尾羽给修掉一半有余。

可怜貌美如花的白鸽羽毛瞬间就爹了毛……

搞定了鸽子，沈清弦找来笔墨，琢磨着该写点什么。

反正只要飞鸽传了书任务就完成，也没必要写太多。

拿着笔想了想，沈清弦下笔了。

刚落下一竖勾，一股神识波动在万秀山外徘徊。

沈清弦一敛神就知道是谁。

紧接着，顾见深的声音响起：“师叔。”

飞鸽传书还没发出去呢，这家伙就来传音入密了。

沈清弦不理他，继续写。

顾见深又道："事情处理得怎么样了？"

沈清弦当没听见。

顾见深自说自话并且语调舒缓、声线迷人："若是需要我帮忙，请一定告诉我。"

沈清弦心道：需要你帮忙，那就是老实待着，哪里都别去！

他一直不出声，顾见深却越说越来劲了："一日不见，不知师叔可好？"

玉简好想插一句：挺好的，如果不用给你写信的话就更好了。

可怜它还在装死，就算不装死，它也没胆子说。

沈清弦终于开口了："你在哪里？"

顾见深的声音轻快了些："子午观。我沏了茶，可惜你不在。"

沈清弦有些心痒，想自己华丽丽的屋子和漂亮的杯子还有红茶。

不过他要忍住，搬砖是第一要务。

他对顾见深说："等着。"

说着他切断传音，认真写完这封信。

虽然只有两个字，但也是信，没毛病。

沈清弦唤来白鸽，小心地将信件绑在它们的小瘦腿上。

这鸽子前半辈子受尽追捧，哪承想今日沦落为传信员？

它天生就不是干这活的料，总给人一种出了万秀山就被网走的错觉。

不过，有沈清弦的神识护着，闲杂人等还真伤不到它。

只看它有没有这个体力飞到子午观了。

值得庆幸的是，顾见深没回唯心宫，否则这鸽子怕是真要被烤熟吃了。

鸽子放出去，只等着顾见深收信了。

沈清弦刚放松了一下，谁知山下传来了危险又熟悉的灵气波动。

沈清弦："……"

顾见深的声音响在他耳边："师叔，可否让我进去？"

这家伙竟然来万秀山了！

沈清弦的声音里带了气："不是让你老实等着吗？"

顾见深道："我见叶掌门已回子午观，想着师叔可能没什么事了，所以想早些见到你。"

好听的话说了一套又一套，可惜沈清弦没心情听。

他跑到这儿来，鸽子却飞到了子午观去，这还传什么书？

等等！

任务是给顾见深飞鸽传书，顾见深已经在山下，只要让笨鸽子现在转头，是不是就可以完成任务了？

装死的玉简赶紧挣扎了一下："补充：请给在唯心宫的顾见深飞鸽传书。"

沈清弦："……"

第六章

讨要金龙

尊主大人涵养极好，毕竟是活了亿万岁的人了，没那么易怒。

唯心宫就唯心宫吧，修炼之路向来坎坷，这点小挫折不算什么！

玉简瑟瑟发抖：如果主人的杀气没这么重就好了！

沈清弦给顾见深传音入密："陛下，能拜托你一件事吗？"

顾见深道："可否当面商谈？"

沈清弦急需他配合，自然懂得给他个糖果吃："过来吧。"

万秀山的屏障打开，顾见深走进这天道重地，心情却没有太多波动。

这座无数人梦寐以求的仙山，对他来说倒没多大吸引力。

不过仔细看来，这万秀山同沈清弦，当真是极其般配。

清冷佳人，无尘仙山。

如同雪山上绽放的雪莲，将纯净之美渲染到了极致。

顾见深漫步走来，踏过仙雾缭绕，看到了乾听殿中那一抹白色身影。

沈清弦看到他也是开心的，因为没有外人。顾见深完全是魔尊的样子，深红长发，艳色双眸，怎一个美字了得？

沈清弦的语调柔和多了："陛下。"

顾见深含笑："来得太急，什么都没准备，还望师叔莫要恼怒。"

沈清弦道："无须同我客套这些。"

顾见深隐约觉得他有事，毕竟态度这么好……

沈清弦给顾见深斟了茶："虽不及陛下的红茶华贵，但也能勉强入口。"

顾见深自然是和他客套一番："听闻万秀云茶千年成一束，是旷世瑰宝。"

沈清弦道："没那么夸张，你若喜欢，尽管带一些回去。"

顾见深笑了笑："既如此，那我也得给师叔备一份厚礼。"

两人进行一波商业互捧之后，沈清弦忍不住先切入正题。

"实不相瞒，"沈清弦轻声道，"我有一不情之请，还希望陛下能够帮忙。"

顾见深道："师叔直言，我自当竭尽全力。"

沈清弦看了他一眼，微微垂眸道："没那么费事，只是需要你回一趟唯心宫。"

顾见深微怔："回宫？"

沈清弦道："对，越快回去越好。"

顾见深问他："师叔是想去唯心宫看看？"

沈清弦道："我还走不开，去不得。"

顾见深又问："那我自己回去又有什么意思？"

沈清弦看了他一眼，道："说了……你可莫要笑我。"

顾见深道："请说。"

沈清弦顿了下才柔声道："我给陛下写了一封信，算时间应该送到唯心宫了，所以想你回去看看。"

"信？"顾见深目露疑惑，"师叔有什么想说的，直言便是。"

沈清弦垂眸，道："有些话我不想当面说。"

顾见深愣了一下。

沈清弦嘴角极轻地扬着："我知道这有些任性，但希望陛下能体谅我。"

顾见深用红眸逼视他："哦？"

沈清弦道："你去看看便知晓了。"

顾见深薄唇微扬，应道："好。"

总算把人哄走了，沈清弦松了口气。

这下任务没问题了吧！

他已经把笨鸽子送到唯心宫外了，顾见深回去也是极快的，估计现在已经看到信了。

可怜顾见深赶回了唯心宫，解下了白鸽脚上的信，打开一看，上边只有两个字——

“小红。”

龙飞凤舞的两个字，代表的是沈清弦那“欲语还休”的心意？

顾见深摇头轻笑，倒也没生气，反而觉得更有趣了。

不过……

他拿出一枚红色玉简，上面有一行字慢慢亮起。

“其十七，给沈清弦回信。”

怎么这么巧呢？

沈清弦给他写了信，他就得回信？

顾见深勾了勾唇，笑得意味深长。

不回信又会怎样？沈清弦会如何求他？

想到这里，顾见深淡定地收起玉简和信笺。

沈清弦心满意足地看着任务完成，天梯多了一块砖，似乎连轮廓都越发清晰了。

很好……去上界指日可待。

沈清弦可没想让顾见深回信，他正打算把人叫回来，继续解决剩余任务，结果……

玉简闪了闪。

沈清弦隐约有种不好的预感。

果不其然，这家伙冒出一行字：“其十八，收到顾见深回信。”

沈清弦：“……”

玉简很是讨好地闪了闪，仿佛在眨眼睛。

然而它太丑了，沈清弦拒绝，甚至想把它挫骨扬灰。

听到这个心声，玉简干脆利索地“死”了……

沈清弦没再看这破玉简，他看出来了，这家伙就是个坑，专门坑他。

让顾见深回信？

尊主大人不禁有些后悔，早知道还要收到回信，他就写点好听的了。

看到“小红”二字的顾见深会给他回信？怕是想干架。

破玉简，沈清弦嫌弃地瞪它一眼。

装死的玉简忍不住抖了抖，很害怕。

沈清弦等了好半天，自然是等不到回信的。

他也没恼，假如有人给他寄信，里面就只有一个戏称……他还回信吗？他会让对方知道花儿为什么那样红。

再写一封吧！

沈清弦看了看旁边的笨白鸽……白鸽咕噜噜地叫，浑然不知自己要跋山涉水闯星海跨妄烬，还以为主人被自己的美貌俘获了呢。

沈清弦拿起笔，想了下，认真地写了一封信。

大意就是……寄了信才发现竟然寄错了，不知你收到了什么内容，但那都不是我的肺腑之言，这封信才是我想对你说的话。

下头就是一本正经地瞎扯淡了：论道相遇，实乃天造，我遵天道，你修心域，本该势不两立，但月落子午之行，让我感动，原来见深兄如此体贴温厚，着实让人想结交为友……

洋洋洒洒写了大几百字，鉴于字数问题，咱们就不一一复述了。

总之，尊主大人为了求得回信，基本上将好话说尽！

最后他不放心，还留了一句："静候佳音。"

写完后沈清弦直接用法术让墨渍干透，再将信笺绑在白鸽腿上。

送信前，沈清弦还给顾见深传了个音。

"收到信了吗？"他故意让语气中有些小小的期待。

顾见深正等着呢："收到了。"

沈清弦问："你读过信之后是怎么想的？"

顾见深沉吟了一下："难道不该是大红？"

沈清弦："……"

顾见深道："私以为用'小红'形容我略微不妥。"

沈清弦装作"大惊失色"："我……我竟寄错信了！"

唯心宫的顾见深斜靠在软榻上，唇边全是戏谑："哦？寄错了？"

沈清弦连忙道："你收到的可是'小红'二字？"

顾见深道："对。"

沈清弦故意"懊恼"道："那是我写给宿雨的，怎给弄混了？这白鸽果然靠不住。"

顾见深忍着笑意道："原来如此，那师叔到底想与我说什么呢？"

沈清弦道："稍等，我这就给你送过去。"

顾见深道："师叔何必如此麻烦，说给我听不更好吗？"

沈清弦还是坚持这个论调："有些话说不出却能写得出。"

虽然没见着他人，但听着声音，顾见深都能想到他那嗔怒的模样。

沈清弦又道："陛下且等着，这次定不会寄错了。"

顾见深笑道："好，我很期待。"

寄错？怕是这次才是真寄错。

没多久白鸽颤颤巍巍地飞过来，顾见深怜惜它们是沈清弦的，所以输了些灵气过去，让它们活蹦乱跳。

打开信笺一看，顾见深忍不住扬唇……

满满一张纸，字里行间全是情深意切……字迹倒是丰神俊秀，奈何情意虚假至极。

不过顾见深还是很开心，看了一遍又一遍，越看越觉得有趣。

而沈清弦……还在等他的回信。

沈清弦等啊等，等啊等，等得茶都凉了，还是没等到回信……

沈清弦很生气，这顾见深怎么不回信？

收到信要回，这种最基本的礼仪都不懂吗？果然是礼法沦丧的心域魔修！

他生了一会儿气，为了搬砖又忍下来。

过了会儿，沈清弦没等到回信，却等到了顾见深的传音入密。

"师叔。"顾见深唤道。

沈清弦："……"

顾见深声音低低的："信我看了很多遍，我们能见面聊吗？"

沈清弦并不想和他见面！见什么面？见了面还怎么收到回信？

沈清弦耐着性子哄他说道："我的信你看过了，那……你呢？"

顾见深道："我想当面和你聊。"

沈清弦继续扯道："这不公平。"

"为什么？"顾见深一本正经地胡说八道，"我认为当面聊天比写信更能传达彼此的意思。"

沈清弦却反问他："我的信你没有看明白吗？"

顾见深道："看明白了。"

沈清弦又道："那你该明白，信也是能传达心意的。"

顾见深很快回道："我也可以当面同你说，不必写下来。"

沈清弦道："这不一样，我也可以当面跟你说，但你手里的信却是我没有的。"

话里话外都是：你倒是给我回信啊！

顾见深顿了顿。

沈清弦用了激将法："其实你是写不出吧？你没有想表达的话，自然写不了信。"

顾见深将计就计："小小信纸写不下我想说的话。"

沈清弦："……"

围观全程的玉简表示：这还有我什么事吗？可问题是……你俩的友谊都这么深厚了，为什么"其四，不得对顾见深起杀心"还亮着？

大佬的世界，小小玉简看不懂。

顾见深又道："师叔，我在子午观等你。"

沈清弦一听他不在唯心宫了，顿时气结，切断传音，竖起屏障，不理他了。

混账东西，给我写封信有那么难吗？

不难，别说写一封信了，写一百封对顾见深来说都不难。

但如果他写了的话，沈清弦还会同他说这么好听的话吗？

顾见深深谙"放长线钓大鱼"之理。

这屏障一竖就是数日，沈清弦在万秀山悠然自得，非常沉得住气。

玉简也很安静，生怕惹怒了大佬。若是大佬放弃去往上界，那就坏事了！

当然，沈清弦不可能放弃修复天梯，因为这条通往上界的道路可不是他一个人的。他的身后还有弟子万千，他不能弃他们于不顾。

他们敬仰他，他就得担起这份信任。

又是几日，沈清弦变成朝烟的模样去了子午观。

他要去找顾见深了？怎么可能？

顾见深不给他回信，他就不见顾见深！

沈清弦来子午观有两个原因，一来，是杀人庄那事叶湛已经有了结果，他直接过来看看；二来，是看看桃花妖。

至于顾见深？晾着吧。

化作朝烟的模样行走比较方便，没多久他就见到了叶湛。

几日不见，叶湛憔悴了许多。

当然以叶湛的修为，这憔悴不是身体上的，而是精神上的。

看来是受尽了内心的自我折磨。

沈清弦倒觉得这不是坏事，吾日三省吾身也是一种修炼方式，只是不能太偏执，所以此行来子午观，他也是想宽慰下叶湛。

叶湛请罪道："尊主，实在是弟子无能，竟放任这些恶徒在眼皮子底下作恶！"

这次审查实在是牵出了不少事端。

子午观制度森严，面上似乎是六派中最严肃的，但在这种刻板的压制下却让很多人生了逆反之心。

孙景元等人的目的也查了出来。

沈清弦拧眉看着："补灵田？"

叶湛道："对，不知他们从哪里得来的谬谈，竟以为抓获资质绝佳的少年可以进补灵田。"

这就好理解了，孙景元等人都是子午观的记名弟子，资质极差，苦心修行最终也不得大道，肯定是心有不甘，听闻有扩充灵田的法子，便不惜代价想要尝试。

巧的是，子午观中的底层管事大多是记名弟子出身，他们努力数十年，最终也只是堪堪筑基。叶湛怜悯，便让他们在观内任职，谁知他们竟对外门的人起了这种邪念。

胸中不平，心里不忿，眼看着这些"天之骄子"的修炼之路比他们简单数倍，他们陈年积压的不甘爆发，再有些进补灵田的邪术煽风点火，便犯下了这丧心病狂的恶事！

叶湛道："修炼本就是万难之事，每年都有无数弟子拜入子午观，我一直疑惑为什么试炼任务会有那么多人有去无回，之前还以为是任务难度太高，所以一降再降，哪承想……"叶湛叹息一声，眸中满是懊悔！

孙景元勾结了试炼任务处的管事，让他们给那些无依无靠却资质尚佳的新弟子发布去城中送信的任务。

接了这任务的弟子会去一趟吴宅，吴宅的门人一看这人资质好便会通知吴修韦，那吴修韦自会热情招待，盘问姓名并观察喜好兴趣，搜集到足够的信息后再告知孙景元，孙景元便会派人想方设法将人骗到庄子里……

整个流程环环相扣，严丝合缝，若非沈清弦化作朝烟模样，哪能发现此等腌臜恶事？

死去的弟子大多孤苦无依，杳无踪迹也没家人追寻，子午观久久等不到人便记为遇难。

毕竟修炼之路坎坷，入门前的月落秘境都是危险重重，更不要提入门之后了。

如此，竟给了那些恶徒作恶的良机。

后续事情叶湛已经处理妥当，凡是有牵扯的全都被扫了神识，只要参与其中，一律按戒严惩。

沈清弦看向他道："可有想好以后该如何杜绝此事发生？"

叶湛道："日后弟子会认真筛选管事，并定期审查，还会强化入门弟子的命牌……"

叶湛逐一说来，沈清弦仔细听着，颇为放心。

虽说此事对叶湛打击巨大，但好在他已经冷静下来，处理得很是周全。

从叶湛这里出来，沈清弦打算去看看宿雨。

宿雨在内门，从掌门大殿往下走，不远处就是宿雨的住处。

但沈清弦偏不，他一直走到外门的小院，眼瞅着离院子越来越近……

其实他一离开叶湛，就没再遮掩自己的气息，倘若顾见深在子午观，肯定早就察觉到了，还察觉得到沈清弦离他越来越近。

要见面了吗？

信都没回，见什么见？

小院近在眼前，沈清弦一个急转，向着朱子林的院子走去。

谁要见他？他来外门是打算去看看朱子林如何了，毕竟胖子被人绑走，受了惊吓。

沈清弦去看胖子，胖子受宠若惊，一个劲地往外秃噜真话，眼瞅着已经说了好几句……

房门突然被打开，顾见深站在门外。

胖子吓了一跳，赶紧捂嘴，死命摇头，表示自己什么都没说！

顾见深："……"

沈清弦："……"

胖子连忙道："你们聊！随便聊！我得去医药堂了，我前阵子被人揍了，浑身疼，不准时去看大夫会治不好的……”

说完他就溜得飞快……

又窄又小的木屋里，两人对视。

沈清弦不出声。

顾见深先开口：“师叔……”

沈清弦道：“我走了。”

他转身欲出门，顾见深一把拦住他。

沈清弦回头看顾见深：“有事？”

同沈清弦的态度相比，顾见深的语气十分温和：“生气了吗？”

沈清弦道：“并没有。”

顾见深道：“我并不是不想给你写信。”

沈清弦：“……”那你倒是回信啊！回信啊蠢蛋！

顾见深装不知道，温声道：“我一直等在子午观里。”

仔细听听，这声音还有些可怜兮兮。

沈清弦瞥了他一眼，恰好看到他漂亮的红眸。

嗯……红色真好看。

顾见深道：“我每日都泡了红茶，等你来品茶，与我交谈。”

论哄人的本事，这个模样下的顾见深说第二，那就没人敢认第一了。

反正沈清弦气是消了一些。

沈清弦盯着他道：“谁让你等我了？”

顾见深回道：“是我自己的意愿。”

沈清弦道：“那你继续等，我要回去了。”

“师叔，”顾见深唤他，“你当真不想听我说吗？”

沈清弦想起这个就来气，他真想来一句：不想听，写信去！

可是不能说。

沈清弦沉住气道：“你就不能和我一样吗？”

写信写信，说话不如写信！

顾见深却道：“不可能一样。”

沈清弦不乐意了，不回信就别见面了。

他正想说走了，玉简却适时地闪了闪。

沈清弦可以在识海里查看玉简，于是他看了看。

"其十九，与顾见深一起看星星。"

沈清弦："……"

顾见深眸色闪了闪，嘴角带了一丝儿不可察的笑意。

沈清弦吸一口气，还是把话给说完了："我走了。"

说完他向着门口走去，顾见深看着他倔强的背影，彻底忍不住了，大步走过去哄道："好了，少爷……"顺势凑近，低声说，"我们进去吧。"

沈清弦忍住了给顾见深一巴掌的冲动，冷哼一声。

顾见深既好笑又无奈，道："天色不早了，我们早些休息吧。"

沈清弦这才想起正事："我还不想睡。"

顾见深问他："怎么？"

如此大好时机，尊主大人自是不肯放过，道："外头皓月当空，我们不如备些茶点，消遣一二。"

顾见深当然是听他的："也好。"

这个任务应该会很好完成，沈清弦琢磨，不就是一起看星星吗？简单，看完了他就走，下次不管什么任务，顾见深不回他信，他就不见顾见深！

这么盘算着，沈清弦出了屋子，结果……

狂风大作,乌云密布,这……还看星星呢,怕是多待一会儿就要沦为落汤鸡。

沈清弦："……"

顾见深道："咦，师叔不是说皓月当空吗？"

沈清弦："……"

顾见深道："这可如何是好？"

沈清弦不开心了："睡觉。"

顾见深眼中含笑："没事，明天晚上肯定月朗星明。"

沈清弦进屋上床，变成朝烟模样。

第二天晚上天一黑，沈清弦心中所想都是看星星。

但他刚要开口，外头又狂风大作，乌云密布……甚至开始下雨了！

沈清弦非常气！

第三天……

倾盆大雨，恍若瀑布，他俩的小木屋摇摇欲坠。

沈清弦："……"

连续三天都是这样的天气，还看什么星星？

沈清弦转身回屋，心情很差，想把身边这个不给自己回信的家伙踹回唯心宫。

顾见深装作不知缘由："怎么生气了？"

说着还给他准备了特别合他眼缘的水果，橙红、鲜红、金黄……一个个玲珑剔透的小家伙，让人舍不得吃。

沈清弦心情好了些："没什么。"

顾见深道："有什么不顺心的可以与我说。"

沈清弦瞥了他一眼，没说什么。

一夜无眠，第二天又是大晴天。

按着白天这天气，晚上怎么也得是繁星闪烁。

然而夕阳西下，大地沉入黑暗后，这天就开始变了……

乌云满天，寒风簌簌，沈清弦站在门外，站着站着，天边竟然开始飘雪了。

很好……

反正就是不让他看星星是吧？

他闭上眼睛，瞒着顾见深，瞬间将神识外放。

果不其然，除了子午观，外头皓月当空，繁星闪烁！

这浑蛋在做什么？为什么要改变天气？

察觉到顾见深出来，沈清弦迅速睁眼，压制修为，不露丝毫痕迹。

顾见深拿了件外套披在他肩上。

沈清弦看向顾见深："你觉得我怕冷？"

顾见深温声道："嗯。"

沈清弦扯了扯嘴角，笑得很讽刺。

顾见深在他身后，自然是没看见，还继续问他："要赏雪吗？"

这雪虽然是人为的，下得却颇有情调。

雪花足足有鹅毛大小，在沉寂的冷风中飞舞，仿佛白色的精灵，层层叠叠落下，很快便给大地铺上一层雪白，在幽冷的夜中像发着光的珍珠。

沈清弦直视前方，冷声道："我讨厌雪。"

顾见深了然："也是，这东西寡淡得很。"事到如今，他自然知道沈清弦的喜好，大红大亮才是他的心头好，素淡的冷色调他都不喜欢。

沈清弦却道："不是因为颜色。"

顾见深看向他。

沈清弦伸手，一片雪花落在他掌心，他掌心的温度高，雪很快就化了，没那么干净的水渍黏在了掌心，竟有些刺目。

沈清弦盯着道：“因为它湿冷。”

顾见深脑中忽然闪过了那个在漆黑又窄小、蔓延着腐臭味和潮湿的深井中的孤单孩子。

沈清弦甩掉了手心的水渍，看向他道：“雪这东西，瞧着干净，其实阴冷又善变，有什么值得喜欢的？”

就像有些人，面上彬彬有礼，嘴上情深义重，实际上诡谲善变，不知心底藏着何等阴险狡诈。

他意有所指，顾见深当然听得出来。

顾见深也伸出手接到了一片雪花，但这片雪花在他掌心一直保持着最美丽的姿态，雪白晶莹，如同天边落下的美丽宝石。

他道：“雪只是这个样子，会变是因为你。”掌心的温度才是雪融化的根源，热了它会变，冷着它却还是它。

沈清弦以为顾见深在指责他，于是嘲讽道：“可我就是这个样子。”

顾见深却道：“这样没什么不好。”

听到这句话，沈清弦怔了下，紧接着嗤笑一声，转身回屋。

其实两人都把对方比作了雪。

不过沈清弦是暗指顾见深表里不一。

乍看顾见深那话似乎是回应了沈清弦的话，但因为最后一句话又成了另一副样子。

呵呵，又是说好听的话，尊主大人才不买账。

两人回屋，沈清弦不说话，顾见深也没再惹他。

僵持了半个多时辰，躺在床上的沈清弦忽然睁开眼。

顾见深看向他：“睡不着？”

沈清弦变回了尊主的模样。

他看向顾见深：“陛下还不睡吗？”

顾见深没出声。

沈清弦也不开口。

倏地一下，犹如大梦初醒，顾见深跌进了深冰海水中。

水流压挤而来，顾见深愣了半晌，接着无奈地摇头。

下一瞬，他破水而出，立于星海之上。

不远处，悬在半空的男子白衣似霜，眉眼如雪，冷清清地站在那里的姿态，可不就是高高在上的天道第一人？

顾见深问他："这是什么意思？"

沈清弦抬手，一束白芒在掌心聚集……

这光芒瞧着真美，可惜要命。

顾见深没动，继续问："怎么了？是我哪儿做错了吗？"

沈清弦一声不吭，白芒加速旋转，磅礴的灵气引得海水暗涌，极其骇人。

顾见深仍是不动。

沈清弦终于开口了："不反抗的话，会死的。"

顾见深道："死在尊主手下，值得。"

沈清弦薄唇微扬："那我就毁了心域。"

话音落，他的手掌转动，矛头直指妄烬深处。

顾见深瞳孔微缩。

以沈清弦的修为，还真是能做到他口中之言。

星海和妄烬都是躁动的，他这磅礴的灵气砸下去，只怕整个妄烬都会沸腾，最先遭殃的就是妄烬那边的心域护卫，甚至会让临近的一座城池如降天灾。

顾见深道："师叔这是何意？"

沈清弦须臾间来到他身边，道："试试陛下的修为如何。"

话音落，手中白芒犹如脱弓的箭，极快地冲向顾见深。

转瞬间，一道红芒冲天而起，两股强大的力量撞在一起，星海和妄烬都跟着震了一震。

世间最强的两个人，毫无保留的一击，拥有着毁天灭地的巨大威力！

顾见深仍旧不肯主动迎战："师叔这是想杀我？"

沈清弦再度出招，招招夺命："试试而已。"

短短几息之间，两人已经过了数百招。

沈清弦咄咄逼人，顾见深一再忍让。

沈清弦笑道："真以为我不会杀你？"

顾见深道："你舍得，我不舍得。"

沈清弦嘴角笑意更深，眼中战意更盛：“你接近我，不就是想着这一刻吗？来吧，陪你玩玩。”

顾见深见招拆招：“师叔是这么认为的？”

沈清弦道：“不然呢？”

顾见深道：“就不能是我真心把你当作好友？”

沈清弦道：“是吗？”

顾见深幽幽地道：“只是师叔并不把我当作朋友吧。”

沈清弦扬唇，说的话张扬任性：“那又如何？”

顾见深竟难得地皱了皱眉。

紧接着，沈清弦的灵力再度增长了一个台阶。

也亏了这是在妄烬星海，若是别处，只怕余波都要造成灾难。

可即便在这里，持续下去，天道和心域诸人也会察觉的。

并不想引起大麻烦的沈清弦决定速战速决。

他想杀了顾见深？这个念头的确有，但不是现在。

他这会儿只是在试探，试探顾见深的修为。

沈清弦毕竟不是别人，他不断逼近，术法越来越精湛……顾见深不得不使出全力。

他为求自保也得释放所有修为。

一阵急如骤雨的狂轰滥炸之后，沈清弦蓦地收手。

开始得突兀，结束得更突兀。

顾见深一个没收住，余波伤到了沈清弦的衣裳。

沈清弦含笑站在那里：“陛下修为果然了得。”

顾见深道：“师叔修为才是精湛绝伦。”

沈清弦瞬间如同卸去了所有硬刺的刺猬，露出了最柔软的一面：“我们回去吧。”

沈清弦慢慢走近，离得近了，顾见深才察觉到他因为刚才的打斗而面颊微红。

只可惜，顾见深不敢掉以轻心，实在是尊主大人带刺，刺里还有剧毒。

沈清弦看着顾见深，下一瞬，他变回了朝烟模样。

顾见深垂眸看他。

沈清弦道：“我累了。”

顾见深："……"

顾见深摇头轻笑，也是十分无奈。

打完人就示弱，怎会有这样的家伙。

沈清弦问道："笑什么？"

顾见深道："笑我自己傻。"

沈清弦冷笑道："那这天底下岂不是没聪明人了？"

顾见深看向他："在夸我吗？"

沈清弦道："是，在夸你这个心机帝尊。"

顾见深道："我可比不过你。"

沈清弦故意挖坑道："得了吧，我一直被你蒙在鼓里，耍得我团团转很开心吗？"

顾见深一副听不懂的模样："蒙在鼓里？"

沈清弦很气，扭头就走。

顾见深跟着他，道："师叔不如变回去，咱们继续。"

沈清弦抬头看他："继续打架？"

"嗯。"顾见深道。

沈清弦不再说话了。

好久没动用这么多灵力了，他都累到了。

两人回了子午观，进了门沈清弦就去睡觉了。

少年有着白皙的脸蛋，长长的睫毛，没了本尊的风华绝代，却多了些天真模样。

想到小时候的沈清弦被关在枯井里……

他们怎么忍心？

顾见深轻手轻脚，给他盖好了被子。

沈清弦侧了侧身，手缩到了枕头底下。

这一晚沈清弦睡得挺香，第二天醒来他伸了个懒腰，整个人神清气爽。

经过昨晚的试探，他基本可以确定了。

顾见深肯定也看到天梯了。

修为到了，只要冲破关隘，就能看到通天之路。

若非天梯损坏，他和顾见深大约可以在天外天碰上面。

可惜天梯成了那德行，他俩都被困在了下界。

他得到了玉简，上面有修复天梯的指示，想来顾见深也得到了。

也许他们的任务有重合，比如他指向顾见深，顾见深的则指向他。

所以这家伙才一直缠着他，偏偏还爱装出一副情深义重的模样，不就是搬砖吗？诚实点不好吗？

紧接着沈清弦又想到了回信和看星星的事。

这明显是顾见深从中作梗，不肯配合他完成任务。

难道他们之间的任务还有相抵触的？可明明之前的任务顾见深都很配合，完全是瞌睡来了递枕头，他稍一主动，顾见深就凑上来配合他了。

怎么这几次就开始不配合了？

哦，是了。

沈清弦想明白了，估计顾见深猜到他有玉简，推断出他在做任务，所以故意看他笑话。

想想自己为了要顾见深回信说的一堆好话，再想想这接连几天的乌云密布。

沈清弦：呵呵，可以换个合作对象吗？

玉简大惊失色：不可以！

可怜它不能出声，只好把“其四，不得对顾见深起杀心”拼命闪了闪。

沈清弦视若不见。

顾见深见他醒了，便来帮他穿衣服。

沈清弦低头看着顾见深：“听闻心域修炼，最难的是识心。”

顾见深没抬头：“师叔竟对心域的心法感兴趣？”

沈清弦道：“知己知彼，百战不殆。”

顾见深笑了下道：“随心、问心、破心、识心……”他抬头看向沈清弦道，“其实最难的是纵心。”

“纵心？”沈清弦好奇地问道，“这和随心有什么区别？”

心域的修炼之法无非是从随心走起，进而问心，然后破除心魔，最后识清真正的心。

这纵心又是什么？

顾见深道：“看清本心后的随心才是纵心。”

沈清弦明白了。

这是个圆，起初的随心是基础，最后的纵心却是升华。

问、破、识之后再随心才是真正的纵心。

沈清弦抬手点在他胸口上：“那陛下纵心了吗？”

顾见深道：“若是纵得了，此刻就不必缠着你了。”

沈清弦笑道：“这与我有什么干系？”

顾见深：“不能让你知道。”

沈清弦：“故弄玄虚。”

顾见深起身给他整理衣领：“我怕说了，师叔又要杀我。”

沈清弦眸子微闪，仰头看向顾见深：“不杀你，你说给我听听嘛。”

顾见深很受得住：“不要。”

沈清弦很气，一脚踹开他：“走开，不用你了。”

顾见深笑而不语。

沈清弦惦记着一起耕织的任务，大清早去了趟试炼处，想看看有没有合适的任务。

结果……

沈清弦抿嘴道：“谁要去喂养灵兽？”

顾见深道：“那就不去了。”

不去怎么刷新下个任务？

虽然沈清弦想直说，但顾见深还在装。

那么沈清弦就只有奉陪到底，看顾见深要装到什么时候。

沈清弦道：“你不去算了，我自己去。”

这话意给曲解的。

顾见深：“……”

沈清弦大步走向灵兽园。

说是灵兽园，其实都是些低等灵兽幼崽，比如小飞猪这种，除了会飞、卖萌和吃，再没任何用处，战斗力为零，基本上也就女弟子爱养来消遣。

小飞猪繁殖快，一窝七八个，还好养，只要是能吃的，它都不介意啃一口。

而且小飞猪生得也算可爱，粉嫩嫩的，圆滚滚的，给它好好管理喂养，还是很萌的。

沈清弦不讨厌它们，但也不喜欢。

大概是因为……它们乌黑乌黑的大眼睛？

水汪汪、圆溜溜，明明很可爱的，然而……

尊主：丑拒！

沈清弦故意试探顾见深，装作自己非要去投喂。

顾见深道："园里泥泞，你别去了。"

沈清弦意有所指："只要是任务，我都会好好做的。"

顾见深道："我帮你不行吗？"

沈清弦道："只怕你帮的是倒忙。"

本以为顾见深会像看星星那样使绊子，结果这家伙竟眼睁睁地看着沈清弦去喂猪。

沈清弦："……"

竟然不上当，看来他俩的任务基本是同步的。

这浑蛋搞什么？看星星不是一起的吗？干吗不配合他？

尊主大人气冲冲地喂猪，因为他周身杀气太重，小飞猪们一个个都安静得很，连萌都不敢卖。

做完任务，灵兽园的管事惊叹道："小兄弟你很有天分啊！要不要留在灵兽园里养猪？"

大哥你可以的，竟然敢让尊主大人养猪！

沈清弦沉默片刻后拒绝了："不了。"

管事也没强求，反倒是又说道："你已经超额完成任务，我送你一头小飞猪可好？"

沈清弦："……"

顾见深闷笑一声，给他解围："不用了，我家少爷不喜欢这些小兽。"

一听"少爷"二字，管事自然不再多言，世家弟子，哪里看得上小小飞猪。

两人离开灵兽园，没多久天便黑了。

沈清弦也不急着出屋。

顾见深竟问他："今晚不出去了？"

沈清弦抬眼看他："有星星？"

顾见深道："看看才知道。"

沈清弦冷笑一声，施了个术，让外头银河如瀑，星空万里。

顾见深也施了个术，立马乌云密布，遮天蔽日。

沈清弦施术让乌云散去。

妄烬星海
WANG JIN
XING HAI
②
①
①

沿虚线裁剪

请让顾见深信任你

沿虚线裁剪

请清除沈清弦对你的杂心

天道启

多年来见，听闻天道近年来人才辈出，实力越发精进，我心等着实钦佩，想与天道各人切磋一二。故特递此帖，邀天道于七日后前往去螟星海与唯心宗一同切磋。

九渊魔尊 顾见深

心

请柬

沿黑色虚线剪切，白色虚线折叠，对应序号粘贴。

顾见深再把乌云唤来。

子午观中的弟子们都惊呆了。

哎呀妈……这是个什么情况？怎么一会儿要下雨，一会儿有星星？这老天爷的脑袋让驴踢了？

老天爷表示很冤枉，明明是你们尊主在闹脾气！

来来回回数次之后，沈清弦一拍桌子："顾见深！"

顾见深看向他，缓声道："我很伤心。"

沈清弦气极反笑，这家伙还有脸伤心？

沈清弦板着脸问顾见深："为什么？"

顾见深道："我随心，你却假意。"

沈清弦愣了一下，竟然听懂了他话中的意思。

照目前的情况来看，两人肯定都有玉简，也都有任务。

但沈清弦修的是顺天道，这玉简上书，也算是天命，无论什么要求，他认真做了都是在遵循天意，潜心修炼。

但顾见深修的是心道，在他这里，玉简上的任务就是阻碍了，他要纵心，那到底是照做还是不照做？

若是照做了，岂不说明他是主观上乐意做这些任务？岂不是意味着他想与沈清弦处好关系、想与沈清弦做朋友？

为什么想呢？

因为乐意。

眼下摆着的就是，顾见深照做了。

所以……顾见深说自己随心，沈清弦却假意。

沈清弦看向顾见深，目露狐疑，一时间，他还真有些看不破顾见深。

就在此时，不甘寂寞的玉简终于又开始作妖了。

"其二十，请将遗留任务完成，完成前将不再发布新任务。"

饶是沈清弦涵养再好，此刻也恨不得捏碎玉简。

什么叫将遗留任务全部完成？

什么叫不完成就不发布新任务？

沈清弦看向身边人。

顾见深也看向他。

其实两人都心知肚明。

修为到了，突破关隘，两人都看到了破损的天梯，同时接到了修复的任务。

说白了，他俩现在都清楚对方在搬砖，只是不肯先说破。

沈清弦等顾见深说。

顾见深等沈清弦说。

最后……

两人一起开口："把你的玉简拿出来看看？"

沈清弦勾唇，笑容很浅但是特别真实。

沈清弦心情不错，主动让玉简现形了："就是这家伙了。"

顾见深也把自己的玉简拿了出来。

沈清弦一看，顿时眼睛一亮："好漂亮。"

顾见深心道：就知道会这样。

他这枚玉简通体鲜红，在亮着时还会发出金色薄光。如此"富贵"，起初顾见深只觉得辣眼睛，如今爱屋及乌，反倒觉得它还挺顺眼。

小红玉简表示很感动！

沈清弦问他："能给我看看吗？"

两人都摊牌到这种程度了，也没必要藏着掖着了，顾见深非常大方，道："看吧。"

这玉简其实存在于他们的识海中，这形状是假体，丢了都没事。

沈清弦很是喜欢，拿在手里看了又看，直到看到了上面的任务。

沈清弦："……"

顾见深问他："我可以看看你的玉简吗？"

沈清弦竟犹豫了一下。

顾见深："怎么？"

"嗯……"沈清弦委婉地道，"你也不容易。"

顾见深："……"

这时顾见深还不知道沈清弦的意思，直到他看到了沈清弦的玉简。

修养甚好的心域帝尊此刻也想揍玉简了。

不是揍沈清弦的，是揍自己的。

都是玉简，怎么差距这么大？

谁知沈清弦还护着那浑蛋，紧紧握着小红玉简道："它也不是故意的。"

顾见深："……"

沈清弦又道："你可以拿它出气。"

它是谁？当然是沈清弦的小白玉简！

顾见深摇头低笑："不行。"

沈清弦道："有什么不行的？碎了还能恢复，你尽管摔。"

顾见深看了看手中的白色玉简道："它是你的，我怎么能摔？"

沈清弦："……"

沈清弦岔开话题道："我们来看看怎么能搞定这些遗留任务吧。"

顾见深依着他："行。"

看着顾见深的任务，沈清弦决定以后对自己的破玉简好一点……

他俩现在未完成的任务是这样的。

沈清弦的白玉简上，排除最后一个，还有八个任务是亮着的，分别是：同饮共醉、不起杀心、讨要金龙、同居一处、点燃缘分香、一起耕织、收到回信、看星星。

其实这些任务都不难，只要顾见深配合，想要完成简直是轻而易举。

再看顾见深的任务，那就相当一言难尽了。

他也亮着八个任务，和沈清弦的未完成是配套的，但内容不完全一样。

先说点简单的，比如同饮共醉和同居一处是一样的。

讨要金龙现在看来也不难，不过对于摊牌前的顾见深来说就相当难了。因为小红玉简上写的是：送给沈清弦一个心爱之物。

如果不是现在两人对了任务，他怎么能知道沈清弦想要哪个心爱之物？

收到回信也比较简单，对应的是给沈清弦写信，这个是顾见深自己故意的，所以没完成。

剩下的就很要命了，沈清弦逐一看下来，不禁对顾见深充满了同情之心。

顾见深指了指第四个任务后幽幽地道："其四，消除沈清弦对你的杀心。师叔，你知道我看着这条任务一直亮着是怎样的心情吗？"

沈清弦："……"

他能说什么？毕竟他俩都摊牌了，这破任务还是亮着。

这个话题不妥当，沈清弦决定先研究下面的。

后面的也是一个比一个糟心。

难度较低的是点燃缘分香，顾见深这里的任务是：点燃缘分香，与沈清弦结义。

好像不难。

接下来就是地狱模式了。

沈清弦的一起耕织，顾见深对应的是：让沈清弦体会到亲情的感觉。

白玉简上的一起看星星，顾见深这边是：一起看星星，并且为沈清弦摘一枚小星星。

这……

沈清弦真想说一句，你还是放弃去往上界吧。

不等他开口，仿佛看清他的心意一般，顾见深凉声道："师叔若是不帮我完成任务，我是不会配合你的。"

别看沈清弦的任务都超级简单，但全都需要顾见深配合，如果顾见深不帮他，那他也是一块砖都别想搬了。

沈清弦道："我是那种人吗？我当然会倾尽全力帮你完成任务。"

玉简：说这话的时候，大佬你的心不会痛吗？

"不过话说回来，"沈清弦指着"亲情"和"小星星"道，"这俩有完成的可能吗？"

顾见深却盯着其四道："这个有完成的可能吗？"

沈清弦："……"

顾见深又道："你对我抱有杀心，肯定不会与我共醉，所以同饮共醉也没法完成。"

沈清弦理亏，只得硬着头皮道："先看看后面的。"

沈清弦一眼看到了讨要金龙，于是说道："我们先做这个吧！"

顾见深道："行。"一条龙而已，他能给。

沈清弦还挺开心的："那我们这就去心域？"

顾见深道："来吧。"

想到马上要看到金龙，沈清弦的心情特别好。

顾见深心里竟有些不是滋味，怎么觉得把金龙给了沈清弦后自己晚上要睡门外？

但再一想，那条蠢龙资质差，那么大块头也只能扔在妄烬，平常没法跟着，也就算了。

这么想着，来到妄烬后的心域帝尊却忽然怔住了。

沈清弦看向顾见深："怎么了？"金龙在哪里？他很期待，金龙那么大，他要给它盖个大房子！

顾见深道："你先等我一下。"

沈清弦应道："好。"

顾见深一个瞬移来到了金龙的巢穴。

偌大的山洞金光四溢，顾见深一步一步走进去，面色越来越难看……

本该睡着蠢龙的地方，此刻闪亮亮地站着一个金发金眸的少年。

顾见深："……"

少年看到他很开心，单膝跪下，脆生生地道："陛下！小金终于能化形了！"

顾见深盯着少年，仿佛看到了未来。

这么纯粹的金发，这么耀眼的金眸，这太阳般明亮的模样……

它还是一条龙的时候，沈清弦就已经很喜欢它这金灿灿的模样了，现在这龙化形了……

顾见深觉得不行。

不能给沈清弦。

这金龙不能送，不然沈清弦还能跟他一起做任务？

他一句话都没说，瞬间离开了山洞，留下一脸茫然的金龙：什么情况？

沈清弦正满眼期待地等着他。

顾见深回到沈清弦身边道："能换一条吗？"

沈清弦："什么？"

顾见深道："换条龙怎么样？"

沈清弦顿时很担心："它是出什么事了吗？"

顾见深见他这样，越发觉得不能把这龙给送出去了。

顾见深沉吟道："那龙十分愚笨，资质极差，我怕它惹你不开心。"

沈清弦道："不会的，它生得那么好看，我自会好好待它。"

这就非常扎心了！

顾见深继续道："它块头那么大，离了妄烬，恐怕也没地方能安置它。"

这倒是个问题，但沈清弦无所畏惧："没事，我可以找座荒山，掏空了给它住。"

把、山、掏、空……

顾见深："……"

不行，绝对不能送，顾见深绞尽脑汁地想办法……其实最好的办法是说金龙病了，或者死了。

但这招对沈清弦没用，身为一个能“复活”数座城池的男人，他真能让金龙“死而复生”。

该怎么办呢？

顾见深认真思考着，沈清弦又道：“任务写的是讨要金龙，换别的龙也不行的。”

顾见深：“……”他不想搬砖了，想罢工。

沈清弦如今对他态度好多了，毕竟是合作方，还是该互相迁就的。

顾见深这般犹豫，沈清弦也没着恼，反而很理解，毕竟是那样漂亮的一条金龙，顾见深会舍不得也是正常的。

人之常情，他非常理解。

可是他很想要……不对，是玉简的任务非让他要，所以……

顾见深终于想到个主意：“任务要的是金龙，我这里还有其他金龙，给你一条更加温顺听话的，如何？”

沈清弦的眼睛蓦地一亮：“还有啊？”

龙本来就是稀有动物，金龙更稀有，亿万年能有一条就不错了，顾见深竟然还有？

顾见深扯谎道：“有。”

沈清弦没出声。

顾见深极力推销道：“它生得比小金还金灿灿，而且体型更优美，眼睛是内红外金。”

这就很让沈清弦心动了！

沈清弦对顾见深笑了笑。

一看他这甜甜的笑容，顾见深就有种不太好的预感。

“陛下。”沈清弦走近顾见深，唤道。

顾见深感觉越来越不对劲。

沈清弦盯着顾见深道：“虽说任务是要我讨要金龙，但也没说是要一条还是两条，所以……”

顾见深懂了……他是想把两条都带走。

好在顾见深稳住了：“给我留一条吧，万一以后再有此类任务，岂不是完不成了？”

沈清弦：“……”

沈清弦这样盯着他看，顾见深很招架不住。

好在尊主大人还有点良知，主要也是怕顾见深恼羞成怒，万一反悔，一条都不送就坏了。

所以他退而求其次道：“那好吧，陛下带我去见见那金龙？”

顾见深道：“请稍等，我先去寻一寻它。”

沈清弦应下：“好的。”

顾见深哪里还有第二条金龙？他倒是还有第二条龙，不过是条黑龙，深黑色，扔进山洞里都找不到的那种。

理论上，这条龙还不是他的，而是他养父的。

他当年流落到心域，被养父收留，入了唯心道，才保了一命。

养父早已去往上界，这黑龙便留给他了。

黑龙这么黑，怎么能给沈清弦呢？

当然是用幻术将黑龙变成金龙了。

可他和沈清弦的修为相当，他的幻术沈清弦基本都能识破。

好在顾见深还有后手，他的幻术瞒不过沈清弦，但养父的可以。

第七章

投入凡胎

养父已经在上界，修为高于沈清弦，只要用他留下的灵力施法，应该是可以瞒过去的。

顾见深拿出储存了养父灵力的宝珠，给黑龙施了个幻术。

黑龙还在睡觉呢！

顾见深嘱咐它：“以后你就是金色了，你是一条金龙，记住了？”

黑龙：“……”主人怕不是个瞎子。

然后黑龙就发现自己竟然真的变色了！

我的天，黑龙被自己吓了一跳。

顾见深担心它坏事，索性给它用了迷心术。

黑龙就信了！

顾见深放心了，这黑龙虽然是养父的，其实还年幼，想化形还早呢，不用担心露馅。

搞定这些，顾见深回去找沈清弦。

沈清弦翘首以待，见他回来连忙迎上去：“怎么样？找到了？”

“嗯。”顾见深解释道，“他本是我养父的宠物，不过养父已去上界，如今留给我了，送你也是可以的。”

沈清弦连连点头：“多谢了！”

顾见深顺势道：“你与我不必这般客气。”

沈清弦很是受用。

两人一起去见假金龙。

到了山洞，沈清弦远远地就看到了一片金灿灿，嘴角不自觉地上扬，实在是欢喜得很。

顾见深见他这模样，一边跟着开心，一边又心堵。

走了没多久，巨大的“金龙”便近在眼前了。

沈清弦倒吸口气，忍不住惊呼道：“好大！”

黑龙的资质比金龙强得多，生长周期也长，所以虽然岁数比金龙大，可还在幼年期，可以说是潜力无穷。

虽然年幼，但黑龙块头大，哦，如今人家是金龙。

反正这假金龙比真金龙还大一圈，本着越多金色越好的原则，沈清弦很是满意了。

他问顾见深：“当真送给我了？”

顾见深道：“当然。”

沈清弦很开心，这就想回去挖山。

顾见深说道：“不急在这一时，且先让它待在这里，你想来看它，尽管来就是了。”

沈清弦想到自己的搬砖大业，只得耐下性子道：“也好。”

本以为事就这样了了，谁承想还有玉简在作妖。

沈清弦怔了下：“任务没完成。”

顾见深一看，可不，讨要金龙和送心爱之物都还亮着。

看来这幻术瞒得过沈清弦却瞒不过玉简。

沈清弦纳闷了：“难道非得是之前的那条金龙？”

他现在比较喜欢大的这条，可不想再换回小的，东西嘛，当然是越大越好！

顾见深不出声。

沈清弦继续琢磨：“也许是没给金龙安家？”

想来想去也只有这点了，虽然顾见深说是送给他，他也讨要了，但金龙没挪窝，所以不算是赠送成功？

顾见深也这么期待着，但愿是没挪窝的缘故，而不是玉简看穿了幻术。

其实玉简可以提醒的，但是不敢……

沈清弦道：“试试吧，我去给它找个好住处。”

顾见深只得应下来。
沈清弦有了这么个金色大宝贝，自然是要养在身边，可惜万秀山是不行的，万秀山虽然够大，但这是沈清弦师父的地盘。虽然他老人家去往上界了，但如果让他知道沈清弦带了这么大一条金灿灿的龙回来，怕是要从上往下修好天梯来踹死沈清弦。
沈清弦还是非常尊师重道的，所以不会忤逆师父意愿。
不能放在万秀山，但也不能离万秀山太远。
顾见深陪他找了一圈，最后选定了一座山。
离万秀山不远，周围是密林，山是荒山，没有人居住。
想了下沈清弦又拜托顾见深："能帮我在外头弄一圈迷阵吗？"
有了顾见深的迷阵，估计谁也别想走进来了。
顾见深应下："可以。"但愿黑龙挪窝后任务能完成。
两人这就忙碌起来了，齐心合力地折腾了一天，终于把山挖空了……沈清弦还略微装修了一下，幸亏他师尊不在，要不一准发现这就是他当年的金银窝翻版！
顾见深布好了迷阵，沈清弦很是感激，这几天对他的态度那叫一个好。
顾见深一边受用一边心虚，也是不容易。
终于可以让金龙搬进来了。
沈清弦和顾见深一起坐在金龙背上，沈清弦眉开眼笑。
"金龙"还挺喜欢新家的，一进洞穴连蹦加跳，震得山直晃悠。
顾见深眯起眼睛，黑龙瞬间老实了。
但沈清弦还不乐意了："瞪它干吗？"
顾见深："……"
转头沈清弦又对"金龙"温声道："没事，震坏了咱们就换地方。"
顾见深的心情……真是一言难尽！
安顿好"金龙"，沈清弦又查看了一下玉简，然后眉心紧拧："还是不行。"
顾见深最不想看到的一幕发生了……
果然，假的不行。
沈清弦道："这玉简有毛病吧？"
他继续说道："任务都按要求完成了，它却显示未完成，肯定坏了。"
让顾见深意想不到的是，沈清弦又道："所以啊，那个其四你也别信，我对你根本没杀心，是玉简坏了。”

可算让沈清弦找着理由了，总算不用心虚了。

顾见深嘴角抽了抽，该怎么说好呢？玉简没毛病，杀心也没毛病，有毛病的是“金龙”。

正所谓，撒一个谎就得用千万个谎来圆，顾见深深刻体会到了这句话的深刻含义。

顾见深想了下道：“要不把那条金龙换来？”

沈清弦还不愿意了：“不用，这条就很好！”够大!

顾见深陷入沉默。

虽然没法搬砖，但沈清弦眼下的注意力全在“金龙”那里，逗它玩得挺开心。

玉简实在看不下去了，闪了闪。

“补充：必须是金龙。”

沈清弦看到了，还向顾见深吐槽：“你看，这玉简真坏了，这还不金？小金是天底下最金的龙。”

真金龙在遥远的洞穴里打了个大喷嚏。

照这形势进展下去，沈清弦只怕要玩龙丧志，不想搬砖了。

顾见深明白了什么叫天作孽犹可活，自作孽不可为。

他悄悄让幻术松动了一下。

敏锐如沈清弦一下子察觉到了：“不对。”

顾见深明知故问：“怎么了？”

沈清弦满目凝重：“小金不对劲。”

顾见深走过来问道：“挺正常啊。”还是这蠢样。

沈清弦盯着“金龙”看了好一会儿，忽然释放修为，紧接着松动的幻术砰的一声碎掉了。

金灿灿消失，黑色的龙身现了出来。

黑龙还在蹦跶着卖萌。

然而……沈清弦已经一脸嫌弃。

顾见深“惊讶”道：“这是怎么回事？”

沈清弦转头看他。

顾见深发挥了惊人的演技，完美展现了什么叫疑惑、茫然、想不明白等情绪。

沈清弦还真没太怀疑顾见深。

他哪里想得到顾见深会弄个假货来糊弄他？

而且这幻术太精妙，若是顾见深施的，他早该看穿了。

顾见深走近，引出了一丝深黑色的灵气……

沈清弦盯着它看了会儿，接着明白了："这是你养父施的幻术？"

顾见深附和道："应该是了。"

沈清弦不太明白："为什么要给它施幻术？"

顾见深一本正经地胡说八道："说起来，我养父一直想要条金龙，但当时并没有金龙现世。后来的某一天，他告诉我他寻到了一条，我还以为是真寻到了，如今看来……怕是用了幻术。"

沈清弦怔了怔。

顾见深叹息道："可惜，养父去往上界后我才寻到真正的金龙。早知如此，我该尽心尽责，满足他老人家的念想。"

幸亏养父听不到，要不然，一准和他断绝父子关系！

沈清弦顿了下，忽生惺惺相惜之情："原来如此，前辈很不容易了。"

设身处地一想，金龙自是比黑龙好太多，却到处找不到，最后不得已，只能自欺欺人地用幻术来自我满足……实在是让人心疼！

顾见深很是抱歉地对沈清弦说道："本想给你一条更好的，不承想……唉，是我失察。"

沈清弦道："怨不得你，前辈的幻术如此精妙，我也没看破。"

顾见深又给自己打了个补丁："想必是因为它离了心域，养父的灵气削弱，所以幻术才有了破绽。"

沈清弦点头应道："……应该是这样了。"

顾见深道："你在这里等我一下，我去将金龙带来。"

沈清弦道："我随你一起。"

顾见深说："我自己去就行，出现此等乌龙实在抱歉，怎好再让你跟着奔波？你且等我，我很快就回来。"

沈清弦并不想坐在黑龙背上，于是点头道："好吧。"

顾见深把黑龙扔回洞穴，黑龙一脸迷茫：什么情况？不是搬家了吗？新家呢？它还没新鲜够呢！

顾见深又去找小金。

小金正在洞穴里收拾包裹。

顾见深一进来，看到的就是金灿灿的少年穿了件金灿灿的衣裳……

小金一见他很是开心："陛下！我是不是可以去唯心宫伺候了？"

化形了就不用非得蹲在这偏远的山洞里了，他可以去宫里住着啦！

顾见深道："有件事我得跟你说一下。"

小金道："陛下请讲！"

顾见深说："你可还记得前阵子见过一面的涟华尊主？"

小金小声道："记得，他可真美。"

顾见深："……"

小金又扭捏道："同他比起来，我这一身金色实在丑陋……"

顾见深总算明白这龙为什么突然能化形了，敢情是以为涟华讨厌金色啊。

这就不能忍了，顾见深道："你这形貌，他的确是非常厌弃的。"

小金龙的金眸顿时一片泪汪汪。

顾见深继续道："他生于天道，品位高洁，最喜素淡雅致之色，你这颜色他最不喜欢。"

小金龙顿时满脸失望。

顾见深又道："不过我与他说过，你化形后也许会是银发银眸……"

小金急了："可我是金色的……"

超级金，无敌金，比金龙还要金……待在黑色山洞里都能把周围照亮。

顾见深叹口气道："是啊，我也没想到你竟这么快化形了。"

小金伤心极了。

顾见深又道："自论道之后，天道和心域都有意和睦相处，我本打算将你作为心域代表送过去，如今看来……"

小金一惊："我可以去涟华尊主身边吗？"

顾见深道："可你如此形貌，去了怕是要被他嫌弃。"

小金很急："这可如何是好？"

顾见深又道："倒也还有个法子。"

小金道："陛下快说！"

顾见深道："你只要不化成人形就可以了。"

小金疑惑道："可是我的龙身也很金……"

顾见深道："至少还能让人期待。"

有道理，虽然龙身很金，但只要不化形，就还有希望。但如果他显出人身，那就彻底没戏了。

顾见深嘱咐他："记住了，切莫在他面前化成人形。"

小金握拳道："我明白了！"

顾见深拍拍他的肩膀道："走吧，我带你去见他。"

小金立马化作龙身。

路上顾见深又嘱咐小金："涟华尊主性情和善，待人很是亲近。他虽不喜你这一身俗艳之态，可为了天道和心域的和睦，也会善待你。但你不可当真，要保持自觉，时时躲着他，离他远一些，这样才不会惹他厌恶，明白吗？"

小金道："明白！"

小金就位，红白玉简上的两个任务同时熄灭，说明任务完成了。

沈清弦看着真金龙很是欢喜，上前同它说了几句话。

小金谨记着要躲远点，于是头一转，摇着尾巴躲到洞穴最深处去了。

沈清弦："……"

顾见深小声对他说："唉……所以我不想将它带来，这孩子性情古怪，很难相处。"

沈清弦道："是我吓到它了吗？"

顾见深道："他一直待在心域，可能对天道的灵气有些排斥。"

沈清弦生怕顾见深带走它，赶紧道："多给它一些时间适应。"

顾见深道："嗯，龙喜独居，还是让它一个人熟悉下吧。"

沈清弦虽然不舍，但为求长远，也只得应下了："好吧……"

总算把这一人一龙支开了，陛下堪称心力交瘁！

好在终于完成了一个任务……

看着剩下的任务，沈清弦坚持道："我觉得这玉简还是有问题的，这其四咱们先跳过。"

绝对坏了，还一坏坏俩。

"亲情"和"摘星星"实在有难度。

而摘星星更要命了，怎么摘？不，应该说怎么能摘得下来？

沈清弦将视线放到了其十二上。

点燃缘分香，这个简单！

沈清弦道："我们先来完成这个吧？"

随便买炷香，点上就完事了。

顾见深对这任务也很期待，道：“行。”

沈清弦道：“那我们去买香吧！”

顾见深提了个条件：“师叔，这任务能让我先做吗？”

沈清弦说：“我的简单，点个香就行，之后再弄你的。”

顾见深慢慢地道：“不是我不信任你，只是……”他的视线落在其四上。

沈清弦倔强地道：“都说是玉简坏了。”

顾见深道：“权当它们坏了，但是其他任务还算可靠。”

沈清弦想了想，以后还得指望顾见深带他哄金龙玩，于是妥协道：“好嘛，先做你的。”

顾见深念了下自己的任务：“点燃缘分香，与沈清弦结义。”

沈清弦点头道：“听起来不难。”

顾见深道：“是不难，主要需要你配合。”

沈清弦沉默了一会儿，接着说道：“走了，去买香，然后……”他眨了下眼睛，“我们去泡灵泉，权当犒劳这段时间的辛苦。”

首先得去买香，香这东西，他俩是肯定没有的，而且沈清弦也不想让徒孙们送来……

沈清弦瞥了顾见深一眼：“陛下怕是见到过不少类似场面吧？”

顾见深道：“见是见过，不过没和人结义过。”

“哦？”沈清弦尾音上扬，戏谑地道，“心域随心，陛下竟然……”

顾见深看了他一眼，淡定地道：“随心不等于纵情。”

沈清弦道：“所以说……万万年来，你还是孤身一人？”

顾帝尊脸黑了：“只是没遇到知己之人。”

沈清弦眉眼全是笑意，他盯着顾见深，故意问道：“那你之前为何要与我接近……”

顾见深眉峰微扬：“你说是为什么？”

沈清弦被他问得心虚。

顾见深已经把事实给摆了出来：“我这般诚心，想与师叔做朋友，可惜你却只想杀了我。”

咳咳……沈清弦还真有些不好意思了，他挪开视线，认真地道：“相信我，真的是玉简坏了。”

顾见深信了……才怪！

“到了！”沈清弦及时岔开话题道，“这里应该就有卖香的。”如此理亏的话题，必须赶紧岔开。

顾见深看向他的眼神堪称……幽怨。

沈清弦目不斜视，权当没看见！

他们径直进了店铺，直截了当地问：“店家，这儿有香吗？”

店家眉开眼笑道：“小……喀喀……小公子稍等。”

沈清弦一脸淡定地等着。

店家动作麻利，很快就给他拿来一束。

沈清弦又道：“要两束。”他和顾见深都得点，一束怎么够。

店家愣了一下，但也没说什么，做生意嘛，自是卖得越多越好：“好嘞！”

他又拿了一束给沈清弦，正要付钱的时候，后头传来一个脆生生的声音：“朝烟！”

沈清弦：“……”

宿雨嗖一下来到他面前，眉开眼笑道：“好巧！你也来买东西吗？”

是挺巧的……因为沈清弦压制了修为，所以没察觉到宿雨的靠近。

不过某人肯定察觉到了，他瞪了顾见深一眼。

顾见深正生闷气呢，也当没看见……

宿雨见着他俩非常开心，笑得像朵绽放的小桃花：“朝烟，你来买什么……”

刚问完他就看到沈清弦手里的缘分香了。

沈清弦藏都没来得及藏，又瞪了顾见深一眼。帝尊十分有骨气，继续当没看见。

沈清弦只得硬着头皮承受宿雨的眼神：“嗯……宿雨，你也来买东西？”

他想岔开话题，然而宿雨眼里心里全是缘分香。宿雨呆了呆后，一脸好哥们地凑近沈清弦，嘿嘿问道：“你买这个干吗？”

沈清弦：“……”

他继续瞪顾见深，都怪顾见深，不告诉他宿雨来了。

宿雨察觉到了，倒吸口气，然后……

沈清弦赶紧说道：“我是帮别人买的！”

宿雨眨眨眼：“别人？”

沈清弦张张嘴，发现竟然找不到一个合适的替罪羊……

宿雨立刻明白了他的意思，于是清清嗓子道：“好啦好啦，我不多问，你想说了再告诉我。”

沈清弦买完香就想撤了，于是道：“我差不多要回去了，你要买什么就快去吧。”

他看到宿雨是和伙伴一起来的。

宿雨道：“嗯！你有空去找我玩！”

沈清弦自是应下：“好。”

临要走了，桃花妖又发现了什么，问道：“啊……你怎么买了两束？”

沈清弦沉默了。

沈清弦真是……他气得继续瞪顾见深。

顾见深直视前方，目不转睛。

沈清弦解释道：“一束是我的，一束是我帮清深买的。”

宿雨又愣住了：“你们……一人一束啊？”

沈清弦真是连一刻都不愿停留，硬着头皮道：“对！”

因为心急，他已经相当咬牙切齿了，紧接着道：“我先走了……回见！”

他大步向前，夺门而出，颇有些气冲冲的模样——其实是尴尬的。

宿雨却把这看成了落荒而逃。

桃花妖想了想，忽然间想通了！

宿雨想了点什么呢？他根据现有资料完美地推断出一段主仆二人不在意身份差距，义结金兰的故事……

宿雨被自己的脑补感动得心肝乱颤。

走出去好长一段距离，沈清弦才放缓了步子。

香自然已经收起来了，只是刚才的尴尬还徘徊在他脑海里，迟迟不肯散去。

顾见深提醒他：“不跟去看看？”

他这么问听起来有些莫名其妙，沈清弦却听得明白。

宿雨一来，他们就察觉到了杀气。杀气当然不是来自宿雨，而是跟踪宿雨的人。

而且这气息还有些熟悉。

应该是之前在月落秘境里被凶兽害掉的那些人的同门。

当初宿雨把他们的尸体埋起来时，沈清弦和顾见深已经想到了今天。

那么多兽丹，虽然都被宿雨埋进了土里，而且兽丹娇贵，时间一长就会融化，但这些人不会相信，他们找到同门的尸体又看到凶兽的尸体，自然认为兽丹是被第三方给黑吃黑了。

宿雨接触了那些尸体，留下了自己的气息，他们自有追寻的法子，如今应该是找来了。

宿雨在子午观他们碰不得，但一出山门，这些人就来为同门“报仇”了。

“不用。”沈清弦这般说着。

顾见深冷声道：“师叔真是冷情。”

沈清弦看向他：“一味娇惯才是在毒害他。”

顾见深又道：“可他年纪还那般小。”

“年纪小？”沈清弦反问道，“那要什么时候才能长大？我又能护他到什么时候？”

顾见深没出声。

沈清弦也没再说什么。

一路上两人都沉默不语，气氛略尴尬。

还是顾见深先妥协了：“好了，既然担心，那就去看看，偷偷地去。”

沈清弦道：“我才没担心。”

顾见深薄唇微扬：“别扭。”

沈清弦瞪他：“什么？”

顾见深道：“没什么，我是说师叔真善良。”

沈清弦：“……闭嘴。”

谈话间，几个起落，两人就追上了宿雨。

这桃花妖似乎不知被人追踪，越走越偏，越走人越少，越走越适合被人偷袭。

沈清弦眉心紧拧着。

顾见深扬眉道：“看来还是师叔厉害。”

沈清弦道：“不知天高地厚。”

顾见深微笑不语。

眼瞅着宿雨彻底落单了，那些跟踪的人终于沉不住气，发动了袭击。千钧一发间，桃花妖转身，碧色长剑扬起，剑气四溢，瞬间张起了一道凌厉剑屏！

偷袭的人略有意外，但他们人多势众，并不畏惧：“交出兽丹，饶你一命！”

“兽丹？”宿雨恍然道，“你们是他们的同门？”

他这话对偷袭的人来说就是坐实了罪名，他们逼近道：“果然被你小子抢走了！”

宿雨皱眉，也没有解释，直接应战。

叶湛对宿雨的教导还是非常用心的，这小子素质也高，短短一阵修炼，竟已颇有章法。

宿雨以一敌五，凭借着灵活的身形及精妙的剑法，居然将这些人全都击败。

当然了，时间一长，桃花妖也气喘吁吁，显然是累极了。

不多时有脚步声传来，一男一女扶住了宿雨："师弟，你还好吗？"

宿雨道："我不要紧。"

看到这里，沈清弦面色才好看了些。

顾见深道："看来是早就喊了人。"

沈清弦道："走了。"

已经没什么好看的了，宿雨没杀那些人，而是带回去。子午观自然有人料理此事，毕竟宿雨是内门弟子，又是掌门亲传，有人偷袭，可是大事。

香也买好了，挂心的事也解决了，现在……

顾见深转头看沈清弦："师叔想去哪儿？"

灵泉有千百个，总得找个最好的。

沈清弦这会儿心情又好了，瞥他一眼道："想不想去万秀山？"

顾见深眸色略深："可以吗？"

沈清弦弯唇："当然。"

顾见深越发期待了。

两人回了万秀山，中途沈清弦拐了个弯，去看了看小金龙。

小金龙还是拿大尾巴对他。

沈清弦出来后忧心道："他是不是在气我让它离开心域？"

顾见深沉吟道："应该是，他挺恋家的。"言外之意就是，你赶紧把他送走吧！

沈清弦却道："没事，时间长了他就会明白，这才是他的家。"

顾见深："……"

得益于小金龙的不配合，所以沈清弦早早回了万秀山。

顾见深欣慰于自己的深谋远虑。

万秀山顶有一处灵泉，堪称天道第一池，没有丁点人工雕琢的痕迹，浑然天成的模样美得让人心醉神迷。

这里灵气充盈，仙雾缭绕，玲珑玉泉，仿若天边银河。

如此美景却也敌不过显出本体的沈清弦。

他站在泉水边的一刻，一切仿佛都有了生机。

风吹雾涌，灵气氤氲，仙缈雅静之地，人若清月，绝笔难绘。

沈清弦拿出手中的香，慢慢道："点香吧。"

顾见深道："急什么，我们先喝杯酒。"

沈清弦道："规矩是先点香再继续才算数。"

顾见深却不听了，拿起酒便要与沈清弦喝。

沈清弦倒也没再推托，反倒是顺从地一饮而尽。

清清冷冷的玉泉边，热气逐渐升腾，仿佛要将冰晶融化，要将深湖蒸干，燎原的热度无法抑制，急速飙升。

沈清弦长发铺洒，眉眼薄红，只是他眸中一片清冷，看着顾见深道："可以点香了？"

顾见深声音平淡："你先点。"

沈清弦一脸狐疑地看了他一眼，接着便找出了香。

香做得精致小巧，和这仙雾缭绕的圣地颇为不搭。

听闻这香是有几种颜色的，顾见深想了下，让沈清弦点燃的香涌出了非常明艳的金红烟色。

果不其然，他身后传来沈清弦的声音："这颜色……"

沈清弦往日里冷淡到了极点，此刻却有些温和，他看着红色的烟道："真好。"

过了半晌，沈清弦回头道："接下来就看你的了。"

听到他这话，顾见深愣了一下："看我的？"

沈清弦道："玉简上写的是点燃缘分香，和我结义。所以，请陛下点燃香。"

顾见深没回话，这时沈清弦看到了他肩上的禁印，如血如夕阳，点燃在肌肤上。

冷冷的白像空中皎月，洒下的光辉照不亮夜色。

顾见深一动不动。

沈清弦不急不躁，看着红色的纹路，就像看到了一块稀世罕见的美丽宝石，十分欣赏，却也只是如此。

沈清弦看着，越看越觉得心不满意不足。

这心思也好理解，大概就是去别人家做客，看到一个极其心爱之物，越看越喜欢，越看越心仪，可它却是别人的，再怎么看都不能属于自己，不禁就觉得有些沮丧，于是越看心越不足。

于是沈清弦十分不甘心。

有些孩子气，还有点难以形容的任性，但是太可爱了。

顾见深轻笑了一声。

沈清弦回过神，问道："可以做任务了吗？"

顾见深回道："不急，我们要先行跪拜之礼，最后再点香。"

沈清弦被顾见深的磨蹭气到了，作势要推开他，没想到顾见深竟然身体颤抖了一下，然后差点晕倒……

沈清弦睁大眼，不可思议地道："陛下这是身有隐疾吗？"

他都还没碰到，顾见深竟然……

顾见深："……"

顾见深万万没想到，自己会有这么一天。

沈清弦双眸澄澈地看着他，很是为他着急："都已经识心了，还治不了这隐疾吗？"

心域到了"识心"这个境界，基本相当于天道的成圣。

这可就难办了。

有这隐疾在，他们该怎么进行后面的任务？

沈清弦焦心道："能让我看看吗？"

顾见深没回应。

沈清弦又道："我略通医术，也许能帮你治好。"

顾见深拍了拍他的肩膀，道："我没事。"

沈清弦不信："你不要碍于面子讳疾忌医，我虽不敢说肯定能帮你治好，但总可以试试……"

顾见深只得继续说道："我没有隐疾。"

沈清弦还以为他死要面子活受罪："那方才你怎么……"

顾见深继续瞎扯道："这是有些缘由的。"

"什么缘由？"沈清弦非常重视。

顾见深道："这和我一直以来修习的心法有关。"

沈清弦愣了下，默默地说了句："哦，是吗？"

顾见深道："嗯。"

沈清弦不懂了：“难道你不想和我结义吗？”

顾见深回道：“我自是愿意的。”

“可是你为什么迟迟不肯点香……”沈清弦低头看着香。

顾见深开始胡说八道：“我的心法对身体设下的禁制是，只能和真正的挚友点缘分香。”

沈清弦眨了眨眼睛。

顾见深道：“可师叔如今对我杀意未消。”

这是沈清弦的软肋，他都不好意思再把锅甩给玉简了。毕竟玉简的小身板就那么大，真心背不了这么多锅。

“这样啊。”沈清弦很苦恼。

顾见深暗暗松了口气，道：“实在是不好意思了。”

沈清弦拧眉道：“那这任务该如何完成？”

顾见深叹气道：“我之前以为能行，谁知……还是不行。”

沈清弦也不好生他气，毕竟两枚玉简还活生生地摆在那里呢，想无视都做不到。

沈清弦也没心情和他继续点香了。

沈清弦成圣前的修行方式顾见深略有耳闻，薄情冷淡，也许是他天生寡情，也许是实在没人入得他眼，总之，对他来说，想要彻底放下戒心跟一个人交好是极难的。

别说放下戒心，他连杀心都没放下。

顾见深可以同他接近，可以如此顺利地陪他完成任务，但之后呢？

去往上界是沈清弦的本愿，却不是顾见深的。

修天梯这事沈清弦很在意，而顾见深更感兴趣的却是和沈清弦成为朋友。

既如此，顾见深怎能不好好利用这任务？

沈清弦很愁，他坐在桃花树下，任茶香散去，却无心品味。

玉简上的几个任务，全成了难点。

连本以为能轻易完成的“点缘分香，与之结义”也成了困扰，更不要提那莫名其妙的“亲情”和“摘星星”了。

不能完成这些任务，就不能继续做后续任务。没有后续任务，那茫茫天梯，他又该如何修复？

沈清弦拧眉深思，实在是毫无头绪。

顾见深走过来道："都是我不好。"

沈清弦看向顾见深道："不怨你。"

真正的根源在他自己。别的不提，单单是这个顽固的其四就很让人困扰了。

沈清弦看着玉简，不言一语。

他这模样还是好看得很，而且有种与平时不一样的味道。

毕竟是天道第一人，有无所不能的光环加持，现今几乎没人能看到他这副困扰深思的模样了吧。

顾见深坐在他旁边，透过飘着的桃花瓣看他比花更胜的精致容貌。顾见深暗叹一口气，抛出了引子："关于这个任务，其实我有些头绪。"

沈清弦："哪个？"

顾见深指的是玉简上的其十四，正是地狱模式之一的"让沈清弦体会到亲情的感觉"。

沈清弦狐疑道："你能完成这个任务？"

顾见深道："可以试试。"

沈清弦道："你觉得亲情是什么？"

这问题还真把这俩人给问住了，俩人都是孤儿，被师父收留后开始修炼，无方宗是他们的家吗？

也许对沈清弦来说是，但对顾见深来说显然不是。

可事到如今，无方宗早就散了，沈清弦是真的没有家，也没有体会过亲情的感觉。

万秀山是他的住处，可一个其他人都没有的地方算是家吗？恐怕不是的。

顾见深道："我觉得我们该顺着玉简的思维来思考。"

沈清弦看向他："怎样？"

顾见深薄唇轻扬："比如我们做兄弟如何？"

沈清弦："……"

顾见深还真把话给完完整整地说出来了："兄弟自然就是彼此的家人，如此你便能感受到亲情了。"

本来沈清弦是生气的，但现在……他竟觉得这话里有几分道理。

以玉简的思维，还真有可能是这样的。

沈清弦接不上话，总觉得哪里不太对，但细细想来又觉得好像没毛病……

难道真的要他和顾见深做兄弟？

顾见深又道："试试吧，也许就成了呢？"

他这个时机挑得非常好，眼下他们把能试的任务都试了一遍，好几个都无法解决，正是"走投无路"之时，他给出这么个荒唐方案，沈清弦才会认真思考其可行性。

偏偏这个方案瞧着荒唐，其实却有些歪理。

沈清弦心动了，看向顾见深："可是……我们俩，要如何变成兄弟？需要见父母吗？需要大办宴席昭告天下吗？"

可是看看顾见深和自己，两人连亲生父母是谁都不知道，做了亿万年的孤儿，讲来也挺吓人。

还有大办宴席昭告天下，这就更可怕了。

宴席可办，昭告不可。

这若是让人知道天道的涟华尊主和心域的九渊帝尊变成兄弟了，怕是整个大陆都会震一震，进而像爆发的火山一般，烧他个生灵涂炭。

沈清弦其实不太担心徒孙们，他们六人真闹起来，他还是摆得平的。他怕的是动静太大，把他的三个徒弟给引出来，那就热闹了。

天道三圣齐心合力的话，即便是他这个当师父的，也不敢说撑得住。

毕竟都是入圣之躯，修为上早就没了碾压级别的差距。

更何况，他这三个徒弟很不好糊弄，老大从小就爱管他，老二赤阳子听老大的，老三又是个不靠谱的……

真让他们知道他要和顾见深做兄弟，只怕这仨会炸了大半个心域。

放在以前，沈清弦自然不会管心域死活，但如今还是要好好管一管的。毕竟他和顾见深的关系不同了，已经不是敌对，而是合作关系，合作方的家被他的徒弟给一把火烧了七八成，他还怎么好意思与人合作？

把修天梯的事告诉三圣也不行，这事不是亲眼看见很难相信。以三圣的进度，想要突破关隘，只怕还得等个几千年，难道让他再等几千年？

沈清弦并不想等。

这可如何是好？

眼下还真不是沈清弦不想，而是不敢。

他很有诚意地把自己的想法说给顾见深听。

顾见深也早就想到了，他这边虽然没沈清弦那样严重，但肯定也有阻碍。

真让那帮家伙知道他要和沈清弦做兄弟，只怕他们会拼死组织暗杀行动，最后的结果八成是暗杀失败，他们被沈清弦给弄死。

沈清弦想来想去，觉得这还是个死局，叹口气道：“不行的，这太凶险了。”

顾见深既然会提出这个方案，自然是有解决办法的。

他道：“我们可以去凡间做兄弟。”

沈清弦尚未听懂：“有什么区别？”

顾见深笑了下，红眸锁着他道：“我们双双闭关，化作凡胎，在凡间做兄弟，不就解决了问题？”

沈清弦眼睛一亮，明白了：“陛下当真大智！”

顾见深道：“能完成任务就好。”

沈清弦道：“那还等什么？我们这就去吧！”

化作凡胎实在简单，变个形貌入世即可。

估计只需几天工夫就行了，真是轻松至极。

顾见深却道：“师叔莫急，这事也没那么容易。”

沈清弦问道：“怎么？”

顾见深道：“这玉简上的任务，其实细看起来，当属一个劫字。”

他笑了笑，接着道：“既如此，那就不能太儿戏。我们只是化个形貌，敷衍走一遭，怕是瞒不过它。”

沈清弦拧眉道：“难道要投入凡胎？”

成圣之后有个过程会遭遇各种劫难，有的是粗暴的天雷劫，有的却须重新体悟人生，所以修士投入凡胎这事并不稀奇。

只是沈清弦很不喜，这太折腾了。投入凡胎会丢失记忆，没了记忆，人间那数十年实在莫测，有的能重悟天道，但也有自此沦落，杳无踪迹的。

沈清弦修天梯为的是去往上界，可不想因此而堕入苦海。

顾见深道：“的确要投入凡胎，却不必那般墨守成规。”

沈清弦想到了，却不赞同：“不可剥夺他人性命，凡人一生本就凄苦，又怎可破了他们的命数？”

顾见深道：“不是剥夺他人性命。”

沈清弦好奇了：“那是如何？”

顾见深道：“我们可以寻一些命数已尽之人，在他们肉胎还未沾死气之时进入，如此便可一举两得。”

毕竟这样一来，他们都保留了自己的记忆，甚至还根据肉胎资质来修整一二，这样可以操纵，来去自如，不必担心被困于凡间。

而且，找命数已尽之人的确不算是剥夺他人性命，剥夺他人性命会让原本的意识失去归处，进而烟消云散，可此时肉胎意识已进入下一轮生机中，也就不妨碍了。

“没这么简单吧。”沈清弦道，“这本就不容易，还要找命数已尽且肉胎未沾死气之人，就更加不容易了。”

进入他人身体需要他们同对方的肉胎有共鸣，否则也无法融合，如今还要再加上两个条件，如何能寻到？

顾见深拿出两枚玉色的小珠子：“有它们帮忙就可以轻松很多。”

沈清弦还真不知道这是什么。

顾见深解释道：“我们一人一枚，意识离体，它们会在最短的时间内牵引我们进入最合适的肉胎中。”比自己苦苦寻找要方便快捷得多。

沈清弦看了看：“你哪儿来的这东西？”

顾见深道：“心域闲人多得很，没事炼来玩的。”说是炼着玩，但能引领意识，可见此物至少是圣品。

沈清弦道：“心域的能人异士果然极多。”

顾见深问他：“怎样，师叔想试试吗？”

如此万事俱备了，他怎会拒绝？

沈清弦莞尔一笑：“好啊！”

顾见深笑了下，颇为意味深长地道：“我们的目的是结拜，所以需要给师叔的肉胎加个条件。”

沈清弦问道：“怎样？”

顾见深道：“你现在用的是朝烟的化身，仍是少年，到了凡间怕是会行事不便。”

沈清弦怔了一下：“你要给我选个跟你年龄一般大的肉胎？”

顾见深道：“嗯。”

顾见深继续说道：“我们是带着记忆入凡，虽肉胎资质不行，但仍有些偏门法术可以稍加改变，你若不适应，等我们见面后，我助你改了便是。”

沈清弦虽觉得别别扭扭，可一心想要搬砖，好不容易有如此妙法，错过了实在可惜。

顾见深继续诱惑他：“也许在凡间走一遭，其他任务也会有眉目。”

这就非常诱人了，沈清弦终于拿定主意：“行，就这样吧！”

修炼之路本就坎坷，沈清弦把这些都当成修炼了！

顾见深把玉色小珠给他：“无须吃下，放在身边即可。”

沈清弦问：“你要回唯心宫闭关吗？”

他俩既要意识出窍，那肉胎就得好生安放，若是出事，可要后悔莫及。

沈清弦在万秀山，顾见深回唯心宫，这绝对是最好的选择。

但是……

顾见深道：“师叔不介意的话，我就留在万秀山吧。”

沈清弦讶异道：“你不怕我……”

顾见深笑了下：“虽说其四还亮着，但我觉得你不会对我怎样。”

沈清弦怔了怔，眼中全是狐疑：“你……”

顾见深道：“没事。”

沈清弦皱着眉看他：“为什么？”

“因为……”顾见深道，“我相信你不会杀我。”

沈清弦顿了半晌，展颜笑道：“我觉得玉简真的坏了。”

顾见深懂他的意思：“嗯，它们本来就是蠢物。”

沈清弦又忍不住给小红玉简辩解：“你的玉简瞧着还是很聪慧的。”

没人疼的小白玉简：想哭！

天道之巅，万秀山顶，两个人成了一副冠绝古今的绝美画卷……白衣胜雪，深红似火，生动诠释了什么是风华绝代。

这一刻沈清弦是开心的，然而下一刻……

“小姐，小姐醒了！”一声尖利的妇人叫声将沈清弦震得耳朵发麻。

紧接着传来一阵急促的脚步声，然后是一声温柔女声：“我的儿啊，你怎如此痴傻，你可真是往娘心口上捅刀子啊！”说罢，便是一阵悲痛欲绝的哭泣声。

沈清弦知道自己已经进入凡胎，可这身体实在孱弱，加上心肺受损，越发不堪。

沈清弦自入圣后便没体会过肉胎之苦，如今却是深切尝到了四肢无力、浑身酸疼的难受滋味。

好在有一沉稳老者说道：“夫人莫要伤心，小姐能醒来已是仙人怜悯！实乃天大的造化啊！”

那女子还在啜泣，听声音是极尽伤心，想收敛却也收不住。

一年轻男子说道：“娘，您别哭坏了身体，小妹虽然醒了，可身体还很虚弱，我们赶紧让钟大夫为其诊脉，看看伤势如何，之后可要小心调养！”

又是一阵乱七八糟，沈清弦正在努力适应肉胎，也无心顾暇。

昏昏沉沉了约莫一日光景，沈清弦终于适应了。他睁开眼，入目的是藕粉色床帏，少女味十足。

虽然知道自己会化身，但是他万万没想到自己竟然化作了女儿身。再三确定之后，沈清弦还是有些难以接受。

女孩的身体还真是又小又软又弱啊……不对，应该说凡人的身体都这般弱小。

他坐起来，四处打量了一下。

看模样，这肉胎的家世很不错，做工精致的拔步床，绣着牡丹花开的屏风，梳妆台上摆着一束鲜花，给屋里带来了一份春意。

他试着下床，又因这软弱轻飘的双腿而蹙眉。

当真是……弱小得可怜。

他慢慢走到了梳妆镜前，看到了镜中的女孩。

粉黛朱唇，娇嫩玉肤，很是娇俏可人。

恍惚间……沈清弦竟觉得这孩子同自己有几分相似之处。

大约是因为自己的意识与肉胎的共鸣。

那玉色珠子竟然管用，为他寻的这肉胎很是符合标准。

融合得恰到好处，只可惜是个女儿身，还是年轻待嫁的闺中小姐。

沈清弦正思索着，房门开了，一个丫头模样的女孩走进来：“小姐！您怎么下床了？”

说罢她放下手中物什，赶紧来扶沈清弦。

沈清弦哪用得着一个小姑娘扶？他正要起身，却腿软眼花，差点摔倒。

万万没想到，他还真让一个瘦小的小姑娘给扶住了！

沈清弦：“……”哦，忘了他现在是个更瘦更小的孱弱小姐了。

那小丫鬟把沈清弦请上床，小心地给他掖好被子，温声细语地伺候他喝水吃药。

吃药的时候……

沈清弦差点吐了。

什么东西？这种杂质繁多而紊乱的东西也叫药？

苦也就罢了，还如此不纯，喝下去治病六分，怕是还得中毒四分。

他这模样，小丫鬟却以为他是怕苦，连声劝慰道：“小姐，良药苦口，为了身体，您可千万要喝了啊。”

沈清弦可不这么认为。

正在这时，一位美貌妇人走了进来，小丫鬟一见她便立马行礼：“夫人。”

美貌妇人摆摆手道：“下去吧，我来喂清儿喝药。”

这声清儿叫得涟华尊主一颤。讲真的，上次这么叫他的人已经不在了。

美貌妇人浑然不知，她眼底全是黑晕，显然是熬了好几宿，瞧神态也颇为憔悴，本就纤薄的身体此刻也摇摇欲坠，可即便如此，她还是满目喜色，只因为女儿死里逃生。

“清儿乖，”李氏哄着女儿道，“把药喝了，一会儿娘给你做蜜糕吃。”

沈清弦无法，只得小口喝了这似药非药的玩意儿。

倒不是说这药里有毒，而是凡间的医术只能搭配出此等汤药。

罢了，他只是来做任务的，无须折腾太多。

约莫一上午，沈清弦大体摸清了自己这肉胎的身份背景。

这国家名为梁国，他这肉胎唤作沈清清，当真是出自名门世家。

父亲是镇国将军，如今镇守京都，受封镇国公，可谓是一人之下，万人之上。

母亲出自世家大族，外公也是权倾朝野的重臣。

这样的家世已经是千挑万选，更加幸运的是她家庭和睦，父母恩爱。

至今沈父都没纳妾，偌大个国公府只有李氏这位当家主母。

李氏生了两儿一女，如今两个儿子都已入仕，前程无量。

唯一的小女儿生得秀美精致，是她的心肝肉，千疼万宠。

无论怎么看，沈清弦这肉胎都是实打实的幸福人生了。

只可惜这小娃命薄，投生得如此好，却受不住这福，一脚滑入湖中竟香消玉殒。

如今沈清弦成了沈清清，这名字……尊主大人不想说话。

中午的时候，他的便宜父亲回来了。

沈国公军戎出身，生得很是魁梧，性格也严肃刻板，不苟言笑的模样还颇为骇人。

然而这铁血将军见着妻子女儿立马成了绕指柔，小声问道：“清清的身体如何了？”

李氏道：“大夫说已经无大碍，只是要好生休养。”

沈国公见妻子如此疲倦，不禁忧心道：“你也要保重身体，切莫再病倒了。”

李氏看着女儿便忍不住抹泪道：“孩子这般模样，我这当母亲的如何坐得住？只恨我身体不行，不能夜夜守着她。”

她一哭，沈国公当即慌了，好生哄了哄，又气愤地道：“那顾家小儿实在过分！”

听到“顾家”二字，沈清弦的眼睛蓦地一亮。

谁知李氏竟嗔了沈国公一眼：“清儿刚醒，你又提这些做什么？”

沈国公连忙道：“是我不好，不该说这些扫兴的事，清清别难过，有为父替你做主，定给你寻个最好的人家！”

沈清弦心里咯噔一声：听起来，这里面有隐情啊？

那顾家少爷……是顾见深吗？

第八章

改朝换代

沈国公和李氏没留太久，毕竟沈清弦刚醒，还需静养，他一睡下，两人也出去了。

沈清弦当然没睡，他闭上眼，将仅有的一点稀薄灵气集中到耳朵上，细细听着府中下人们的闲言碎语。

听了几个片段之后，他基本弄清事情原委了。

这沈清清竟是自寻短见……

堂堂国公之女，千爱万宠之躯，竟然为了个男人跳湖。

沈清清仰慕顾家少爷，一心想嫁给他。沈国公宠女儿，她想什么便全依着她，本以为这婚事顾家会欣然接受，谁知那顾少爷竟然说什么都不同意，怎样都不愿娶沈清清。

沈清清被娇宠至今，哪里受得了这委屈？一个没想开，竟然就这么投湖了。

沈清弦也是非常不理解了。

不过是一门婚事，怎就值得投湖？难道没了那男人就不要自己的人生了？

罢了……想这些也无用。

没想到两天后，国公府震动了。

下人们奔走相告："天哪！顾少爷登门提亲了！"

"真的假的？顾少爷不是誓死不娶吗？"

"谁知道呢？反正他来了！老爷少爷都回来了，连夫人都在前厅呢！"

“这可太好了，咱们小姐终于得偿所愿了！”

“凭什么啊，我们如花似玉的小姐哪里配不上那姓顾的？他竟如此狂妄！如今来提亲又如何？我看小姐就不该嫁！”

“这可由不得你，小姐心仪才是最重要的。”

“哼，我看那姓顾的就不是好人，八成是受不住压力，不得不来提亲！”

沈清弦对这些乱七八糟的言论没兴趣，只想等顾见深快点出现来找自己，然后早点完成任务。

虽然没兴趣，但沈清弦心生好奇，还是决定去瞧上一瞧。

他悄声走向前厅，离得近了，便听到一男子狂言：“……能得贵府千金如此厚爱，顾某人可真是三生有幸！”语调里全是心不甘情不愿。

沈国公气得面色发黑，但想到女儿又不得不忍下，只听那男子又道：“聘礼已下，顾某告辞了。”

这哪里像是来下聘的？倒像是下战书的。

沈清弦径直走进大厅，看到了那男子。

然后……他开口，清脆的声音响彻前厅：“滚。”

厅内诸人全都看了过来，当然也有那顾公子。

沈清弦站在门边，逆着光却难掩俏丽身姿，只见他乌发如云，面容精美，风姿清雅似皓月当空。

顾思源当即呆住，惊为天人。

沈清弦看都没看他一眼——有什么好看的？

沈清弦一出现，厅里的人都心思各异。

假若有神识，探一下基本是这样的……

沈国公：我的宝贝女儿，可别再做傻事啊！

李氏：我的心肝肉，怎么就眼瞎地看上这么个人！

沈世子：我的妹妹真是怎样都可爱，一个“滚”字都说得如此玲珑动听！

沈二哥：明日定寻个机会打断这顾思源的狗腿！

顾思源：这……这是天仙下凡吗？

某种程度上，顾思源竟悟到了真相。

却说这顾思源吧，还真是个脑子有病的，他生得人模狗样，家世不错，写了两首诗，自觉学富五车，于是眼高于顶。

沈清清正是天真烂漫的年纪，无意间看了顾思源的诗，又听闻他才貌双全、儒雅端庄，竟芳心暗许，非要嫁他。

这下顾思源更得意了，竟得国公府千金倾慕，何等荣耀。

本来这婚事能成，但顾思源红粉知己一堆，不想他娶妻，听闻这事后竟纷纷说道：“你看沈国公那般魁梧，那沈清清随了他的样貌，定是丑陋不堪！”

还有的说：“你真敢娶她啊？国公府里有个母夜叉，这你都不知道？”

沈国公如此权势，却只有李氏一个正妻，从未纳妾，即便事实上他们夫妻恩爱，不想让他人插足，但外头的人难免会瞎传谣言。

“李氏如此善妒，她教养的女儿想也知道是怎样的！”

“顾公子，你可千万要深思啊，虽说国公府极好，但那沈清清丑陋不堪又骄纵善妒，万一还随父习武，这日后成了亲……”

如此一番说道，顾思源竟全都信了，这一信他就不敢娶了。

他自诩甚高，又怎能娶这样一个丑陋的母老虎？那国公府虽然权势滔天，但越是滔天，这沈清清越是骄纵，他真娶了，莫不是连个妾都不能纳进门？

他哪里能忍？

顾思源打死不娶，还摆出一副不畏权势的模样，旁人吹捧他性情高洁，却不知他此举将一个无辜少女给伤成了什么模样。

可惜他那高洁的性情也没撑几天，沈国公一怒，顾思源的父亲顾阁老畏惧镇国公府，生怕日后被沈国公针对，急忙赶回府中，差点没把这不孝子的腿打断。

被揍了一顿后，顾思源委委屈屈地登门求娶，却又是这般心不甘情不愿的态度，实在是让人恶心至极！

沈清弦哪管这些弯弯绕绕，转身就要走人。

不承想，之前弃他如敝履的顾思源竟开口道：“这位小姐……”他还不知道这是谁呢。

沈清弦看都没看他，向沈国公、李氏，还有两位兄长行了礼。

这一声父亲、母亲叫出来……

顾思源真是又惊又喜：“原来这就是……这就是……”说着他还害羞上了，天哪……未来媳妇儿这么美！哪怕是个母老虎也认了啊！

在场的沈家人：“……”

碍于沈清清的心情，沈家几位都没出声。

就在此时，沈清弦自己出声了，他直截了当地道：“顾公子，你这些东西还是赶紧拿回去吧，我们国公府不要。”

顾思源愣了一下。

沈国公和沈大哥沈二哥都一脸惊喜地看着沈清清。

沈清弦已经下了逐客令：“孙伯，送客！”

顾思源傻乎乎地看着她，直到被扔出国公府，还没回过神来。

府里却是一片喜气洋洋，沈国公小声问沈清弦：“清儿，你这是……”

沈清弦还是适应不了这声清儿，接话道：“父亲，之前是女儿不肖，如今大梦初醒，已经看清那人了。”

沈国公愣了下，下一瞬开心得仿佛在施展狮子吼：“好！好孩子！你的亲事为父定会好生斟酌，定会给你寻得良缘！”

听到亲事，沈清弦趁机说道：“父亲，女儿有个不情之请。”

沈国公道：“你说！”

沈清弦道：“日后若是有人上门提亲，能否让我在后面看看？”

其实这很不合礼数，但一来，沈国公是武将出身不拘小节；二来，他也实在是疼爱女儿，于是应道：“好，都依你！”

这时候他还真不知道未来会发生什么。

如此沈清弦便放心了，反正顾见深肯定会来找自己，等他来了再商量对策便是。

耐心这东西，修炼了亿万年的人是最不缺的，百年也不过弹指之间，这短短数月又算什么？

可让沈清弦万万没想到的是……顾见深还真就不来了！

那顾思源求娶被拒，又因偶见沈清弦一面，自此魂牵梦萦，还写了几首诗来纾解情怀，顿时让沈清清荣升为梁国第一美人，登门提亲的人真是络绎不绝！

沈清弦看人都看累了，偏偏就没看到顾见深，他不由得有些气闷。

那家伙在做什么？难道投成了女儿身，顾见深就找不到自己了？

沈清弦把那些登门提亲的人全都拒绝了之后，沈国公又犯愁了，对妻子说：“你说女儿是不是还对那姓顾的念念不忘？”

李氏忧心道：“我也怕如此啊！”

沈国公道：“可那顾思源实在不是良配，清清嫁过去要受罪啊。”

李氏彻夜难眠，最后一狠心道：“我看陈家的少爷就很不错，不如就定了这门亲事？”

沈国公道：“我怕清儿不高兴。”

李氏嗔他一眼：“当年我嫁你时也很不乐意，如今不也幸福得很？”

这话沈国公听得很暖心，李氏又道：“婚姻大事还是要我们操劳，孩子尚小，哪懂识人？我们给她看好了，待成亲了，她才是真的幸福美满。”

沈国公觉得很有道理。

幸亏沈清弦不知道，不然他得一气之下回万秀山去。

虽然肉身已经变成了女儿身，但是要让他堂堂尊主嫁给别人？仿佛在闹。

可再这么耗下去，似乎……真的很不妙。

终于，在一个月黑风高的夜里，顾帝尊来了。

他姗姗来迟也就罢了，还不走寻常路。

沈清弦正在冥想，听到开门声，唰一下睁开眼。

一个高大的黑衣男子欺近：“小姐，别动。”还故意压低了声音。

沈清弦双目清澈，别说害怕了，甚至有些生气：“你还知道来找我？”

黑衣男子低声一笑，摘下面巾，露出英俊的五官：“等不及了？”

沈清弦瞪他：“你到底还要不要做任务了？”

顾见深看着沈清弦，认真地道：“放心，答应你的事情，我一定会做到。”

他说得情真意切，沈清弦却全当成废话：“明天你再不来，我就回万秀山了。”

“不是我不想来，”顾见深苦笑道，“我怕来了会被国公爷扫地出门。”

沈清弦正想说话，这时却听到了外头急促的脚步声。

顾见深压低声音道：“是护卫来了。”

沈清弦一怔：“你硬闯的啊？”

顾见深道：“我也没办法。”

沈清弦将他领到屋里去，无意间碰到了一手黏腻，沈清弦拧眉道：“你受伤了？”

屋子里燃着熏香，沈清弦如今又是肉体凡胎，所以还真没闻到这血腥气。

顾见深道：“没事，一点擦伤。”

沈清弦顾不上这些了，只得先将他藏起来。

外头脚步声越来越近，沈清弦谨慎地将屋子里收拾干净，不留半点痕迹。

烛火渐近，守卫们停在了外头：“小姐，您睡了吗？”

沈清弦懒洋洋的声音里带着些愠怒：“大晚上的，折腾什么呢？”

护卫很惭愧：“左门传报，说有贼人夜闯国公府，小的怕有恶人冲撞了您。”

沈清弦道：“我这没事，都几时了，别扰我睡觉。”

护卫们自是不敢进来的，但听她声音无恙，他们也就放心了：“小姐好生休息，属下告辞了。”

沈清弦应了一声。

本以为这就没事了，谁承想外头又传来了齐声行礼声：“见过夫人。”

沈清弦皱眉……李氏来了？

李氏身为他这身体的母亲，可是想进就进，拦都拦不住的。

这一进来……

沈清弦可不想就这样放弃任务，他下床，披了外套出屋。

时机拿捏得刚刚好，他刚好和李氏迎面撞上。

李氏急忙握住他的手，担忧道：“我听护卫说有贼人入府，可有惊到你？”

“没事，这天寒地冻的，贼人还没抓到，母亲怎可这样出来？”沈清弦这般说着。

李氏如今满心满肺都是心肝女儿，生怕她出事，听闻有贼人闯入，担心得不行，根本睡不下，执意要来看看才放心。

“要不你还是去我那儿睡吧？”李氏实在是放心不下。

沈清弦哪里会走？且不提屋里那“贼人”，单单是让他和一个妇人睡一起就很别扭了。

他说道：“母亲莫要担忧，我是国公之女，怎会这般胆小怕事？一个贼人而已，待护卫大哥们抓到便就了事了，何须如此惊慌？”

这时沈国公也过来了，他听到女儿这番话，又是一阵“狮子吼”：“好，果然是我的宝贝女儿，巾帼不让须眉！”

他武将出身，平日里得罪的人多了去了，有人暗闯国公府也不是一次两次了，只是之前那些都被快速击杀，没让李氏知晓而已。

今日这贼人轻功甚好，竟然闯了进来，不过贼人也受了伤，估计跑不远，被抓住是早晚的事。

李氏还是不放心。

沈国公又劝她：“快快回去歇息吧，你们娘俩站这儿，再受了风寒可如何是好？”

李氏这才说道：“清儿，你若是害怕就让丫鬟来给我送信，娘来陪你睡。”

沈清弦见她这般模样，声音也软了：“放心吧，我不要紧的。”

沈国公嘱咐了护卫几句，带着妻子走了。

沈清弦转身回屋，松了口气。

顾见深低笑一声。

沈清弦没好气道：“怎没一箭射死你？”

顾见深道：“那你可就完不成任务了。”

沈清弦走过去，检查了一下他受伤的地方。

“堂堂心域帝尊竟然被个小小凡人伤了。”沈清弦冷嘲热讽。

顾见深道：“没办法……谁让你投生在这般人家里。”

沈清弦说：“这不得问你？”

顾见深一脸冤枉，本来他给沈清弦物色的肉身是一个男子，但在施法的过程中出了点问题，在阴差阳错之下，沈清弦就投身到了沈家，成了沈家大小姐。

“既然事情已经发生，你已变成女儿身，我们恐怕是做不成兄弟了，但是玉简上说的是让你体会亲情的感觉，不如我们假装成亲？这样也算是一家人了。”顾见深忽然提议。

沈清弦觉得这个提议非常荒谬，便没再搭理他，借着烛光看了看他的伤势，顿时心一惊：“国公府的守卫如此厉害吗？”

虽说来到凡间顾见深和他一样，都不能动用灵气，但是他这肉胎的素质很好，还有不俗的功夫在身，怎么就落得如此狼狈模样？

顾见深道：“你以为呢？沈国公可是当世豪杰。”

沈清弦小心地给他清理着伤口……虽然没有伤药，但沈清弦对经脉穴位极通，所以能靠穴位止血。

沈清弦给他包扎好后，已经薄汗满面。

接着，沈清弦清清嗓子，问道：“你这肉胎是什么身份？”

顾见深道：“我可比你惨多了，睁眼醒来时，这身体已经被扔在乱葬岗了。”

沈清弦睁大眼：“那玉珠怎么会找这么个肉胎？”

顾见深道：“大概是我意识太糟糕了吧。”

沈清弦皱了皱眉道：“意识都一样的，哪有什么糟不糟糕一说？”

顾见深笑了下：“总之，就是这么个肉胎，我至今也不知道他姓什么叫什么，也不知他还有没有亲人……”

顾见深继续说道：“你这高门大户的，我连户籍都没有的野人闯进来找你，沈国公还不一棒子把我赶出去？”

沈清弦默了默：“也许是乱棍打死。”

这年代没有户籍就是流民，甚至是奴籍，一个奴隶竟然想见国公府的嫡女，简直是异想天开……

沈清弦又问道：“这几个月你做什么去了？”

顾见深继续交代道：“我想着怎么也得弄个身份，才能见上你一面……于是就入世闯荡了一番。”

“那你现在是个什么身份？”沈清弦问他。

顾见深沉吟了一下。

沈清弦皱眉道：“商人吗？也不行的，还是三六九等。”

顾见深幽幽地道：“起初我是想经商来着，打算捐个官，但第一笔买卖就被土匪给劫了，接着我便去劫了土匪，土匪的兄弟又来报仇，我顺便清理了他们，一来二去……”

沈清弦沉默了。

顾见深继续说道：“大小姐，不如我向你提亲吧。”

沈清弦好想打死他！

顾见深很委屈了：“反正我无论怎样都攀不上你这门第的，即便捐个官也比不上那些个名门大族。”

沈清弦好气：“那你就去当土匪？”

顾见深很无辜：“他们劫我，我总不能任他们劫吧？”

沈清弦如今总算明白他是怎么当上心域帝尊的了，还真是打出来的天下啊！

沈清弦很犯愁，这可如何是好？他们来凡间，为的就是做兄弟，如今自己变成了女儿身，做兄弟是不可能了，除非做兄妹，但是沈大小姐已有两位兄长，更何况国公大人也不会同意……

沈清弦是指望不上顾见深了，想来想去，他还真的只能勉强想到成亲这个法子。

“虽然这样很对不起沈国公和李夫人，但也没办法了。”沈清弦看向顾见深道，“听着，月中我会去逛庙会，到时候你这样安排……”他细细说道了一番。

顾见深道：“这不难。”

沈清弦道："那就这样定了。"

顾见深问道："这凡间的深闺女子可没什么人身自由。"

沈清弦道："这就不用你操心了。"

顾见深打量他一番，笑道："看来你已经调整过身体了？"为了不惹沈清弦生气，那玉色珠子里藏了些灵力，刚好够给沈清清改变身体。

沈清弦气道："还等你来吗？"

沈清弦接着道："你是不是该走了？"

顾见深道："我伤这么重，你现在赶我走？"

沈清弦不可怜他："我看你还是伤得轻了！"

"好了，"顾见深继续说道，"上了药再走。"

沈清弦气道："你是嫌自己不够显眼？"

顾见深一身黑衣，天亮了再走，怕是嫌自己活得太长。

顾见深闷声道："再待一小会儿。"

沈清弦担心顾见深真被抓到，于是用各种招数把顾见深哄到了国公府外。

过了半晌，站在门外吹着冷风的心域魔尊才意识到哪里不对。

可惜他已经出来了，再进去怕是可以立马滚回修真界了。

他还没完成任务呢，怎么能就这么滚回去？

虽然沈清弦想的不是什么好办法，也觉得这很对不起沈国公和李氏，可也实在没办法，他们折腾半天好不容易下凡，总不能无功而返。

第二日，沈清弦找到了自家大哥沈倾磊。

沈世子也是个妙人，随了沈国公的魁梧，还能文善武，俨然是未来的栋梁之才。

这位世子爷千好万好，对妹妹更是好，妹妹一句话，他上天入地无所不能。

沈清弦这下来找他，他赶紧下马，小跑着迎来："有事让下人告诉我便是，何必自己过来？"

沈清弦先向他行礼："大哥。"

沈大哥连忙把宝贝妹妹扶起来，又招呼随从去冲茶泡水，还嘱咐着去某某茶庄买某某点心——全是沈清清爱吃的，很是用心了。

沈清弦随他进屋，两人坐下后，沈倾磊问她："怎么想到来这里？"

沈清弦让丫鬟把手里的食盒放下："清儿熬了甜羹，想让大哥尝尝。"

沈倾磊喜上眉梢，当即说道："那烟火呛人的地方你莫要去，哥哥想吃什么自有人去做。"

沈清弦同他客套："妹妹的一份心意，还望大哥喜欢。"

"喜欢！"沈倾磊笑容满面，"喜欢得都舍不得吃了！"

沈清弦笑笑，沈倾磊越发开心得想上天：妹妹亲手给他熬的甜羹，他一定是天底下最幸福的兄长，啊，太感动了，想哭。

客套得差不多之后，沈清弦切入正题："大哥，我听说月中在紫云寺有庙会？"

沈倾磊道："是有这么回事。"

沈清弦小声道："这几个月在家养病，一直没出门，如今……"

他说得委婉，但以沈倾磊宠妹妹的程度，哪里会听不懂？沈倾磊立马拍拍胸膛道："等月中哥哥带你去玩！"

沈清弦立马展颜："那就先谢过大哥了！"

沈大哥又被妹妹的可爱笑脸给晃得想大叫：天哪，我的妹妹怎么会这么可爱?!

比想象中还要轻松……沈清弦看着那傻大哥，竟隐约有些愧疚之情。

这一家人还真是让人讨厌不起来，难怪沈清清会被娇养得那般脆弱，有这么一群人宠着，任谁都坚强不起来吧。

日子眨眼即逝，逛庙会这天，沈清弦起了个大早。

他先去同父亲母亲请安，然后等着沈大哥来接她。

沈倾磊自是早早就来了，临出门前，李氏又嘱咐他们兄妹俩："路上小心些，阿磊你要好好照顾清清。"

沈倾磊道："娘你放心！我定会好生照顾妹妹！"

沈清弦在心里默默地道：对不住了世子，真不是故意要坑你的。

兄妹两人出了门，沈清弦这未出嫁的女子，自然是坐在马车里，虽说是去逛庙会，但其实沈清清不会出来，只是乘坐马车去庙里上炷香，然后到清斋楼里吃些素斋，再看看下面的戏曲，就算是游玩了。

沈清弦坐在马车里静等着……

等什么？当然是等顾见深。

正想着，外边忽然传来沈倾磊的一声厉喝："你们是谁？"

对方也不出声，着手开干，瞬间打得叮当响。

沈清弦的丫鬟立马吓白了脸："出……出什么事了？"

一个护卫出声道："是劫匪！快护住小姐回府！"

可惜他话刚说完就被人踢翻下去。

马车受了惊，拉着马车疯狂前冲。

车里的丫鬟吓得花容失色，尖叫连连，沈清弦学着她的模样，让自己也装出害怕的模样……

只听外头传来沈倾磊撕心裂肺的大喊声："清儿！"

沈清弦本来装害怕装得挺到位，生生被这一喊给喊破功了。

他懒得装了，就这样吧，反正这小丫鬟已经吓傻了，也顾不上看他了。

外头已经闹得极凶，沈倾磊生怕沈清弦出事，策马狂奔而来，想要追上发狂的马将沈清弦救出来。

但他身上挂了彩，哪怕骑术精妙，此刻也实在追不上。

正在此时，一位高大男子策马而来，径直向着发狂的马车奔去。

沈倾磊急声道："这位兄台！车内是家妹，若能救出，沈某人定重酬相谢！"

那人也没说什么，只是夹紧马腹，疾驰而去。

这当然是顾帝尊啦！

先找高手捣乱，再出来英雄救美……啧啧，沈尊主的计划就是这么稳妥。

当着"大舅哥"的面，顾见深自然是要好好表现一番。

他一跃而起，生生跳到了发狂的马上。

沈倾磊看到此幕，悬着的心落下了一大半。

顾见深轻松稳住马，马车也停了下来。

恰好此时，沈倾磊也赶了过来："多谢！多谢！救命之恩，实在……"

他话没说完，沈清弦竟一脚踩空，眼看着要摔了，顾见深轻功了得，一下把人扶住。

沈清弦装作害羞的模样开口道："多谢公子相救……"

顾见深这才慌忙松开手，有些紧张地道："是在下唐突了。"

沈倾磊走上前，面色有些复杂："如此救命之恩，沈某实在万分感谢。"

顾见深回道："应……应该的。"

"不知兄台如何称呼？"沈倾磊问顾见深。

顾见深报了姓名。

沈倾磊又问道：“不知家在何处？沈某定当登门拜谢！”

顾见深笑道：“江湖中人，居无定所，道谢也不必了，今日之事……”他又看向沈清弦，竟不知接下来该说什么。

沈倾磊这下却是恨死自己了！

这可如何是好？他没能护住宝贝妹妹，竟还让她对一个江湖人心生好感！

沈倾磊虽然满心都是“宝贝妹妹好不容易忘了顾家小儿，又爱上一个放荡不羁的江湖中人，好想打死保护不了妹妹的自己”，但面上还是得客套一下的：“顾公子不妨来府上一坐？我也好略表谢意。”

嘴上这么说着，他又赶紧想着：拒绝，请一定要拒绝啊兄台！

顾见深似是从梦中惊醒般，略带欣喜地道：“可以吗？会不会太过叨扰？”

沈倾磊只得硬着头皮说：“怎么会？顾公子是我们的救命恩人，自当万分礼谢！”

于是，顾见深就这么去了国公府。

一路上，顾见深和沈清弦自然是见不到面的，顾见深在外面骑马，沈清弦在马车里。

快到国公府的时候，沈倾磊反倒冷静了一些：也好……把顾见深请回家里，刚好可以让他“知难而退”。

按照正常思路，一个男人发现心仪的女子是这等自己配不上的身份，定会望而却步的！

虽然沈世子对宝贝妹妹的魅力很自信，可也正是这种自信让他觉得，顾见深会为了心爱的女子能够幸福而放手！

他们回府前，下人已经传信回来。

刚好沈国公在府上，一听这事，立马派人去查！不过顾见深办事极利索，他自然是查不到什么的。

沈倾磊的书童说了小姐的救命恩人会登门，府里早已提前准备了一番。

回府后，沈清弦被母亲接去后院，临行前他故意偷偷看了顾见深一眼，看到这一幕的李氏心里咯噔了一声。

沈清弦是故意做给她看的，生怕她心里不咯噔。

李氏问了事情原委，沈清弦说得很小声，故意装得面带羞怯，过来人一看就知道是怎么回事了。

这边李氏心塞，前厅沈倾磊更心塞！

本以为看到他们这“高门大户”，身为“江湖人士”的顾见深会局促不安，很不自在。

哪承想，顾见深谈吐有度，磊落有礼，见着沈国公也不怯，这落落大方的姿态着实让人喜欢。

沈国公尚且不知女儿的事，这时候只觉得眼前的年轻人英气勃发，气度自成，未来不可限量！

又想到他武功了得，还救了宝贝女儿一命，不禁更是喜欢。

可是沈倾磊好急！他急得满地打转，恨不能找个柱子来撞上一撞！

他这模样让沈国公颇为不爽，瞪了他好几眼。

沈倾磊是有苦说不出，只能更急……

他正站在顾见深身边，都是年轻人，都英俊帅气。只是一对比起来，沈国公竟觉得自家优秀的大儿子差了一截……

好不容易送走了顾见深，沈世子终于能说话了：“父亲！”

沈国公正气他呢：“顾公子救了清儿，你怎能这般态度？礼数何在？”

沈倾磊赶紧将自己看到的一五一十地说了出来。

沈国公愣了下：“你说……清儿她……”

沈倾磊道：“错不了的！”

那小女儿姿态怎么藏得住？

沈国公沉吟了片刻，接着说道：“没事，我和你娘已经给她相中了一门亲事，不日就有消息了！”

沈倾磊却又心疼起妹妹了：“妹妹她不乐意可怎么办？”

沈国公这时倒是相当有气势：“婚姻大事遵的是父母之命，她得听我的！”

沈世子对此抱怀疑态度。后头李氏陪着女儿喝了安神汤，见女儿神态没什么异样后，便温声说道：“这几日京城不太平，还是莫要出去了。”

沈清弦应下来：“好，听娘的。”

李氏斟酌了一下，又说道：“关于你的亲事，我和你父亲都相中了一家，不看门第，单看品行也是数一数二的……”

她刚说到这儿，沈清弦立马一脸惊讶地看向她。

见女儿如此神态，李氏的心是一沉再沉。

沈清弦开口，声音里满是焦急：“母亲这是什么意思？不是说好让我自己看的吗？”

李氏狠下心道："你还年幼，这事就交给我和你父亲吧。"

沈清弦更急了："怎么忽然就……"

李氏打断他道："好孩子，听娘的，娘不会害你的。"

沈清弦欲言又止，张张嘴，话到嘴边却又说不出来。

李氏已经知道了她的心思，此时也是心疼得很，却不能心软，只能片面地说道："乖清儿，别胡思乱想，这门亲事肯定会让你半生无忧的。"

沈清弦一声不吭，整个人都失了神一般。

李氏陪了女儿好一会儿，直到其睡下了才离开。

回到自己的屋子，沈国公立马就要同她说一说，李氏已经叹口气道："我知道了。"

沈国公顿时急了："清儿当真看上那顾见深了？"

李氏叹气道："是。"

沈国公哪还有白天那气势，这会儿担忧得不行："这可如何是好？那顾见深一介平民，怎配得上清儿？"

李氏瞪他一眼："什么配不配？不可能的事！"

沈国公还有顾虑："清儿性子直，她……"

之前清儿还因为那顾思源落了水……

李氏不禁有些气道："怎么就惹了这顾家人？"

走了一个顾思源又来了个顾见深，真是愁死人了！

夫妻俩愁啊，愁得睡不着。

顾见深白天借机熟悉了地形，如今已能顺顺利利地偷摸溜进来了。

沈清弦给他开门，他一进来就打趣："笑一个给爷看看。"

沈清弦给他一拳，冷笑道："再废话我送你回唯心宫。"

顾见深还真不敢惹沈清弦了："你这体质变得也太快了。"

外面看沈清弦还是娇娇弱弱的小姐，实际上却通了经脉，灵气涌动，已然是武林高手了。

两人在这儿打打闹闹，外头忽然传来了敲门声。

沈清弦一怔，连忙把人推进了床里。

顾见深冷不防撞到了脑袋，疼得倒吸口气，可怜还不敢出声。

沈清弦赶紧整理了一下，还未起身便听到了李氏的声音："清儿睡了吗？

娘进来了。”

这么说着，李氏已经走了进来，毕竟是自家女儿的房间，她没那么避讳。

因为忧心忡忡，所以李氏并未发现什么异样，不过沈清弦也收拾得很利索，李氏刻意看也是看不到什么的。

进屋后，李氏看见女儿坐在床边，还当她是满腹心事睡不着。

尊主大人的演技也相当到位，明明身后藏了个人，此时却面不改色、淡定自若……

不过被藏起来的这人怕被踹回唯心宫，所以一动不敢动，呼吸都放得极轻。

李氏坐在沈清弦身边，拿起他的手道："清儿……怎么还没睡？"

沈清弦拿不准她来做什么，只得稳住了道："睡了会儿又醒了。"

李氏眸色微闪："是有心事吗？"

这无疑提醒了沈清弦，沈清弦神色一黯，没出声。

李氏心一横，打算和盘托出了："娘知道你的心思。"

沈清弦微怔，抬头看向她。

李氏道："娘是过来人，又怎会不懂这些？你可是对那位顾公子……"

沈清弦小声道："娘……你说什么呢？"

李氏长叹口气，拍拍他的手道："使不得！"

沈清弦低垂着眼帘，不发一语，只是神态间满是伤心。

李氏继续道："顾公子虽品行皆好，又是我们家的大恩人，但他无父无母，四处游荡，你若……若跟了他，那以后的日子该多苦？"

沈清弦手指蜷缩，用力攥紧了衣衫。

李氏心疼归心疼，但也舍不得女儿入火坑："好孩子，听娘的，把这人忘了吧，你们不合适。"

沈清弦忽然忍不住了，抬头看向母亲："娘，没有开始怎么就能确定不合适？您当时嫁给父亲，不也觉得不合适吗？"

一句话问得李氏哑口无言。

沈清弦又垂下眼帘，声音略带哽咽，小声道："顾大哥他救了我一命，也将我从泥潭中拉了出来，我……我……"

李氏这心啊，密密麻麻都是刺痛。她阻止这段姻缘，真不是为了自家脸面，完全是为女儿的未来着想，如此娇养着的宝贝闺女，哪里过得了一天糟日子？

她如今虽心仪顾见深，但婚姻不是一腔热血，日后相处了，若是又觉得性情不投，可该如何是好？

李氏还欲再劝，沈清弦却不想再说了，主要是后面藏了个人，时间久了怕露馅。

“娘……您让我静静吧，我……不会胡来的。”

他这般说着，李氏只觉更心疼，可也没什么办法，若是她此时心软，日后肯定会后悔。

“那你好好休息。”

沈清弦点点头：“嗯。”

李氏起身，沈清弦送她出去。

出了门后，李氏还站了一会儿，她乱七八糟地想了一堆，末了竟冒出这么个念头：清儿已经十六了，怎的还没一点要发育的意思？

方才在屋里，沈清弦只穿了一件里衣，胸前一片平坦，没有半点起伏的模样……

李氏小声嘟囔着：“从明日起，得多给清儿熬点儿补汤……”

可怜沈夫人再怎么熬也没用了，她的女儿早已不是原来的那个女儿了……所以，胸什么的，即使喝一辈子大补汤也别想补出来了！

李氏一走远，顾见深就出来了。他头发微乱，化作凡胎，自然没了那嚣张肆意的红眸，可眼前这黑眸竟也能如此明亮。

烛火映在其中，斑斓的金色竟像撕破夜空的耀眼星辰。

沈清弦怔了一下。

顾见深趁机叫道：“清儿。”

这一声叫得尊主大人想打人。

沈清弦给他一拳，毫不留情地来了句：“你欠揍！”

顾见深也不着恼，又凑上来道：“别生气，我们先适应一下，日后也好演戏。”

还真是这么回事……沈清弦顿时不想用成亲这一招完成玉简的任务了！

沈清弦发誓，他这辈子都没这么恶心过！别说把这人送回唯心宫了，他完全想送这人下地狱！

更让沈清弦觉得爆炸的还在后头，顾见深又说了一句：“不对……到时候可能叫清儿也不够。”

尊主大人忍不住了，蓄满灵气的一拳毫无征兆地揍了过去。

往常老实挨打的顾见深却一手抓住了他的拳头。

沈清弦瞪着顾见深。

顾见深笑道："好了，别生气，本就是假的。"

沈清弦眯起眼睛："羞辱我，你很开心？"

过了一会儿，沈清弦冷静下来了，本就是合作互赢，自己的目的是搬砖，顾见深对修复天梯似乎没太大兴趣，只是觉得好玩，沈清弦也不能拘着不让人玩。

沈清弦回归正题道："我这边先绝食，你在外头打听一下他们相中了哪家。实在不行，你就用点手段让他娶不成吧。"

顾见深应道："明白。"

两人又正经商量了一会儿，沈清弦就想赶人了："你还不走？"

顾见深却道："不急，我再待一会儿。你这凡人的身子，一天没睡肯定很憔悴，效果更佳。"

想了一下，沈清弦觉得有些道理，于是道："那我就不睡了，不过你可以走了。"

顾见深道："别高估了自己的身体，很容易犯困的。"

沈清弦："……"

天快亮的时候，顾见深道："我走了？"

沈清弦道："快走！"

顾见深便跳窗离开。

沈清弦心想，这若是让沈国公和李氏知道了，怕不是要气到棺材里去……

一晚上没睡，沈清弦的确是非常憔悴。

他坐在窗边，沉默不语的模样相当惹人怜爱了。

丫鬟们请他去吃饭，到了饭厅，他行礼问好，样样不差，只是任谁都看得出他精神萎靡不振。

一家五口，四个人都在揪心。

各自入座，吃饭的时候沈世子拼命地给妹妹夹菜，然而菜堆了一大碗，沈清弦也只是拿着筷子挑挑拣拣。

李氏问他："不合胃口吗？"

沈清弦道："味道很好。"

沈国公又小声问道："那怎么不吃？"

沈清弦勉强夹起一点青菜吃到了嘴里，就再也吃不下去了。

一家人这个急啊，又不敢说什么，生怕惹他更伤心。

沈清弦似是实在吃不下了，他起身，行了个礼道："父亲母亲，大哥二哥，你们先吃，我有些不舒服，先回屋了。"

沈国公看看李氏，李氏起身道："我陪你回去。"

沈清弦道："母亲留步……我想一个人静静。"

李氏只得停住脚步。

他一走，饭厅里四人都愁眉不展。

李氏道："等几日……等几日她就想开了。"

沈国公只希望妻子说的是对的。沈倾磊这个懊恼啊，懊恼到想抽自己大耳光。沈老二皱了皱眉，什么都没说。

沈清弦早上没吃，中午继续不吃，晚上还是不吃。

沈清弦什么也不说，什么都不提，老老实实地过着日子，就是吃不下饭。

这模样真是让人心疼死了！

李氏做了沈清清爱吃的点心，沈清弦不愿拂了她的心意，勉强吃一口，可很快就神色痛苦，无法下咽。

李氏揪心道："乖清儿，你这样不吃东西，身体怎么受得住？"

沈清弦憔悴着脸道："娘……我实在吃不下。"

李氏心软又心疼，可也没什么办法。

如果沈清弦大哭大闹，她还能硬下心来，可沈清弦这般不说不提，好生生过着日子,却越过越神伤,越过越憔悴,她这当母亲的看在眼里实在是难受极了。

一天结束，沈清弦前所未有地期待着顾见深过来。

为什么？

尊主大人快饿死啦！

这肉胎又没辟谷，一天不吃饭，哪能不饿？

他凭借着超强的毅力装着不饿，实际上早就饿得头晕眼花，挪不动步了。

顾见深一来，他当即双眸一亮。

顾见深笑道："饿坏了？"

沈清弦哪肯承认："不饿。"

顾见深也不拆穿他，只将拿来的食盒放下道："给你带了些好吃的，快来尝尝。"

沈清弦矜持地坐下，顾见深拿出碗筷汤勺，样样不缺，还专找了些金器，很是讨人喜欢了。

沈清弦虽然饿坏了，但吃饭的姿态仍旧慢条斯理、优雅得体。

顾见深看着他道："你啊，真是天生的大家闺秀。"

沈清弦正饿着呢，懒得理顾见深。

顾见深又道："不是羞辱你。"

沈清弦笑道："那陛下呢？"

"我？"顾见深道，"纵使从乱葬岗爬回了人间，也无处可去。"

他说的好像是自己在凡间的肉胎，可细细听来，似乎不止如此。

沈清弦顿了一下，说道："莫要妄自菲薄。"

顾见深眼中带笑："你在担心我？"

沈清弦道："你想多了。"

吃过饭后，顾见深自是又留了下来。

顾见深问沈清弦："今晚还不睡？"

沈清弦道："睡觉！"不睡不吃能熬几天？回头晕倒了他还怎么"抗争"？

顾见深小声道："睡吧。"

沈清弦已是累极了，很快便入睡。

一夜好眠。

第二天沈清弦继续装萎靡不振，他以为自己怎么也得抗争个一两个月，结果这一家人比他想象中还要疼他。

才过了五六天，老二沈倾溯就坐不住了："你们何必这样逼她？"

沈老二的性格和老大截然不同，沈世子光明磊落，很有担当，宠妹宠得坦坦荡荡。

沈老二却是个别扭性子，嘴上不说，心里却也是非常宠妹妹的，可能症状更严重，病入膏肓的那种。

他这话一出，沈国公、李氏、沈老大都愣了愣。

沈清弦也没搞清他要干什么。

正所谓，不鸣则已一鸣惊人，沈老二一开口就豪气万千："以我们的家世，还需要妹妹去联姻不成？既不需要，又何不如了她的愿？婚姻大事，虽说要遵父母之命，但嫁过去的是她，她心里不乐意，又如何能过得快活？"

李氏皱眉道："阿溯！莫要胡闹！"

沈倾溯继续道："母亲，我知道您嫌弃顾见深漂泊无依、没个定所，但男人成了亲才有家，妹妹既倾慕于他，我们帮他安个家便是！"

他这一语，犹如惊醒梦中人。

只听沈倾溯又道："顾见深能文善武，只不过是少个机缘。机缘这东西，咱们家还缺吗？他如今虽配不上妹妹，可男儿在世，本就该建功立业，他又不是个酒囊饭袋，你们怎就如此看轻了他？"

沈国公虎目一亮，显然是被儿子给说到心坎里去了。

沈倾溯继续说道："顾见深品行很好，对妹妹也是一往情深，我们又何必棒打鸳鸯？"

沈国公霍然起身道："也对，只要人才了得，前程还不是拼出来的？"

沈清弦真是万万没想到，这么个放在别人家怎样都行不通的婚事，这家人竟然就如此妥协了！

他只不过饿了几天，还没正式开始绝食呢！

此时此刻，尊主大人竟隐隐感到些许暖意。

家人……是这样的吗？还是说这家人比较奇怪？

不过，实在是让人讨厌不起来。

说做就做，沈家三个男人行动力迅速，这就张罗着让顾见深入伍了。

国公府是军人出身，虽然如今没什么大的战事，但京都护卫不可或缺，这也是最容易出人头地的地方。

顾见深那一身功夫，连沈国公都羡慕，入伍自是毫无问题的。

约莫一个月的工夫，顾见深已经成功讨得整个国公府的喜欢。

唯有李氏还在担心，她总怕女儿是一时冲动，回头再后悔了怎么办？

沈国公开口就来了句让她又气又笑的："后悔了？那就不嫁！反正我女儿定要结个心甘情愿的亲！"

因为这几日忙起来，晚上顾见深摸来的时候都比较晚了。

沈清弦懒得给他开门："你怎么又来了？"

顾见深进来道："一个人睡不着。"

沈清弦刺他道："难道之前亿万年，陛下都没睡过？"

谁知顾见深竟怔了下，然后说道："还真没睡过一个安稳觉。"

沈清弦不信，心底深处又隐隐有点信。他忽然有些好奇，当年无方宗的上德峰到底发生了什么。

相处久了，他实在看不出顾见深有那大凶大恶的心性，事情却实实在在地发生了。那如血海般的上德峰他也是见识过的。

顾见深已经躺下："睡吧。"

见沈清弦不动，顾见深又道："天色不早了，赶紧睡吧。"

沈清弦道："一边去。"

顾见深问道："又怎么了？"

沈清弦闭着眼不理他。

按照这进度，似乎成亲指日可待，根本不是难事了。

又是一个月，沈国公对顾见深可谓是喜欢到了极点。

用李氏的话说就是："这顾公子除了家世不名，真是没有丁点缺陷了！生得高大英俊，样貌一顶一的好，武功好，有头脑，有见地，有主张！偏偏还勤快能干，风度翩翩，温文有礼，真是万里挑一的佳婿！"

沈老大和沈老二对顾见深的心情就很复杂了。

一方面，他们觉得这家伙即将抢走宝贝妹妹，很是心塞难过。

另一方面，他们又觉得妹妹能得偿所愿，很是欣喜快慰。

所以他俩对顾见深的态度一会儿好哥们好兄弟，一会儿又跟看仇人似的，恨不得找个麻袋把他套起来揍一顿！

顾见深倒是无所谓，只要沈清弦觉得好，能完成任务，他就觉得好。

两人的凡间生活步入正轨，如此顺风顺水下去，已是成功在望。

然后……就出事了。

这天天气很好，春阳高照，微风和煦，很是宜人。

一道圣旨从天而降，把整个国公府的人都给砸得晕头转向。

宣完旨，那公公还笑道："恭喜国公爷了，令千金如此容貌，日后盛宠无限啊！"

沈国公铁青着脸接了旨，恨不能把这金黄圣旨给撕碎。

李氏生怕丈夫失态，连忙安排人送了手礼，好生把来宣旨的公公给送走了。

关上门，沈国公当时便发怒了："陛下这是要做什么？"

圣旨上，黑字分明！

当今圣上竟然要让沈清清入宫为妃！

能入宫，且一去就被封妃，似乎是天大的荣耀。

但国公府是什么样的门第？他就这么一个宝贝女儿，怎舍得将她扔到那虎狼之地？

更不要说当今圣上年近五旬，且后宫嫔妃三千，皇子公主多如牛毛……

他家如花似玉的女儿为什么要去那种水深火热之地？

沈国公真是要气炸了！

但圣旨在此，谁敢违抗？

一时间，国公府愁云密布。

沈清弦也知晓了，顿时有些不爽。

眼看马上就要完成任务了，怎又冒出个找事的？

偏偏还是人间帝王，连国公府这种家世都不能反抗。

这可如何是好？

夜里顾见深来寻沈清弦，开口便是："听说你被皇帝看上了？"

沈清弦瞪了他一眼。

顾见深笑道："你可真招皇帝喜欢。"

这话意有所指，沈清弦没好气地推他："怎么办？"

顾见深无所谓道："既然任务未完成，而你又是皇后命，那就改朝换代呗。"

顾见深这话，若是让旁人听到，只怕会吓得屁滚尿流。

但沈清弦沉吟了一下，拍板道："行吧。"

两位大佬就这么轻描淡写地定下了，尚在皇宫里等待美人上门的老昏君还不知道自己招惹了什么……

改朝换代，对顾见深来说真不是难事。

如果这个皇帝是个明君，他还会犹豫一下，偏偏对方是个昏君。

说来也是，若是个明君，又怎会干出"强娶"重臣爱女这种荒唐事？

沈国公好歹是股肱之臣，又军权在握，稍微有点脑子的皇帝都不会随随便便要了人家的宝贝女儿。

毕竟以沈清清这个身份，完全可以给一位青年皇帝做皇后了。

如今圣上这年纪、这做派，真是令人气愤！

偏偏这凡间奉行的是"君让臣死，臣不得不死"。沈国公满门忠烈，哪怕心中对皇帝愤懑，却也不敢抗旨不遵。

更何况，沈家也有外敌，正所谓树大招风，皇帝这无心之举，反而会让其他人对沈家虎视眈眈，等着分一杯羹。

左右权衡，沈国公也只能接旨，并且感恩戴德地把女儿送进宫中。

别说其他人了，连沈清弦也是这么想的，所以他才答应让顾见深改朝换代。

他俩好不容易下凡一趟，眼看就要完成任务了，又怎能前功尽弃？

老皇帝既然当够了，那就下来歇着吧。

第九章

回万秀山

两人都已经这么打算了，没料想沈家人竟又给沈清弦一个措手不及。

夜里，沈清弦睡得正香，顾见深便道："来人了。"

沈清弦猛地睁开眼，他也感觉到了。

顾见深已经熟门熟路，翻身就躲到了床底下。

沈清弦赶紧收拾一二，再假装睡下。

听那脚步声应该是李氏……沈清弦不知道这个时候母亲来做什么。

李氏门都没敲，直接走了进来，小声唤道："清儿？"

沈清弦装作被唤醒的模样，茫然道："娘？"

李氏的眼睛都哭红了，声音也很沙哑："快起来……快些起来……"

沈清弦不明所以："娘，怎么了？"

李氏说着又哽咽了："你告诉娘，你真的想和顾见深在一起吗？"

沈清弦怔了下。

李氏道："回答我。"

沈清弦道："清儿此生非顾大哥不嫁。"

李氏眼中泪水滚落，她握着沈清弦的手道："孩子，你走吧。你哥哥已经在外面等着了，你连夜走，先去城外的庄子避一避……"

她断断续续地说着，沈清弦总算是听明白了。

圣旨违抗不了，但是沈国公和李氏也不想把她送进宫中，所以用了个法子，决定把女儿偷偷送走。

李氏边说边哭："那宫里是何等豺狼之地？你去不得……去不得的！好孩子，你放心，你爹爹在南疆那里有个好友，我们已经传了书信给他，你和顾见深去了那里之后要……要好生过日子。"

说着这瘦弱的妇人已是泣不成声。

沈清弦怔怔的，一时间竟说不出一句话。

李氏已经推着他出门，外头沈家两个哥哥亲自驾马，满脸都是焦灼之色。

沈清弦终于回神了，忍不住说道："我若走了，那圣上……"这诈死实在太假了，哪怕老皇帝再昏聩，也明白是怎么回事。

从此以后这国公府的处境，甚至是沈倾磊和沈倾溯的前程，岂不全完了？

可不等他把话说完，李氏和沈家二兄弟已经齐齐说道："这些你无须在意！不管怎样，我们都不会把你送进宫里！"

沈清弦拧着眉，一堆话到了嘴边竟说不出半句。

李氏已经将他推上马车，沈倾磊和沈倾溯二话不说，驾车便走。

马车里的沈清弦好半晌才回神……为了他这个"女儿"，这一家人竟做到这般地步吗？

难道只要他能幸福，他们怎样都无所谓吗？

顾见深听了个墙角，自然也趁机回了自己的落脚处。

沈倾磊半夜找来，把事情一说，顾见深二话不说，即刻启程，带着沈清弦出了京城。

走远之后，顾见深下马来看，沈清弦端坐在车中，紧皱着眉。

顾见深握住他的手道："放心，他们不会有事的。"

沈清弦抬头看向顾见深："他们图什么？"

顾见深："嗯？"

沈清弦拧眉道："为了我，把全家人都搭进去，值吗？"

顾见深笑了下，低声道："因为你是他们的家人。"

沈清弦愣住了。

顾见深眸色柔软："好了……回头我定会让他们享一生荣华富贵。"

沈清弦回神了，送他两个字："废话。"

改朝换代也是需要时间筹备的，两人离了京城倒是更方便了。

因为住在一处庄子中，沈清弦心思一动，道："帮我把耕织的任务做了吧。"

顾见深小声道："先帮你做了，你回头不帮我了怎么办？"

说来也是，沈清弦的任务只是一起耕织，"亲情"的任务是顾见深的。

沈清弦瞪他一眼："我都这般折腾了，还会不帮你？"

顾见深顿时开心了："也对。"

其实顾见深也不担心，两人未完成的任务还有不少，只要卡在最后一个，沈清弦自不会丢下他不管。

耕织听起来不难，实际上还挺让两人为难的。

首先是谁耕谁织的问题。

沈清弦先说道："我耕你织。"

顾见深道："耕地又脏又累，你还是在屋里织布吧。"

沈清弦："你真把我当女人了？"

顾见深说："怎么会？只是耕地比较累。"

沈清弦对此嗤之以鼻："什么累我没受过？"

天道修的是克己自持，这四个字说白了就是不停地为难自己，所以沈清弦为了修炼，也干过不少辛苦事。

顾见深也不坚持："行，依你的。"

沈清弦略满意，觉得这家伙还算识相。

庄子里有现成的牛车和农具，倒也不必再去找寻。

顾见深跟着来到田地里。沈清弦也换上了一身粗布衣裳。只不过他人长得好，皮肤白皙柔嫩，即便穿成这样也还是好看。

顾见深道："还是我来吧。"他担忧沈清弦的手被犁车上的木刺划伤。

沈清弦："闭嘴！"

顾见深只得老实地待在一边。

沈清弦还真没摆弄过这些农具，不过他学东西快，略一研究便弄明白了。

别看他这身体娇娇弱弱的，其实很有力气，毕竟已经被灵气滋养了数月，沈清弦又自有一套调养的法子，如今不比顾见深的肉胎差多少。

他耕起地来还挺顺畅，没一会儿就到了地头上。

顾见深笑道："听闻凡间有豆腐西施一说，如今来看我这儿却有个耕地西施。"

沈清弦很是恼他："陛下是管不住自己的嘴对吧？"

顾见深道："我这就不说了。"

贫！贫不死你！沈清弦不理他了。

沈清弦耕地完成便开始折腾顾见深："快去织布！"

顾见深纵容道："好。"

沈清弦跟着他进屋，顾见深也早就准备妥当——这家伙心机深，不知从哪里弄了些金线缠在织布车上，把沈清弦的眼睛都给迷住了。

顾见深道："好心让你来织布，你偏不。"

沈清弦："……"

他哪知道这线竟如此金光闪闪！

顾见深坐在织布车前，手指拨弄来拨弄去，还挺像样子。

沈清弦笑他："陛下很适合做这行当。"

顾见深摆弄着金线道："做什么我都是适合的。"

沈清弦说不过他，索性不说，老实看他织布。

顾见深也很配合，一本正经地织布。

好一会儿后，顾见深问："怎么样了？"

沈清弦皱眉道："不行。"

虽然他们入了凡胎，但这玉简是跟着他们的意识的，所以他还是看得到，只不过没法将它们拿出来。

顾见深停了下来："我就说嘛，肯定是要我耕地你织布才行。"

沈清弦不信："应该是要我们一起。"

顾见深："一起？"

沈清弦道："把织布机搬到地头上。"

顾见深："……"

沈清弦见他不动，索性道："不用你了，我自己来。"

顾见深连忙说道："我来我来，你可别伤着。"

沈清弦最不喜顾见深这般将自己看弱的心态，其实他一直都没深想，顾见深为什么要这般纵着他。

顾见深一边搬着笨重的织布机一边问道："一起的话，也不用非得搬到地头吧？你在外面耕地，我在屋里织布就是了。"

沈清弦呵呵道："不看着你，谁敢保证你是在织布，而不是在拆织布机？"

顾见深："……"

他就那么信不过自己吗？

两人继续开始耕地和织布，这次可是一起了，顾见深相当听话，沈清弦不让停顾见深就不停，末了还对沈清弦说："你看我贤惠不？"

沈清弦："……"差点把犁车扔他头上。

沈清弦坚定地认为耕地是要耕完这一块地，织布是要织完一方布，于是坚持不懈地忙碌着。

虽说他这肉胎已经素质不错，但这种高强度的体力活做下来，还是累得他大汗淋漓。

眼看着太阳落山，地都耕好了，布也织完了……

顾见深问他："怎么样，任务完成了吗？"

沈清弦很想摔玉简。

一看他这表情，顾见深就知道肯定是没成。

他心里好笑，面上当然是不敢的。这要是笑了，他晚上怕是要睡门外。

顾见深也不多说，只扬了扬手中的金布道："我这手艺还不错吧？"

沈清弦连欣赏金闪闪的布的心情都没有了。

顾见深"谨慎"地道："没成吗？"

沈清弦很气了："明天继续！"

这天都黑透了，他能耕，牛却耕不动了。

顾见深也不提换着来的事，只道："行。"

沈清弦累了一整天，汗淋淋的很不舒服，道："我去沐浴。"

"啪"的一声，沈清弦关上浴室门，将自己泡在浴桶里后觉得胳膊酸腰腿也酸，这累的滋味真是许久没感受过了。

从浴室出来，顾见深已经摆了一桌子菜，瞧着还颇为可口。

沈清弦嘲讽道："陛下当真贤惠。"

顾见深只当他在夸奖："那是自然。"

吃过晚饭，两人便准备歇息了。

顾见深见沈清弦蹙着眉，便道："你需要按摩吗？"顾见深知道他腰酸腿疼。

沈清弦道："不用。"

顾见深又道："你不熟悉这凡人的身体，若是就这样睡下了，你明天会下不了床的。"

沈清弦拧了拧眉。

顾见深正经道：“放心，只是给你舒缓放松下。”

沈清弦还真挺难受的，他也清楚自己这状态如果睡到明天早上，只怕肌肉会酸疼得走不动路。

他没出声但也没再拒绝，顾见深自是心领神会。

顾见深一双大手落上去，正儿八经地给他按摩起来。

沈清弦掀起眼皮，看顾见深不像要搞事的样子，于是再度眯上了眼睛。

顾见深还真懂些门道，手法不轻不重，按的地方也恰到好处。

沈清弦本来酸疼的身体竟然真的舒缓了许多，就这样被他给按睡了。

一夜好眠，第二天沈清弦神清气爽，身上还真不怎么疼了。

他颇为快慰道：“陛下果然有两手。”

说着他看向顾见深，又讶异道：“陛下这是累到了吗，怎么精神如此不济？”

沈清弦竟还有些歉意，又继续道：“如此费神的话，以后还是莫要给我按了。”

顾见深回道：“昨晚没睡好。”

沈清弦道：“这肉胎的确容易失眠。”

顾见深不想说话了。

吃过早餐，两人继续耕织。

今天的沈清弦已经彻底向玉简低头，对顾见深说：“你来耕地吧。”

顾见深的心情已经好多了：“你会织布？”

沈清弦道：“这有什么不会的？”

顾见深给了他一捆白线。

沈清弦怔了下：“昨日那金线呢？”

顾见深道：“那线金贵得很，我也是费了好大力气才买了那么点。”

沈清弦不开心了。

顾见深又道：“昨日让你织布，你偏要耕地。”

沈清弦：“……”

见他这样，顾见深又乐道：“虽然没金线了，不过还有些红线。”

沈清弦连忙看向顾见深，顾见深变戏法一般拿出了一捆鲜艳的红线。

沈清弦的神态立马好了许多。

顾见深故意问他：“你觉得这红线好看还是那金线好看？”

沈清弦其实是觉得红线好看些，但人嘛，总觉得没得到的更好些，所以挺怀念那金线的，于是说道：“金线好。”

果然他更喜欢金色！顾见深心中警铃大作，越发提防会变身的小金龙了。

小金龙乖巧老实地在山洞里打了个大喷嚏，还丝毫不知自己被主人给算计了……

顾见深耕地，沈清弦织布，等两人耕完地，织完布，任务终于完成了。

顾见深看着他织出的大红布道：“不错，可以用来做东西。”

沈清弦立马就想抢回来，顾见深眼明手快，已经揣到了怀里。

沈清弦恼怒道：“给我！”

“不。”顾见深美滋滋地道，“涟华尊主亲手所织，天底下独一份。”

沈清弦：“……”

两人在庄子里住了小半个月，京城里却是风起云涌。

如同沈清弦所想的那般，沈清清诈死，皇帝震怒，虽然没拆穿这可笑的伎俩，却立马发作到了沈倾磊身上。

沈倾磊在御前任职，第二天就因为一点小事受了批落，挨了板子。

紧接着沈倾溯也受了牵连，本来定下的一门亲事，那家人在皇帝的暗示下硬是退了。

国公府一时愁云密布，沈国公也是日日胸闷，当真是心寒至极！

关于改朝换代，顾见深这边有好几个方案，都说给沈清弦听了。

第一个是入宫暗杀老皇帝，然后他假作皇帝私生子，趁着那几个皇子斗来斗去时他继承帝位。

这个耗时较长，而且老皇帝死了还要服孝，沈清弦想想就怪恶心，于是拒绝了。

顾见深又给了第二个方案，他去边疆游历一番，搞点事情，弄出民乱，国自然就破了，然后他再成立新朝。

这个倒是干脆利落，不过沈清弦还是不满意：“不要伤及无辜百姓。”

好在顾见深还有第三个方案：“那……我就当神棍了？”

沈清弦道：“说来听听。”

顾见深道：“天降异象，紫微星现，真龙天子，出自天北。”

沈清弦被惊得说不出话。

顾见深又道：“或者出自天南？天西不好听，天东怪怪的……”

沈清弦拍板道："就天北吧。"

顾见深笑道："行。"

他这方案听起来很儿戏，其实却极为妥当。

老皇帝昏聩，政权不及之处已是民怨四起，顾见深随便用点小法术，再散些钱财，很容易就能掀起起义军。

身为修真界的大佬，顾见深还是很会拉拢人心的，稍微一忽悠，老百姓们立马如痴如醉，瞬间喊出了"紫微星现，真龙出世"的响亮口号。

沈清弦什么都没掺和，约莫半年后，顾见深的"邪教"已经大有规模。

沈清弦讽刺他："果然是魔修，最擅迷惑人心。"

顾见深笑道："我还没用幻术。"

沈清弦一想，也是……这家伙最拿手的是幻术，若他真用了幻术，别说改朝换代，就是整个国家投降，也是没毛病的。

等到京城的老皇帝意识到这个邪教危险时，已经晚了。

老皇帝如今信不过沈国公，委派了一个刚上任的将领出征讨伐，结果被顾见深给打得头破血流。

老皇帝这下慌了，急忙又加派兵马……

可惜双方不在一个层次上，顾见深训练出的士兵以一顶十，还有"神奇"的战术，更有沈清弦的高超医术做后勤，整个军队堪称无敌。

再看老皇帝那边，因为沈国公一事，寒了不少军中将领的心，他也信不过他们，只用些阿谀奉承之辈，哪能成事？军队分分钟被揍成孙子。

顾见深接连获胜，一时间声势震天，呼声无限。

皇室如此昏聩不堪，京城的世家也借机反了，不用顾见深出手，老皇帝的尸首已经被扔出了皇宫。

接下来似乎是民不聊生的大乱世。

但有顾见深在，仅仅乱了七日，所有世家都被打趴下了。

时隔一年，顾见深铁骑踏破城门，入住帝宫，建立新朝。

后世对这段历史的研究基本都用了"不可思议"这个词。

为顾见深的横空出世不可思议，为顾见深的强横夺权不可思议，也为这乱世的极快终结而不可思议。

在漫长的历史长河中，一个朝代的陨落往往伴随着民不聊生的灾难岁月。

大多要经过极长时间的征战才会重建新朝，可梁与华的交替只用了短短七日，实在是迅速得让人心惊。

更加让人不可思议的是华朝的繁荣昌盛。

听闻这位高祖顾见深草莽出身，却精通政治，将当时混乱不堪的国土治理得井井有条，创造了史上有名的荣华盛世。

也有人说顾见深的确出身草莽，是个大粗人，却有个真正是高门大户的沈皇后辅佐！他这千古一帝的传奇，自登基后才真正拉开序幕……

当然这些都是后话，且先不提。

却说入住皇宫后，顾见深要办的第一件事就是大婚！

一道圣旨落进国公府，国公府众人已是一脸淡定。

从半年前得知顾见深起兵造反，他们便惊吓连连，及至今日都不知惊吓为何物了。

当时沈清弦回到混乱的京城，找到他们时，一家人激动得哭成一团。之前他们都以为再也见不到沈清清了，谁承想，才这么会儿就见着了，他们怎能不高兴？

沈清弦开口便是："皇帝如此昏聩，父亲兄长何必执迷于此？他既不仁，我们又何必愚忠？"

沈国公和沈世子都听得振聋发聩。

还是沈老二狠："我果然没看错顾见深，他既如此决断，我沈倾溯定倾尽全力，助他成就伟业！"

这半年，沈家的男人也没少出力，顾见深能这么顺利地登上大位，他的"岳父"和"大舅哥"皆是功不可没。

帝王大婚，自然是举国同庆。

沈清弦回了国公府待嫁，李氏为女儿穿上嫁衣，一时间感慨万千："哪承想竟有今日。"

沈清弦问她："母亲不开心吗？"

李氏笑道："开心。"

沈清弦又道："可母亲目中全是忧色。"

李氏叹了一口气，低声道："我相信……陛下会善待你。"如今她已经不能再称呼顾见深的名讳了。

沈清弦转头看向她："您无须担心，他定不会负我。"

"我明白……"李氏握着他的手道，"陛下对你一往情深，只是皇家夫妻不比平头百姓，你……”

沈清弦道：“娘是在担心顾见深纳妾吗？”

李氏一惊，连忙道：“清儿怎可直呼陛下名讳？”

沈清弦笑道：“没事的，他不在意。”

李氏哪能放心得下？当父母的大约都是如此，女儿嫁得不好，她忧心忡忡，生怕女儿吃了苦；女儿嫁得太好，她又担心富贵之中生端倪，女儿过得不幸福。

总之……

既为人母，对孩子便有操不完的心。

沈清弦也不知该如何安慰她，只得说道：“娘放心吧，他不会纳妾的。”

李氏听到这话是喜忧参半，喜的自是顾见深对女儿情深义重，忧的是此刻他们浓情蜜意，自是千好万好，可等日子长了，万花乱入，陛下可把持得住？

况且……国公爷不纳妾，她已经背负了无数骂名；若是当今圣上后宫仅有一人，这……

李氏不愿让女儿忧心，于是说道：“好，一切都好，你满心念着他，他诚心想着你，这便可以了。”

人生在世，能得一人心，已是幸事，又何必贪求太多。

沈清弦笑道：“娘要常来看我。”

李氏终于笑了：“都要嫁作人妇了，还是小女儿心思。”

沈清弦笑笑，他是真的希望李氏能常来看他，这位母亲让他感觉到了真切的温柔。

帝后之礼，自然是盛大又烦琐，历史上身体孱弱的皇后，礼毕后都累得休养数日才能恢复元气。

沈清弦却不同，他新鲜得很，一整天都很开心。

这人间的婚事可真有趣，到处都是大红大金，实在赏心悦目。

顾见深知道他的喜好，更是用心布置，本就辉煌的宫殿越发金灿灿。

后世的学者因为这金灿灿的庸俗品位越发认定华高祖出身草莽，没见过世面！

绝对没人会以为这是他为了哄皇后开心而布置的，毕竟沈皇后品味高洁，是千古留名的第一才女！

新婚那一天，沈清弦头上金钗玉坠，珠凤衔云。

玲珑华饰下，是清傲的薄霜脸色。

他修眉俊目，霜肤凝脂，唇瓣的一抹红仿佛雪中盛放的腊梅，端的是清傲撩人。

沈清弦淡淡地道："交杯酒。"

凡间成亲的礼数极多，沈清弦为了任务是好生研究过的，所以知道这一步也是必不可少的。

交杯酒饮完，顾见深盯着他。

沈清弦起身，解了头上的发饰，让长发披散开来，回到床边躺下。

第二天，顾见深割破手指帮自家皇后落了个红。

可惜皇后丝毫不领情，日常冷着脸。

顾见深知道他在气什么，于是说道："你别急，亲情不是成了亲就马上会有的。"

沈清弦冷笑道："那要怎样才可以？"

听他这话，顾见深认真地道："成亲只是开始，长久相处后才慢慢会生出亲情。"

顾见深这般说倒也有些道理，沈清弦想想国公府，一时也不着急了。

他道："再看看吧。"

这一看却看了数十年之久。

乍听之下，这数十年似乎很漫长，但对于两个活了亿万岁的人来说，实在不算什么。

顾见深平日里处理朝政，得空了去后宫找"皇后"。

沈清弦平日里醉心艺术，得空了就帮皇帝批阅奏折。

全国人民都知道帝后伉俪情深，恩爱无双，是人间美谈。

满朝文武百官，对顾见深这个皇帝真是满意到了极点！自他登基，国泰民安，更令人称奇的是连灾难都消失不见了。

全国风调雨顺，百姓安居乐业，连治安都好了数倍不止……这实在是前所未有的繁华盛世！

他们得遇如此明君，真是一大幸事！

只是满朝官员都对一件事忧心忡忡，那就是帝宫空荡，子嗣凋零！

他们也知道帝后恩爱，也知道沈皇后贤明——谁的奏折没被沈皇后批过？

但不孝有三，无后为大啊！

三年光景过去，皇后愣是一丁点动静没有，换成谁不着急？

不只是大臣们，沈国公府也急得很，李氏三天两头入宫，不问别的，就挂念着女儿的肚子。

沈清弦耐性好得很：母亲说，他就听着；母亲教他偏方，他都认真记下；母亲给他汤药，他也好生喝下……至于效果嘛，当然不可能有任何效果。

李氏为沈清弦着急，大臣们也逼顾见深。

只可惜大臣们就没李氏这待遇了。

顾见深更狠，直接在上朝的时候大发雷霆：“孩子的事情，用不着你们操心！”

这种时候，自然有忠臣来死谏，但顾见深自有套路，大臣去撞墙，亲卫兵比大臣还快，分分钟拦下，愣是让他撞无可撞。

还有嚷嚷着不满的，顾见深便给他找活干。人嘛，忙起来就顾不上别人的家事了。这帮大臣就是太闲，既然闲，那就去造福百姓吧。

这一来二去，闹了近十年，终于没人闹了。

帝后感情实在太深，刀枪不入，大臣们明里暗里找了不少麻烦，愣是没法让他俩生出一丁点嫌隙！

顾见深在位的第三十个年头，他们的任务终于完成了。

只是这完成的方式让沈清弦颇为错愕。

沈国公老了，早几年身体便不行了，沈清弦一直用药给他吊着，可如今也撑不住了。

沈国公以凡胎肉体，能活到七十多岁，已属高龄。

他早年在外征战，落下的病根在晚年爆发，沈清弦也只能帮他暂缓痛苦，其他的是无可奈何。

老国公病危时，顾见深和沈清弦连夜出宫，来到了国公府。

曾经壮年，如今耄耋，凡人的短暂性命，实在让人唏嘘。

沈国公看着床侧的女儿，混浊的目光中没有丝毫对死亡的畏惧，反而全是欣慰喜悦：“好清儿，爹爹的小乖乖。”

沈清弦听着他的声音，鼻尖竟有些泛酸。

老国公转头，又看向顾见深：“陛下……”

顾见深上前，老国公看向他的目光十分慈祥：“能得陛下宠爱，清儿此生实在幸福。”

顾见深道：“这都是朕应该做的，国丈将清儿交托于我，我自会护她一生幸福。”

“交托于你……是啊……”

老国公将沈清弦的手放到了顾见深的手中，说出了此生最后一句话：“陛下，老臣……老臣将此生的珍宝托付给你了！”

说完这话，沈国公去了。

沈清弦怔了怔，直到周围哭声一片，他才回过神来，而此时他面颊微凉，沾满了冰凉的泪水。

顾见深低声安慰道：“没事的，他这一生很幸福。”

与此同时——

红色玉简上的“让沈清弦体会到亲情的感觉”变成了浅灰色。

紧接着，白色玉简上的“不得对顾见深起杀心”，红色玉简上的“消除沈清弦对你的杀心”全都变成了浅灰色。

老国公走后，沈清弦最担心的是母亲李氏。

李氏比老国公小了近十岁，而且一直养尊处优，身体挺不错。在沈国公病重时，她一直不假他人之手，自己小心伺候着。

沈清弦多次劝她不要累到自己，她却笑着说：“怎么会累？在他身边，我只有安心。”

沈清弦很难理解这句话，但他尊重李氏。

如今老国公走了，全家人都哭得一塌糊涂，唯独李氏，安静地坐在那儿，看着没有生机的丈夫，双眸温婉，神态宁静。

沈清弦想要安慰她，可张张嘴，发现什么都说不得。

总有一些情绪是言语无法表述的，而李氏似乎也不需要安慰。

老国公的葬礼规模很大，且不提顾见深和沈清弦，单单是沈倾磊和沈倾溯的造化，也让无数人对老国公钦佩不已。

一生廉洁、匡扶正义的沈国公，生下两儿一女，长子位列兵部尚书，次子掌刑部，一女是当今与圣上伉俪情深的沈皇后。

如此沈家，实在是光辉荣耀照满门！

老国公是寿终正寝，虽让人伤怀，却也不必太难过。

风风光光这一世，老国公在子女面前离世，已是大福。

以皇室之尊，沈清弦不必按规矩服孝，但沈清弦还是静心为老国公祈福。

愿老国公在路上少些坎坷与磨难。

葬礼结束，沈清弦欲接李氏回宫静养。

李氏却似是正在等他。

“清儿……”李氏一如往常地唤他，如三十年间的每一次，带着深深的爱与关怀。

沈清弦坐在她身边，李氏苍老的手附在他的手背上。

沈清弦隐隐感受到了，只是仍压不住胸腔里的心酸。

“娘……”他轻声喊她。

李氏笑了下道：“娘一直挂心你，担心你受不住圣上独宠，担心你没有子嗣遭人诟病，更担心你晚年没人照料……”

沈清弦低声道：“没事的，这些都不要紧。”

“是啊，不要紧。”李氏道，“有陛下对你的一往情深，这些都不要紧。”

走过这三十余年，她所有的担忧都被时间一一推翻。

顾见深履行了自己的承诺，这三十年都没纳妃，对沈清弦更是无微不至地关心。

这些李氏全都看在眼里，她拍拍沈清弦的手道：“好孩子，陛下真的对你很好。”

沈清弦没说什么。

李氏又道：“一个男人，他的眼中只有你，心中只有你，喜欢你所喜欢之事，欣赏你所向往之事，并愿意为你的幸福去努力经营……他对你的感情真的很深。”

这些话触动了沈清弦的心，但有些话他不方便开口。

李氏继续说着：“我们娘俩都很幸福，人生一世，得此一人，夫复何求？”

想到老国公，沈清弦心中更暖了一些：“父亲挚爱着母亲。”

李氏垂眸，嘴角扬起，虽已肌肤褶皱，这一笑却带出了年轻时的光彩明媚，她轻声道：“是啊，我也挚爱着他。”

纵观李氏和沈国公这一生，沈清弦内心有些触动。

他们相知相守相爱……

性格强硬、军旅出身的沈国公会为了妻子低声细语。

温软柔美、世家大族出身的李氏会为了丈夫坚强不屈。

他们相持走来，截然不同的两个人却慢慢成了一个人，成就了彼此。

李氏同沈清弦说了很久的话，说的都是她和沈国公的琐碎事：成亲、生子、育儿……

点点滴滴，看似杂乱无章，却书写了一段美好的人生。

短暂的生命却是如此充实美妙。

人间三十年，沈清弦得到的感受，堪比在万秀山闭关三百年——也许还远远不止。

李氏随老国公去了，没有伤心没有痛苦，面带着满足的微笑，在睡梦中离开了这个世界。

沈清弦的内心很平静，因为他知道李氏迎来的是最后的幸福。

儿女成人，也都有了美好的家庭，所以她再无挂念，只想去追随亡夫。

最后那一夜，她会拉着沈清清聊天，其实还是最放心不下女儿。

因为沈清清无子。

不过最后李氏也想开了，留后这种对人来说刻在骨子里的本能，也因为对女儿的爱而淡薄了。

似乎只要清清能幸福，他们便一切都好。

这就是家人吗？

不问缘由，不管因果，无私地对一个人好。

除了家人，还有什么样的感情会这样？

顾见深告诉他："任务完成了。"

沈清弦点点头，问："什么时候完成的？"

顾见深道："老国公将你托付给我时。"

沈清弦怔了怔："是那时候吗？"

顾见深笑了一下，道："因为你把老国公当成了家人，他把你托付给我，所以……我也成了你的家人。"

沈清弦摇头道："不是的。"

顾见深看向他："嗯？"

沈清弦道："是因为你带我来到凡间，帮我寻到了一个家。"

如果不是顾见深，沈清弦再过亿万年也不会到人间走一遭；如果不是顾见深，沈清弦也不会变成沈清清；如果不是沈清清，沈清弦遇不到沈家人，自然也就不会知道亲情原来是这样的。

这是一段很美好的缘分，而这段缘分是顾见深给他的。

顾见深看着此时的沈清弦，整个人都愣住了。

沈清弦弯唇，眼中是温柔的笑意："顾见深，谢谢你。"

顾见深道："你对我没有杀意了。"

沈清弦笑着说："是。"

沈清弦仰头看顾见深，很诚实地说道："我应该还是不懂人间的那些感情，但是我不讨厌你。"

像人间那些亲情、友情和爱情，他看得明白，却很难用心去体会。

可他不知道的是，这句话对于顾见深来说，已经是史无前例的一大步。

这就说明，至少沈清弦开始思考了，至少他不是一味地只想着修复天梯了！

顾见深扬唇，决定也让他如个愿："我也可以点燃缘分香，等你真正把我当成朋友了，我们再结义。"

沈清弦："……"

顾见深说道："这个可以留到回去了再做，缘分香不适合放到凡间点燃。"

哪怕这缘分香在修真界只是个极小的事物，但放到凡间也是了不得的神物，没准会干扰此方气运。

沈清弦明白，又问道："我们还要继续在这里待下去？"

老国公和李氏是他的牵挂，他们一走，他也想离开了。

虽然他还记挂着沈大哥和沈二哥，但两位哥哥如今家庭美满，前程无量，膝下一双儿女也很是孝顺优秀，实在无须他多挂念。

这时候走，挺合适的。

顾见深却道："有两个任务，还是在凡间完成了吧。"

沈清弦一想也对，同饮共醉这个任务用肉胎完成比用本体要轻松得多。

他俩的本体都是海量，哪怕没了杀意，共醉这事也不容易……

与其回去浪费那些佳酿，不如在凡间醉上一醉。

沈清弦好奇地道："两个任务？难道你对摘星星的事情有眉目了？"

他们如今只剩下三个任务没有完成，一个是点燃缘分香，一个是同饮共醉，还有一个就是摘星星了。

书信这个任务在来人间前就先完成了，毕竟非常简单。

缘分香要留到修真界完成，那就只有摘星星了。

摘星星这个任务沈清弦至今都毫无头绪，难不成顾见深竟有眉目了？

顾见深道："的确有点头绪，不过不能说，只能希望你到时候别生气。"

沈清弦道："只要能完成任务，我定不会生气。"

顾见深笑了下："但愿吧。"

沈清弦越来越好奇："到底要如何摘星星？"

顾见深在唇间比了下："先保密。"

沈清弦瞪他："若是摘不成呢？"

顾见深温声道："自是任你打罚了。"

沈清弦就很气了："这天底下谁罚得了你？"

两人又在凡间多待了三年，因为在孝期，同饮共醉实在太不妥当。

虽然皇室的孝期以日计月，但沈清弦不愿如此，本来三年光景对他来说就不算什么，又何必再缩短？

这三年，两人的关系却比之前三十年还要好些了。

当然了，在外人眼里是更亲密了。

按理说，都这个岁数了，又没有子女，这帝后二人怎么也该起点矛盾了，结果却并没有。

这让那些想着皇帝还年轻，要往宫里塞年轻美人的大臣们又熄了心思。

陛下明明已入中年，还是给皇后夹菜倒茶，说话的模样与对别人截然不同，没有半点帝王之威。

不过沈皇后也的确担得起这份盛宠。

明明已年近五十，仍旧风姿绰约，似乎比年轻时更加气度沉稳，轻笑时让无数年轻臣子连大气都不敢出一声。

岁月没能在这位皇后身上留下狼狈，反倒沉淀了气质，让她浸在骨子里的清雅卓然而出，成就了世间永恒难忘的一代佳人。

孝期过后，沈清弦去祭奠了沈国公和李氏。

回来时顾见深招呼他道："朕略备薄宴，不知清儿可否赏脸一尝？"

这三十多年，顾见深别的不提，在人前这一声声清儿，却是叫得越来越娴熟、越来越自然了。

到如今沈清弦都听习惯了，早已不觉得这样的称呼有哪里不对。

沈清弦问："陛下亲自下厨？"

顾见深道："如此良辰美景，自然是朕亲手所备。"

沈清弦笑道："那我可要好好尝尝。"

顾见深引他入座，两人相对而坐，竟都觉得心中快慰。

沈清弦看着顾见深的金色龙袍、红玉挂珠，也甚是欢喜。

两人在宫中住了三十余载，顾见深为了投其所好，那装修可谓是又红又金又明又亮……

所以后世考古学家对华高祖的品位都懒得考究了，甚至还一致认为沈皇后对陛下用情极深，否则那般志趣高雅的女子怎会迁就他这辣眼睛的审美？

所以啊，历史这玩意儿也别太当真，考来考去的，考出来的结果可能是本末倒置。

后世出土了不少华高祖批阅的奏折，其中有很多御批是沈皇后的字迹。

有不少专家认为是沈皇后代笔，毕竟沈皇后的字迹优美俊秀，华高祖会让妻子代笔也极有可能。

但更多人认为这些御批是沈皇后独自完成的。

因为仔细对比的话，帝后两人批阅的奏折其实是能看出性情差异的，而且从沈皇后留下的诗词画作也能看出她胸中有丘壑，不仅才情斐然，更是有极大抱负的！

后世乐于研究这两人，实在是他们在位期间奇迹太多，哪件事细细说来都是妙趣横生。

可事实上，对两人来说，最妙的是这最后几年。

同饮共醉完成得很顺利，两人把酒言欢，齐齐醉倒。

因为不许下人入内，所以他俩躺在了软榻上，当真是醉得一塌糊涂。

只可惜醉得有些厉害，醒来后两人连自己说了什么都记不清了。

沈清弦揉了揉太阳穴道：“昨晚没冒犯了陛下吧？”

顾见深脑门生疼，道：“隐约记得你有嫌弃我的眼睛。”

沈清弦：“……”这真像他能做出的事。

顾见深道：“幸亏我天生一双红眸，否则你岂不是要嫌弃我一辈子？”

沈清弦哂然道：“也不是啦。”

这话听起来就是“是”的意思！

顾见深扶着他笑道：“怎么样，还好吗？”

沈清弦道：“头晕目眩。”

顾见深说：“这凡间的酒不行，喝多了的确伤身。”

沈清弦说：“好在任务完成了。”

顾见深拍了拍他的肩膀："走吧，去好生睡一觉。"

沈清弦转过头看向顾见深："陛下不晕吗？"

"晕，"顾见深低头看他，"不过还好。"

两人好生休息了几天，沈清弦还惦记着摘星星的任务，问顾见深："这个到底要如何完成？"

顾见深盯着他问："你信我吗？"

沈清弦道："信。"

顾见深继续道："那就交给我。"

沈清弦又问道："不需要我做什么吗？"

顾见深想了下说道："你不要多想，完全放松，跟着心走。"

这说得太含糊了，沈清弦又问："只是这样就行吗？"

顾见深道："对，其他的全交给我。"

沈清弦倒是不怀疑顾见深会坑他，只是对未知的事，人总是会有些不安和紧张。

他问顾见深："有把握吗？"

顾见深说："七八成。"

这么高！沈清弦顿时满意了："行，那就交给你了！"

他们这般在月下闲聊着，没有一丁点要摘星星的意思。

沈清弦也不多想了，就这样和顾见深慢悠悠地走着，随便说些趣事，倒也放松惬意。

忽然间……

沈清弦脚底一空，失重感扑面袭来！

他心中一惊，急于抓住些什么，可周围空荡荡的，什么都抓不住，什么都握不紧，无助像潮水般涌进嘴鼻，熟悉却极度遥远的感觉挤上心头，那些早已尘封的记忆原来如此鲜明。

漆黑的深井，腐烂的腥臭味，潮湿的气息像无数危险的毒蛇在吐着信子。

沈清弦心中一片冷凉，仿佛回到了那遥远的童年，回到了被关在深井中的数个日夜。

孤独、冷寂、死一般的安静和漆黑。

沈清弦脑中一片空白，久久都回不过神。

直到一个低缓的声音响起："别怕，没事的。"

这是他记忆中不曾存在的声音，这是个陌生却又熟悉的声音，这是……顾见深的声音。

陡然间，一股温暖的光芒亮起，摇晃的烛光将漆黑照亮，带来了炽热与光明。

沈清弦抬头，看见了顾见深，望进了顾见深的眼中。

漆黑的眸子里摇曳着点点星芒，在这极深极冷极黑的地方，仿佛绽放在夜空中的耀眼星辰。

沈清弦的心猛地一颤。

下一刻，顾见深已经带着他离开了潮湿的枯井。

明亮月色下，还是那个温暖如春的后花园，可是沈清弦半天都没回过神来。

顾见深安慰他道："好了好了，没事了，难过的话就打我吧，是我不好，吓着你了。"

沈清弦一动没动，过了很久很久，他终于开口了："原来是这样吗？"

所谓摘星星，自然不是摘真正的星星……他想要的只是一个救赎。

幼年的时候，在跌入深井的那一刻，他想有人在那一瞬将他从泥潭中拉出。

没有之后的数个日夜，没有孤独冷漠的无助等待，没有那让人窒息的潮湿与阴冷。

他想要的，无非是在一片漆黑中能看到这双如星辰般闪耀的眸子。

顾见深带人回了屋，沈清弦已经彻底冷静下来，道："我去洗个澡。"

方才他是真正落进了枯井中，虽然顾见深很快就接住了他，但他的衣服还是弄脏了。

顾见深也没多说，只应道："去吧。"

从浴室出来，沈清弦已经换上了寝衣，长发也散在了背后，没有任何坠饰的模样反倒越发俊逸了。

顾见深给他泡了热茶，缕缕热气带着温润茶香。

沈清弦坐在顾见深身侧："陛下……"说着他抬头，眼睛盯着顾见深，"你怎么会想到要这样完成任务？"

顾见深笑了下，反问他："你觉得呢？"

沈清弦摇头道："我不知道。"

顾见深竟卖了个关子："也许有一天你会自己找到答案。"

沈清弦："……"

“好了。”顾见深给他倒茶，“再尝尝这茶吧，我们该回去了。”

沈清弦和顾见深离开得并不突兀，人类皇帝能够在位三十年，已经很不错了。

虽然没有子嗣，但他们养了沈倾磊的孩子。

顾见深装了几年的病终于开始收尾，有沈清弦在，太医们好糊弄得很，一个个已经是摇头叹气，担心一言不合就跟着陪葬。

最后十多天，顾见深卧病在床，沈清弦衣不解带地贴身伺候着。

这一幕实在让人感动……

“病”得呼吸困难的顾见深还有空说笑：“你知道吗？我还想过要把皇位给你。”

沈清弦淡淡地道：“我要这东西干吗？”凡间的一个小小皇位，于沈清弦来说，实在不值一提。

顾见深道：“不都说皇帝是紫微星转世吗？也许将皇位给你，也是为你摘星星。”

他竟又提到了这个话题，沈清弦心思一动，问他：“那你怎么又改变主意了？”

顾见深看着沈清弦，虽面色苍白憔悴，但双眸依旧炯炯有神：“因为那不是你想要的。”

沈清弦隐约捕捉到了一点痕迹：“……我想要的吗？”

顾见深应了一声，又不肯再说了。

沈清弦再看向他，发现这家伙已经走了。

“陛下……驾崩了！”

伴随着太监悲恸的哭喊声，外头的臣子磕头痛哭。

沈清弦笑了一下，伏在顾见深的床侧，慢慢闭上了眼睛。

夫去妇随，华高祖和沈皇后用传奇般的爱情诠释了何为一生一世一双人。

人间数十年，于修真界来说是短短几日。

万秀山丝毫未变，盛开的桃花仍挂在树枝，娇艳浮动，亲昵地欢迎着主人的归来。

一阵气息飘来，沈清弦给顾见深放了行。

两人在凡间相伴三十多年，此时再相见，竟觉得挺新鲜。

还是顾见深先开口："肉体凡胎果然还是不及尊主风采。"

哪怕沈皇后已经被沈清弦同化得极像了，可还是与本体相差极大。这是一种不能形容的差距，天堑一般，无法比较。

沈清弦说道："先去点缘分香。"

沈清弦还惦记着最后的任务，点燃缘分香……

之后呢？还会有什么样的任务？

因为心态转变，如今的沈清弦竟觉得和顾见深做任务也挺有趣的。

好在之前他们买了两束缘分香，如今还有一束，沈清弦礼让道："你先来。"

顾见深想了下道："我们一起来点吧。"

沈清弦好奇道："能行吗？"

顾见深说："试试便知。"

沈清弦应了下来，两人一起点燃了缘分香，红色的细烟缓缓而上，竟有种别样的情怀。

气氛正热起来，玉简闪了一下。

沈清弦不可避免地看到了上面浮现出的一行字："其二十一，与顾见深共度难忘的夜晚。"

第十章

重新交好

看到这一行字的瞬间，沈清弦脑袋里想的是——之前的任务都完成了，所以发布新任务了。

他定睛一看，果然如此，之前的二十条全部变成整齐的浅灰色，唯有最后一条亮着，“共度难忘的夜晚”这几个字尤其瞩目。

沈清弦想了下，还是开口了：“陛下……任务完成了。”然后继续说道，“我这儿有新任务了。”

这话提醒了顾见深。

他问：“什么任务？”

沈清弦小声道：“与你共度难忘的夜晚。”

过了好一会儿，沈清弦又开口了：“……你的新任务是什么？”

顾见深直接把小红玉简扔给他。

沈清弦一看，红亮亮的玉简上写着：“与沈清弦共度一晚，给他难以忘怀的记忆。”

共度一晚不难，可是要怎样才难忘呢？沈清弦想不出好的主意，只好躺下准备睡觉。

顾见深一眼看到了，顿时凉声道：“你以为这样就能完成任务？”

沈清弦清清嗓子道：“当然不可能，可是不睡觉还能怎么办？”

顾见深有些郁闷：“睡觉吧！”

沈清弦如今惹不起他，只得好生说着：“好。”

算了算了，睡一觉也不错。

他一醒，顾见深就醒了。

万秀山可没有皇宫中那前呼后拥的侍人，他俩想起床就得靠自己。

顾见深还是起来了，沈清弦提醒他：“起来做什么？又不用上朝。”

顾见深：“……”也对。

沈清弦招呼他：“再睡会儿吧！”

两人赖了会儿床，忽然想起来了……睡什么睡？他们哪里需要睡觉？

习惯还真是挺可怕的……两人相视一笑，反而觉得挺有趣的。

沈清弦道：“在凡间，总想着早上能多睡会儿就好了。”

顾见深道：“是，最烦上朝了。”

沈清弦道：“尤其是冬天。”

顾见深赞同：“下着雪的时候，真是连手指头都不想离开被窝。”

沈清弦回想了一下：“我看你还挺勤快的。”

沈清弦叹口气道：“凡人苦处多，可有苦才有乐。”

顾见深笑道：“我们修炼，为的不就是脱离苦海吗？”

沈清弦看了看坍塌的天梯，缓声道：“苦海之上就不是苦海吗？”

这话顾见深没法回答，因为他也不确定。

两人在万秀山过了两日，第三日，顾见深说：“我得回趟唯心宫。”

沈清弦自是说道：“去吧。”

顾见深看着他道：“和我一起？”

沈清弦笑道：“看到我，你的护法、将军不会造反？”

顾见深道：“他们敢？”

沈清弦挥了挥手示意道：“快去吧，有事再联系。”

顾见深也的确是有急事，于是没再强求。

顾见深一走，万秀山便显得极为空荡荡，沈清弦转身回去，寻了处风景雅静之处，品茗赏月。

以前无数的岁月，他都是这么过来的，可此时竟有些不适，总觉得转头就能看到一人：英眉俊目，长身而立，扬唇一笑，胜似桃花绽放。

沈清弦嘴角含笑，低头饮了一口清茶。

一晃数日，沈清弦闲来无事，便去了子午观。

这次他没化作朝烟，而是直接去寻叶湛。

三十多年的光景，对整个子午观来说，短暂得不值一提，可是对新入门的弟子来说，却是很漫长且极具意义的一段时间了。

三十年，足以看清一个人的资质，足以将他们和凡人彻底区分开来。

若是有问道的缘分，如今怎么也该筑基大圆满了；若是没有，也该另寻他途了。

沈清弦刚到，叶湛便已恭候在侧。

沈清弦开门见山地道："宿雨如今怎样了？"

叶湛自是恭声道："宿雨两年前已入定闭关，正在尝试结丹。"

沈清弦颇为欣慰："这些年他表现可好？"

叶湛道："根骨优越，性情纯良却不愚笨，很有前程。"

沈清弦放下心来："如此便好。"

话到此时，叶湛犹豫了一下……

沈清弦察觉到了："怎么了？"

叶湛顿了下说道："八年前，止戈圣人出关了。"

沈清弦笑道："他人呢？"

止戈圣人是三圣之一，沈清弦的大徒弟，姓夏，名停，字止戈。

叶湛道："弟子不知，圣人出关后来了趟子午观，只问了弟子几句便离开了。"

沈清弦问他："他问什么了？"

叶湛说："止戈圣人只问了些关于您的事，其他的并未说什么。"

沈清弦闭了闭目，神识外放，想寻一下夏停，但这小子隐了踪迹，一时还真探不到。

估计是又闭关了，他也没当回事，只问向叶湛："他没为难你吧？"

叶湛："……"

沈清弦面带笑意，伸手道："手拿来。"

叶湛一怔，动都没敢动。

沈清弦手就放在他面前，鼓励地看着他："没事，放上来。"

叶湛低头道："没事的！圣人教诲有理，弟子甘心领罚。"

沈清弦道："他那性子我还不清楚吗？不知轻重。"

说着他已经握住了叶湛的手，叶湛顿时紧张得想跪下来。

沈清弦一探，眉头紧皱道："真是胡来。"

说着，他掌心处涌出一簇柔软的白光，包裹住叶湛后，瞬间将受损的经脉逐一修复。

叶湛声音哽咽："尊主……"

沈清弦道："好了，之前那事你已经处理得很好，没必要再受这份罚。"

叶湛半句话都说不出来。

沈清弦拍拍他的肩膀道："好好修炼，待你入圣时，我送你一份小礼。"

叶湛被止戈圣人震乱经脉时，眉头都未皱一下，可此时身体摆脱痛楚，恢复如初了，他却热泪盈眶。

沈清弦还挺怕他哭鼻子的，于是说道："我走了，有我给你设的屏障，夏停定不能再欺负你。"

虽然以夏停如今的修为，很轻松就能破了沈清弦的屏障，但沈清弦还是有些把握的，那小子再嚣张也是自己一手带大的，怎么也得给自己点面子。

想到这位大徒弟，沈清弦不由得摇头一笑。

似乎有近千年没见着夏停了，自从他决心化神，就再没见面。

赤阳子还偶尔到万秀山走一遭，夏停却一次都没去过。

沈清弦不禁想起沈国公和李氏，曾几何时，他也是那般真情实意地照料过那三个孩子。

只是夏停强势，赤阳子随性，沐熏任性。

沈清弦教他们修炼的功法，却点不透他们的心性。

"问道"二字，向来是不可说的，只盼他们能自行参悟。

回到万秀山，顾见深还没联系沈清弦，沈清弦看着玉简上的任务，也很头疼。

顾见深不联系他，他也不好意思联系顾见深。在万秀山上怪无聊的，沈清弦心思一动，想到一个好去处！

小金龙，他得去和它好生亲近一下！

沈清弦心思一动便来到了小金龙的洞穴。

三十多年对金龙来说也不算什么，勉强够他好好睡一觉的。

沈清弦带了金龙爱吃的果子，还拿了一堆闪亮亮的东西。

不都说龙喜欢金闪闪吗？虽然他觉得这天底下再也没有比小金更闪的了，

但是为了投其所好，他还是勉强去寻了一些。

小金龙敏锐得很，一下就察觉到沈清弦的气息。

他既开心又担心，小心地缩在角落里，背着身，努力让自己变小一些。

陛下没来……他得更谨慎些，万一惹恼了尊主大人可怎么办？

他还没好生看看尊主大人呢，可不想就这样被送回去！

沈清弦看着金龙的大尾巴也不恼，反而欢喜得很，真金真亮真闪！

这么漆黑的洞穴都被耀得恍如白日。

可惜这小家伙怕生，不肯同他亲近，否则他可以给小金龙寻个大红丝带，往龙身上一缠，岂不美哉？

幸亏小金龙没化人形。

否则想象一下吧，十分漂亮的金发金瞳的人被穿上一身红……

这金红金红的，毁人眼球！

沈清弦想得很开心，轻声唤道：“我给你带了果子，你要不要吃些？”

果子！闻到点味道了！小金龙好想吃！

可是不行……如果转过头去，他这俗透的金眼睛肯定会让尊主大人讨厌的。

他不想让尊主大人讨厌自己！

忍住！小金在心里默念无数声一定要忍住！

沈清弦见他不为所动，又哄道：“我还给你带了玩具……要不要玩？”

玩具！还有玩具！小金龙好想玩！

可是……尊主大人这么好，他更不想让尊主大人讨厌了。

坚持，一定要坚持住！

果子和玩具竟然都哄不到这个大宝贝，沈清弦不禁有些着急。

但这龙是心域特产，他以前也没养过，所以真不知该如何讨它欢心。

不如问问顾见深？

之前是没事不好联系，这会儿倒是有理由联系了。

沈清弦立马传音入密：“陛下？”

顾见深怎么都没想到沈清弦会主动联系他，问道：“嗯，有事？”

沈清弦道：“我在找小金玩，怎样才能哄他回头看看我？”

一句话让顾见深差点扔下一堆事跑回万秀山。

真是一时不看着就要出大事啊！

不过眼下他真不方便走，乱鹰走火入魔，他若不看着，这小子几千年的修为估计就完了。

顾见深耐下性子说道："你莫要独自见他，他本就怕生，你越是靠近，他越是怕。等我回去了，我带你去看他，有我在，他会自在很多。"

沈清弦很是遗憾地道："这么久了他还是不适应吗？"

顾见深说："他本就孤僻，这么多年没见你，肯定更生疏了。"

"也对……"沈清弦信了。

他很是不舍地对小金龙说道："我改日再来看你。"

小金龙听闻他要走，一边松口气一边又很伤心。

沈清弦见小金龙还是不回头，也不敢再吓它，只得眼馋地看着小金龙，转身离开了。

慢慢来，总有一天，他能摸到小金龙的！

沈清弦一走，小金龙哇的一声哭出来。金龙一边哭一边回头，看到果子和玩具哭得更惨了。

"呜呜呜，尊主果然不喜欢我，这果子都烂了，玩具也好丑！"

哦……忘了说，金龙最爱吃的果子落枝就烂，一烂就难吃到死……

还有小金虽然自己金闪闪的，但冲它喜欢沈清弦那劲就能明白，这家伙的审美异于常龙，他就喜欢清清冷冷的素净颜色。

比如沈清弦，高冷中的典范，素净中的极致，它就很喜欢了……

所以人啊龙啊的，不可貌相，谁知道他们是不是喜欢自己。

从小金龙这里失望归来，沈清弦又百无聊赖。

顾见深应该是有事，一时半会儿回不来。他不在，沈清弦的任务更加没了着落。

沈清弦待了两天，实在觉得有些无聊。

他如今这境界，闭关也没什么用，天梯不成，修为不涨。

不闭关的话……他又能做点什么？

沈清弦心思一动，忽然有了想法……不如去心域看看？

他完全可以遮掩了气息，去唯心宫看上一看。

金红玉铺成的大殿，该是何等气派恢宏！

说走就走，沈清弦也没犹豫，当即便去了星海。

星海妄烬，对于普通弟子来说是不可逾越的天堑，但这完全拦不住沈清弦。

沈清弦轻而易举便过了妄烬。

因为地形的关系，星海以北的天道领域常年晴空万里，偶有雨雪也很快就会放晴，昼夜分明得很。

妄烬以南的心域却截然不同，天空是浅灰色的，白日没那么明亮，夜晚也没那么黑暗，昼夜难辨。

沈清弦遮掩住自己的气息，挺惬意地进了心域最外围的一座城市。

边疆的城镇可能没那么发达，却不乏热闹新鲜。

沈清弦饶有兴趣地闲逛着，走到一个拍卖所，听到有人吆喝一声：

“今日特拍！帝尊亲造的金乌杯！千年难得一见！走过路过不要错过啊！”

金乌杯？帝尊亲造？

想想顾见深那品位，沈清弦顿时来了兴致。

沈清弦本来也是过来闲逛，索性不急了，先去把这金乌杯拍下来再说。

他随便化了个模样，随着人群进了拍卖行。

心域的风格和天道还是相差很大的。

一个个穿得黑漆漆的，眼睛灰扑扑，还爱往脸上瞎折腾，自以为个性，其实惨不忍睹。

沈清弦挺失望的，他还以为走进会场会看到很多“顾见深”呢。

……看来帝尊的红眸在心域也是独一份。

这么一想，沈清弦打算去找顾见深。

不过他还是决定先拍下金乌杯，毕竟这个名字就很讨人喜欢，金，一定是个金闪闪的漂亮杯子。

沈清弦耐着性子坐下来，看着那些个凡俗之物轮流上台。

一个破珠子有什么可抢的？

一把破剑有什么可争的？

一个杂质占了七八成的丹药有什么可买的？

好烦……要不是为了最后的重头戏，他早起身走了。

等啊等，等了一个时辰，台上终于摆出一个让沈清弦眼睛一亮的东西。

那是一个小巧的袋子，约莫巴掌大，通体鲜红，上面用金线绣着精致的纹路，因为附着灵气，所以金线泛着光，闪亮亮的，很是好看。

只听那拍卖师说道：“这红玉镶金乾坤袋防火防水，还自带血契，绑定后即便丢了也不怕，别人捡去了，无论如何都打不开！”

这听起来还挺诱人的，有人问道：“容量如何？”

拍卖师道：“半尺见方。”

一听这容量……顿时有人笑道：“这有个屁用？”就这么小能装什么？

拍卖师也觉得挺尴尬，若不是这乾坤袋有血契，此物根本上不了拍卖台。

不过，这小城市本来也卖不了什么好东西，所以就拿它来充数了。

拍卖师不太抱希望地报了个数：“三百……”

他还没说完，便有人举了手：“三千。”

拍卖师：“……”

沈清弦也知道自己这价钱很高了，不过他不想耽误时间。

再说了，如此好看的一个乾坤袋，完全值这个价。他本来想出三万的，但怕引起轰动，所以改为三千了，权当是鼓励做这个乾坤袋的师傅了，希望他日后多多出产这样的好东西。

拍卖师一度以为自己听错了，直到看到沈清弦手中的牌子。

没错没毛病没问题……真的是三千域石！

天哪，遇上人傻钱多的大号傻子了，要发啊！

拍卖师连忙大喊几声，没人加价之后立马拍板，生怕这傻子反悔！

沈清弦心情好了些，总算没让他白等这半个时辰。

之后又是些无聊的东西，沈清弦为了金乌杯，又生生等了半个时辰。

终于，拍卖师将一个盖着黑布的东西推上了台。

“今天的重头戏，帝尊亲手所造，曾在唯心宫宫宴中备受喜爱的金乌杯！”

沈清弦来了精神，认真地看了过去。

黑布掀开的瞬间，周围全是倒吸气声，一个个都惊为天物！

多么美丽！通体银白，浑然一体，散发着薄薄的灵气，仿佛夜空中皎洁的明月，何等的清雅脱俗！

全场人都看呆了，为这犹如空谷幽兰般的美丽惊叹不止！

此时此刻的沈清弦：“……”

他等了一个多时辰，坐在这里听他们吆喝半天，看了那么多垃圾东西，最后……等来的就是这么个金乌杯？

金呢？金呢？金在哪里？

尊主大人很气，想去唯心宫把做这东西的人给揪出来！再好生问问是怎么回事！

台上已经开始竞拍了，更让沈清弦气的是……就这么个杯子，没有任何用处，还如此丑陋，起价竟然是三千域石！

要知道，之前的乾坤袋起价才三百！这破杯子怎么能值如此身价？

更让沈清弦不服的是，这么高的起拍价，还有一堆人在竞拍。

“三千一。”

“三千二。”

“四千！”

“六千！”

沈清弦暗想：一群傻子。

他半点都不想要这个杯子，起身欲走。

临走前，他忽然心思一动。

顾见深怎么会做这么个杯子？这哪里符合顾见深的审美？

他是知道顾见深喜欢做点东西的，在凡间时，顾见深闲来无事做过玉雕、做过屏风，还设计过不少摆件……

总之，哪个都是极讨沈清弦喜欢的，每个都让他爱不释手……若不是那些东西带到修真界会破损，他都想带来了！

所以说，顾见深怎会做出这般东西？

沈清弦越想越觉得不对劲，他要把它拍下来，拿去问问顾见深。

这么想着，沈清弦停住脚步，扬声道：“三万。”

全场顿时一片寂静，所有人都目瞪口呆地看着他。

沈清弦也挺不爽的，这么个杯子怎能值这个钱？

但为了省事，他索性把价抬到让人无力可抬的地步，如此便轻而易举拿下了。

去后面领取拍卖物时，拍卖师小心翼翼地把价值三万域石的金乌杯捧给他，结果沈清弦看都没看，反倒是小心谨慎地将那个金红金红的乾坤袋收了起来。

拍卖师一脸疑惑。

沈清弦随手接过了金乌杯，因为太不经意，还把拍卖师吓了一跳，忍不住惊呼：“小心啊！小心别磕着了啊！”

沈清弦也不回应。

沈清弦打定主意，等他问过顾见深就摔了它。

从拍卖行出来，沈清弦给顾见深传音：“在哪里？”

顾见深刚好有了时间，笑道：“你在哪里？”

沈清弦开门见山地道：“心域。”

顾见深一怔，立马散出神识，瞬间覆盖了整个心域。

然而沈清弦掩盖了气息，不是他想找就找得到的。

顾见深心一紧道：“你来心域了？”

沈清弦语气不善道：“对。”

顾见深多敏锐，一听这声音就知道他生气了。

坏了，难道他看到唯心宫了？难道知道自己之前诳他了？

哪有什么金玉做成的唯心宫？在遇到他之前，顾见深真不是这品位。

不过，真正的金玉唯心宫已经在建设中了，顾见深没想到他会忽然过来。

顾见深想想沈清弦那小脾气，顿时有些担忧，道：“你在哪里？那不是……”

“果然不是你做的吗？”沈清弦道，“我就说你怎会做出这种杯子？”

沈清弦一不小心把心里话给说出来了，说完他才想起，自己还没和顾见深说杯子的事呢，这家伙怎么就知道了？

顾见深哪里是知道了？他愣了一下，谨慎地问道：“杯子？”

沈清弦便道：“对，金乌杯。”

顾见深正经想了半天，隐约想起这么个物件……似乎是他闲暇时看到块皎玉，于是便做了套杯子。

难道沈清弦是见到这酒杯了？

他顾不上这些了，先问道：“你在哪里？”

沈清弦说了地点，顾见深道：“等我一会儿。”

真的是只等了一小会儿，顾见深很快就来到了沈清弦身边。

许久未见，再见还挺亲切的。沈清弦虽然没笑，眼中的不快却因为顾见深的出现而消散。

顾见深看得清楚，心中不禁一笑，道：“怎么到这儿来了？”

沈清弦诚实道：“你不在，我也没法做任务，实在无聊便想来心域看看。”

这是绝对的大实话，沈清弦不可能无缘无故地来找他，顾见深很清楚。

顾见深道：“我还以为你找我有事。”

谁知沈清弦竟说道：“想起任务便想起你，便过来找你。”

沈清弦说完转眼又想起金乌杯，于是说道：“我刚到这城镇，听到他们要拍卖你做的金乌杯，就想去拍下来，结果等了一个多时辰，拍到这么个玩意儿。”

顾见深这下是全懂了。

沈清弦看向他道："这是你做的？"

顾见深一脸淡定地道："我怎么会做这种东西？"

沈清弦顿时眉开眼笑："我也觉得你不会。"

顾见深又道："也不知是谁做了这个玩意儿，冠上我的名头，想要卖个好价钱。"

这道理沈清弦懂，名人效应嘛，很常见。

顾见深想到自己闲着无聊还真做了不少这种东西，于是继续说道："日后你再听到也别当真，我做的东西怎么会流落在外？"

沈清弦想想他俩在凡间的三十多年，便道："你还真挺爱做这些东西的。"

顾见深道："可我绝对不会做如此丑陋的物件。"

"也对。"沈清弦来了兴致，"咱们寝居里的金凤绕龙杯可是美得很。"

那是沈皇后寿辰时，顾见深亲手重金打造的套杯，上面雕着栩栩如生的展翅金凤，还有红眸金龙，要多闪有多闪，金龙眼睛用的那红宝石更是华美至极，价值连城。

将那金凤绕龙杯和眼前的金乌杯放一起，估计任谁都想不到这是出自同一人之手。

毕竟审美相差太大，堪称天翻地覆。由此可见，为了哄尊主大人开心，顾帝尊是煞费苦心。

知道这"丑陋"的金乌杯不是顾见深做的，沈清弦便彻底对它没了兴趣，随手扔下。

顾见深默默地松了口气。

杯子无趣，这心域却有无数有趣的东西，沈清弦看向顾见深道："你忙不？"

顾见深隐约知道他要干什么。

果不其然，沈清弦下一句话就是："我能随你去唯心宫看看吗？"

沈清弦这么想跟他去唯心宫，按理说顾见深应该很开心，但沈清弦喜欢的唯心宫还没竣工，现在那个唯心宫的风格比万秀山的乾听殿还要缥缈，只怕沈清弦看到了立马和他决裂。

顾见深辛辛苦苦这么久，怎能毁在这里？

可他再怎么急，那么一座宫殿也不可能太快完成，三十年也才建了一半，事后还得在细节上做旧，反正现在是绝对不能让沈清弦看到的。

虽然顾见深可以用幻术立马让一座唯心宫拔地而起，但这唯心宫瞒得过天下人，却独独瞒不过沈清弦。

用他养父留下的灵力可以骗住沈清弦，但那些灵力并不足以支撑如此庞大精细的幻术。

所以……该怎么办呢？

顾见深也想坦诚些，可这个坦诚的前提是沈清弦信他。

如今这关头，只怕他一坦诚，他们就没有以后了。

顾见深心一横，只得继续扯道："暂时不行。"

沈清弦满脸失望："为什么？"

顾见深说道："前阵子唯心宫出了点事，他们正在严加修整。"

言下之意就是唯心宫全是人，去了也不方便，毕竟这是心域的要地，不是凡间的普通皇宫，哪怕沈清弦能遮掩气息，但当着那么多心域大将的面，还是很有风险的。

沈清弦也能体谅，皱眉问道："出什么事了？"

顾见深只得交代道："我不在的时候，有人偷袭。"

沈清弦问道："严重吗？"

"还好。"顾见深道，"只是刚巧负责唯心宫护卫的乱鹰走火入魔，一直昏迷不醒。"

"被人暗算了？"

"是他自己修炼出了差错。"

"这样啊……"沈清弦想了下说道，"需要我帮忙吗？"

顾见深还真没想到他会这么说："你要帮乱鹰疗伤？"

"嗯。"沈清弦说道，"我来的话，事半功倍。"

这话还真不是夸大……虽然天道和心域的信念不同，但修炼都是从引灵入体开始的，大同小异，所以沈清弦也是可以给乱鹰疗伤的。

只不过顾见深略犹豫，乱鹰如今的状态已经稳定下来，最主要的是他被安顿在唯心宫里，沈清弦要去看他就得去唯心宫……

见顾见深这般犹豫，沈清弦还以为他是在担忧其他的，比如怕自己以疗伤为由伤了乱鹰，于是说道："你放心，任务未完成，我定不会伤害你们心域的人。"

顾见深转头看他，反问："任务完成，就可以了？"

沈清弦被问得一愣。

顾见深虽然问得走心，却也没指望沈清弦能说出什么好听的话，于是自找台阶下来缓解气氛道："等任务完成，你就去上界了，我也无须担心这些。"

谁知，沈清弦沉默了一会后竟说道："即便没去上界，我也不会伤害你们的。"

顾见深猛地转头看向他。

沈清弦却有些不自在了，道："你那病人在哪里？事不宜迟，快带我去看看。"

顾见深也不再追问，只道："乱鹰的住处很不讲究，希望你别在意。"

沈清弦瞪他一眼："每个人都有自己的品位，我哪会肆意指责旁人？"

顾见深笑了笑，不再说了。

乱鹰现在的情况还不错，顾见深并不是很担心，但沈清弦如此说了，他也没再怎样，带着沈清弦去了心域四大主城之一的南心城。

乱鹰本来是在唯心宫的，但顾见深早就给他们传音，把人紧急接去了南心城中乱鹰的府邸。

沈清弦这模样自是要变化一下的，顾见深道："我来帮你吧。"

沈清弦说："行。"

顾见深的幻术与心域更相融一些，也更不易让人察觉。再说南心城也不比唯心宫，远没那么多高手压阵，所以沈清弦不必担心暴露。

顾见深也没做太多变化，只是让沈清弦的容貌变得普通了些，没那么招人。

虽然心域诸子有事没事就骂沈清弦是史上第一黑心莲，是伪善的白莲花，是天道的应声虫，但是见过沈清弦的都震撼于其容貌气度。

心域有一大画师，在游历四方时曾有幸见过沈清弦讲道，当时便惊为天人，回来作了一幅美图。

这画卷在当时引起巨大轰动，无数人沉迷在画中人那双清冷美目中，甚至因此乱了心智，陷入求而不得的深深苦海。

后来顾见深见到这画，自是一眼就认出这是谁。

因为这画已经引得无数人痴迷狂乱，所以他将它带走，锁在了唯心宫里。

从那之后，画就成了传说。

通过此事就可以明白，沈清弦这容貌是极其符合心域诸子的审美观。如果某天他在心域露出真容，只怕有不少人要改投天道。

好在沈清弦修为够高，等闲之辈都不敢与他对视，而那些敢于对视的，皆是心法大成之辈，心志异常坚定。

说话间两人已经到了乱鹰的府邸。

因为早就通知过了，所以下人们见到顾见深也没什么意外，只是纷纷行礼。

沈清弦如今是大夫设定，按理说，该跟在顾见深身后，做出一副诚惶诚恐的模样。

然而，尊主大人不按设定走，当大夫也是神医款，一副待捧的架势。

顾见深自然是最捧他的那个。

下人们见状很是惊讶，对这位沈大夫相当好奇了。

一路进到乱鹰的寝室，刚进门，沈清弦便看到床侧站着一位白衣女子。

那女子转头，沈清弦的瞳孔猛地一缩。

顾见深介绍道："这位是小薰，乱鹰的侍女。"

小薰……沈清弦眸色更深。

被唤作小薰的女子垂首，柔柔弱弱地行了个礼："陛下万安。"

沈清弦盯着她看了好一会儿。

小薰察觉到他的视线，狭长的眸子也看向他。

沈清弦心中冷笑，面上却丁点不显。

他不再看女子，只走到床侧，探了探乱鹰的脉。

只一试他便心里有数，用传音入密的方法对顾见深说道："灵田震乱，心脉大亏，若是我用灵力，可以立刻给他修复。"

不过，这样做会暴露他的身份，毕竟这等法术的灵力波动是极其显眼的，可能会惊动心域的护卫。

顾见深皱了皱眉。

沈清弦忽地开口，慢条斯理地说道："其实只须寻得一味药，乱鹰将军的伤便可极快恢复。"

顾见深不知道他为何忽然开口，只顺着他问道："什么药？"

沈清弦不经意地瞥了那小薰一眼："沐月果。"

这三字一出，小薰猛地看向沈清弦，柔柔弱弱的眸子里射出一抹精光。

沈清弦看都未看，继续补充道："天道浸月宗的月树上，三千年结一枚的沐月果。"

顾见深敏锐地察觉到沈清弦和小薰之间的不对劲，他的眼睛眯了一下，细细看了看小薰……

小薰立马垂首，又是那副担忧心切的模样。

顾见深开口道："听说这月树是三圣之一的轻染圣人所植，每次结果他都会小心收走，从不外流。"

沈清弦变戏法般地从怀中掏出一枚银白色的果子，轻笑道："巧了，我这里正好有一枚。"

此时此刻"小薰"的表情只能用震惊来形容了。

沈清弦也不看他，只将这枚果子放到乱鹰的唇侧。

顾见深却道："如此珍稀之物……就这样给了乱鹰，合适吗？"

沈清弦道："也没什么可惜的，终归不过是一枚果子，我也不乐意吃。"

说着他就把这旷世罕见的果子放进了乱鹰嘴里。

果子触唇即化，蜿蜒而下，瞬间涌进了乱鹰杂乱的血脉之中。

小薰怔怔地看了好一会儿。

沈清弦看向顾见深道："幸不辱命，乱鹰将军已无大碍。"

顾见深客气道："多亏沈大夫倾囊相助。"他故意在"沈"字上加了重音，果不其然，"小薰"后背瞬间紧绷。

沈清弦笑道："陛下客气了。"

顾见深又道："天色已晚，沈大夫不如就歇在这里吧。"

沈清弦道："自该如此，乱鹰将军的身体也得由在下好生观察几天。"

他俩说着客套话，小薰一动不动，却没了那柔弱的娇气姿态，已然带了几不可察的凶狠之气。

沈清弦也没理会，随顾见深出去，径直去客厅喝茶了。

没了外人，沈清弦直接说道："若是有所冒犯，还请陛下海涵。"

这听起来挺莫名其妙的一句话，可顾见深听懂了，道："听闻轻染圣人性子不羁，不想竟如此有趣。"

沈清弦道："他向来贪玩，也不知又起了什么邪念。"

顾见深想了下说道："我竟没看破他。"

沈清弦道："皆因陛下没上心。"

这倒不是恭维，诚然沐熏的变化术了得，但顾见深用心看的话，也是看得穿的，只是他没在意而已，毕竟那小薰只是乱鹰的一个侍女。

顾见深没再多说，只给他倒了茶："尝尝心域的红茶。"

沈清弦被茶香引诱，也敛了心思，与顾见深惬意地品茶。

两人有说有笑，时间差不多后，沈清弦道："陛下，我去歇息了。"

顾见深是想和他一起去休息的，但考虑到他今晚有事，于是应道："明天见。"

沈清弦总惦记着自己的任务，隐晦地问了一句："那任务可还能完成？"

顾见深问他："尊主可愿配合我提出的任何要求？"

沈清弦："……"

顾见深笑了下："早些休息。"

沈清弦就很不高兴了，这可如何是好？好好的任务就这么卡住了！

急不得……沈清弦只得劝自己：此事还是要从长计议。

顾见深走了，沈清弦却没回屋，他在等着自己的浑蛋徒弟。

不多时，一阵薄风拂过，伴着缕缕紫芒，一个修长的身影浮现，紧接着他单膝跪在沈清弦面前。

"师父。"他虽未抬头，但声音已是玲珑悦耳，仿佛最精美的乐器演奏出的诱人华章。

沈清弦看着他道："起来。"

沐轻染起身，慢慢抬起头，眉眼间哪还有白日那女子的柔弱凄美？已换成妖孽十足的面孔，那双独特的紫色眼眸全是不羁与邪气。

沈清弦对他也是很头疼的。

沐熏，字轻染，当今三圣之一，沈清弦第三个徒弟。

沐轻染定定地看着沈清弦，半晌才开口道："师父为什么要救那魔修？"

沈清弦道："你又为何要杀他？"

沐轻染道："魔修本就该死。"

沈清弦眯起眼睛："这话若是止戈说的，我还能信。"

沐轻染垂下眼帘，没出声。

沈清弦很清楚这人的脾气。他走近沐轻染，轻声问道："出什么事了？"

沐轻染道："没事。"

沈清弦伸手握住了沐轻染的手腕，这一探，他眉心紧皱："你的灵田……"

沐轻染猛地挣开他的手："不劳师父费心。"

沈清弦一顿，想再探一下，眼前却已经空无一人。

这孩子……

沈清弦身处心域，总不好把神识大规模散出去。

不过沐熏诚心要躲，沈清弦想找也是找不到的。

徒弟们翅膀都硬了，他也管不了了。

想到这里，沈清弦就有些气，当年这几个徒弟入门时，一个比一个听话，一个比一个乖巧，如今怎的都成了这模样？

他兀自生着气，顾见深已经出现在他身边：“轻染圣人走了？”

沈清弦道：“走了！”

顾见深笑道：“听闻你最是疼这个小徒弟，怎么他还惹你生气了？”

沈清弦道：“乱鹰的伤十有八九是他弄的，也不知是为了什么。”

顾见深微微皱眉，也有些诧异：“乱鹰一直跟在我身边，不曾听说他和轻染圣人有何交集。”

“薰儿自小任性，”沈清弦顿了一下，说道，“说不定什么鸡毛蒜皮的事就能惹恼了他。”

如今沈清弦越发能体谅自己的师父了，当年他沉迷于金银窝，师父一气之下把他关在万秀山，强行给他扭了性。

现在他也想把这几个徒弟都拎回来，好生收拾一番！

不过有些晚了，他还真抓不到他们……

顾见深劝他道：“你也别多想，他们都已到如此境界，自是有自己的想法。”

沈清弦叹气道：“我哪里管得了他们。”

顾见深又好生和他说了几句，沈清弦忽然问：“你有徒弟吗？”

顾见深摇头道：“没有，我不喜师徒关系。”

这似乎触碰到了上德峰的陈年旧事，沈清弦犹豫了一下，竟有些想深问……

可就在此时，玉简连续闪了好几次。

沈清弦心中一喜，知道是有新任务了，既然共度难忘的一晚的任务卡住了，那先做后面的任务也是可以的，没准做着做着顾见深就乐意配合他完成了呢！

沈清弦仔细看了看玉简上的任务。

“其二十二，在唯心宫睡一觉。”

“其二十三，与顾见深一起泡灵泉。”

“其二十四，去顾见深喜欢的地方露营。”

玉简连续出了三条任务，哪一条看起来都不难，沈清弦不禁松了口气。

他看向顾见深道："你也收到新任务了吧？"

顾见深顿了一下："嗯。"

沈清弦道："我们先跳过二十一，做后面的吧？"

顾见深什么都没说，直接把自己的红玉简给了他。

沈清弦看到红玉简上写着：

"其二十二，与沈清弦在唯心宫坦诚交谈，增进友情。"

"其二十三，和沈清弦一起泡灵泉，并坦诚交谈，增进友情。"

"其二十四，带沈清弦去喜欢的地方露营，并坦诚交谈，增进友情。"

顾见深见沈清弦拿着自己红色的玉简流连忘返，于是拿回玉简道："你确定这任务能做？"

沈清弦还挺遗憾的，不过小红到底是顾见深的东西，他也不好夺人所爱。

沈清弦迟疑了一下，望向顾见深道："不然我们还是从二十一做起吧？"

乍看之下，似乎从二十一到二十四是四个截然不同的任务，都有各种各样的要求，但其实任务的性质和难度相差并不大。

顾见深没回答，沈清弦继续问顾见深："你可是真的想与我做朋友？"他始终不相信顾见深。

顾见深道："若不是真的，我又何必陪你做这些？"

从第一个任务到三十多年的凡间生活，若非是真心想要和沈清弦做朋友，他又为何要如此折腾？

沈清弦顿了一下，轻声说道："修复天梯。"

顾见深笑了："你觉得我会为了修复天梯而做违心的事？"

沈清弦道："我知道心域随心，但你也想去往上界吧？天梯坍塌，你不也无路可往？"

顾见深道："所以你觉得，我做这一切都是为了去往上界？"

沈清弦没出声。

顾见深看了他好一会儿，末了冷声道："不做了。"

沈清弦猛地抬头，一双眸子紧紧锁着顾见深。

往常看到他这样，顾见深立马投降，肯定会什么都依他，但这会儿顾见深狠下心来了："你既觉得我是为了去往上界，那我不做这些任务便是了，天梯怎样都好，和我没关系。"

顾见深何曾用这样冷淡的语气和自己说过话？沈清弦胸腔里顿时涌起一股

火气，冷声道：“不做就算了。”

扔下这句话，他拂袖离开。

沈清弦回了万秀山，钟灵毓秀的仙山因为主人的心情而飘满了雪花。

灼灼桃花被冰霜冻落，化作满地枯黄，进而被白雪覆盖，消失在冰冷之中。

沈清弦很久没真正生气了。自入天道修炼起，他的性情波动便越来越淡薄，不会生气，自然也就没有欢喜。

尤其在师父去往上界后，他越发不愿入世。

熟悉的人逐渐离去，他的身边越来越冷清，等到三个徒弟纷纷成圣，整个万秀山彻底空了。

徒孙们太过敬畏他，所以隔阂很深。万秀山上偶有小妖化人，但为了他们能健全成长，他只得将他们放下山修炼……

这一来二去，他便常年闭关了。

几百年一晃而过，好不容易突破关隘，可以去往上界，天梯却塌了。

他想修复天梯……毕竟除了去往上界，他已经不知道还能做什么了。

去往上界之后会如何，沈清弦不清楚。

也许是另一个麻烦的世界，也许是自我意识消融、与天地合一，但怎样都好过现在。

在这个世界，他很无聊。

沈清弦这一站便站了数日。

雪一直在下，他一动不动，任由冰冷的雪花落满了他的长发、肩膀、手臂，甚至是眼睫……

顾见深到底是撑不住了，第七日就来到了万秀山。

与沈清弦较劲有什么用？这么多天，想必沈清弦在烂漫桃花中是没心没肺地品茗悟道吧？

若非有玉简上的任务，两人此刻还势同水火，只怕沈清弦都不会见他这魔尊一面。

顾见深终究还是敛了性子，来找沈清弦了。

一到万秀山，顾见深便觉得不太对。他径直走入，瞬间被漫天霜雪给禁锢了双脚。

顾见深不禁皱眉，凝神看去……

茫茫白雪连接了天和地，空寂的山巅上，立着的人似是皎皎明月留下的最美一抹光辉。

顾见深心中仿佛被尖针猛刺了一下，他拂开厚重的冬雪，几步走到了沈清弦身边。

“你这是……”顾见深叹口气，拂去他身上的雪，“你这又是在做什么？”

沈清弦的声音很平静：“我不冷。”

他当然不冷，这天底下的冷热病痛，有哪个能缠上他的身？可也正是因为没有这些，他反倒体会不到该有的快乐。

顾见深心里软成一片，有些无奈地轻声道：“你啊，就不能试着真心和我做朋友吗？”

沈清弦眸光闪了闪，但声音很认真：“我不知道该怎样做。”

顾见深顿了一下。

沈清弦竟又说道：“人间的那些感情，我不懂。”

顾见深问道：“你遇到困难时会不会想起我，伤心难过之时会不会需要我安慰？需要帮助时会不会希望我能出现在你身边？”

沈清弦顿了一下，还是摇摇头道：“如果没有玉简，我不会。”

顾见深没生气，反而笑了：“我会，因为我把你当朋友。”

沈清弦拧着眉，看着他问道：“真的吗？”

顾见深反问：“为什么你始终不相信？”

沈清弦沉默了一会儿，还是摇头说道：“不知道。”

顾见深望着他道：“很多时候，对朋友好是不需要理由的。”

这句话是事实，可这话给不了沈清弦答案，反而让他越发茫然。

忽然顾见深笑了一下，温声道：“看玉简。”

“嗯？”沈清弦看到了自己的玉简，也看到了顾见深的玉简，上面又多了个任务。

小白：“其二十五，请让顾见深重新对你敞开心扉，并与之结为好友。”

小红：“其二十五，请你重新对沈清弦敞开心扉，并与之结为好友。”

沈清弦的瞳孔猛地一缩，眼中有惊讶闪过。

此时此刻，顾见深前所未有地喜欢这一双玉简，因为它们终于干了正经事。

沈清弦半晌才回过神来：“让你重新对我敞开心扉？”

“对。”顾见深盯着他道，“因为我一直都是真心诚意地想与你结为好友。”

所以才会有“重新”二字。

顾见深又道：“你不相信我，但总该相信这俩家伙吧。”

玉简不会骗他，也没有骗他的必要。

沈清弦愣了好大一会儿，还是有些不敢相信：“你为何对我毫无隐瞒？为何非要与我结为好友？”

顾见深眼中全是笑意，反问道：“你觉得这世上会有人不想与涟华尊主结为好友吗？”

沈清弦：“……”

沈清弦回神后，有些懊恼道：“可这任务要如何完成？重新敞开心扉？难道要先让你讨厌我，然后再对我敞开心扉？”

这也太难为人了！

沈清弦又想到一茬，转头看向顾见深：“你现在是不是讨厌我了？”所以玉简才让顾见深重新对自己敞开心扉？

这话是挺正经地在研究任务，可顾见深莫名听出了一点责怪的味道。

顾见深看向沈清弦，含笑道：“没有。”

“这可如何是好？难道要让你先讨厌我才能完成任务？”沈清弦看向顾见深道。

顾见深微笑：“恐怕不行。”

沈清弦：“……”

顾见深思考一会儿：“这任务还是可以做的。”

沈清弦连忙看向他：“怎么做？”

顾见深道：“去凡间找个肉胎，我封住自己的记忆，就可以重新对你敞开心扉了。”

有道理！沈清弦立马喜上眉梢：“陛下可真厉害！”

转念沈清弦又问：“你真的要封锁记忆吗？”

这可不是小事，他们去凡世走一遭很简单，几十年也不过是须臾，但封锁了记忆就不一样了。

到时候他的心态完全沦为凡人，又没了修为，谁知道会经历什么？

虽然之后他会回到修真界，回来后甚至可以选择将这段记忆扔掉，但还是会很难割舍吧？

打个比方，就好像一台戏，我们坐在下面看着，哪怕上面悲欢离合轮番上演，也不过是感怀一瞬，事后转眼即忘。可若是把戏当真，沉浸其中，体会了各种坎坷与快乐，即便事后知道这是戏，只怕也很难从中走出。

顾见深道："不是还有你吗？没事的。"

沈清弦忍不住说道："你信我？"

顾见深笑了："我当然信你。"

沈清弦又问道："若是……我趁你没了记忆……"

顾见深薄唇微扬："……骗我同你完成任务？"

沈清弦耿直地道："对。"

顾见深说："没事，只要你能成功。"

沈清弦很不服："你都没记忆了，我还会不成功？"

顾见深笑道："试试嘛。"

见他这般笃定，沈清弦顿时觉得满脑子歪念头的自己很差劲，于是说道："放心吧，去凡间只是为了做这一个任务，其他的，等回来了再说。"

顾见深道："没事的。"

沈清弦瞪他："我会让你心甘情愿地做任务！"

顾见深眼中全是温暖的笑意："你是说你会试着真心把我当朋友？"

沈清弦："……"

沈清弦顿时觉得有些别扭："冷死了，回屋。"

他转身向着乾听殿走去，身后的冰雪因为他的脚步而一一消融。

这情景是如此让人赏心悦目。

冬去春来，花绽枝头。

沈清弦总算是开心了，顾见深大步跟了过去。

沈清弦心情不错，拿了最心仪的茶叶，顾见深也没让他动手，接过来给他泡了茶。

沈清弦轻啜一口，赞叹道："陛下手艺真好。"

两人聊了一会儿，又细细商量了一番。

顾见深提醒他："这次你可遇不到沈家家人那样的了。"

沈清弦道："我明白。"

顾见深又道："玉珠应该会给你找个同我关系亲近的肉胎，到时候你只须从身边人找我就行。"

沈清弦点头应道："这次我会主动找你。"

又想了一下，顾见深道："玉珠会尽量给你找个身份显赫的肉胎，这样你行事也能更方便些。"

沈清弦应下："好。"

基本上能说的都说了，其他的也就随缘吧，意识离体后，他们就只能跟着玉珠的指引进入肉胎。

临行前，顾见深看着他道："我等着再次对你敞开心扉，与你结为好友。"

沈清弦信心满满："一定没问题的！"

糊弄一个没了记忆的顾见深，肯定简单得很！

这么想着，沈清弦很快便发现，顾见深这浑蛋又给他挖了一个深坑！

第十一章

国师秦清

沈清弦刚在凡间醒来，便听到了身后的窃窃私语声。

“国师大人怎还没醒？”

“不会出什么事吧？”

“能有什么事？八成是不想去观星台，在那里赖着呢。”

“说起来，自先皇去后，咱们国师是越发不行了呢……”

“你可小声些，瘦死的骆驼比马大，国师即便真不行了，也由不得咱们说。”

一群人说话的声音极小，普通人是肯定听不到的，沈清弦却听得清清楚楚。

说来有趣，他如今这肉胎竟有点资质。虽然极差，非常差，连子午观记名弟子的十分之一都比不上，却比凡人要强上一些，好歹有个芝麻大小的灵田。灵田再小，也总比没有要强。

之前的沈小姐是个完完全全的普通人，沈清弦努力吸纳灵气，最终也不过是让它们在体内经脉中短暂流转，勉强能改善体质，其他的却很难做到了。

如今这副身体竟然有个灵田，虽说不能进一步扩展，但好歹可以储存一些，用点稍微像样的法术。

沈清弦也没急着起来，又细细听他们说话。

凡世地广且繁复，远不止一个梁国。但凡人能力低下，若是中间隔了无法攀越的巨山或是深海，那便自成一国，又是一方文化了。

此次他们降临的是一个叫作卫国的地方，沈清弦这肉胎似乎是这个国家的国师。

听起来身份不低，也曾经是一人之下万人之上的人物。不过自从他侍奉的君主去世后，似乎越发颓废，声威大减，如今势力已远不复当初。

说来也该如此……

国师这个行当，沈清弦也是知晓的。

凡间帝王最爱追寻长生不老之术，遇到个略通灵气的人便当作大师好生供养，只求能炼出不死仙丹。

但不死仙丹哪里是炼得出来的？所谓长生是要潜心修炼，随着境界的提升，寿命才会不断延长，可即便是如今的沈清弦也不敢说就能长生。

一个普通的凡人又怎能炼出这种丹药？

炼不出也就算了，唯一的“客人”还死了，这位国师没被人扔去陪葬已经是运气极好了。

沈清弦想了下，觉得这身份还挺适合他的，身为天道尊主，当个国师合情合理。

不过他得振作起来，重新让自己站稳脚跟。

也不知道顾见深在哪里？不过也不急，他先打好根基，才有空去找人。

沈清弦起床，扬声道：“来人。”

那些说闲话的下人连忙进来，伺候他更衣。

重回肉胎，沈清弦倒还算适应，吃穿住行虽然烦琐，但是有趣，时间不知不觉就过去了。

一个名唤闻飞的侍者道：“大人，该去观星台了。”

沈清弦应道：“嗯。”

闻飞又问他：“要乘辇吗？”

沈清弦看向闻飞：“不然呢？”

闻飞立马低头道：“属下这就去安排。”

其实闻飞会这么问，就说明这里面有缘由。沈清弦仔细想想，应该是老皇帝走了，如今没了靠山，这闻飞是提醒他低调点。

不过沈清弦还真没什么可低调的。

他收拾妥当，看到外面的步辇后才明白，闻飞为什么专程问一句。

以凡人的眼光来看，这步辇实在是非常奢华了。

莹白丝绸环绕，精致美玉做把，抬辇的皆是白衣少年，各个俊秀工整，端的是仙气飘飘。

沈清弦挺嫌弃的，不过叫都叫来了，他还是坐一坐吧，真让他走去观星台，他也不知道路。

他坐上步辇，这一路可谓是招摇过市。

他这肉胎生得极好，本就颇有些仙风道骨的派头，如今他一来，就更加仙了。

这套路沈清弦太熟，稍微本色出演就让一群人看痴了。

沈清弦却忙得很，他四处看着，认真寻找顾见深的踪影。

这家伙……不会又是什么江洋大盗吧？

若真是个江洋大盗，那就更好了，他就扔了这国师的位子，与顾见深一起到处游玩。

沈清弦想得挺好，可惜现实相当"残酷"。

他将灵气聚集在耳朵上，以便让自己听得既远又清楚，只可惜他没听着顾见深的声音，反倒是听了一堆闲言碎语。

"秦清可真是大胆！竟然还敢如此嚣张！"

"他当先皇还在吗？竟敢坐这仙鹤玉辇！"

"我看是最后的风光了吧？"

"今日去观星台，他若是再说求不到雨，只怕要……"

"他早该随先皇去了，没本事的人仗着美貌和一张嘴妖言惑众，就会坑蒙拐骗！"

"就是，真有本事，先皇会壮年离世？"

"还长生不老呢！怕不是施毒下药？"

"还不知道是怎么回事呢……"

听到这里，沈清弦不禁有些恶心，自己这肉胎不会做过什么腌臜之事吧？这凡人的阴私他还是知道一些的，为了得到权势，佞幸献媚也是一种手段。

不过很快沈清弦就打消了这念头，玉珠选肉胎肯定是筛选过的。凡间亿万人，玉珠定不会给他找一个如此龌龊之徒。

再说这肉胎的确是有些灵气的，想必是真有些功法，只可惜能力不足，妄想通天实在托大。

行走间，步辇已到观星台。

这观星台隶属钦天监，本是正经部门，由星官们负责观察天象、推算节气，进而制定历法。但先帝宠幸国师，这钦天监也就交到了沈清弦手里。

沈清弦这肉胎名唤秦清，他自认有潜质，不是凡夫俗子，所以酷爱搞大事，比如别的星官是看看月亮、数数星星，判断什么时候适合农耕，什么时候适合收获，但秦清偏不。

秦清喜欢求雨，哪里干旱，他去摆个阵搞一搞，就能降下倾盆大雨，造福百姓。

哪里发洪水，他还是去摆个阵弄一弄，就能降低伤害，遏制瘟疫。

听起来似乎很神，然而也只是瞎猫碰上死耗子般地蒙对几次。

不过先皇信他，群臣也不敢不信，于是只得好生奉承着国师大人。

可先皇一走，没人罩着，秦清就惨了，恰逢北地干旱，钦天监便请他来求雨，阵已经摆了七八个，别说倾盆大雨了，连个小雨星都没落下来。

闹到今日，钦天监的星官已将他逼上了绝路。

“大人，您今日若是再求雨不成，可要被定罪了！”

秦清也很急，想着今天一定要大展神威，说什么也得求到雨，于是乱七八糟地炼了一堆增强法力的丹药，全部吞下肚后竟一命呜呼了……

于是秦清就成了沈清弦。

沈清弦会求雨吗？不好意思，他还真会。

当然了，理论上不该称之为求雨，只是运用阵法来驱动云层，让本该在南地落的雨飘到北地去。

如此一来，不缺水的南地避免了水涝，缺水的北地也就可以暂缓干旱。

这阵法需要些灵气支撑，若是沈皇后那肉胎是做不到的，不过秦清却可以勉强一试。

效果肯定要大打折扣，可也足够震慑凡人了。

沈清弦走近观星台，周围的星官都在等着看他的好戏。

秦清自命不凡，又有先皇护着，一直都嚣张得很，将整个钦天监都得罪遍了。

沈清弦是懒得应和这些人的，说再多、说再好，都不如实实在在给他们一棒槌。

当今的钦天监监正卢光远最是厌恶秦清，就等着他今日出丑。

只听卢光远说道：“国师大人，属下已经为您做好准备，是否现在求雨？”

往常秦清求雨可是大费周章，要用珍贵的靛青石和上好的美玉以及各种吃食物品……琳琅满目摆下来，够去旱地赈灾救急了。

沈清弦嫌弃这靛青石，更讨厌那些个“美玉”，至于吃食物品更是扰人得很，于是拂袖道：“全撤了。”

卢光远一愣，以为他怯场，连忙道：“北地大旱，民不聊生，国师大人可莫要弃之不顾啊！”

沈清弦瞥了卢光远一眼：“谁说我不管了？”

卢光远茫然道：“可这些都撤了，又该如何求雨？”

沈清弦看都没看他，转身问身后的闻飞：“赤丹可有？”

这东西也是挺少见的，但秦清专职炼丹，所以这东西还真有不少，于是闻飞道：“有的。”

沈清弦道：“拿来。”

画阵其实是有些讲究的，用什么画的确会影响效果，但那是修真界的法则。比如用高阶凶兽的血来画阵有奇效，可问题是，这凡间哪儿来的凶兽？别说高阶，即便是子午观的一头牛，拉过来也是圣兽了。

既然没有这般高端材料，那其他的也就无所谓了，什么靛青石、孔雀石，倒不如用红艳艳的辰砂呢，还漂亮些。

没错，重点就是最后四个字。

尊主大人好不容易画个阵，自是要非常好看才行。

闻飞动作很快，瞬间便将赤丹拿了过来。

沈清弦看了看，勉强接下，虽然这赤丹杂质很多，但颜色够美，可以了。

他对闻飞说：“帮我研墨。”

闻飞应下：“是。”

观星台的一众星官面面相觑，不知道沈清弦又要搞什么名堂。

待赤墨研好，沈清弦挽袖，起笔的一刹那便夺走了所有人的视线。

在场的人都不是第一次看他画阵了，但没有哪一次如这次让人惊艳。

没人看得懂他画了什么，可就像在欣赏传世佳作一般……

即便什么都不懂的粗人也懂得“美”这个字。

感知美，是人的本能。

这线条极美、颜色极美，握着笔的人也似是融入画中，美得不像真人。

笔若游龙，苍劲有力，赤砂鲜红如人体内流动的血脉，带出了无数生机与力量。

沈清弦收笔时，所有人都一脸呆滞，久久不能回神。

“可以了。”他一开口，似是惊醒无数梦中人。

卢光远先回神，顿了好一会儿才道：“如此一来，北地明日便有雨水降临？”

沈清弦皱眉看向他。

卢光远逐渐稳住心神，想要揭穿这骗子，只听他冷言道：“若是明日还未有雨水，国师可当如何？”

沈清弦道：“为何要等明日？”

听到他这话，卢光远愣了一下。

沈清弦不管不顾地接着道：“半个时辰后，北地必有倾盆大雨。”

在场所有星官，包括跟随沈清弦的侍卫，全都面露诧异，显然是全不信的。

沈清弦也不急，慢声道：“你们何不派人快马加鞭去看上一看？”

凡间就是这样，通信太不方便，这么点小事也得浪费半天工夫。

卢光远诸人自然是不信的，他们只当沈清弦是在做最后的挣扎，当他还在做戏。

“既然如此，”卢光远道，“还请国师大人在此稍候，属下这就派人去查看一二！”

降不降雨，可不是瞎扯就能扯出来的，卢光远绝不信沈清弦能求到雨！

沈清弦也不理会，径自去了内堂，还吩咐闻飞给他烧水泡茶。

两个时辰之后，前去北地查看的侍卫一脸惊喜地回来高呼：“北地急降骤雨，解了百姓大旱！”

整个钦天监的人都蒙了。

国师还……还真的求到雨了？

开什么玩笑？他求了六七天都不成，最后一天竟然成了？

这秦清是走了何等惊天地泣鬼神的狗屎运啊？

沈清弦很淡定：“如此甚好，能为百姓排忧解难，是吾等荣幸。”

卢光远等人真是像吞了苍蝇一般，要多硌硬有多硌硬。

沈清弦重新树威后，便想去干正事了。

他来这凡间可不是玩的，他得找到顾见深，让顾见深对他敞开心扉，和他结为好友，这样才能完成任务。

但他找了一天也没消息，不承想，第三日总算见着了。

一大早，国师府上便来了个小太监，说是传沈清弦入宫面圣。

沈清弦还挺烦的，他本来打算今天去走访下自己的亲戚好友，看看能不能找到顾见深。

毕竟顾见深嘱咐过他，他俩的肉胎会是相识的亲近之人。

不过当今圣上传唤，他必须得去，好歹他还得在这肉胎里待一阵子呢。

收拾妥当后进宫，沈清弦还是不太在意。

先皇去得太早，当今圣上未及弱冠，沈清弦懒得去关注。

让他万万没想到的是，那端坐在御座上的人竟然是他苦苦找寻之人。

这是怎么个情况？

沈清弦都顾不上行礼了，只顾盯着这个顾见深……

错不了……这的确是顾见深，那么问题来了，他该如何哄着皇帝与自己结为好友？

不过仔细想想，顾见深毕竟没了记忆，应该好哄。

沈清弦决定先观察一下，便俯身行了礼。

御座上的皇帝竟然走下来，金色龙袍闪闪发光，当真是好看至极。

他走近沈清弦，扶着沈清弦的手道："国师快起。"声音字正腔圆，极有修养，看来是被好生教养过的。

沈清弦恭声道："多谢陛下。"

皇帝温声道："不必拘礼，快些入座吧。"

侍人引着沈清弦入座，沈清弦在起身时看到了顾见深左耳的一抹嫣红。

他的瞳孔猛地一缩……

禁印？不对，应该是胎记！怎会有这般漂亮的胎记——

鲜红如绽放的罂粟花，点缀在耳垂上，如同一枚小小的红宝石耳钉，落在雪白肌肤上，着实惹眼。

顾见深坐下后问沈清弦："听闻北地大旱，是国师施法，顺利为百姓求雨，化解了这天灾！"

沈清弦自是婉转地道："是陛下福泽，庇护了天下百姓。"

顾见深刚登基，但说起话来头头是道，还真有些皇帝的模样："朕尚年少，哪里护得住万千百姓？还是多亏了国师这般贤臣，为朕分忧解难，为百姓谋求福报。"

沈清弦回道："陛下过誉了。"

顾见深又扬声道："福达，把东西拿来。"

福达是个老太监，只听他应道："是。"

没一会儿，老太监回来了，手上托着个盘子，盘子上放了个漂亮的玉如意。

顾见深走下来，竟亲自将这玉如意放到了沈清弦手中："你立此大功，母后自会好生赏你，不过朕心中也着实欢喜，所以为你准备了一份礼物。"

沈清弦立马道谢："臣谢陛下恩典。"

顾见深扶他起来，乌黑明亮的眼睛中竟有些孩子气："国师如今为何对朕如此生疏？"

沈清弦竟有些拿不准他这话的意思，不过用余光瞄了一眼皇帝，竟觉得他有些依赖这国师？

想起顾见深入世前说的那句"我会是你亲近之人"……莫非这国师以前和皇帝有私交？

倒也很有可能，先皇在位时，秦清很是受宠，时常出入宫廷，皇帝是先皇独子，自是有机会见到秦清的。

沈清弦试探着说道："君臣有别，臣不敢失礼。"

皇帝笑了一下，漂亮的眼睛里竟有些许落寞："连秦哥哥都不愿与深儿亲近了？"

这话让沈清弦的心猛地一跳，因为信息量实在是太大了。

看来秦清之前果然和皇帝有私交，而且这称呼……之前的秦清可真够嚣张的，竟敢让皇子这般称呼他。

沈清弦垂首道："如今不比往日，还望陛下见谅，但臣的心意，绝不会有丝毫改变。"

这话听着很含糊，却让皇帝很开心，只见他展颜一笑，声音里多了亲昵之意："那你能否时常来看我……看朕？"

沈清弦竟被他这笑容晃得心中一软。

这样倒也不错，沈清弦想着，反正他是要和顾见深搞好关系的。

虽然完成任务这事只能日后再议，可先亲近些总没坏处。

再说了，沈清弦还担忧顾见深的安危。如今他就是个弱小又没法力的凡人，得先让他平安无事才行。

沈清弦温声道："只要陛下传唤，臣自是会常来看您。"

顾见深抿唇，很是开心："国师，你能同我说一下你是如何求雨的吗？"

沈清弦微微一笑，细细地将求雨的经过说给他听。

沈清弦说，顾见深听，这一来一回，沈清弦竟觉得心情很不错。

原来顾见深失忆了是这样子，原来少年顾见深如此可爱。

沈清弦有意给他传些修炼之道，所以说了点晦涩难懂的东西。

哪承想顾见深悟性极高，竟然察觉到了，还催沈清弦说得细一些。

沈清弦自是一一说给他听。

一个时辰后，那老太监小声道："陛下，时候不早了。"

顾见深面露不舍，却没有坚持："既如此，那国师先回去吧。"

沈清弦躬身退下。

出了宫，沈清弦还在想着什么时候再去找顾见深。

顾见深给他的玉如意，沈清弦是看不上的。不过当今圣上赏赐，他自是要好生收着，若是丢了或者损坏，是犯大罪的。

沈清弦还在琢磨着怎么找机会接近顾见深，不承想没了记忆的顾见深也还念着他，隔几日便把他叫过去，让他陪着说话。

沈清弦打心眼里喜欢这皇帝，又因为这本就是顾见深，所以待他很是真切。

一个多月过去，两人越发亲近，顾见深趁着没人，还会唤他一声秦哥哥。

沈清弦不乐意听秦这个姓，便对顾见深说道："陛下可唤臣的表字。"

顾见深眼睛一亮，问他："可以吗？"

沈清弦微笑道："是臣之荣幸。"

只听皇帝喊道："涟华哥哥。"

沈清弦："……"

喀喀……但愿恢复记忆后顾见深别闹他。

君臣两人相处得很开心，外头传来了太监的声音："太后驾到！"

先皇离世，新帝还年少，年轻的太后成了幕后掌权人。

随着太监的传唱声，穿着华美宫装的女子漫步走来。

这便是当朝太后，顾见深这肉胎的亲生母亲。

她比沈清弦想象中还要年轻，生得也很好。能被选入皇家，容貌自是一顶一的，她虽已是一个孩子的母亲，但身段仍纤细，穿着华服，特有一股浑然天成的美人气度。

沈清弦自是不能盯着她看，她一进来，他便跪下行礼。

顾见深也很是欢喜："儿臣见过母后。"

太后笑得温婉，声音却带着假意的温柔："陛下快起。"

顾见深来到母亲身边，扶着母亲入上座。太后瞥了眼沈清弦，却没让他起身。

坐下后，顾见深立马唤来内侍为太后添茶。太后嘴角上扬，问向顾见深：“功课可做好了？”

顾见深应道：“经书已背，也抄了十遍。”

太后微笑：“如此甚好，陛下勤勉，我心里才踏实。”

顾见深道：“母后放心，儿臣定不负您厚望。”

太后道：“你是个好孩子。”

母子两人寥寥数语却让沈清弦感觉到了明显的违和感。

若是放在以前，他可能还察觉不出，毕竟“母亲”这个词语对他来说很陌生，完全想象不出该是如何。

可有了凡世那三十余载的记忆，有了李氏的关心爱护，现在的沈清弦很清楚母亲该是怎样的。

毫不客气地说，同李氏比起来，这位太后竟像个外人。

哪怕皇家规矩多，但人和人之间的感情并不会因为这些而生疏，若是真的关爱与疼惜，神态语气间是藏不住的。

乍听之下，太后似乎很关心顾见深，但细细听来，也能察觉出她语态中的漫不经心。

而且顾见深的那句话，总让沈清弦觉得有些怪异。

功课是背经书，然后抄十遍？

太后和顾见深说着话，愣是不理跪在下面的沈清弦。太后不出声，沈清弦也不能起来，只得垂首跪着。

顾见深很着急，时不时看看沈清弦，眉眼间全是焦灼。

太后看在心里，面上却不理睬，只拉着顾见深说些闲话。

真的是闲话，诸如御花园的什么什么花开了，用来做胭脂香粉最好，以及天色渐热，新衣该到了……

说实话，这些话放到平常人家里的男子身上，只怕早想着溜出去了。

和男子说什么这花那花，他们哪里感兴趣？什么胭脂水粉裁剪新衣，女子可能还有些兴趣，但男子哪里会在意？

不过顾见深老实坐着，认真听着，姿态乖巧，竟还能应和上几句。

从他的语气中，沈清弦还是能听出几分异样的。

不是因为太后的话题而不耐烦，而是因为沈清弦还跪在那里，他很着急。

聊着聊着，顾见深终于小声说道：“母后，国师……”

他刚起了个话头，太后便像是刚看见似的说道："国师也在啊。"

沈清弦那么个大活人，她如今才看到，怕不是眼瞎。

沈清弦恭声道："太后金安。"

太后轻笑一声，慢声道："没什么事的话，国师且回吧。"

顾见深目露不舍，却没违背太后的话，只拿眼睛看着沈清弦。

沈清弦没能看他，应下话后，直接退后离殿。

虽然离开，但沈清弦耳聪目明，刻意将灵气凝聚在耳朵上，还能听到大殿里母子俩的交谈声。

只听太后道："你怎同那秦清走得这般近？"

顾见深道："国师功法高深，为民谋福，儿臣不该以礼相待吗？"

太后嗤笑一声："他哪里懂什么功法？只是凭着一张脸，迷惑人心。"说完这话，她觉得顾见深可能听不懂，又继续道，"你莫要被表象蒙蔽了眼睛，秦清那人口蜜腹剑，最是阴险。"

顾见深顿了下，竟小声辩解道："前阵子北地大旱，是国师为民祈福，才大降甘霖。"

太后拧眉道："那不过是侥幸！"

顾见深又说道："可数日前，他还推测闵蜀降雨，恐闵江泄洪，幸亏提前防备，才……"

太后打断他道："你懂什么？每到这个季节，闵蜀皆是雨水连连，本就该提前防备，哪用得着他来推测？"

顾见深抿唇，垂首不语。

如今殿里没人，太后是彻底没了好脸色，低斥道："我看你还是太轻省，既无事便多去抄些经书，陶冶胸怀！"

顾见深低声道："是。"

太后离开，沈清弦也彻底出了宫。

看来顾见深的处境比他想象中还要艰难些，沈清弦这一个月也打探了不少东西。

当今太后孙氏虽是顾见深生母，但先皇在世时与她并不亲密。

先帝的皇后是难产而死，之后便一直没有子嗣。后来孙氏入宫，因生得与故去的皇后有几分相似，得先帝亲近几日，但之后也冷落了，谁知孙氏竟意外有喜。

按理说这是好事，偌大个皇宫，只有她的肚子争气，合该好好赏赐，喜得隆恩。

然而先帝却只去看了她几次，并未有何恩宠。

十月后，孙氏诞下龙子，这可是今朝第一位皇子，实实在在的皇长子。

可是先帝来看了一眼便生雷霆之怒，当场训斥："不祥！"

当时所有人都诚惶诚恐，吓得大气不敢出一声。

孙氏的满心喜悦，在看到孩子后彻底凉了。

卫国以金黑为尊，红为大忌！可偏生这孩子的左耳垂上有一抹恍若血滴般的鲜红胎记！

如此红艳，如此惹眼，如此不祥！

先帝本就不喜孙氏做派，如今见到这胎记更是恶心至极。他自此离去，再未见过这对母子。

后来先帝去世，顾见深身为他唯一的骨肉，顺理成章地继承皇位，孙氏也一夜高升，直接从冷宫的妃子成了当今太后。

知道这些，沈清弦是很不满的。

这是什么国家？实在愚昧，怎会将红色视为大忌？

如此亲切祥和之色，本该万民推崇，居然还成了禁忌？

沈清弦很不开心。

知道这些事情后再细细回味，沈清弦便很心疼顾见深了。他那般年幼，却因耳垂上的一抹胎记而被父亲嫌弃，想必他登基之前的岁月过得也很是坎坷。

因为他活得狼狈，所以性情才那般谨小慎微。

且不提那肉胎里住的是顾见深，即便真的只是个凡间的皇帝，他也不会置之不理。

大概是因为太后的训斥，顾见深多日未召见沈清弦。

不过顾见深不召见，沈清弦也是可以主动来的。

他是一朝国师，本就是贴身侍奉皇帝的职业，到宫里不请自来是被允许的。

更不要提沈清弦为先皇宠爱，常备宫牌，出入都很方便。

他算好时间进宫，在御书房见到了皇帝。

顾见深见他来了当即眼睛一亮，快步走下去，眼角眉梢全是喜悦，唤道："国师……"

沈清弦便越发心疼顾见深了，行礼道："陛下万安。"

顾见深扶起他道："国师能来，朕很开心！"

沈清弦还是有事禀告的，低声道："闽江洪灾泛滥，但因提前筹备，并无大患。"

顾见深还是忧心道："想必很多百姓的辛勤耕作毁于一旦了。"

闵江沿岸土质丰盈，沿河造田产粮极高，哪怕有水患风险，百姓们还是乐于冒险。

如今江河决堤，就算疏散了百姓，这些田地是保不住了。

沈清弦宽慰他道："性命尚在，已是大幸。"

顾见深转眼又看向他，很是钦佩道："还是国师的功劳，若非有此次推算，只怕要出大祸。"

沈清弦道："这是臣之本分。"

顾见深还欲同他多说一些，却又似是想起更重要的事，着急道："朕的功课还未做完，国师……"

顾见深舍不得沈清弦走，沈清弦也不想走，他倒要看看太后给顾见深布置的到底是什么"功课"。

沈清弦道："不知臣可否看一下陛下的功课？"

顾见深竟有些不好意思："朕的字潦草，国师……国师……"

沈清弦已经走了过来，凑近一看，当真是一股怒火直冲脑海，登时想将那太后叫来，好生质问她。

要知道，顾见深可是当今圣上，不学治国平权之术，反倒抄起了《千化经》，莫非这卫国日后要改为千化国？

这是不可能的，只能说孙太后想毁了顾见深。

沈清弦怒气冲冲，顾见深敏锐地察觉到了，有些紧张地问道："国师莫要生气，我……朕虽愚笨，但会刻苦研习，定能……"

他当是自己写得不好，所以惹沈清弦生气了。

沈清弦听懂了他的意思，顿时心疼不止。之前他只觉得顾见深天真，如今却满心都是怜惜和心疼。

"陛下莫要妄自菲薄。"沈清弦轻吁口气道，"您写得很好，笔迹已有风骨，假以时日，必定傲然百家。”

这夸奖让顾见深眼睛一亮，他问道：“当真如此？国师莫要哄我开心。”

沈清弦温声道：“臣绝不妄言。”

顾见深眼中有真切的欢喜，声音也不像之前那般拘谨：“既如此，那我更要好生练习！今日……”他低喃着，“今日朕便多写十张！”

沈清弦按住他的手道：“陛下喜欢这《千化经》吗？”

顾见深顿了一下才道：“喜……欢的，母后说只有悟得此中道理，才能懂得治国平天下。”

沈清弦皱眉道：“那臣若是说，此经于治国无益，您信吗？”

“这……”顾见深面露诧异之色，很是不解，“可母后一直说……”

沈清弦道：“太后久居深宫，又哪里懂得治国之道？”

顾见深愣了愣，显然有些迷茫：“可是……”

沈清弦又道：“我这里有几本书卷，陛下若是有兴趣，可以悄悄看看。”

说着他将袖中的书本拿出来，这书面上无名无姓，一片空白。

顾见深疑惑道：“母后不许朕乱看书，说朕尚且年少，看多了会乱。”

沈清弦将书本放下道：“陛下若信我，那便看看，有不懂之处且先放在心中，改日我进宫，可说给陛下听听。”

紧接着他又道：“书无乱书，只看读书人的心性何在。杂书扰心，但心中有定，也可从中窥得万物。”

顾见深怕沈清弦生气，应道：“朕……自是信你的。”

他如此这般，沈清弦只会越发怜惜，也就全心为他好。

这凡间帝王的治世之道，沈清弦非常清楚，毕竟当了三十多年的“皇后”，也处理了那么多年的政务。

帝王喜好儒家之道，推崇礼制，以宽厚仁慈治国。

但其实深入研究便会明白，儒道不过是表面，内里还是依从法度。正所谓儒表法里，以儒治民，内里却有法度牵制。

更不要提官僚内部的制衡之术，更是一门深入浅出的学问，绝非单纯的儒家可以概括。

沈清弦不急着教顾见深“法里”，他只想让顾见深先明白“儒表”。

儒家以帝王为尊，他希望顾见深明白，这普天之下，皇帝才是真正的掌权者。

沈清弦也不便久留，孙氏肯定留有眼线，他待的时间长了对顾见深无益。

临走前他嘱咐顾见深：“陛下只须自己看，莫要让他人知晓，明白吗？”

顾见深特别乖巧：“朕知道。”

沈清弦又温声道：“过几日，臣再来看您。”

顾见深点点头。

沈清弦不便久留，低声道：“陛下，臣告退了。”

他要走了，顾见深却忽然开口：“涟华哥哥。”

顾见深又道：“谢谢你。”

沈清弦也对他笑了笑：“为陛下分忧，是臣的职责。”

顾见深笑了笑。

沈清弦心想：上德峰上的少年顾见深也是如此乖巧吗？

沈清弦虽没见过，但想来上德峰峰主如此疼他，他必是百般可爱懂事的。

只不过……这样的顾见深，怎会犯下那等滔天罪恶呢？

血洗上德峰，屠戮数十位同门师兄，这放到心域也是天大的恶行了。

沈清弦敛了思绪，不再深想。

如此又是数月，顾见深实在聪慧，沈清弦不由得对他越发欣赏。

给他的书卷，三日他必熟记于心，倒背如流。虽对一些内容了解不深，但只要沈清弦略微点拨，他便极快领悟，甚至能说出些让人惊叹的言语。

这大大激发了沈清弦的惜才之心。

沈清弦那三个徒弟也是旷世罕见的天骄，但顾见深显然比他们还要优秀，虽然没了记忆，仍旧如此耀眼夺目。

他被困凡胎，很多道理难以领会，但此般悟性，实在让人惊叹。

沈清弦教他教得越发用心，他也学得很是尽兴，一来二往，两人的关系日渐亲近。

让沈清弦更加欣慰的是，虽然懂了这般多，顾见深却不骄不躁，从不显露，很懂得隐忍。

其实沈清弦有些大意了，只觉得这是顾见深，又觉得他年纪尚小，便想好生护着他，却没想过，一个少年，为何如此能忍？

虽说沈清弦给顾见深的书卷都是精心筛选过的，内容也是由浅入深的，但一个少年，怎就有这样的心性来研读？

更不要提他还懂得藏拙。

难道顾见深保留了记忆？还真不是。

夏去秋来，霜落似雪。

卫国有秋收祭，这是仅次于春节的盛大节日，不仅帝后要登山祈福，连百姓们也都要数日狂欢，以求收获神之怜悯，降下福报。

登山祈福，登的是帝都之外的祥胜山。

为此事，朝上众臣已经吵了几日。按照规定，应是帝后相携，结伴登山，以万全之福，代百姓祭神，求来年丰收。

可如今圣上尚未立后，哪里来的皇后？没有皇后又谈何万全？若是犯了神怒，岂不是要降下大祸？

于是有人说道，不如让太后携圣上共同祈福……

这下朝上吵得更凶了，纷纷大喊荒谬，夫妻同体才是万全，母子一起算什么？细想一下岂不是乱了伦常？

之后又有人说，那就让太后代陛下祈福？毕竟陛下年少，祭奠之礼烦琐，怕出差错。

听到这话，沈清弦不乐意了，出列道：“先皇仙逝，太后正是节哀之时，又怎称万全？”

一句话让帘后的孙氏大怒，狠狠瞪着沈清弦。

沈清弦装作没看见，反正祈福之事，轮不到孙氏。

一直以来，朝上闹得再凶，顾见深都是不插嘴的。他穿着金色龙袍，戴着万珠明冠，坐在最尊贵的龙椅之上，安静得像个金贵的摆设。

可今日，他竟出言了：“朕年少，实在担不起此等大任，可历年秋收祭都是国之大事，不可儿戏。”

他清脆的声音在大殿中响起，让心疼之人心生怜悯，也让轻视之人倍生不屑。

只听他继续说道：“若是母后不能代行，可否让皇叔替朕祭天？”

这话一出，整个大殿都安静了。

沈清弦也眉心紧皱。

顾见深说完这话，脸色已是一片苍白，身躯竟似在颤抖。

先皇有一同胞亲弟，受封理王，也是遗诏上名正言顺的摄政王。

此时，理王卫琎出列，拱手道：“能得陛下信任，臣甚是感动。”这竟是应下了。

顾见深抬抬手，清脆的声音略微颤抖："那就……有劳皇叔了。"

殿上再没一人争吵，全都噤声不语。

下朝后沈清弦很是忧心，可也不方便去寻顾见深，只得先行回去。

夜深。

顾见深站在一片漆黑之中，看着远处母后寝宫里的灯火辉煌。

跟着他的宫人只以为是他思念母亲，却不承想，站在暗处的顾见深将那光明之处的腌臜之事听得一清二楚。

孙氏推开缠上来的男人："这下你可快活了？在万民前行帝王之事！"

那人正是顾见深的皇叔卫琎，他凑过来亲了孙氏一下："怎的，吃醋了？"

孙氏嗤笑道："你且同那狐媚子去祭天吧！谁稀罕！"

卫琎道："我倒想与你一同，可这不合礼法。"

听到这话，孙氏气道："你若在意礼法，又干吗来我这儿？"

卫琎讨好她："礼法虽重，可也及不上你。"

孙氏听着受用，可心里还是不甘："别说些甜言蜜语，你若当真看重我，就把狐媚子休了！"

卫琎应她道："休，一定休，只要你不生气便好。"

孙氏冷哼一声："我气又如何？你这没良心的。"嘴上这般说着，人却靠了上去。

两人虽这般亲密，孙氏心中却有些不满：这卫琎竟瞒着她威胁皇帝。

卫琎却心道：这孙氏还算识相，知道哄着皇帝让他祭天。

满朝大臣也都以为，顾见深在朝上那一番言论是受人哄骗威胁。

凄冷月色下，站在极深夜色中的人，眸中一片狠厉。

那白净耳垂上的一点鲜红当真像极了猩红血月，代表着不祥与灾难。

从小就能听到极远处的声音，这是一种什么感觉？

不好。因为有些事，听不到反而是幸运，尤其是生在皇宫中。

顾见深从小就知道了太多不该知道的事。

他的父亲说他不祥，他的母亲厌弃他，身为这座宫殿的"主人"，他受尽冷落，尝尽耻辱与苦涩。

没有人爱他，没有人需要他，更没有人真心待他。

可是他想活下去。

如何才能活下去？他安静地听，冷静地看，镇静地思考。

父亲走后，他成了九五之尊，可还是身处囹圄。

母亲、皇叔、朝臣……都是冰冷的铁棍，竖在他面前，逼迫他屈服。

凭什么？这些人凭什么让他屈服？

他要打破这个牢笼，他要看看外面的天空。

不……

他要掌控它，明亮也好，漆黑也罢，他不允许自己头顶再有任何禁锢！

顾见深收回视线，走回宫中。

沈清弦可以说是非常不爽了，普通的调查方式很难查清卫琎的底细，但他这肉胎已有些修为，利用些精巧的法术，很快就知道卫琎与孙氏私通的事！

真是让人作呕！孙氏贵为一国太后，亲生儿子已是当今圣上，可她还贪心不足！

那卫琎当真爱她？可笑，他不过是为了皇位，用甜言蜜语来哄骗这女人。

偏偏孙氏还自信得很，真当自己魅力无穷，被他迷得晕头转向，信了他的承诺。

好在这女人还没蠢到极限，还知道留着皇帝，自己才有足够的底牌。

否则以这两人的龌龊行径，只怕顾见深早已不在人世了！

若是以前的沈清弦，会一巴掌就把这两人送去地狱了，但有了凡世那三十余年的生活阅历，沈清弦会考虑很多。

孙氏再差劲，也是顾见深的亲生母亲，让她消失很简单，可顾见深该如何承受？

卫琎也不能消失，虽说他狼子野心，却有些能力。如今先帝离世，新帝根基不稳，正是有他在，这卫家的天下才没改了姓。

说来顾见深也是运气好，明明立于这样的针尖上，偏偏寻到了一个微妙的平衡。

卫琎压制着朝臣，又因为卫琎迟迟不敢休妻，所以孙氏始终护着皇帝，哪怕厌恶皇帝，也不肯让皇帝出意外。

如此风雨飘摇的皇座，偏偏让新帝坐住了。

除了巧合，沈清弦想不出其他的。

可这也太危险了！现在他来了，自然会帮顾见深巩固皇权，让顾见深真真正正地踏实坐稳皇位。

秋收祭日渐逼近，卫琎代行的消息已经传了出去。

虽然碍于摄政王的权势，没人敢在明面上说什么，但心里都是不满的。

百姓们不见得有多拥护皇帝，却心系正统、怜悯弱小。

皇帝年少，无功无过。卫琎执政，哪怕做得好，也是会得罪人的，更何况他也没做多好。

秋收祭本就是个面子上的事，若是卫琎低调些，让顾见深去祭天，百姓会赞他贤明。

可如今，卫琎上赶着去抛头露面，就让人心生不安，忧心下一刻他会直接替代皇帝。

其实谁当皇帝对百姓来说不是什么大事，可人嘛，总是会偏护弱势的一方，尤其是在弱势的一方还是正统的时候。

沈清弦可不打算放过这机会，他找人写了些话本，散播到民间。

这话本内容简单粗暴，无非是哪朝又哪朝，少主难立，权臣当道，最终民不聊生。

鉴于百姓们都爱点神话故事，沈清弦又信手拈来几段，诸如“君为臣纲，父为子纲，若君臣纲乱，则三纲俱乱。届时君非君臣非臣，父非父子非子，必将天降神罚，灾祸连绵”。

如此言论一出，本就偏护皇帝的百姓们更加惶恐不平，生怕卫琎触犯神怒，引来灾祸！

想成为万民之主，断不可失了民心，秋收祭一行，卫琎实在是掉坑里了。

沈清弦忙碌了几日，一直没空入宫，这日他闲下来，实在挂念，便请了宫牌入宫面圣。

顾见深听到太监传唱，竟直接迎到了御书房外。

瞧见站在那里的金袍少年，沈清弦几步走上前去，行过礼后温声道：“天气冷凉，陛下怎么出来了？”

顾见深仰头看他，眼中有些不安：“国师多日未来，朕……有些担忧。”

沈清弦心中顿时一软，声音越发轻柔：“臣有痼疾，一入秋便要咳上几日，不想过给陛下，所以一直没来。”

听他这么说，顾见深反倒更忧心了：“如今可好了？”

沈清弦笑道：“已无大碍。”

顾见深明显松了口气：“国师千万要保重身体。”说着他又招呼福达去准备梨羹，“朕上次受凉咳嗽，母后派人给我送了她亲手熬的梨羹，我喝了一次便觉好了许多。如今国师虽然好了，但还是喝一点吧，特别管用。”

听他这声音里对孙氏的孺慕，沈清弦便觉得很扎心，什么亲手熬的梨羹？只怕是哄骗他的。

还派人来送，真正关心的话，她不该亲自过来吗？想想就觉得可恨！

沈清弦先谢了他的赏赐，接着便想岔开话题……

谁想到在进屋的时候，顾见深竟脚下踩空，眼看着就要摔倒了。

沈清弦眼明手快，一下扶住了他。

顾见深脸色微白，略带歉意地说道：“是朕恍惚了。”

沈清弦却愣住了，堂堂一国之君、贵为皇帝的顾见深怎会瘦弱成此状？

平日里顾见深穿着帝服，沈清弦还察觉不出，今天靠近了，一碰之下简直让沈清弦心惊！

沈清弦一堆话到了嘴边，又生生咽了回去。

他不能说，不能伤害这可怜的少年。

沈清弦压下火气，好生陪着顾见深聊了一会儿。几日未见，顾见深将他给的书全部背过，逐一说来，头头是道，沈清弦听得既欣慰又心酸。

到了沈清弦离开的时候，顾见深很是不舍。

沈清弦叮嘱他：“陛下，您一定要保重身体。”

顾见深笑道：“国师放心，母后日日都让人给我送好吃的。”

沈清弦皱皱眉，没再说什么。

临要走了，顾见深又小声道：“涟华哥哥。”

沈清弦停住了脚步，顾见深顿了一下，谨慎地问道：“你还会来看我的，对吗？”

如同一根刺扎在心脏上，沈清弦立马说道：“请陛下放心，臣明日还会过来的。”

顾见深抿唇笑笑。

沈清弦却恨不得杀了那没人性的孙氏。

夜色深了，沈清弦掩了气息，借着月色入宫。

他轻而易举便来到了御书房。虽然早有预料，但切实看到，他还是觉得揪心得很。

如今子时已过，顾见深还伏在案前，强撑着抄书。

旁边已经堆了很多——稍有错笔便废掉重写，抄写十遍，实在是耗尽心神。

是他大意了，他只想着给顾见深书卷，却忘了顾见深还有孙氏布置的“功课”要做。

顾见深既要背他给的儒家经典，又要完成孙氏的功课，熬夜至此，能不消瘦吗？

沈清弦清心寡欲数千年，头一次感到了真切的愤怒。

真正让沈清弦愤怒的不是孙氏，而是他自己。

若非他这般大意，顾见深又何必这样疲倦？

他明知道皇帝尊敬太后，不可能荒废她布置的“功课”，竟也不给皇帝寻找解决的办法。

虽然抄写经书毫无益处，可这么年轻的皇帝又懂什么？他不过是在认真完成亲近之人布下的任务，生怕有一点做不好就惹人不快。

他希望孙氏对他好，希望沈清弦对他好，所以哪怕看不懂经书，理解不了儒道，也会认真去做。

他怎会如此招人疼？

沈清弦真是怎么都没想到，没了记忆的顾见深是这样的。

沈清弦耐下性子，一直守到皇帝把所有经书抄完，而这时已经过了丑时。

皇帝疲惫地上床，几乎是沾床即睡。

可惜卯时他又得醒了……

沈清弦叹口气，出了宫。

等到下午，他不请自来再次入宫，顾见深又迎了出来，还是那副开心的模样。

沈清弦心里发酸，却也只能说道：“陛下，小心受寒。”

顾见深道：“没事，我身体向来好。”

想想他那细瘦的胳膊，沈清弦心里叹息，对他说：“龙体乃国本，还望陛下珍重。”

顾见深笑道：“朕明白。”他的眼睛明亮耀眼，似是很开心于沈清弦对他的关怀。

沈清弦只觉更加心疼，他们进了屋，例行问了书卷上的道理。

说完之后顾见深便面露不舍，大概是以为沈清弦要走了。

沈清弦稍微听了一下，发现外面没什么动静便压低声音说：“陛下，臣这里有一强身健体的功法，您想学吗？”

顾见深眸中极快地闪过一丝郁色，但很快便一脸期待地看向沈清弦：“嗯！国师要教我吗？”

沈清弦眸色温柔，轻声道：“陛下若是好生练习，日后必能大成。”

他这般说着，顾见深自然是越发欣喜，立马想学习。

沈清弦小声说：“这口诀您先记好了，具体的吐气吸纳，我会再慢慢教您。”

顾见深乖巧地点头：“好！”

沈清弦本不想如此着急地传修炼之法，但皇帝如今的处境实在太差了，身体如此孱弱，再不调养，日后可就无法纠正了。

他这功法其实很一般，适用于普通凡人，若是顾见深好生练着，待到成年后，至少会是沈皇后那般体质。

这对普通人来说也足够了：耳聪目明，百毒不侵。若是修习些外功，还能有不错的身手！毕竟当年的沈皇后虽看似柔弱，其实连大内高手都奈何不得。

身为帝王，本来就比常人要操劳得多，也会遇到更多的危险，与其事事倚仗别人和护卫，还不如靠自己，所以提前打好身体基础也没坏处。

只是顾见深如今时间太紧，不提抄书，就单单是沈清弦给他的书卷已够他看的了。这般想着，沈清弦便打算放慢儒道的教引，先好生为顾见深巩固身体。

第十二章

辅佐皇帝

皇帝实在聪颖，沈清弦将繁复的口诀说了几遍，他便一字不差地记下了。

只是记住还不够，沈清弦又细细地讲给他听。

这其中道理却是很难领悟的，顾见深听得频频皱眉，沈清弦问他："哪里不懂且说给我听。"

顾见深摇摇头，眉心紧拧着，似是想说又不知该从何说起。

口诀于凡人便是这般，一般人都听得懂，聪慧的也能记得住，但理解起来极其困难。

如此浅显的口诀，顾见深这般悟性极高的都那么吃力，可见修炼一事真的不能强求。

不过沈清弦也没想让顾见深真正入门，只是想让他利用吐气吸纳和静心打坐来调养身体。

沈清弦怕顾见深嫌枯燥，说道："这修炼虽艰涩，但对陛下的身体却是大有裨益，希望陛下能勤修不辍。"

顾见深打起精神，吃力地学习着。

眼看时间差不多了，沈清弦又问："陛下，最近太后娘娘还有给您布置功课吗？"

顾见深笑了下："母后盼我前程似锦，自是要布置的。"

沈清弦又问他："那您如今明白那《千化经》了吗？"

以前这话沈清弦是不适合问的，但如今顾见深看了那般多的儒家治世之道，想必也该有些见解了。

只听皇帝说道："《千化经》讲的是因果缘由，不可造业。"

沈清弦继续听他说。

顾见深又道："可我身为帝王，又如何能不造业？不造业又该如何造福百姓？修自身固然重要，可天下万千百姓尚在苦海，我又怎能兀自高飞？"

沈清弦眼中带着赞许："陛下大善。"

顾见深想了下，又垂眸道："母后心中念着我，只想我好，所以希望我抄经书后领悟真理，可以放下负担，宽慰自身。"

她只是想让你失去当皇帝的资格。当然这话沈清弦不能说，顾见深如此信任孙氏，又这般渴望来自母亲的关爱，沈清弦怎好戳破这本就脆弱不堪的泡沫？

沈清弦道："太后娘娘爱您深切，着实让人感动。可陛下既为万民之主，便不该只悟自心，更应敞开胸怀，容纳万千。"

顾见深连连点头，显然是极为认可的。

沈清弦又委婉地道："孝道也不可失，太后一番心意，陛下不可辜负。"

顾见深垂眸道："朕明白，这经书我会好好抄，也是为太后祈福。"

沈清弦又道："如此一来，陛下的身体只怕要先受不住了。"

顾见深摇头道："没事，我向来浅眠，尚有时间。"

沈清弦看着他道："睡眠不足会影响身体，陛下这样是本末倒置了。"

话说到这分上就让人很为难了，不抄经不孝，抄经又于自身不利……

顾见深困惑地看向沈清弦。

沈清弦轻声道："不如让臣代劳？"

顾见深瞳孔猛地一缩。

沈清弦道："这十遍经书……便让臣来代您抄写吧。"

顾见深愣了下，才说道："可这字迹……"

沈清弦笑了下，提笔在纸上写了两字。

字体工整，笔锋虽在却气弱，竟和顾见深写的字一模一样！

顾见深定定地看着，黑眸陡然变深，一股凌厉杀意瞬间冲出脆弱的皮囊。

沈清弦隐约察觉到一些，只是他刚凝神，那杀气便消失得无影无踪……

顾见深惊叹道："涟华哥哥，你好厉害！"欢快的语气里全是钦佩和惊喜，哪有丝毫异样？

沈清弦只疑惑了一下，但也没想太多，温声道："好在能为陛下分忧解难。"

如此一来，他这也算是帮顾见深减轻负担了。

虽然抄经书于他无益，但为了应付孙氏，也为了不打草惊蛇，这书还是要好生抄的。

当年的“沈皇后”多才多艺，书法造诣极高，模仿一下顾见深的笔迹还是很轻松的。

而且这经书样本很多，照着写更加不会让人看出破绽。

只是这十遍经书很耗时，即便是沈清弦抄也得费些时候。

顾见深问他：“这时候不早了，今日的经书还是由朕来吧。”因为明天一早就要交到太后那边去检查。

沈清弦想到那伏在案前的身影便心生不忍，说道：“让臣来吧。”

顾见深又道：“可是再晚些……你出宫就不方便了。”

沈清弦道：“臣带回去抄。”

顾见深微微拧眉：“这明早……”

沈清弦宽慰他：“放心，等晚些时候，臣会偷偷将经书放于案前。”

这话的深层含义是，沈清弦可以避开宫内守卫，无声无息地出入宫廷。

顾见深面上不变，但拢在袍袖中的手却用力攥紧。

他问沈清弦：“这样能行吗？”他面露担忧之色，“若是耽搁了，明日……”

沈清弦以为他怕孙氏生气，于是安慰他道：“不会的。”

顾见深想了下，释然道：“那就有劳国师了。”

沈清弦眸色很是温柔：“臣之荣幸。”

如此便说定了，沈清弦回去用了足足一个时辰抄完经书，抄好后他又去处理了一些事，然后借着夜色入宫，将经书放在了御书房。

他不知道的是，这一宿顾见深根本没合眼。顾见深躺在华丽的龙床上，手放在匕首上，全神贯注地听了一宿。

第二日晨起，顾见深便去了御书房。

桌上摆着一叠经书，它们如同烈日的强光般刺痛了顾见深的双眼。

他没听到任何声音，御书房没有任何动静。

这严防死守——卫琎无数次企图暗杀皇帝都无功而返的皇宫，秦清竟然来去自如！

他凝神之下，连虫鸣都听得清楚的耳朵却没听到秦清来过的动静。

顾见深闭了闭眼睛，拿起那一叠经书，看到上面的字，眸色更深。

这字迹别说孙氏，连他自己都无法分辨。

他可以尝试改变笔迹，但沈清弦也可以继续模仿。

孤零零地站在空荡荡的房间里的帝王危险地眯起眼睛。

翌日，沈清弦进宫时，顾见深又是满面喜色地迎上来：“国师！”

沈清弦向他行礼。

顾见深赶紧将沈清弦扶起来，凑近小声道：“经书很好，我听福达说，母后看过后还欣慰地笑了。”

他这般说，沈清弦只觉得气闷，那孙氏估计看都没看过，又谈何欣慰一笑？这福达……八成也是心疼皇帝，故意说来让他欢心的。

当然沈清弦不会拆穿，只说道：“如此便好。”

顾见深又问：“我们今日学什么？”

沈清弦道：“昨日臣教您那功法，您可还记得？”

顾见深连忙复述了一遍，沈清弦很是欣慰，对他说道：“我们今天再练练吧。”

顾见深弯着眼睛说：“好！”

学这个其实很枯燥，而且进展极慢，也就越发显得无趣。

以顾见深如今的程度，根本还没领悟，所以对身体的益处也就显现不出来，从某种程度上来看，这功法和抄经书有异曲同工之处。

当然假以时日，练功的好处便会逐一浮现出来。

修炼结束，沈清弦又问了他几句儒学上的功课。

顾见深显然更喜欢这个，说起来头头是道，很有想法。

沈清弦却只是点到即止，他想的是循序渐进，不再让顾见深疲倦。

时间到了之后，沈清弦说：“陛下，臣告退了。”

顾见深略带失望地应下：“好。”

沈清弦只当他是舍不得，不由得心软道：“明日臣还会准时过来。”

顾见深开心了些：“嗯。”只是笑意未达眼底。

秋收祭，顾见深留在了宫中。按理来说，沈清弦身为国师，该去祥盛山辅助祭天，但沈清弦不乐意去。

刚好卫琎也不待见他，他不来卫琎还开心得很，赶紧找了个心腹顶上。

祥盛山上一派热闹，皇宫里便显得冷清很多。

太后也去了祥盛山，唯独顾见深没去。孙氏用的理由是顾见深微感风寒，需在宫中静养。

但事实如何大家都心知肚明，祭天本是帝王之事，结果由摄政王代替了，此时顾见深再去，岂不尴尬？

孙氏不在，沈清弦索性早早进宫。

顾见深见到他还是很喜悦的，只是眼眸深处仍有藏不住的失落。

想来也是，皇帝虽年少，但又不是什么都不懂。

这些日子沈清弦的教导也有了用处，顾见深知道自己的身份，也知道祭天是件大事。可他身为君主却不能去。

沈清弦问他："陛下在想什么呢？"

顾见深犹豫了一下，终究还是问道："涟华哥哥，朕是不是很无能？"

沈清弦反问他："何为无能？"

顾见深明显愣了一下，自是答不上来。

沈清弦温声道："陛下上恭于亲，下善于民，虽年少却已读百书，何来无能？"

顾见深眸色微垂，脆弱却坚强。

沈清弦很是怜惜，又宽慰他道："陛下莫急，您还在成长。树独惧风，若长成丛林，又有何惧？"

沈清弦言语轻缓又温柔，顾见深也被他说动，慢慢打起精神，看向他的视线越发依赖。

沈清弦又同顾见深说了一会儿话，见他彻底松弛才放下心来。

因为孙氏不在，顾见深中午留沈清弦用膳，沈清弦也愿意陪他，于是留了下来。

孙氏再怎样，也不会苛待了皇帝的膳食。

虽然御膳房的人不见得会奉承顾见深，但膳食上该有的都有，肯定比不上孙氏那边，也不至于饿到他。

沈清弦自是看不上这些食物的，不过他见营养均衡，搭配合理，心中还是略微满意的。

顾见深胃口不错，吃得不少，沈清弦随侍在侧，竟还觉得挺有趣。

以前都是顾见深伺候他，这次换他却也感觉不赖。

不过沈清弦也没做什么，顾见深向来自立，基本上样样都是自己来，完全不假他人之手。

沈清弦又是一阵心疼，只以为顾见深曾经受了委屈，所以习惯了自己动手。

可事实上，顾见深是信不过任何人。

吃的东西最容易被人做手脚，他“听”过太多中毒后痛苦离去的宫人的呻吟声，所以从不大意。

顾见深这边吃着，沈清弦就这样看着，越看眉心皱得越紧。

明明已经不用抄经书了，课业上他也删减许多，怎么顾见深还是如此瘦弱？

瞧顾见深这吃的也不少，怎么就不长肉？

那修身的功法又没这么快奏效，沈清弦不禁有些着急。

他哪里知道，正是他每晚来送经书的事弄得顾见深睡不好。

睡眠不好，吃再多，这身体也别想康健。

沈清弦看看顾见深，心思一动道：“陛下……您想不想出宫走走？”

再怎么早熟，顾见深到底是个孩子，肯定会向往热闹，长久这样闷在宫里，肯定会憋坏了，带他出去散散心，没准会好很多。

沈清弦是真的在担心顾见深的身体。

听到他这么说，本来吃得好好的顾见深猛地一顿。顾见深垂下眼帘，敛住了黑眸中闪过的冷凉。

出宫……

他终于要下手了吗？倒是个好机会。

顾见深手指微微用力，努力平复下心情，看向沈清弦：“可母后说过，不许朕出宫。”

沈清弦笑道：“没事，我们可以悄悄出去，没人会知道的。”

顾见深手心后背皆冷，面上却保持了超乎想象力的镇定，甚至好奇地问道：“如何才能不让人知道？”

沈清弦对他眨眨眼道：“陛下想想臣晚上是怎样进来的。”

的确，偌大个皇宫，无数的侍卫，根本拦不住一个秦清。

秦清有来去自如的能力，再带上他自然也是没问题的，尤其是被哄骗住，不会发出任何声响的他。

难怪秦清不去秋收祭，难怪秦清这阵子对他这般好。

就是为了今天吗？

孙氏不在，卫琎不在，宫里空悬，他若是再配合秦清，出宫是轻而易举的事。

一出宫，便是他的死期了。

虽然早有预料，但顾见深的心脏还是像被针扎了一样，微微刺痛着。

这数月，秦清对他很好，教他治国之道，教他齐民之术……

秦清长得也真好，笑起来很温柔，声音也好听，是他遇到过的最好看也最亲和的人……

可这一切也全是假的，全是刻意做给他看的，只为了让他放松警惕，只是为了哄骗他。

顾见深信他、敬他、依赖他，可他美丽的笑容背后却是毒刃。

都一样……他们全都是一样的。

没有谁是例外。

这世上，只有他自己。

沈清弦唤他一声："陛下？"

顾见深猛地回神，眼睛亮晶晶的："我真的可以出去吗？"

沈清弦喜欢他这天真的模样，点头道："当然。"

顾见深又小心地问道："万一被发现怎么办？"问这句话的时候，顾见深眼睛不眨地盯着沈清弦，要看他的眼睛，要看他最细微的情绪波动，要看他是否真的有十成把握。

这小小皇宫哪里限制得住沈清弦？他笃定地道："绝不可能被发现。"

顾见深的一颗心彻底沉入到冰湖中。

他不能反抗，不能撕破脸，甚至不可以露出破绽，若是察觉到他会闹出动静，秦清也许会破釜沉舟，立时杀了他。

可出宫了又怎样？他还是会丧命，而且死得更加无声无息。

他该怎么办？顾见深不安，却没有表现出一丝一毫。

先出去……顾见深告诉自己，只能等出去了再寻机会。

虽然机会渺茫，但也好过惹怒了秦清，让自己在此刻丧命。

顾见深道："那我们这就走吧！"

沈清弦笑道："陛下先用膳，不急。"

顾见深哪里还吃得下去？

不过能拖一时是一时，他倒是希望这饭能吃很久很久。

可其实……再久又如何？不会有人来救他。

从一开始就没人喜欢他。

以后也不会有人喜欢他。

顾见深放下了筷子，看向沈清弦："涟华哥哥，我们走吧，我想出去看看。"

如果注定要死，至少他也要看看外面的世界是怎样的。

他这短暂的一生，凭什么只看到这一方天空？

沈清弦微笑道："好，晚上臣请陛下去丰珍楼吃一餐好的。"

顾见深眼睛一亮："那里的东西比御膳好吃吗？"

沈清弦道："自是比不过御膳，但也别有风味。"

顾见深眉开眼笑："涟华哥哥喜欢的，那定是最好的。"

既要出宫，那顾见深肯定要换身打扮。

沈清弦将备好的衣服给顾见深，顾见深忙道："朕这就去换上。"

担心他自己穿不整齐，沈清弦道："臣来帮您。"

顾见深不好意思："不用了，朕可以的。"

沈清弦也着实不太会伺候人，于是说道："臣在外面等您。"

顾见深抱着衣服进屋，面上的笑容瞬间消失。

他脱下龙袍，小心地将枕头下的匕首贴身放好，穿上了沈清弦给他准备的便服。

顾见深换好衣服出来，沈清弦笑道："陛下，臣冒犯了。"说完，他拉住了顾见深的手臂。

顾见深愣住了。

此时此刻，顾见深抬头就能看到沈清弦，能看到他线条优美的下巴和脖颈，看到他嘴角浅浅的笑意，可惜看不清他的眼睛……

顾见深声音很轻："涟华哥哥。"

沈清弦问他："嗯？"

"没事。"顾见深又小声道，"我只是……只是很期待。"

他这模样让沈清弦整颗心都化了，道："陛下，我们出发了。"

"嗯。"

沈清弦一跃而起时，顾见深不可避免地用力攥紧他的衣服。

这一瞬，他好像飞了起来，脚不沾地的感觉让人不安，全身心依赖身边人的感觉十分陌生，可一切都盖不住擦过耳边的风。

秋天的风很凉，却不冷，卷着丰收的味道，像传说中的收获之神一般，将无穷的力量带入到血液中。

顾见深感觉到了自由。

原来无拘无束的滋味是这样的，原来天空的鸟儿是如此畅快，原来风是这样的温柔。

跃上宫墙，顾见深看到了囚禁自己的牢笼。

它宏伟壮丽，是无数人梦寐以求之地；它盘踞在帝国的巅峰，代表着无上的权力。

它很美，却像剧毒的花，无时无刻不将狰狞的细根刺入他的身体。

顾见深抬头，又看到了秦清。

秦清就像这皇宫，美丽却危险，这精致的皮囊下全是贪婪和残忍。

顾见深却意外地想得到他们，它也好，秦清也好，他想掌控他们！

凉风灌入衣衫，顾见深的血液却为之沸腾。

他不能就这样死掉，不能狼狈地逃离。

这是属于他的，这个皇宫、这个帝国，这所有的一切，都该是他的。

他凭什么拱手让人？

他被它囚禁，又凭什么要放弃它？

他要夺回来，把失去的一切都夺回来！

几个起落，沈清弦带着他轻松离开皇宫，再稍微走上一段路，便彻底进入到繁华的京都。

顾见深仰头看沈清弦："涟华哥哥……"

沈清弦垂眸看他："陛下？"

顾见深望进沈清弦眼中，笑道："你对我真好。"

沈清弦一怔。

顾见深用闷闷的声音说道："……比母后对我都好。"

沈清弦叹息道："太后是您的至亲之人，臣不过是做了本分之事。"

"不……"顾见深摇头道，"你对我很好，我只愿日日都能见到你。"

沈清弦心里柔软，哄他道："臣自会守在您身边。"

顾见深灿烂一笑，眼中全是舒心，可很快他眸子又黯了黯，长而翘的眼睫微颤，有些颓废道："涟华哥哥对我这般好，我却什么都做不了。"

沈清弦看向他道："陛下莫要这般想。"

顾见深望进沈清弦眼中，仿佛全身心地依赖着沈清弦："我可以给你最好的，荣华富贵都可以给你，涟华哥哥……你以后不要离开好吗？"

沈清弦心里这滋味啊，也是无法细述。

顾见深虽说一心敬仰着母后，可实际上也知道孙氏没那么爱他吧？可是他却不愿承认，固执地坚守着一份不存在的母爱，笨拙地努力着……其实得到的只有虚无的镜花水月。

他来了，给了顾见深真正的照料，顾见深便像雏鸟一般，依赖他。

沈清弦叹息一声，安抚道："陛下放心，臣定会尽心竭力，忠心辅佐。"

顾见深笑了笑，神态间满满都是信赖。

若让沈清弦知道顾见深心中真实所想，只怕会把他拎回修真界，好生给他洗洗脑子。

放心？顾见深哪里放得下心？

他那脑袋里全是弯弯绕绕，堪比大型迷宫。

秦清要杀他，无非是受人所托，想杀他的人很多，卫琎是第一个。

顾见深想保住性命，所以要让秦清看到其他可能，比如更大的权力。

他死了，卫琎称帝，肯定许了秦清很多好处。

但再怎么大的好处也只是为人臣子……而且卫琎又那般贪婪狡猾，说不定还会过河拆桥。

与卫琎相比，他就无害多了。

他年少不谙世事，此时再表现出对秦清无比的信赖和依恋，那秦清完全可以借他之名享至尊皇权。

一个全身心信赖他的少年皇帝，还不是任他摆布？秦清有如此本事，怎会没有这般野心？

秦清肯定是有野心的，否则杀他的机会多了去了，没必要非得等到现在。

所以……他要让秦清知道，他可以当个听话的傀儡，他给秦清的比卫琎给的更多！

他要先活下来……

哪怕是从这个牢笼进到那个牢笼，但只要死亡的铡刀没有落下，他就还有机会。

孙氏也好，卫琎也罢，秦清也罢，他终会让他们知道谁才是这天下之主！

虽然两人的想法在截然不同的两个方向上撒蹄狂奔，但意外的是……竟然十分和谐，彼此对得上，也是另一种奇妙的缘分了。

沈清弦温声对顾见深说："陛下，到了外头，臣便不能用敬称了。"

顾见深笑着点头：“我们就以兄弟相称可好？”

皇帝这话又是巨大的诱饵，和皇上称兄道弟是什么概念？一人之下，万人之上。

然而尊主大人哪里在乎这些？他只觉得顾见深天真得紧：“那臣便冒犯了。”

顾见深却又道：“涟华哥哥，你叫我渊儿可好？”

皇帝姓卫名深，字九渊。

深字是禁忌，民间不得称呼，渊字却没事，所以顾见深才这般说。

沈清弦想到顾见深的表字也是九渊，不禁觉得“渊儿”二字很是有趣。

想想心域帝尊那德行，若是记起他让自己这般唤他，只怕是懊恼不止。

沈清弦弯了弯眼睛：“渊儿。”

顾见深心微颤，仰头看沈清弦：“涟华哥哥。”

沈清弦牵着他的手道：“走吧！臣……我带你去四处逛逛。”

如今正值秋收祭，京都热闹得很，商市里熙熙攘攘，有吆喝的摊贩，也有讨价还价的百姓，最热闹的却是杂耍的艺人。

常年被关在宫中的皇帝哪里见过这场面？

哪怕心思再重、城府再深，顾见深也不过是个少年，被压制的天性在此刻爆发，他到处看着，目不暇接，露出了真正的笑颜。

沈清弦侧头看着，很是欣慰，觉得自己这个决定很明智，带他出来看看果然很有必要。

沈清弦问他：“想吃糖葫芦吗？”

顾见深看向那一串串的红果子，心中喜欢，却仍有顾虑，犹豫了一下问道：“好吃吗？”

沈清弦笑道：“等着，我给你买一根。”

顾见深点点头，心中却有些紧张。

那么漂亮的东西，会不会有毒？

沈清弦其实很想多买几串……多好看，红红的山楂，金色的糖衣，裹在一起闪亮亮的，好不好吃无所谓，重点是真好看！

不过，作为一个成年人拿着很多串糖葫芦……嗯……总之，尊主大人还是要照顾下自己的形象的。

他将糖葫芦递给顾见深，顾见深拿住道：“谢谢。”

沈清弦说：“尝尝吧。”

顾见深顿了下……

沈清弦含笑看着他，顾见深心一横，正想咬下去，身后却忽然传来惊呼声。

他一愣，转头看到了经典的胸口碎大石。

顾见深惊呆了："好厉害。"

沈清弦见他感兴趣，问他："我带你去看看？"

顾见深连忙点头。

沈清弦拉着他，挤进了拥挤的人群。

杂要嘛，也就那么几样，沈清弦是毫无兴趣。但这一幕，对于没见过杂要的皇帝来说，实在太厉害了。

顾见深看得眼睛都不眨，还小声问沈清弦："这人怎会这般厉害？"

重锤落下，石头碎了，人却毫发无伤！那人还能单手拎起两个成年人！还有人站在纤细的绳上却如履平地！

沈清弦见他如此惊讶，也觉得有趣，堂堂心域帝尊竟然为这雕虫小技惊叹，可惜没有留影石，否则将他这模样记下来，回去了放给他看，定是有趣得很！

心里这么想，沈清弦当然不会说出来，趁机哄着顾见深道："人的潜力无限，勤加锻炼，渊儿以后也能如此强壮。"

现在的皇帝太弱小了，沈清弦实在忧心，有点机会就想哄他好生锻炼身体。

顾见深眼睛一亮，真把这话听到心窝里去了："我也能如那人那般……石碎人无事吗？"

顾见深若是勤修沈清弦给的功法，别说石碎了，资质好的话，只怕普通刀枪都伤不到他。

不过这样说有些耸人听闻，沈清弦便含糊地道："好好锻炼是可以的！"

都说眼见为实，顾见深再怎么聪慧，毕竟少了些经验，他又这般渴望活着、渴望力量，所以信以为真。

至于日后练得连沈清弦都奈何不得，就都是后话了。

看完杂要，糖葫芦都化了，沈清弦催促他道："快些尝尝，化了不好吃。"

顾见深顿了下，看向沈清弦道："我自己吃不了，涟华哥哥帮我吃一些吧。"

沈清弦道："渊儿真是个勤俭的好孩子。"

顾见深笑了下，又道："哥哥先吃。"

沈清弦觉得这样的优良品质需要赞扬，所以顺着他道："那我就不客气了。"

顾见深眼巴巴地看着沈清弦，沈清弦就着他的手吃了一枚。

看到沈清弦吞咽下去，顾见深完全放松了：“甜吗？”

沈清弦道：“甜，但也有些酸。”

顾见深终于吃了一枚，入口的味道让他眉心微皱。

没想象中那般好吃，但也不错，酸酸甜甜的。

沈清弦问他：“好吃吗？”

顾见深勉强道：“还行吧……”

沈清弦笑道：“我觉得不好吃。”

顾见深小声道：“我也觉得……”

沈清弦眼中笑意越深：“没事，哥哥这就带你去吃真正好吃的。”

顾见深展颜微笑，声音轻快了些：“嗯。”

沈清弦如约带他去了京都的丰珍楼。

一进门，小二迎上来，沈清弦道：“楼上开个包间。”

顾见深却扯扯他的衣袖道：“我们在一楼吧……”

沈清弦顿了下。

顾见深谨慎地道：“这里更热闹些。”

也对，楼上再清雅的包间也比不过宫里，顾见深出来就是看热闹的，会想在大堂里用餐也正常。

沈清弦应下道：“行，今天都听渊儿的。”

顾见深抿唇笑笑，很是可爱。

点餐的时候，沈清弦有意想让顾见深多尝些新鲜东西，但顾见深却铭记“温良恭俭让”，不肯浪费。

沈清弦欣慰于他的德行，只低声对他说道：“等有机会，我再带你出来。”

顾见深微怔，接着笑道：“好！”

两人这一餐吃得很是尽兴，眼看着时辰不早了，顾见深问道：“我们是不是该回去了？”他问这句话时略有点紧张，不确定秦清是否改变了心意。

沈清弦看看天色道：“行，我们回去吧。”

听到他这一句，顾见深悬着的心落了一半。

看来……他可以暂时放松了。

秦清是外臣，想要夺权比卫琎难多了，卫琎可以直接取他而代之，秦清想要掌权却得先利用他的名头。

孙氏虽也一样，但这个女人实在蠢笨，难成大事。

劳心劳力的一天结束，回到寝宫，顾见深沾床即睡。

沈清弦看他睡得这么踏实，心里还挺开心。

秋收祭结束，本以为自己得了大利的卫琎却碰了一鼻子灰。

沈清弦散播出去的话本起了作用，看到秋收祭上得意扬扬的摄政王和王妃，百姓们惶惶不安，更有忧国忧民之士大喊“乌云蔽日、贼子当道”……

朝堂之上本来就错综复杂，先帝在位时，卫琎狂妄，得罪了不少人，如今朝中忌惮他的人极多。

皇帝虽年少，但好歹不搞事，朝上不少重臣很怕卫琎上位后惩治他们，所以都巴不得揭他短。

如今几首打油诗一出，当即有人发作，痛批卫琎蔑视皇权，专权跋扈！

这其中还有孙氏的父亲，卫琎气压胸口，觉得自己着了孙氏的道！

那妇人果然恶毒，假意让他祭天，其实是留有后手，害他背上如此骂名！

卫琎气了几日，得空入宫后，孙氏又问他休妻之事，卫琎大怒，问她：“我即便休了蒋氏，还能娶你不成？”

孙氏当即火了：“卫琎你什么意思？”

卫琎道：“我才想问问你是什么意思！”

孙氏气结：“我一心一意为你，你就这般待我？”

“为我？”卫琎冷笑，“你为的是谁，你心里有数！”

说罢他甩袖而去，孙氏气得砸了满屋瓷器。

她哪里知道卫琎的心思，只当卫琎是因为秋收祭吃了瘪，所以迁怒于她。

可这事又怎能怨她？若非卫琎贪得无厌去威胁皇帝，怎会落得如此下场？

想到此处，孙氏便恨，恨这卫家兄弟一个比一个薄情，恨这世间男人都是狼心狗肺的东西！

远远听到这些，顾见深久违地睡了个好觉。

隔日，顾见深去给孙氏请安，孙氏看到他便觉得火气更盛。

但她越气，顾见深越畅快，他低眉顺眼地道：“母后万安。”

孙氏冷声问他：“功课呢？”

顾见深将抄好的经书给她。

孙氏定睛看着，只觉胸口越发烦闷！

她平生最恨的就是自己的丈夫，然后就是这不该出生的不祥之子！

若非他们卫家人，她怎会落到如此境地？

一个两个，全是薄情寡义之徒，全都欺她骗她！她这般年轻，凭什么要死守宫中，凭什么要凄冷度日？

越想越气，孙氏将厚厚的一沓纸尽数扔到顾见深头上："满纸敷衍，回去重抄！"

顾见深低着头道："是。"

孙氏心烦意乱，挥手让顾见深离开。

她这般待人，顾见深也不见伤心之色，径直走出去，却觉得外头阴霾的天空很是好看。

天气渐凉，秋去冬来。

但他从不惧严寒，因为他时时刻刻都在这冰冷之中。

走到后花园时，他对身后的太监说："我在这儿坐坐，你们去外头等着。"

太监们自是连声应下。

花园里早就没了娇艳花朵，只有一地枯枝，凸显着凄凉和落寞，就像气急败坏的孙氏。

顾见深嘴角扬起。他摊开掌心，那里放着一块碎掉的瓷片。

这是孙氏摔碎的一个小瓷杯的碎片……

顾见深盯着它看了一会儿，下一瞬猛地用它划过自己的手背。

瞬间有鲜血涌出，他看着裂开的伤口和涌出的血液，连眉头都没皱一下。

痛吗？还行。

他小心地将瓷片埋起来，手缩进了宽大的袍袖中。

手背还在流血，他却扬着薄唇，眸中一片灿烂。

沈清弦入宫时颇有诧异，因为到了这时间，皇帝次次都守在御书房门外，无论他怎么说，皇帝都是执意等在那里。

为了不让顾见深等，他越来越早，可他早一刻，顾见深在，早两刻，顾见深还在。

意识到自己这不规律的时间反而会让顾见深等得更久，他便次次按时过来，这样顾见深也不会早早站在那里等他。

可今日……顾见深竟没站在门边。

沈清弦倒希望他别出来挨冻，只是往日里怎样劝他都不听，今日怎么就听了？

沈清弦带着疑惑进屋，几乎是刚踏进屋子，便闻到了淡淡的血腥气。

怎么回事？

沈清弦拧眉，抬头望去。

高且宽的案前，顾见深在埋头书写……

抄经书？他怎的又抄起来了？

沈清弦快步走去，定睛一看，顿时心中一疼："陛下，你这是……"

顾见深似是刚察觉到他来了，连忙缩了缩手，道："国师来了。"

沈清弦看都看到了，又怎会任由他躲掉？

沈清弦拿起他的胳膊，立即拂开袍袖，便看到了手背上极深的划痕。

沈清弦的声音冷到了极点："这是怎么回事？"

顾见深眸色轻闪，低声道："没事的，不要紧。"

"怎会不要紧？"沈清弦也不再多问，连忙唤来太监，让他们去打清水。

想了想，他又不放心宫里的庸医，干脆地道："陛下等我一会儿。"

顾见深不想他走："涟华哥哥……"

沈清弦道："臣很快就回来。"

说着他起身出宫，回去拿了上好伤药，又以最快的速度回到宫中。

顾见深见他来了便连声道："朕没事的，真的不要紧。"

沈清弦抿着嘴，一声不吭地给顾见深清理伤口。

其实不用问他也猜得到是怎么回事……

定是那孙氏做的！听闻昨日她与卫琎争吵，只怕今天还没消气，所以拿顾见深撒气了。

怎么会有这样的女人？还是个母亲！真是恶心透了！

沈清弦压着火气，小心翼翼地给顾见深上药。

"陛下，可能会有些疼，您忍着些。"

顾见深小声道："朕不怕疼。"

哪里会有人不怕疼？无非是疼得多了，学会了忍耐。

沈清弦心里怜惜，动作也越发轻柔了。

包扎好后，顾见深忽然出声，声音可怜又怯弱："母后是不是不喜欢我？"

听到他这话，沈清弦真想提刀去把孙氏给砍了！

顾见深一直以来都盲目地敬仰着她，卑微地渴求着不存在的母爱，会因为她做的一点点小事而开心很久，此刻他却问出了这样一句话。

孙氏是做了多么丧心病狂的事，才会让顾见深如此伤心？

沈清弦心中刺痛，舍不得让他如此失望，于是哄他道："怎么会？您是太后唯一的孩子，她定是喜欢您的。"

顾见深低着头，肩膀轻颤着，似乎在忍着哭泣声："可她说……她宁愿没生过我。"

"嗡"的一声，沈清弦脑袋轰鸣，彻底不想为孙氏说话了！

顾见深声音哽咽，满是小心翼翼："只有你对我好。"

他说："涟华哥哥，我……只有你了。"

沈清弦叹息道："陛下，臣今生定不离不弃。"

不离不弃。

顾见深靠在他肩膀上，眼睛直勾勾地看着前方。

他做出这副模样，无非是让秦清放松警惕，让秦清彻底感觉到，他信任秦清，比起信任孙氏更信任秦清。

这样秦清的野心应该会膨胀了。

可是秦清说，今生都会对他不离不弃。

真是如梦幻般的四个字。

不离——不离开。

不弃——不抛弃。

他的血脉至亲全都离开他，抛弃他，这世上又怎会有人对他不离不弃？

不对……这世上怎么会有这四个字？不存在的。

可是他很开心，听到秦清这么说，他很开心。

不管怎样，秦清比孙氏和卫琎好太多了，虽然同样都在利用他，至少秦清在毒药外面包裹着蜜糖，让他尝到了甜蜜的滋味。

顾见深扬唇，眼中多了丝真情实意，轻声道："谢谢你。"

假的也好，这是他今生得到的最温暖的拥抱。

沈清弦安抚道："陛下放心，您失去的，臣都会逐一为您寻回。"

家人的关心，他会给顾见深；辉煌的皇座，他会帮顾见深坐稳；整个天下，他会为顾见深守住。

这个誓言，沈清弦会用一生来兑现。

顾见深笑得不置可否，但此时的心情是愉悦的。

就像站在深渊中仰望到一缕光芒，虽然这可能是利刃反射出的刀芒，但也很美丽很耀眼，让人心醉神迷。

处理好伤口，顾见深又要抄书。

沈清弦哪里会让顾见深如此辛苦？他说道："陛下放着，这些交由我便是。"

顾见深摇头道："总觉得这样欺瞒母后，心里很不踏实。"

沈清弦道："为人母都是希望孩子能够健康顺遂。太后严厉，但心定是好的，陛下虽以孝立本，但也不可死板。明知抄经书无益，还坚持如此，也是在诱导太后犯错。"

顾见深顿了一下。

沈清弦又道："太后尊贵，等闲之人不容置喙，但陛下不可将错就错，理当用些婉转的手段来避免行错。"

他如此说了，顾见深自是应道："国师说得对。"

沈清弦又道："今日陛下伤了手，我们的课业还是停一停吧。"

顾见深连忙道："我没事的。"

沈清弦道："陛下，万事当循序渐进，不可操之过急。"

顾见深紧拧着眉，他想学，真的很想学。

沈清弦难得看他露出这般任性的模样，不由得软声道："陛下好生养伤，待到明日，臣给您多带几本书。"

顾见深眼睛一亮，点头道："国师一言为定。"

沈清弦温声道："一言为定。"

虽然没学东西，但沈清弦也没走，他在凡世三十多年可是大有才名，不只一手字惊艳世人，还有画笔一挥更是江山尽现。

沈清弦有心培养顾见深的胸怀气度，所以拿起笔，为他作了山水画。

泼墨落纸，气韵天成，画中山水林然，胸中丘壑万千！

他笔锋所掠之处，当真是荡气回肠！

顾见深看呆了，他何曾见过这种意境？

云雾缭绕，山峦重叠，望此山河，心胸豁然开朗，好像之前的所思所想如同蝇营狗苟，太过不堪！

沈清弦收笔，见身边少年一脸惊讶，不由得问他："陛下可还喜欢？"

顾见深看向沈清弦，半晌才说出一句话："国师大才。"

沈清弦笑道："不过雕虫小技。"

顾见深将视线落在这山河之上，忽然闭了闭眼睛，道：“若有机会，朕定邀国师一览大好山河。”

其实他们早就览过不知多少次了，当然顾见深都忘了，沈清弦笑道：“那臣就先谢过陛下了。”

这一日过得极快，眼看着天色渐晚，沈清弦不得不走了。

顾见深目露不舍之色。

沈清弦安抚他道：“陛下，明日再见。”

顾见深点头，应下后他忽然说道：“国师今晚会来吗？”

抄好经书，沈清弦自是要来上一趟的，他说道：“会的。”

顾见深竟又问他：“几时？”

沈清弦说了下时辰。

顾见深犹豫了一下，还是开口道：“国师若来了，可否告诉朕？”

沈清弦没弄明白，道：“那么晚了，会打扰到陛下休息。”

顾见深难得固执地道：“没事，请告诉朕吧。”

他连“请”字都用上了，沈清弦不好再推辞。

是夜，沈清弦踏着月色入宫，先将抄好的经书放好，接着去了顾见深寝宫。

他轻手轻脚地进来，看到侧卧在龙榻上的皇帝。

这么晚，顾见深果然已经睡了……

沈清弦摇头一笑，正打算离开。

顾见深却转头，一双黑眸精准无误地锁住了他：“国师？”清脆的声音里哪有丁儿点睡意？

沈清弦一怔：“陛下还没睡吗？”他一想又问道，“是专程在等我？”

顾见深道：“只是睡不着。”

沈清弦疑惑道：“有心事吗？”

顾见深起身，身影在黑暗中显得格外孤独：“没有。”

沈清弦走近他道：“那怎么睡不着？”

顾见深轻声道：“很黑。”

沈清弦笑了下，心底想的是：堂堂魔尊还会怕黑。

他温声问：“需要臣点灯吗？”

“不用。”顾见深又道，“国师，你能陪陪朕吗？”

沈清弦当然应下。

顾见深拍拍身侧道："没有不方便的话，国师能睡我身边吗？"

沈清弦一愣，有些没反应过来。

顾见深却又道："身边有个人，总觉得能睡得更好一些。"

沈清弦走过来，坐在床侧道："陛下睡吧，臣在这儿。"

顾见深看着他，忽然展颜一笑，道："朕睡了，你也别走。"

沈清弦应道："好。"

顾见深躺回床上，卷起被子，眼巴巴地看着他。

沈清弦道："睡吧。"

顾见深看着看着，眼睛真的闭上了，睡了一个前所未有的安稳觉。

秦清不会杀他，至少这几年都不会杀他。

真好……

漆黑冷寂的夜里，有个人在身边，真好。

沈清弦本以为自己哄这一宿就够了，谁知一哄就哄了整整五年。

这五年，对于沈清弦来说是相当忙碌的。

他要给予皇帝该有的教育：从儒学到法学，从治国之道到修身养性，从强身健体到胸怀气度……这些可不是嘴上说说那么简单的，一个流程走下来，尊主大人表示可以开个皇帝速成班了。

当然，前提是要有当皇帝的潜质，又要像顾见深这样一点就透、举一反三、勤奋乖巧又好学，简直不要太优秀。

沈清弦越发喜爱顾见深，那早就被时间淹没的养徒弟情怀，被激发了个淋漓尽致。

他那三个徒弟，虽然资质都是一顶一的好，但老大夏停强势冷情，老二赤阳子像阵风一样抓不到，老三沐熏小时候特别乖，越大越任性，完全弄不懂在想什么。

如此一对比，顾见深简直是好徒弟的典范，既聪慧省心又惹人怜惜，教起来还特别有成就感。

总之，沈清弦现在的心情基本是那溺爱幼子的老父亲，没对比没伤害，一对比……前三个"儿子"都得扔。

这五年他们的关系也越发亲近了，除了每晚"哄睡"之外，沈清弦觉得自己这个"小徒弟"堪称完美。

不过哄睡也不算太折腾，沈清弦是不肯上龙床的，只是守在顾见深身边，看着他入睡后便离开。

后来沈清弦发现，他一走顾见深便醒了，而且很难再入睡。

偏偏这家伙韧性强，睡不好第二天也会强打起精神，可一来二去，还是被沈清弦发现了。

他问："晚上没睡好？"

顾见深犹豫了很久，终于坦白道："国师，朕睡了你也别走，行吗？"

这话他是第二次说了，第一次沈清弦没当回事，第二次却没法忽视了。

"是臣离开时吵醒您了吗？"

顾见深摇头道："我中途会醒来，一醒来就很难再睡下。"

沈清弦一愣："是这样吗？"

顾见深点点头。

沈清弦当夜便留下了，当然他还是在床侧候着，想看看顾见深的睡眠情况。

他在这儿，顾见深入睡很快，可大约半个多时辰之后，本来睡得极香的皇帝忽然睁开眼，眸中一片清明，哪还有丁儿点睡意。

沈清弦被吓了一跳，低声唤他："陛下？"

顾见深转头，看到他的瞬间，所有戒备都消失了，眸中满是依恋："涟华哥哥。"

沈清弦温声道："睡吧，臣在这儿。"

顾见深便又睡下了。

这一宿，沈清弦算是明白了，为什么吃好喝好也不再熬夜的顾见深还是那么瘦弱。

因为他的睡眠质量实在太差了！不良睡眠对身体的损伤极大，是任何吃食都补不回来的。

第二日，沈清弦问顾见深："陛下夜里一直如此吗？"

顾见深垂眸道："一直如此。"

这真是太让人揪心了，沈清弦叹息道："陛下放心安睡，日后臣定会相伴身侧。"

顾见深笑得很开心。

从此以后，沈清弦便夜夜留在皇帝寝宫中，当然他还是没有睡在顾见深的床榻上，这太冒犯了。他入凡胎时，当了那么多年皇后，规矩还是懂的。

顾见深见他执意不同自己睡，便偷偷为他准备了一张床。

沈清弦莞尔，倒也觉得窝心，如此，两人便长期同居一室了。

有了沈清弦的陪伴，顾见深的睡眠质量大幅提升，起初也会惊醒，但只要看到沈清弦，他一会儿又会睡过去。

慢慢地……顾见深从一夜惊醒数次变成两次，一次，直至后来可以一夜睡到天亮。

高质量的睡眠对他身体带来的变化是显而易见的。

一直瘦弱的皇帝越发结实了。

自从知道勤加锻炼可以“胸口碎大石”后，顾见深便热衷于早上的晨练，起初只是打打拳，后来加入了骑射跑马，一圈跑下来，普通侍从完全追不上。

侍卫们都以为陛下资质过人，是练武奇才，其实这全是沈清弦那心法的功劳。

这功法的修炼是个长久之道，起初不显，但五年过去，好处已经滋养到顾见深身体各处，再加上顾见深热爱运动，效果越发好。沈清弦陪着如今的顾见深跑了一次马，自己竟累得气喘吁吁。

由此可见，皇帝未来不可限量。

不仅身体好了，顾见深的性情也比以往好上很多。

沈清弦的教育还是很成功的，没有死读书，更没有“偏科”，无论是治国理论，还是文学修养，他都有给顾见深逐一灌输引导。

如果是卫国的国师秦清，绝对教不了这些，但沈清弦是谁？不提修真界的大佬身份，单单是“沈皇后”的素养，便足够让顾见深受益终身了。

唯一让沈清弦比较犯愁的是……

顾见深仍旧非常依赖他，或者说是更加依赖了。

当然这也不是坏事……毕竟他们来凡世这一趟，最主要的就是让顾见深重新对他敞开心扉，并与他结为好友。

顾见深信赖他，有助于日后做任务，应该是于他有利的。

但沈清弦很忧心……

他总觉得他们这走向不太对……

如今的顾见深肯定是对他敞开心扉的，这点沈清弦不怀疑，但玉简一点动静都没有……

显然这不符合玉简的要求。

所以沈清弦很愁，是他大意了。

可在五年前那个情况下，他也只能这么做，皇帝年少，他不照顾的话，顾见深只怕都活不到现在。

活都活不下来了，还谈什么任务？

沈清弦愁归愁，可也没什么招，只能走一步看一步了。

第十三章

无奈装病

这几年沈清弦在朝中站稳了脚跟，已经可以光明正大地和卫琎硬怼了。

主要是顾见深日益长大，又对他言听计从，所以他才会被很多看不惯卫琎又拥护正统的朝臣信任。

而沈清弦铺垫了五年的网，也差不多可以起手了。

卫琎蹦跶了这么久，该滚蛋了。

夜里，沈清弦来的时候，顾见深还没睡。

往日里睡在床上都能让被褥淹没的少年长成了这般高大青年，沈清弦瞧着还挺唏嘘的。

他怎么觉得过不了几年，这小子就长得比他这肉胎还高了？

以前顾见深还总闹着让他睡身边，如今也不提了。估计他真睡上去，顾见深还会嫌挤。

顾见深见他来了，英俊的眉眼里全是喜悦：“国师快来，朕给你留了个好东西。”

沈清弦如今不是天天入宫了，一来能教顾见深的都教了，二来他如今朝政缠身，实在忙碌。

当然他白天可以不来，晚上却是必须来的。

沈清弦先行了礼，再走过去问：“是什么东西？”

顾见深从袖笼里拿出个鲜红明亮的小果子。

沈清弦眼睛一亮。

顾见深道："不能吃，只是好看，我白日在御花园看到的。"

沈清弦可以说是非常喜欢了，弯着眼睛收下："多谢陛下。"

顾见深笑道："你啊，怎么就喜欢些奇奇怪怪的东西？"

沈清弦看看手中鲜红的小果子，特别想念顾见深原本的眼睛。

顾见深喜欢看沈清弦这模样，起初他以为沈清弦是假装喜欢红色，如今却是肯定了，这家伙是真的喜欢。

这个不祥的颜色，这个为人不喜的颜色，这个他与生俱来的颜色，沈清弦打心眼里喜欢。

想到这里，顾见深便觉得有些暖心。

因为沈清弦喜欢，他居然也没那么厌弃自己了，在照镜子时也不再躲闪耳垂上的红色。

何为不祥？鲜血的颜色便是不祥吗？可红色不也代表着朝阳与新生？

这小果子即便可以吃，沈清弦也不舍得吃，他小心地将果子收好，才说道："陛下，天气渐热，过些日子不如带着太后去行宫避暑。"

"行。"顾见深随口应道，"劳烦国师筹备了。"

沈清弦道："臣之本分。"

时候不早，两人也没再多说，各自上床就寝。

翌日上朝，沈清弦提了避暑之事，顾见深自然满口应下，卫琎不满道："行宫荒废失修，陛下和太后前去，势必要大兴土木，如今南地正值雨季，若是发了洪水，国库吃紧，该如何是好？"

沈清弦日常反驳他："陛下之躯，国之根本。行宫本就是避暑之地，理应每年查修，难不成陛下不去，行宫就成荒地了？"

事实上，卫琎每年都会去住上一阵子，哪里是失修？根本是热闹得很，只是卫琎胆大包天，鸠占鹊巢，不想让开。

沈清弦又道："至于南地水患就不劳理王忧心了，这是钦天监的职责，臣早已提前测算。"

沈清弦如今能得众人拥护，敢和卫琎分庭抗礼，固然有顾见深的信任，更重要的是得到钦天监这些年的大力支持！

本来老百姓们最关心的就是风调雨顺，而这几年卫国实在是大写的风调雨顺！毕竟有沈清弦这么位大佬在，即便风不调雨不顺，他也能给弄顺了。

避暑的事就这样定了下来。

而沈清弦之所以要让顾见深和孙氏去行宫，是因为他在那里给孙氏准备了一份大礼。

这么多年的调查，对于孙氏的喜好，沈清弦已经明明白白。

早年嫁入皇宫时，她是仰慕先帝的，只是先帝薄情，新鲜几日就觉得没意思，冷落了她。

孙氏心高气傲，顿觉不甘，竟作死使了个手段，引诱先帝。

先帝醒来勃然大怒，拂袖离开，自此孙氏彻底失了圣心。

巧的是她竟然一夜怀孕，成了后宫唯一怀有子嗣的妃子。

孙氏觉得这孩子是她的未来，只要生下来，先帝必然会因为孩子而怜惜她。

抱着这般期待，她辛辛苦苦地把孩子生下来，折腾得半条命都快没了，结果先帝不仅没有对她改观，反而因为那抹红痣迁怒于她，觉得是她用了下作手段，所以生下了不祥之子，于是越发厌弃。

孙氏这下心灰意冷，恨透了先帝，也怨极了顾见深。

她本就是个自私性子，如今更觉得自己受了天大的委屈，哪里还会喜欢这个给她带来灾难的孩子？

她一直浑浑噩噩地度日，直到不小心成了太后，才觉得“苦尽甘来”，再被卫琎甜言蜜语一哄，便觉得日子有奔头了。

可实际上，她爱卫琎吗？

不见得，她无非是想被人宠着，无非是觉得先帝看不上她，而卫琎满足了她的虚荣心。

弄清她这些心思，沈清弦就可以对症下药了。

她既然想有人爱她，那么沈清弦便给她准备了这么一个人。

这几年她和卫琎还维持着关系，主要是卫琎还乐意哄着她，但她已经越发不耐烦了，觉得卫琎根本不是真心爱她，只是想利用她。

这时候，如果让她偶遇一个风流倜傥的知心人……

不出沈清弦所料，这位知心人几句甜言蜜语便让孙氏把卫琎抛诸脑后了。

在行宫这两个月，大家都挺快活。

孙氏寻到了“真爱”，日日沉浸在梦中。

顾见深难得出宫，只觉样样都新鲜，事事皆有趣，很是畅快。

沈清弦知道他爱骑射，待到天气凉爽了之后问他：“陛下，可想去狩猎？”

一般都是秋猎，不过皇家猎场，本就是人为干涉的，沈清弦略一布置，也能让顾见深玩得尽兴。

顾见深当即应道："好！国师同朕一起吗？"

沈清弦含蓄道："臣不擅狩猎，只能跟在陛下身后了。"

顾见深笑道："那朕定为你狩得无数猎物！"

沈清弦喜欢看他这朝气蓬勃的模样："臣恭候。"

沈清弦做事从来都是有的放矢，他安排这次狩猎，也是为了让大臣们看看，他们的陛下已经长大。

顾见深虽然还未在政事上有所建树，但挽弓射日的气势已足够震慑群臣！

沈清弦处心积虑地为顾见深谋划，顾见深也不负厚望。

猎场之上，顾见深策马驰骋，男儿英姿尽显，沈清弦遥遥看着，很是欣慰。

不久后他必是万人敬仰的一国之君！

说起来沈清弦以前只觉得顾见深长得好看，眼睛最美。

可如今忽略了瞳色，他倒是看到了很多其他的。

比如顾见深的气度、他的灵魂、他的优秀。

这五年，沈清弦看到了真正的顾见深。

大概是知道顾见深没了记忆，所以他也放下了戒备，才能真正对顾见深敞开心扉。

在行宫的两个月一晃而过，孙氏与那位知心人已是郎情妾意，密不可分。

宫里不比行宫这般自在，孙氏难忍相思之情，总是偷偷将人放进来。

沈清弦觉得火候差不多了，便趁机将卫琎引来。

这下太后宫中可是相当热闹了。

卫琎本就常出入，宫人都不敢宣扬，毕竟臣子经常去太后那里也太不正常。

孙氏怕自己宫里有眼线，所以和心上人见面都是背着他们的，偷偷摸摸得很。

其实她要是别背着他们，宫人见到卫琎来了，还会帮她掩护下。

这下可好了，皇后正在宫中颠鸾倒凤的时候，卫琎径直闯了进来。

一时间，场面尴尬。

孙氏从床上下来，见着卫琎当场愣住。

卫琎勃然大怒："你这不知羞耻的妇人！"

孙氏本来还理亏，听他这么一说也炸了，怒道："后宫重地，卫琎你为何私自闯入？”

这话又戳了卫琎的痛处，两人分分钟对骂起来。

本来这几年沈清弦便在明里暗里地挑拨他们，卫琎不信孙氏，孙氏也逐渐对卫琎失望。两人勉强维持着关系，也不过是因为孙氏贪恋卫琎的甜言蜜语，卫琎也总想着孙氏能帮自己一把。

如今两人是彻底死了心。

孙氏看明白了卫琎，卫琎也看清了孙氏。

两人想要的对方都给不了，这下是彻底撕破脸了！

卫琎大怒离去，孙氏心中冷笑，转身回去。

只是让他们反目成仇还不行，沈清弦要一举弄死卫琎。

卫琎回到府上，大发雷霆！

他这几年过得很是郁闷，朝堂之上秦清横空出世，处处和他作对，偏偏他还奈何不了秦清。

明面上秦清有皇帝支持，是行君令，比他还名正言顺。

暗地里他无数次派人去暗杀秦清，全都有去无回。

几年下来，他眼睁睁地看着秦清站稳脚跟，竟毫无办法！

本来他就迁怒于孙氏，觉得她这个当娘的还不如一个外人同皇帝亲近，结果孙氏就给他弄了这么一出。

他本就多疑，越发觉得孙氏是和沈清弦联手，想要扶持皇帝！

卫琎哪能甘心？他苦心经营许久，眼看着皇位唾手可得，又怎能放弃？

沈清弦安插在他身边的人有了机会，撺掇他：“王爷，既然如此，不如干脆……”

卫琎眸色一黯，心动了。

再这样下去，过不了多久，他就彻底没机会了，不如趁着大权在握，直接逼宫！

沈清弦等的就是他逼宫这一日。

卫琎自以为掌握着禁军，只要出其不意地除掉皇帝和太后就可以事成，却不想沈清弦早有准备。

卫琎闯入寝宫，一剑刺下去，棉花四飞……

卫琎心一紧，知道坏了，再一转头，皇宫灯火通明。

本来助他逼宫的禁军将领已跪在顾见深面前：“陛下，请下令让臣捉拿贼子！”

顾见深面无表情。

卫琎看到他身后的沈清弦，明白自己是掉进别人早就设好的套里了！

“皇上！”卫琎心知死期已到，怨愤地道，“真正的狼子野心在你身……”

他这话还没说完，顾见深已经拔剑刺向他。

此举将所有人都震住了。

禁军、宫人，所有看到这一幕的皆低头垂眸，大气不敢出一声。

皇帝一剑贯穿了自己的皇叔。

哪怕卫琎罪有应得，可这毫无犹豫的一剑，也让人后背发凉。

皇帝无能吗？只怕是潜龙在渊、终跃乾庭！

沈清弦眉心皱了下，倒是什么都没说。

卫琎一党被拔除，朝堂立时稳了下来。

沈清弦本想顺势把手中的权力交出去，却不想竟来了这么一出。

孙氏的父亲、顾见深的外公孙老出列，奏请圣上大婚！

他这话一出，顿时一呼百应。

沈清弦怔住了。

他竟然把这事给忘了……

一转眼，顾见深已经到了成亲的年纪……

凡人的帝王本就成亲极早，顾见深早就可以娶妻，但卫琎在，有他压着，没人敢提。

毕竟皇帝大婚，可不是娶个媳妇儿那么简单，往往意味着亲政。

卫琎怎会让顾见深亲政？所以一直压着。

可如今他倒台，这事就摆上台面了。

沈清弦不在意，可有大把的老臣在意。

虽然孙氏糊涂至极，但孙老是个聪明人，知道外孙比外人强。

孙老生怕沈清弦成为第二个卫琎，所以想让外孙赶紧亲政。

而亲政的第一步就是大婚！

沈清弦觉得不行。

让顾见深娶妻？开什么玩笑？

如果顾见深娶了皇后，哪里还有空陪他完成任务？

不对！

重点是顾见深现在没有记忆，等顾见深找回记忆发现自己不仅有皇后还有了孩子……

沈清弦顿时头皮发麻，觉得顾见深肯定会和他拼命！

反正大婚这事，绝对不行！

沈清弦无论如何都不会允许其发生的！

所以，当群臣纷纷奏请时，沈清弦出列道："立后是国之重事，马虎不得，还须从长计议。"

他这态度一表现出来，朝堂上的关系立马微妙了。

全是猴精一样的人，瞬间弯弯绕绕一大堆。

比如孙老一派，认定沈清弦是狼子野心，百分百的二号卫珽。

沈清弦这么多年自然收拢了不少心腹，他的心腹此时十分兴奋，觉得国师果然是有雄心的。

这些人都想到了，御座上的帝王又哪里会想不到？

其实这完全在顾见深意料之中，没有丁点意外，但他胸腔里仍旧不可避免地升起了一丝凉意。

五年……

这般美好的时光，看来要画上句号了。

不等别人开口，顾见深自己出声道："国师说得对，大婚之事不急。"

他这般说着，孙老等人也只能叹息。

一直以来都是这样，秦清说什么，他们的陛下都会附和，以前还有卫珽抗衡，如今已是秦清的一言堂。

孙老也不敢硬来，此时卫珽刚死，陛下正是最信赖秦清的时候，这时候和秦清对上，反而会被他顺手除掉。

等到朝堂上全都成了秦清的人，那才真是要变天了。

这事就这么被沈清弦给压了下去。

只不过他还是很忧心，压得了一时，压不得一世，还是得想解决之道。

下朝后，沈清弦留在了宫里。

顾见深还是那般模样，问他些书本上的东西，还把近日写的字给他看。

沈清弦同顾见深说了会儿话，还是把话题绕到了大婚上。

这事得好生说说，虽然他现在没办法让顾见深不立后，但好歹得把道理说明白。

卫琎被除，顾见深得以亲政，他只是不想让顾见深大婚，又不是不想让顾见深亲政。

以前他和顾见深怎样都好，如今，还是要把话说清楚。

沈清弦说道："今日孙老提的事……"

谁知他刚开个头，顾见深便道："朕不想立后。"

沈清弦一怔，忍不住问："为什么？"

顾见深看着他，过了会儿后别开视线道："朕不信她。"

四个字让沈清弦的心软了一半。按理说，这时候他该好生教顾见深，告诉顾见深成家是人一生中必经之事，帮顾见深解开心结，帮顾见深寻找一个相伴一生的妻子……

这才是一个长者的正常思路，可是沈清弦不能。

沈清弦温声道："陛下总会遇到一个值得信任的伴侣，只不过现在还早了些。"

顾见深又看向他，黑眸很深，但意外地很温柔："涟华哥哥，朕只信你。"

沈清弦听得心一暖。

沈清弦笑了下，没再说什么。

他对顾见深还是很放心的，虽然没能聊到亲政的事，不过这阵子他会试着让顾见深来接手了。

亲政不是嘴上一说就可以全扔给顾见深的。

这是个循序渐进的过程，一点一点交接才不会出错。

下午沈清弦离了宫，顾见深独自在御书房练字，笔墨落纸，一个"清"字跃然于上。三点遒劲，青字卓然，简简单单的一个字却像是开刃的剑，染上了主人的杀伐之气。

清，秦清，秦涟华。

顾见深盯着这个字看了很久。

他蓦地落笔，巨大的墨点将这个字浸泡，仿佛泥泞的沼泽，一口将猎物吞噬。

他竟然还在期待，有什么可期待的？

从一开始就是假的，全是假的，人心……怎么可能会有真的？

顾见深揉碎了纸张，扔进火盆中，看着它烧成灰烬。

夜里，沈清弦被一些杂事绊住脚，来得有些晚。

这么晚了，他觉得顾见深应该睡了，可还是忍不住过来了。

习惯这东西就是这样，只要养成了，会让身体比思想还快，在还没想明白到底来不来的时候，他就已经来了。

沈清弦轻手轻脚地走进来，发现顾见深果然已经睡下了。

以前那个夜夜惊醒的少年已经不再惧怕黑暗，可他竟然还是放心不下。

既然已经来了，那还是留下吧。

沈清弦这般想着便轻轻地走了进去，一走近他便摇头苦笑……顾见深又没盖被子。

入秋的天气，顾见深却总是不爱盖被子。

大概是年轻人火力大？不怕冷？

晚上冷得很，可顾见深总是不盖被子。

沈清弦怕他冻着，小心地给他盖上被子。

几乎在被子落下的瞬间，沈清弦的手腕被用力握住。

沈清弦一愣。

顾见深居然一把将他拉了过去。

这下沈清弦十分惊讶，他刚刚是有防备的，但是顾见深动作快且力道大，他竟然没躲开。

沈清弦倒在床上，顾见深在上方看他。

两人对视了一会儿，沈清弦先开口了："陛下？"

顾见深眼睛不眨地看着他，看着他精致的五官，看着他温柔的眉眼，看着他眸中的担忧与挂念。

沈清弦又问："做噩梦了？"

顾见深终究还是放开了。

噩梦什么的，他难道不是时时刻刻都身处其中吗？

"抱歉。"他低声道，"大概是被魇住了。"说罢他起身下床。

沈清弦的手腕被他握得有些疼，他虽惊讶于顾见深的力量，但也没有多想，只以为顾见深是梦魇了。

他起身给顾见深倒了水："喝点热水。"

顾见深接过杯子，声音已经恢复如常："方才有没有吓到你？"

沈清弦摇头道："没事。"

顾见深喝了口水，温热流进胸腔，却化不了其中的冰寒。

他看向沈清弦：“国师，你有什么想要的吗？”
想要的？还真有，沈清弦笑了下道：“当然有。”
顾见深转头看他：“朕能满足你吗？”
这事除了顾见深，还真没人能满足他了，沈清弦想想就觉得十分有趣，遂道：“能。”
顾见深盯着他道：“告诉我。”
沈清弦笑道：“尚不可说。”
他笑得清浅，本来就好看的眸子，此刻摇曳着烛光，竟比往常还要温柔。
顾见深别开了眼，略有些僵硬地说道：“时候不早了，睡吧。”
沈清弦也有些累了，便应了下来。
夜色渐深，月光却越发明亮，照在漆黑的屋子里，像落下的一层薄霜。
顾见深转身，看着睡着的沈清弦。
他可以杀了沈清弦，这是最好的时机，因为沈清弦对他毫无防备。
可他下不去手。
明知道沈清弦虚情假意，顾见深却不想放弃这仅有的温暖。
就好像掉进泥潭中的人，哪怕知道伸过来的是一根毒刺，却还是想要握紧，怀揣着最后一丝希望，渴望得到救赎。
沈清弦浑然不知自己差点被“送回”万秀山。
他起来时顾见深已经醒了。
今日有早朝，所以顾见深起得比较早，沈清弦昨晚睡得太晚，今早有些乏力，尤其天气渐冷，他真不想离开温暖的被窝。
顾见深道：“一会儿用了早膳再走。”
沈清弦打起精神：“使不得……臣这就回去了。”
睡在这里已经是大不敬，再和皇帝共用早膳……他不能这么没规矩。
顾见深也没强留他，只嘱咐道：“衣服穿好，小心冻着。”
沈清弦心里一暖，看向顾见深道：“陛下也是。”
顾见深道：“朕不怕冷。”
还真是……每晚踢被子，沈清弦道：“还是陛下年轻。”
他这话只是随口一说，却一下子戳中了顾见深。
顾见深打量着沈清弦，上上下下看了好一会儿。
沈清弦察觉到顾见深的视线，疑惑地道：“陛下？臣可有哪儿不整？”被顾见深这样盯着看，他以为自己没穿好衣服。

顾见深却道："国师正值最好年华。"

原来是在打量这个……说起来，他这肉胎比顾见深大了一旬有余。

沈清弦幽幽地道："等以后，陛下可千万别嫌弃臣年老。"

顾见深却怔了下，他想的是：哪里有什么以后？不过听沈清弦这么说，他愿意配合，他道："无论何时，朕都不会嫌弃国师。"

只是不嫌弃还不行，还得敞开心扉！

算了算了，别自讨没趣，沈清弦躬身告辞。

顾见深又对他说道："一会儿见。"

见顾见深如此高大了还这般依赖他，沈清弦很是受用，道："一会儿见。"

沈清弦一走，宫人进来问膳。

顾见深起身出去，看着丰盛的早餐，却连拿起筷子的心情都没有。

美食佳肴，入肠即去，他想要的却怎样都得不到。

秦清总叮嘱他要盖好被子，要小心着凉，他却总不盖。

秦清以为他是天生体热，不怕冷，其实有谁会不怕冷？体越热，越怕冷，可他不想待在柔软的棉被里，他需要这刺骨的冷意，需要这份冰寒来提醒自己，提醒自己不要坠入秦清布置的陷阱。

可实际上，他早就掉进去了。

顾见深握着筷子，竭力压制着从心脏处传来的刺痛。

他竟然荒唐地想着，如果秦清真是他的兄长该多好，这样皇位理应是秦清的，而他就可以全心全意地待在秦清身边。

可这终究是妄想，软弱又怯懦，像个卑微的蝼蚁。

顾见深手上用力，银筷在手中弯曲，却不会被折断，就像他一样，倔强地维持着自己的尊严。

他提醒自己清醒一些，别去渴望根本不存在的东西。

自从卫琎被除，朝堂上一片祥和，议事的进度都快了不少。

一来，是沈清弦很有处理朝政的经验，没人搞事后，他总能做出最精准的判断，效率自然提升了；二来，大家都不敢惹沈清弦，为了不当出头鸟，全都成了应声虫。

至于高高坐在台上的顾见深，本来就不掺和，如今更是句句皆是："国师所言甚是。”

这场景让孙老等人摇头叹息，惶惶不安——

可恨这秦清狡诈，将陛下哄得团团转，大臣们连劝谏的机会都没有。

忙碌了一段时间，把几件比较重要的事稳定下来后，沈清弦便打算放权了。

卫璥虽死，但尚有余党，沈清弦提前处理完，再教给顾见深，也让他轻省些。毕竟顾见深刚亲政，如果一上来就是烂摊子，沈清弦怕打击他的积极性。

有个好开头，以后才越发顺畅。

沈清弦对顾见深也是用心良苦。

至于顾见深领不领情……嗯……只能说双方运气不错，一个还没捅刀子，一个也不用被戳心窝。

快要入冬了，沈清弦越发怕冷，每晚一进宫都冻得面色雪白。

顾见深给他备了姜茶：“喝了驱寒。”

沈清弦喝下后还是冷得很，搓搓手道：“今年是严冬。”

顾见深笑他道：“是国师太怕冷。”

沈清弦道：“真的冷，不信您试试。”

说着他伸出手，顾见深一把抓住了他的手，果然很冰，像屋檐上挂着的冰凌。

沈清弦只得镇定地道：“是不是很冷？”

“嗯……”顾见深笑了笑，“朕倒是热得很，就这般给国师焐焐手吧。”

沈清弦连忙道：“使不得！哪里能让陛下……”

“别和朕见外。”顾见深温声道，“本就是因朕的私心，才让你夜夜奔波。”

这倒是真的，如果不是为了来陪顾见深，沈清弦哪里需要大晚上吹冷风，冻得瑟瑟发抖？

说来顾见深的手可真热乎，沈清弦还挺想让他给焐焐的。

就这样吧，反正也没别人，他和顾见深也没必要这般见外，沈清弦想想自己“劳苦功高”，也受得起。

顾见深见他面色减缓，心中竟有些暖意。

说来可笑，他的手这么凉，他这么危险，可顾见深却只能从他这里汲取片刻温暖。

再等等吧，再等一阵子……

他会让这一切结束的。

手热乎了，沈清弦的心也热乎了，大概就是一颗老父亲的心得到抚慰，又能勤勤恳恳地为儿子卖力了。

入冬后，边疆会有骚乱。

尤其碰上严冬，更是极其不稳。

这缘由倒也简单，边疆的游牧民族靠游牧为生，入冬后天寒地冻，牧草和猎物都大大减少，马匹也受不住寒，他们吃用不够，就只能到平原地区来抢了。

人嘛，总得活着，吃不饱穿不暖，如此灾难之下，他们只能来侵略。

今年入冬早，天气又冷，别说沈清弦了，普通老百姓都知道这是个寒冬。

虽然家家户户有屯粮，可边疆的百姓很不安，生怕被外族给烧杀抢掠。

今日朝堂上，便有人奏请："即将入冬，还望能调拨经费，给边防兵将备齐物资，以防外族来犯。"

当即便有人道："备得再齐又如何？蛮族铁骑，真要入侵，哪里防得住？"

这话一出，便有将领火了："防不防得住，你怎知道？难道还能弃百姓于不顾，任那蛮族烧杀抢掠？"

"历年迎战，你们可有过丰功伟绩？哪次不是赔了夫人又折兵？"

"站着说话不腰疼！我卫国边域辽阔，那蛮族入侵从无定数，哪是这般好防范的？"

"既然不好防范，何不与其求善，助其度过寒冬！"

"荒唐，我泱泱大国还会畏惧那等夷族？真是长他人志气，灭自己威风！"

朝堂上百官就这样你一言我一语地吵了起来。

这也是惯例了，对于用兵一事，向来有主战与主和之争。

双方都各有各的道理，除了吵吵闹闹，从来是分不出个对错。

这时候就需要有人站出来，裁定到底是战还是和，看的是国力，也是帝王心性。

"好了。"沈清弦开口，打断了双方的骂战。

他一出声，大家自是安静了。历朝历代，喊停的都是皇帝，但他们如今是国师一言堂，所以沈清弦一开口，他们就等结果了。

本以为沈清弦会像往常那样给出结论，然后示意性地问问陛下。

谁知沈清弦竟开口道："且听陛下裁定。"

此言一出，偌大个朝堂瞬间安静，仿佛连呼吸声都停了那么一瞬。

大家都怀疑自己幻听了，这个"大家"里估计也包括顾见深。

沈清弦却已经在等着。

过了好一会儿，大家才纷纷回过神来。

原来他们没幻听，国师真的说了这么句话……

可是……这怎么可能？

孙老等人纷纷揣摩：难道是有什么陷阱吗？又或者是他在故意为难陛下？

顾见深已经开口了：“国师有什么意见吗？”

他这话让孙老等人的心情很是复杂，一方面有些安心，不怕秦清在朝堂上为难陛下；另一方面又难受，堂堂帝王竟然事事都要问别人……这无疑又助长了秦清的威势！

他们想，这大概就是秦清想要的效果吧。

可惜他们想象的奸臣贼子真是一片赤胆忠心，只听沈清弦又道：“陈尚书和李将军的意见都是有道理的，只等陛下裁定。”

他竟然又把问题抛给了顾见深。

孙老等人就很气了！这贼子，到底要羞辱陛下到什么时候？

顾见深微微拧眉，继续说道：“朕更想听听国师的见解。”

听顾见深这么说，沈清弦也皱了皱眉，果然亲政这事不是这么简单啊……

罢了，边疆动乱这事还是太大了些，顾见深向来性情谨慎，估计是不想做出错误判断，以致酿成大祸。

这么一想，沈清弦释然了，于是说道：“臣以为，蛮族兵强但内乱，不如交好一族，寻得消息后抨击他族，如此一来，既起了震慑作用，也解了边疆之患。”

一味打仗是劳民伤财的事，哪怕赢了，边疆百姓也是流离失所，跟着受了大罪。

而这些游牧民族又是没法击垮的，打得凶了，游牧民族退回草原深处，卫国这边也无法深入追击；若是不追击，待来年春天休养生息好的游牧民族又如野草般春风吹又生、卷土重来闹事……

所以沈清弦这折中的法子是再好不过。

他这主意自是极好，顾见深继续按惯常道：“国师所言甚是。”

早朝就这么结束了。

顾见深在想什么，沈清弦自然是不知道的，他还在考虑着该从哪里入手让顾见深融入朝政……

顾见深心情很差，下了朝去马场，跑了个大汗淋漓。

他如今的听力比以前还好，所以听得到下朝时孙老诸人的议论。

“这秦清实在张狂，竟然以此示威！”

“我看他是沉不住气了，恨不能让朝臣都赞他英明睿智！”

“他可真是贪得无厌，如今已是他的一言堂了，竟还不知足！”

“知足？呵呵，他若懂得知足，又怎么会走到今天？”

“苍天无眼啊，让我大卫受此屈辱。”

这些话落到顾见深耳朵里，他心里是个什么滋味？

恨且怨。

恨秦清薄情冷意，怨自己心软无能。

恨怨交缠，偏偏他还总放不下那一丝执念……

这种复杂的情绪交缠在年轻帝王胸中，让他如何释怀？

放纵跑马，箭箭红心，却也纾不散他胸中愤懑！

沈清弦入宫时，顾见深正在更衣，得知他来了，顾见深扬声道：“国师进来吧。”

沈清弦进来，行礼后看到只着里衣的帝王。

这身体素质可真好啊……

沈清弦挪开视线，心里却想着：顾见深肯定给自己加设定了，找了个素质比他还好的肉胎。

可惜顾见深没了记忆，不能修炼，要不然，这肉胎早就超过他了。

不过现在应该也在伯仲了。

顾见深穿戴整齐后问他：“国师有事吗？”

沈清弦当然不是来欣赏肉胎的，他是有正事。

他例行寒暄了几句，赞叹顾见深骑术精湛，箭术精准。

他三言两语，顾见深压抑了一上午的心情竟然有放晴的征兆。

可紧接着却是更大的愤懑，顾见深气自己轻而易举就能任秦清摆布。

沈清弦顿了下终于说道：“陛下，今日朝上之事，您当真认可臣的建议吗？”

顾见深眸色冷了些：“国师的决定，自然是对的。”

沈清弦有些忧心，顾见深信赖他是好事，但是不是有些信赖过头了？

这日后可要如何执政？难道还要让他整日帮忙处理政务？想想之前那凡世

数十年……顾见深懒得起来时连奏折都不批，天天让皇后批……

不行！这次顾见深都没记忆了，可不能再让顾见深偷懒，怎么也该换他悠闲一次了！

来趟凡间，谁要天天批奏折？

沈清弦心一横道："臣望陛下日后能多有些自己的见解。"

顾见深只当他还在试探，于是说道："国师说的都是对的，既是对的，那朕依从便是了。"

果然是把顾见深惯坏了，沈清弦心中警铃大作，又说道："臣若不在了，陛下该怎么办？"

顾见深一愣，当即看向他道："国师要去哪里？"

沈清弦顿了下，扯淡道："人各有命，我比陛下年长，自是要比你先去的。"

"莫要说这些！"顾见深拧眉道，"国师如此年轻，怎能这般轻言？"

好像是说得有些过了……试想下，之前凡世李氏和他说这话，他也是不乐意听的。

沈清弦只得换个话题继续道："陛下，这是您的职责，臣不能一直代行。"

听到这话，顾见深后背瞬间绷直，有些拿不准沈清弦要做什么。

难道这就要撕破脸了吗？难道卫琎一倒，他便一时着急了吗？

顾见深心凉如水，已在戒备。

谁知沈清弦竟说道："陛下如今骑射皆已了得，还是多用些心在朝政上吧！"

沈清弦这语气，仔细品品，还挺像那忧心儿子贪玩不继承家业的老父亲……

顾见深被他说得一愣，越发听不懂了。

沈清弦还以为顾见深是因为不能骑射而恼，于是又心软道："也不是不让您去马场，只是时间上要少一些，比如清晨跑过，下午就不要去了。"

顾见深茫然道："那……朕要做什么？"

沈清弦道："批阅奏折！"

顾见深整个人都呆住了。

沈清弦见他这样，越发觉得自己不能再纵容他了！只是批奏折，他就愁得像天塌了一样，日后理起朝政岂不要撂挑子？

那可不行！自己已经累了许久了，可不想一直累着！

沈清弦下定决心，决定从今日起，就让顾见深适应下皇帝的日常生活。

直到坐到御书房，看着一堆奏折，顾见深才慢慢回过神来。

怎么回事？秦清这是什么意思？

还在……试探他吗？

有必要做到这个地步吗？他已经如此顺从了，秦清还是不相信吗？

还是说他背地里做的事，秦清有所察觉了？

想到此处，顾见深后背一凉，手心沁出薄汗。

不，秦清不知道，如果知道了，绝不会是这番模样。

但秦清肯定起疑了……所以在不断地试探他。

想到此处，顾见深沉下心来："国师……你帮朕代笔不行吗？"

顾见深果然想偷懒！沈清弦道："不可，国家大事，陛下理应亲自裁断！"

顾见深又道："国师何不像抄经书时那样？反正你的字迹可以模仿得与朕一般无二。"

这孩子，竟然还惦记着这事，当年他给顾见深抄经书，是为了让顾见深多些时间学习治国理政的知识，如今可好，倒成了顾见深偷懒的借口了！

沈清弦觉得自己的教育还是有问题，严重偏科了。以前总担心顾见深身体长不好，所以鼓励他多锻炼，这下好了，一不小心培养出个只爱骑术射箭不爱朝事的皇帝！

沈清弦严肃地道："那时陛下年少，笔迹不成熟，所以臣能模仿一二，如今您的字体已大成，臣哪里仿得出来？"

顾见深诧异地看向他："仿不出来了？"

还是能仿出来的，但沈清弦不会给顾见深偷懒的机会，于是郑重地道："臣做不到！"

原来已经仿不出来了吗？顾见深明白了，看来他让自己批奏折是为了安抚孙老等人。如此一看，恐怕秦清的筹划还没那么稳妥，还需要再多些时日。

顾见深稳下心来，但也没那么大意，为难道："既如此……那朕就试试吧。"

批奏折的时候，顾见深完全没自己的主见，基本上事事都在问沈清弦。

沈清弦起初很气，但想到他终于肯提笔了，觉得也不能操之过急，索性就纵着他，先给他意见，回头再慢慢让他自己裁夺。

如此一来，顾见深的心更稳了：果然如此，只是借用一下他的笔迹来安抚朝臣。

转眼一月有余，天气越来越冷，沈清弦越来越气……

这家伙年少时明明那般聪慧，怎么如今长大了却如此惫懒？

真是一点脑子都不想动，事事问他，他不给意见，顾见深就扔到一边；他让顾见深自己想，顾见深就眼巴巴地看着他，完全想不出来。

沈清弦被顾见深这一看就心软，一心软又给了答案。

这样一来二去的，哪里是让顾见深批奏折，分明是让他练字呢！

沈清弦反思了一下，觉得自己还是太惯着他了，生生把他给惯成这般样子。

这样下去可不行，再纵着他便是重蹈覆辙。

必须得让他立起来，让他当个勤政的好皇帝。

可怎样才能让他立起来呢？

沈清弦心思一动，还真想到一招。

是夜，沈清弦来到寝宫，一进门他就低低咳嗽了几声。

顾见深还没睡，见他来了便要过来，沈清弦连忙摆手道：“咯咯……陛下莫要过来……臣病了，今日恐不能留在这里了。”

偷懒是吧？如果他病了，看顾见深还能指望谁？

按理说，朝臣病了是不能面圣的，怕过了病气给圣上。

但沈清弦这会儿不能不来，他都来了五年了，冷不丁不来，怕顾见深闹。

而他在这夜里入宫又是秘密，自是不能由人送信，所以他只好拖着“病重”的身体亲自来了。

顾见深大步走过来，担忧地问：“怎么病了？”

沈清弦连忙退了退：“咯咯……陛下别过来，小心过了病气给您。”

顾见深拧眉，握住他的手道：“朕不怕。”

沈清弦再退就该出去了，外面可冷得很，他不乐意出去。

顾见深伸手碰了碰他的额头：“怎么这么烫？”

沈清弦给自己配了点药，症状还是很逼真的，绝对不是普通意义上的装病。

顾见深道：“你等着，朕去传太医。”

“使不得！”沈清弦连忙道，“三更半夜的，臣在此处，成何体统？”

顾见深忧心道：“那你快快回府，朕让太医去府上……”

“不要紧。”见顾见深如此关心他，沈清弦还是很窝心的，道，“一点小病，休养几日便好了。”

顾见深还是很不放心，沈清弦又道：“今晚臣不能歇在这儿了，还请陛下见谅。”

顾见深却道：“留下吧，朕照顾你。”

沈清弦道："那怎能行？明日陛下还要上朝！"

顾见深满目都是担心。

沈清弦心一软，安抚他道："陛下，让臣回去歇歇吧，明日臣也不能上朝，还望陛下体谅。"

不能上朝？顾见深一愣。

沈清弦生怕他又偷懒，赶紧把后路给封死了："臣这模样，实在是受不住清晨的冷风了。"

顾见深不禁道："国师不在的话，这朝上……"

沈清弦接话道："陛下，您可以的！"

顾见深的心猛地一跳，满心皆是谨慎。

沈清弦假装咳嗽几声，又道："天色不早了，臣……先回去了。"

顾见深顿了好半晌才说："国师要小心身体。"

沈清弦行礼道："有陛下关怀，臣定能极快康复。"

事实上，他不想康复，就算打死都康复不了。

第二天上朝，沈清弦不在，满朝文武都是一脸迷茫。

国师病了？真病了？病到下不了床了？不如直接病死吧！

赤胆忠心，只想偷懒的国师大人在家打了好大一个喷嚏：这药效果不错，他觉得自己仿佛真病了。

虽说沈清弦不在，但他执政许久。正所谓树大根深，他不在，可他的拥护者还在，所以这朝会没什么大波动，还是那般模样。

顾见深隐忍多年，城府极深，又怎会在此时留下纰漏？

他很谨慎，无论秦清是真病还是假病，他都绝不越雷池半步。

下朝后，他用了午膳便去了秦府，亲自探望病重的国师。

沈清弦早就准备好了，正一脸苍白地靠在床边："臣……拜见陛下。"说着便要下床。

顾见深几步上前，扶住他道："国师身体不好，就不要多礼了。"

沈清弦装作站不稳，略微行了个简礼便顺势躺下，一副虚弱至极的模样。

顾见深眉心紧皱："怎么病得如此厉害？"

沈清弦正欲说话，便觉喉咙一痒，连忙背过身去，重重地咳嗽了一会儿："这会儿还好一些了，陛下又何必过来？若是过了病气给您，臣不安！"

顾见深却不避讳，起身靠近他道："你如此不适，朕又如何放心得下？"

见他这么担心，沈清弦还有点小小的负罪感……

皇帝依赖他，他是很清楚的，设身处地一想，李氏要是病到下不了床，他也要担心得在一旁伺候。

可他不能再纵着顾见深了，必须得让顾见深亲政！

沈清弦虚弱地道："没事的，臣只是得了风寒，静养几日便好了。"

顾见深带了太医过来，太医看过后也这般说道："陛下放心，国师大人只是受寒，吃几味药，好生静养便无大碍。"

顾见深松口气道："那就赶紧去配药！"

太医应声退下。

沈清弦又道："陛下还是快快回去吧，臣真怕过了病气给您。"

顾见深却没走，他坐在床侧，细细地把朝上的事说了。

沈清弦听得很无奈，能不说吗？他不想听好吗，他想休息好吗？

可也不能真的一点不管，沈清弦只得循序渐进地给顾见深意见，努力引导他自己思考，独立解决。

所有人都以为，沈清弦三五日后便会回到朝上，谁承想他这一病，竟病了足足两个月！

后世很多人评价这段历史，都说是天佑大卫，空降一场大病断了秦清的狼子野心。

也有人说这是卫武帝的计策，是他设计让秦清病倒，这才借机亲政。

可惜，绝对没有一人猜得到真相……

谁能想到秦清是装病？

第一日，顾见深和满朝文武谨慎上朝。

第二日，顾见深和满朝文武更加谨慎。

第三日、第四日、第五日、第六日……

沈清弦直接撂挑子了："陛下觉得妥当就行，臣先睡会儿。"

辛辛苦苦跑来秦府问意见的顾见深一脸茫然……

秦清……真的病到如此地步了？病到没办法处理朝政了？

他不是装病？不是试探？不是埋下了阴谋诡计？

终于，顾见深在朝堂上试着决定了一些事，本以为会引来巨大非议，没想到竟顺利得不可思议。

第十日，顾见深去秦府见沈清弦，沈清弦还是满面病容……

顾见深问他："怎么还不见好转？"

沈清弦虚弱地道："本有些好了，但臣在屋里闷得慌，出去走了一圈，竟又冷着了。"

顾见深拧眉道："国师怎能如此任性？当下要以身体为重，万不能大意！"

沈清弦自是好生应下。

顾见深又嘱咐他一番。

沈清弦看着他，越瞧越觉得不太对劲：这人……怎么看着瘦了许多？

沈清弦心思一动，问他："陛下近日可有好生休息？"

顾见深眸色一闪，没出声。

沈清弦心里咯噔一下，连忙问他："难道臣不在，陛下又是彻夜难眠？"

顾见深不说，沈清弦也懂了。这可真是太揪心了，他以为顾见深没事了，不想顾见深竟然还是睡不好觉。

想想顾见深以前那瘦弱的样子，沈清弦便满心不忍。

只是他装病装得初见成效，此时若"康复"了，岂不是前功尽弃？

沈清弦忽然说道："陛下不介意的话……不如今晚到臣这里就寝？"

他病恹恹的，自然没办法夜入皇宫，但以顾见深如今的身手，偷摸出宫应该不成问题。

听他此言，顾见深明显一愣。

沈清弦又道："如果陛下觉得折腾，那就……"

"朕过来。"顾见深这般说道。

沈清弦又想到什么，道："臣只担心会将病气过给您。"

顾见深却道："不会的，朕身体很好。"

沈清弦更忧心他的睡眠，于是说道："那臣便恭候圣驾。"

夜里，顾见深果然来了。

沈清弦特意撤了护卫，顾见深来得很是轻松。

顾见深来时想了很多，但看到床榻上虚弱的身影便什么都不想了。

若有阴谋，那便来吧，好让他彻底死心。

沈清弦招呼他道："床榻简陋，委屈陛下了。"

顾见深道："你还在病着，别起来。"

沈清弦乐意懒着，示意性地咳嗽一声道："望陛下恕臣无礼。"

顾见深睡下，听力却开到了极限，几乎听得到整个秦府的虫鸣鸟叫。

很安静……

没有兵器铠甲声，没有参差的脚步声，甚至没有仆人的吵闹细语声……

很舒心很惬意，让他很安心。

顾见深轻微转身，看到了睡着的沈清弦。

他柔顺的发如泼墨般散着，身形比之前瘦削了些，眉眼因为生病而显得苍白虚弱。

可这丝毫没有掩盖住他容貌的精致，反倒平添了一丝病态的柔弱……

在顾见深心中，秦清一直是强大又危险的。

但此时此刻，他发现秦清并没有他想象中那样强大，也没有他想象中那样危险，摒去一切忌惮，他竟看到了另一副模样的秦清。

俊逸、安静，像云端微冷的雾，很薄很轻，缥缈且无害。

一夜好梦。

第二天，顾见深还是被沈清弦唤醒的。

"陛下？"沈清弦小声唤他，"该醒了。"

顾见深睁开眼。这一刹那，沈清弦竟被他吓了一跳，好像惊醒了一头睡狮，下一刻自己就会被他撕碎喉咙。

但这种威慑力很快就消失了，顾见深露出了如往常般依赖的神色："几宿没睡，睡得有些沉了。"

沈清弦半晌才回神："时候不早了，陛下还是回去用膳吧。"

顾见深起身道："嗯，你好好休息，朕先走了。"

沈清弦欲起身，顾见深却过来给他掖掖被角，道："别起来了，冷。"

沈清弦便道："陛下慢走。"

顾见深笑了下，道："晚上见。"

沈清弦也跟着笑了笑："好。"

顾见深走了，沈清弦的视线微移，看向他睡过的床榻，脑中闪过了刚才那凌厉的杀气。

皇帝似乎没他想象中这么简单，警惕心竟然这么高吗？

仔细想想，两人同居一室五年，似乎每天早上都是顾见深先醒来。

沈清弦皱了皱眉，心中隐隐觉得自己好像忽视了一些东西。

病了足足半个月后，沈清弦假装让自己好了一些，至少不咳嗽了，只是还有些虚弱。

下了朝，顾见深来看他："怎么出来了？"

沈清弦披了件长毛大氅，极度畏寒。

"总闷在屋里也不行，臣想出来走走。"

顾见深拧眉道："吃药了吗？"

沈清弦道："吃过了。"

顾见深又道："这药管用吗？怎么还不见好转？"

沈清弦道："今日已经好些了，所以想出来透透气。"

顾见深试了试他的额头，不烫，微凉，像细滑的冷玉。

顾见深声音温和："朕陪你坐坐。"

沈清弦笑道："好。"

两人有一句没一句地聊着，顾见深不动声色地说了许多朝上的事，沈清弦神态恹懒，似乎没什么精力去听。

顾见深小心打量着他，见他眉宇间有些疲倦，便道："回屋吧？"

沈清弦却道："太阳正好，再坐会儿吧。"

顾见深依着他道："若是觉得冷了，就快些回去。"

沈清弦懒懒地道："嗯。"

顾见深见他这没精打采的模样，不由得道："累的话，早些回屋歇息？"

"不必了……"沈清弦道。

顾见深道："那就在这儿歇一会儿？"

沈清弦点了点头。

他虽然是装病，但为了逼真，也实打实地折腾了身体，所以是真的疲倦又乏力，能歇一会儿是最好不过了。

第十四章

日渐消瘦

顾见深起初是看着前头的园子，慢慢地，他的视线收了回来，落到了身边人身上。

沈清弦睡着了，顾见深思绪万千，两人这一下确实坐得有些久了。

待到顾见深回神时，他才满心懊恼。

在这凉风里睡着了，秦清的身体怎么受得住？

顾见深小心地唤他，沈清弦迷糊地应了一声。

顾见深道：“回屋睡，在这里会着凉的。”

沈清弦睁开眼，点点头。

顾见深扶着他回屋，小心地将他放到床上。

沈清弦真的挺困，几乎是沾床即睡。

顾见深便离开了秦府。

晚上沈清弦毫无意外地发烧了……

正所谓不作不死，尊主大人这一波是真病了。

毕竟是肉体凡胎，哪怕他调配的药没什么副作用，但长久不出门锻炼，体质也会下降，他白天又在外面睡着了，不受寒才怪。

顾见深过来时，看到的就是面颊泛红的沈清弦。

他的心猛地一跳，几步上前：“你怎么了？”

他伸手一碰，手都被烫到了：“又发烧了？”说着很是懊悔，“都是我不好，忘了叫醒你。”

肯定是秦清白天在外面睡着，然后冻着了。

他本就体虚，吹了那么久冷风，哪里受得住？

顾见深满目皆是担忧，沈清弦却虚弱地道：“陛下今晚还是回宫住吧，臣怕……”

“莫要担心朕。”顾见深打断他的话，“你好好休息，朕守着你。”

沈清弦道：“这怎能行？臣……”说着又咳嗽起来。

这一咳，他的脸颊似乎更红了，连眼中都沾了些水汽。

顾见深起身给沈清弦倒了水：“喝点热水。”

沈清弦微微喘着气，喝了几小口。

顾见深叹息道：“多喝点才能发汗。”

沈清弦又喝了一小口，很是勉强了。

顾见深小声哄他：“不想喝就算了，一会儿再喝。”

沈清弦实在是不舒服，躺下道：“陛下，臣想睡会儿了。”

顾见深温声道：“睡吧。”说着便给他换了下额头上的毛巾。

说是睡，其实沈清弦也睡得很不踏实，一会儿咳嗽，一会儿皱眉，一会儿又冷得发抖。

顾见深又是给他换毛巾，又是帮他拍后背，见他冷得直哆嗦，又给他加了棉被。

可能是烧得厉害，盖了三层被子，沈清弦还是冷得面色苍白。

但沈清弦的身体又很烫，像个火炉一样。

好在沈清弦慢慢平静下来了，他不再发抖，睡得很香。

这一看，顾见深竟荒谬地想着：一直这样吧，就让秦清一直病着，他愿意一直照顾秦清。

第二天，日上三竿，沈清弦才醒来，发现自己已经退了烧，而顾见深自然早就走了。

下人们进来询问用药的事，沈清弦摆摆手，让他们出去了。

这点小病，他当然能治好自己，但他不想治。

就先这样吧，刚好他可以继续偷懒。

顾见深好不容易有点上道了，他可不想再给顾见深耍赖的机会。

这一来二去，又过了一个多月。

顾见深在朝堂上越来越得心应手，拥护皇室的老臣们也跃跃欲试，已经想要动手拔除秦清留在朝中的心腹了。

顾见深冷眼看着，不支持不反对，一副不知情的模样。

老臣们怕他心系秦清，狠不下心，所以也乐意瞒着他。

顾见深也刚好可以借此机会来试探下秦清的态度。

沈清弦哪管这些，只是懒洋洋地养着病，很有闲情志趣：精神好了就靠在床边看看话本，身体舒服了便起身画画写字……

本来就是个万万岁的“老古董”，他最不怕的就是无聊。

顾见深每夜都会过来，对他的照顾堪称无微不至。这让沈清弦很是受用，竟有些回到万秀山的滋味。

在照顾人这项本事上，尊主大人承认自己输了！

还是陛下厉害，有记忆没记忆都很贴心，照顾起人来实在熨帖。

冬至这天，出了件看似不大、其实却让很多人都揪心的事。

起初是有人上奏，说一都尉酒后同人起了冲突，竟仗势行凶，当街将人击毙！

这事瞧着似乎很好处理，只要按律例执行便是。

可这都尉偏偏是国师的心腹，此事人尽皆知……

这人似乎是秦清的一门远方亲戚，因功夫了得，从军后节节高升，在围剿卫琎一战中立功，升到都尉。

于是，这事就变得耐人寻味了。

按例，当处以极刑。

可杀了这都尉，秦清还能稳得住吗？

好不容易朝堂上一片和睦，当真要一口气把秦清给逼急了吗？

顾见深给出的结论是，扣押待审。

有不少人面带愤色，但老臣们还是很认可的。

秦清的心腹肯定要逐一拔除，可手段不能太激烈。如今秦清虽然病了，但还没死呢，兔子急了还会咬人。秦清又是个狡猾的狐狸，被逼急了，指不定会做出什么事。

所以，理当从长计议！

下午，顾见深去了秦府。

随着他年龄渐长、身手越好之后，他越发耳聪目明，甚至连记忆力都比以前要强上许多。

他只当是自己天赋异禀，哪里知道是沈清弦教他的那套功法发挥了效力。

一来秦府，他便看到了一个行色匆匆的男子。

虽然男子没抬头，但顾见深还是认出来了。

此人名唤闻飞，虽未任要职，却是秦清最信任的人。

他此次入府，怕是为了那都尉之事吧。

顾见深心中升起了一阵烦闷……果然，美好的时光过去了吗？

他走了进去，看到沈清弦披了件外衣坐在书房里。

顾见深一进去，沈清弦就起身行礼："陛下万安。"

顾见深扶起沈清弦道："身体不好就不要多礼。"

沈清弦随着他坐下，神态间满是郁色。

顾见深当作没看见，问："中午吃了什么，胃口可还好？"

沈清弦低声回了他。

顾见深又道："前阵子太医院寻了个药方，说是极为滋养身体，明日朕让他们配了给你送来。"

沈清弦盯着他看了好一会儿。

顾见深心里凉飕飕的，面上却还是一派温和。

终于沈清弦忍不住了，道："陛下，您为什么要将葛景山关押待审？"

秦清就这样直接问出来了？顾见深以为秦清会更含蓄一些。

难道连关押都不行？难道这样当街行凶的狂徒还要无罪释放？

顾见深低声问道："那国师觉得该当如何？"

沈清弦勃然大怒："此等恶徒，定当处以极刑！关押待审？还有什么可审的！物证人证俱在，此等狂徒就该严惩！陛下若是此时心软，日后有人效仿该如何是好？"

他病了许久，虽然动气却也不骇人，反而像发怒的猫咪……

顾见深怔了怔。

沈清弦又道："臣万万没想到，陛下竟如此糊涂！那葛景山，别说是我的远房亲戚了，即便是皇亲国戚，如此置法度于不顾，也当以儆效尤！"

顾见深好半天才回过神："国师……"

沈清弦还在气着："陛下此举，当真是让臣失望！"

他这话说得很重了，放到其他帝王面前，已经算是妄言，可以定罪了。

顾见深却听得心一烫，一股热流激涌而出，让那万年寒冰都松动了些。

“我……”连自称都忘了用，顾见深急道，“我不想惹你生气。”

听他此言，沈清弦更气了：“陛下也太瞧不起臣了！”

说罢他起身，竟然把顾见深扔在这里，自己回屋了。

顾见深呆坐在那儿，下一瞬他猛地起身，疾步跟了进去。

沈清弦坐在窗边，听到脚步声也没转头，显然是真动怒了。

顾见深拿着外衣走过去：“是朕不好，国师不要气了。”

说着他把外衣披到秦清身上，小心地给秦清系好衣带：“你身体不好，莫要气坏了。”

沈清弦转头，不看他。

顾见深唤道：“涟华哥哥。”

这一声称呼算是戳到沈清弦的软肋了。他转头，凶巴巴地瞪着顾见深。

“我错了。”顾见深的声音动听极了，“不要生气了好吗？”

沈清弦见顾见深这样也心软了，不过他还是很气：“陛下可知错在何处？”

顾见深道：“罔顾私情，无视法度。”

沈清弦气顺了些，苦口婆心地道：“臣教您儒术，教您法学，可不是让您徇私舞弊的！”

顾见深软声道：“是朕不好。”

他是帝王，又主动认错，沈清弦哪里还气得起来，声音温和了许多：“臣只愿陛下贤明，勿行为民所耻之事！”

秦清在训他，顾见深却像在听天籁，只觉得开心极了：“朕明白。”

沈清弦气完了就觉得有些累。

顾见深察觉到了，轻声问他：“要不去床上休息会儿？”

沈清弦应下来：“嗯……”

顾见深小心地扶着他，将他安置到床上后又问他：“想喝水吗？”

沈清弦说了半天，是有些渴了：“有劳陛下了。”

顾见深笑笑：“等着。”

沈清弦便老实等着了，没一会儿，顾见深端了热水过来。

沈清弦接过水，小口喝着，顾见深看着他道：“日后莫要动怒，小心伤了身体。”

沈清弦没好气道："那陛下就别做让臣生气的事！"

顾见深低笑道："这次是朕不好，以后不会了。"

沈清弦见他知错肯认，又觉得很贴心："臣也知陛下好意……是因为臣才有所顾忌，只不过在臣心里，陛下才是最重要的，其他的都是其次。"

这话让顾见深的眼睛猛地一亮，他看向沈清弦，忍不住问道："当真吗？"

这反问就让沈清弦很不满了："陛下竟不信吗？"

顾见深黑眸中全是柔和："朕信。"

大概是生气的缘故，晚上沈清弦又很不舒服，虽然没像前阵子那般高烧不退，可是也一直翻来覆去睡不着。

顾见深本就睡眠极浅，秦清一动他便醒了。

"睡不着吗？"顾见深过来问沈清弦。

沈清弦眯着眼睛道："有些冷。"

顾见深便又去拿了一床被子，给沈清弦盖上。

顾见深问道："好些了吗？"

沈清弦："……"

顾见深轻声道："睡吧。"

没多久，沈清弦便睡着了，还微微打呼，把顾见深给逗得低声闷笑。

他的心情是前所未有的好。

沈清弦是真心对待他的吗？

真假都无所谓，他就像个在沙漠中孤单行走了许久的旅人，哪怕看到的是海市蜃楼也当作了真正的绿洲。

沈清弦病了整整一个冬天，顾见深无微不至地伺候着他。

这个冬天很冷，京都还降了前所未有的大雪，但顾见深一点都不冷，只要一颗心是热乎的，那就比无数棉衣还要管用。

这个冬天，他不动声色地拔除了一些秦清的势力，秦清没有丝毫动作。

他还暗中跟踪过闻飞，发现他根本没做丝毫越线的事。

有次他故意白日潜入秦府，听到了闻飞和秦清的谈话。

秦清问的都是各地的降雨情况，还有农作物生长状况。

闻飞丝毫没提朝堂上的事，同他说的只是一些钦天监处理不了的问题。

顾见深越听越安心，越听越想听，堂堂一国之君竟然在冰天雪地里，听了半个时辰的历法推算……

回去的时候顾见深打了个喷嚏，似乎有些着凉。

他怕病了没法去见国师，赶紧喝了药，又去跑马出了一身汗，硬是把寒气给驱出去了。

体质好是真犯规！

倒是沈清弦有些起疑了。

葛景山一事，让他有些怀疑顾见深，怀疑这皇帝不信他。

不过他也只是有一点点怀疑，并未想太多。这阵子他病了，误打误撞地化了顾见深的一半心结，所以那点怀疑也消失得差不多了。

开春之后，顾见深便有些患得患失，总怕现在的美梦被残忍打碎。

谁知，这日子一晃便是四年，沈清弦已经成了真正意义上的国师。

这四年其实过得非常快，仿佛眨眨眼就已经过去了。

主要是因为顾见深太忙了。

皇帝是那么好当的吗？试试就知道，这绝对是个超级折寿的职业。

有记忆的顾见深还好说，办起事来游刃有余，皇帝当得很顺手，还能耍赖让“皇后”帮忙理政，可谓不亦乐乎。

没记忆的顾见深就惨了，他连沈清弦都信不过，又能信得过谁？谁都信不过的后果就是把他累个半死。

也亏了沈清弦提前给他打好了身体基础，要不然，就他这废寝忘食的姿态，只怕是活不长……

沈清弦这边其实也有点惨，装病不是那么好装的，大半年病装下来，皇帝虽然立住了，他这身体却糟糕透了。

虽然不至于折寿，但也不是那动不动就能飞檐走壁的厉害人物了，有时候甚至比普通人都要弱一些，也是很让人伤心了。

说来很是唏嘘，这一年又一年，顾见深越来越高、越来越结实、越来越能干，他却完全反着来，比他矮了，比他单薄了，还没他能干了！

好处是他已经偷懒成性，上朝爱去不去，政务爱听不听，除了钦天监，其他的事都是爱答不理。

钦天监这边他还是不能放手的，毕竟风调雨顺才能国泰民安，而且除了他，也没人能调明白这风啊雨啊的，所以他绝对不能丢。

四年下来，顾见深已经大权在握，任谁都动摇不了他的帝座。

他处理政务也越来越熟稔，虽然还是不信别人，却懂得了制衡之术。

帝王嘛，多疑是通病，也不算坏处，至少不会被人坑害。

国事走上正轨，官僚制度也越发健全，顾见深就没那么忙了。

他不忙，大臣们就开始闹了。

连续几天，奏折有三分之一都是："陛下鼎盛春秋，理应立后纳妃，充实后宫！"

要么就是："帝后乃乾坤天道，还望陛下早日大婚，安定民心！"

还有就是："储君是国家之福、社稷之重，陛下应尽快大婚，诞下龙子！"

小山一样的奏折全是这些玩意儿，顾见深看得气血上涌，扔下道："一群闲人！"

可不就是闲的？他的婚事哪用他们操心？

顾见深看得火大，便不想在宫里待着，起身道："更衣。"

福达如今已经彻底为他所用，听他这话便知道是怎么回事。

连续四年，顾见深日日都要去国师府，晚上不提，白天也是有空就会过去。

有时候他是直接把御驾摆过去，但也不好日日都去，所以更多的时候是便衣出行。

起初福达还忧心陛下安危，不过等他发现陛下身手了得，来无影去无踪，连大内侍卫都毫无觉察后，就老实闭嘴了……

顾见深来到秦府时，沈清弦正在湖边乘凉。

沈清弦畏寒怕热，天冷了恨不得抱个暖炉，天热了又不耐烦在屋里待着。

顾见深皱眉走近："小心着凉。"

沈清弦抬头，看到迎面走来的英俊男子。

整整九年，他的皇帝彻底长大了。

如今这剑眉星眸的青年哪里还有丝毫当年的瘦小模样？

长得比他还高半头，长手长脚的，一点都不可爱。

沈清弦作势想起身行礼，顾见深便道："不要起来，又没别人。"

沈清弦便懒上了，只说了句："陛下万安。"

顾见深将他扔在一旁的外衣拿起，仔细给他搭在腿上："你身体不好，这刚入夏怎就这般贪凉？"

沈清弦道："屋里闷。"

顾见深坐到一侧，帮他挡了风：“闷的话去花园坐坐便是，怎能待在这湖边？”

随着年龄见长的还有顾见深这唠叨……

沈清弦很懒散：“臣这就要回屋了。”

见他轻轻蹙眉，顾见深又软声道：“你若觉得无聊，随朕去宫里住几日？”

秦府实在无趣，那花园也没什么好看的，只有几朵白色的茉莉花，特别不受沈清弦待见。

可惜沈清弦也不想去宫里，道：“不去，偷偷摸摸的，没意思。”

他身为国师，也是当今圣上宠臣，随意出入皇宫是可以的，却不能住下，这不合规矩。

往日顾见深忙起来，晚上不愿来回跑，沈清弦便到皇宫里住几日。

那可真是做贼一般，走到哪儿都要清场，生怕隔墙有耳，惹来事端。

虽然顾见深晚上省事了，沈清弦却折腾得很，所以不乐意再去。

顾见深又道：“那朕让人给你修整下府上的花园？”

这卫国根深蒂固地讨厌红色，所以花大多是白色的，再不济也是浅黄浅粉。

沈清弦看了只觉得无趣，懒懒地道：“别折腾了，臣也不喜欢那些花花草草的。”

顾见深想了下，又道：“那朕带你去行宫住几日？”

这倒是极好的，沈清弦来了精神：“什么时候？”

顾见深笑道：“五日后，你若是没病着，朕就带你去。”

沈清弦道：“臣定不会病了！”

顾见深却有些担忧：“但愿你今日没着凉。”他还是很了解秦清这身体的。

什么叫乌鸦嘴？顾见深就是典型了。

当晚沈清弦就发烧了。

他瞪了一眼顾见深：“都怪陛下。”

顾见深哭笑不得：“怎又怨得着我？”

沈清弦不出声，转过身去。

顾见深探了探他的额头，道：“好了，先吃药，等病好了，朕再带你去避暑。”

沈清弦也很气，自己这肉胎是真伤着了，动不动就头疼脑热，吃了药倒是好得快，但太娇气了，一个不小心就会病倒。

顾见深还说不怨他，其实就怨他！

要不是为了让顾见深亲政，他至于这么折腾自己？

不过顾见深也跟着一起受罪了，他一发烧，顾见深便整夜陪着；他不退烧，顾见深根本不歇息。

沈清弦一方面觉得窝心，一方面也觉得是他活该！

因为沈清弦病了，这几日朝上又没什么事，顾见深下朝后便来了秦府。

这次他是摆了御驾来的，所以跟了一串人，福达还抱了一堆奏折。

沈清弦正在竹榻上晒太阳："陛下忙的话，就别来了。"

顾见深道："没什么事。"

沈清弦看了看那堆奏折。

顾见深道："全是些烦人精，一个个闲着没事就来折腾朕。"

沈清弦随口问道："怎么的？又闹着要干吗？"

顾见深看了他一眼，道："催朕立后。"

这话一出，沈清弦顿时清醒了。

他坐起身，谨慎地看着顾见深："陛下怎么看？"

说起来……立后这事还真是刻不容缓了啊。

沈清弦愣了一下，忽然回过神来了……顾见深真的已经长大了啊！

他看向顾见深，认真地打量了一会儿。

顾见深留意到他的视线："怎么了？朕脸上有东西？"

沈清弦莞尔一笑："没什么。"

顾见深一怔："没什么？那你一直盯着做什么？"

"只是发现……"沈清弦轻声道，"陛下已经长成如此英武俊气的青年了。"

顾见深放下奏折走过来："朕能有今日，还是多亏了国师。"

如此浩然正气的一句话，竟让沈清弦有些惭愧。

沈清弦道："臣这些年才是多亏了陛下。"他这乱七八糟的身体，这几年也让顾见深跟着操心了。

顾见深怕他郁结忧心，皱眉道："别想太多，你身体好得很。"

沈清弦道："臣的身体，臣心里有数。"

他这话其实就是表面上的意思，他真的很有数。本来这身体资质很好，有他的功法调养，在凡间，长命百岁不成问题。

只是如今他伤着根本，又为了能和顾见深看起来年龄相差不大，将积攒的灵气全都用到了维持年轻上，所以沦落成这副普通人都不如的模样，当然也死不了，能活挺久。

可顾见深不知道，他心一紧，神色紧张：“国师正值壮年，莫要妄言！”

沈清弦这才察觉到自己吓着他了，笑道：“臣随口一说，陛下别着急。”

顾见深却焦心得很，走到他面前道：“你是当朝国师，可要养好身体，活到百岁。”

活到百岁啊……你是在咒我吗？

沈清弦顿了一下，勉强道：“自是会的，臣还想看陛下的康明盛世。”

顾见深弯唇道：“那你可要一直陪在朕身边。”

沈清弦笑道：“只要陛下不嫌弃，臣定不离不弃。”

时隔多年，再听到这四个字，顾见深仍是备受触动。

他信不过所有人，却贪恋着沈清弦给他的温暖。

也许现在的秦清是不得已才依附他，但没事……这样就好，对他有切实的需求，反而让他更安心。

顾见深低声道：“朕定不会辜负国师。”

两人也没聊太久，主要是沈清弦身体不适，没多久便有些困乏。

顾见深问他：“进屋睡会儿？”

沈清弦打个哈欠道：“用过膳再睡吧。”

顾见深便道：“朕催他们提早备膳。”

沈清弦其实没什么胃口，道：“不急，我在这里靠会儿，等陛下批完奏折一起吃吧。”

顾见深本就不耐烦看那些玩意儿，索性说道：“走吧，朕陪你一会儿，等醒了再吃。”

这样最好不过了，沈清弦又问他：“陛下不饿吗？”

“刚吃了些点心，这会儿还好。”

沈清弦便心安理得地同他回屋小憩了。

醒来后，顾见深先带沈清弦去用膳。两人一边吃着，沈清弦忽然问道：“关于大婚，陛下是怎么想的？”

顾见深抬头看向他：“国师呢？”

沈清弦还是很稳的，道：“此事牵扯极大，还望陛下能考虑周全。”

皇帝立后在朝政上是极大的波动，如今朝堂平稳，大臣之间达到了微妙的平衡，贸然打破只怕会引起不必要的麻烦。

虽然顾见深确实是到了立后的年纪，可如今这形势也确实不适合立后。

好不容易稳下的政权，顾见深应该再巩固一下，而不是培养出一个外戚。

顾见深如今与谁都挺亲，但和谁也都没那么亲，选一个皇后，势必会捧起一个，砸落另外几个，十分麻烦。

这些道理沈清弦相信顾见深都懂，所以他还没那么慌。

顾见深却说了个更重要的问题："朕无法与别人同眠。"

沈清弦："……"

顾见深给他夹了块鱼肉，道："所以大婚一事，朕暂时不想。"

也对……顾见深这都算是心病了，别说是靠着别人了，他连只有自己的时候都睡不着。

如此一看，现在的他的确是不适合大婚。

沈清弦眉宇间多了点喜色，胃口都好了许多。

顾见深见他吃了鱼肉，便给他仔细剔了鱼刺，将鲜嫩的鱼肉放进他碗里："国师为何至今未曾娶妻？"

按年龄来看，沈清弦才是最该娶妻的，却单身至今。

沈清弦道："没遇到合适的人。"

顾见深笑道："朕以为，是国师碍于规矩不让娶妻。"

沈清弦摇头道："并没有那样的规矩。"

顾见深顿了下又问他："那国师觉得……怎样算合适的人？"

沈清弦可不想继续这个问题，他怕自己一个说不好启发了顾见深，让顾见深去找合适的人，这可就得不偿失了，于是他说道："臣如今这身体，还是莫要拖累别人了。"

顾见深最不爱听他说这个，道："国师康健，定能长命百岁。"

嗯，整天被你这么说，真长命百岁就赖你。

沈清弦结束话题，道："陛下既然心有定数，那臣也就不多过问了。"他说的是大婚的事。

顾见深应了下来，又说道："你好好养病，行宫那边我已让人收拾了。"

沈清弦欣然应下。

他为了快点病愈，用了点药，结果晚上又发烧了。

顾见深忧心道："朕去唤太医。"

太医哪里比得上他？他这是为了快些康复，所以加速治愈，只是身体略有些受不住罢了。

沈清弦道："久病成医，臣心里有数。"说着他尾音一颤，似是极冷。

顾见深察觉到了，问他："冷吗？"

沈清弦虚弱地道："嗯……有些冷。"尾音更颤了。

顾见深立马道："我去给你找被子。"

沈清弦又道："被里很凉。"

他因为发烧而面颊泛红，眸子也带着湿气。

顾见深便又拿了一床被子给他盖上。

顾见深问道："可热乎些了？"

"嗯……"沈清弦叹息一声，"好多了。"

"既然好多了……"顾见深的声音低了许多，"那便睡吧。"

见沈清弦面颊薄红，顾见深沉声道："朕……去给你换毛巾。"

说完这话，顾见深已经转身出屋。

屋里的沈清弦冻得一哆嗦，赶紧裹住被子，只露出一双眼睛。

顾见深重新拿了毛巾进屋，进来时发现沈清弦已经睡着了。

他悄悄给沈清弦换上毛巾。

沈清弦舒服地扬了扬嘴角，睡得很踏实。

顾见深坐在床边，一不留神竟然过去了半个多时辰。

等到沈清弦发汗，开始踢被子，他才猛地回过神来。

沈清弦退烧了又出汗，十分怕热。他踢开被子，还扯了扯衣领。

顾见深怕他再凉着，想给他盖被子，结果这走近一看，国师面颊微红，身体冷汗淋漓……

不能放着不管，这样他睡醒了，肯定又会难受，得给他擦擦汗……

顾见深打算出门去找人，让下人来帮忙给沈清弦擦擦。

可刚走到门外，他又停住了脚步，觉得自己动手会更放心一点。

顾见深又回来给沈清弦擦汗，偏偏沈清弦还不老实，大概是因为热了，所以烦躁，一会儿翻个身，一会儿踢下被子，导致帝王一宿没合眼。

第二天沈清弦神清气爽，病好了大半。

过了四五日，沈清弦已经彻底没事了，精神头还很好，很期待行宫之行了。

顾见深也履行承诺，带着他去行宫避暑。

一年前，顾见深把这里好生修整了一番，又是扩建又是翻新，已经同以前判若两样。

这些年卫国风调雨顺，百姓富足，所以国库充盈。别说他修整行宫，便是重新建个也没人会说二话。

沈清弦闲来没事还给画了图纸，好生帮他设计了一番。

虽然沈清弦没怎么敢用红色，却用了不少金色，总之……如今的行宫那是相当符合尊主大人的审美。

所以，他才会这般期待着来避暑。

历年来皇帝到行宫，皆是仪仗很大，有不少大臣都要跟着过来。

一来，这是展示圣恩的好机会；二来，是皇帝到行宫久居，各种政务自然也要跟着过来。

皇帝度假可不是吃喝玩乐，该干的活一点也别想少。

沈清弦身为当朝国师，自然有资格跟来。不仅有资格，还因为行宫比皇宫规矩少了很多，顾见深又宠他，所以直接给他安排在了偏殿居住。

这些年，大臣们对沈清弦的态度也改观许多。

他不造反，大家就很放心；钦天监这些年贡献极大，沈清弦功不可没，大家还是看在眼里的。

只要他不搞事，自然也就没人搞他，陛下宠他，那就宠着吧！顶多有几个老臣偷摸吃吃醋，却也不会为此去惹恼圣上。

沈清弦自打来了行宫，就很开心。

美啊，真美！

金闪闪的宫殿，金闪闪的台阶，金闪闪的向阳花……还有金灿灿的大金鱼！

沈清弦亲手打造的宫殿，自是美到了极致。

至于其他人是否会觉得太过浮夸……皇帝都说好了，谁还敢说不好？

自是一千一万个好的！

安顿下来后，沈清弦斜靠榻上看话本。

顾见深忙了会儿，见他还在看，不禁说道："歇歇，仔细伤着眼睛。"

沈清弦看得很认真："看完这段。"

顾见深只当他是在看正经书——毕竟国师上通天文、下知地理，出口成诗、落笔成章，是天底下一等一的大学士。

见他看得如此认真，顾见深也好奇了，放下奏折过来问他："不知是哪位大家……”

话没说完，他就看到了一行小字：“浅酒人前共，软玉灯边拥，回眸入抱总合情，轻把郎推……”

这！顾见深连忙别开视线，俊脸薄红。

沈清弦这才察觉到顾见深过来了，他也略有点尴尬，于是说道：“陛下忙完了？”

顾见深顿了一下。

沈清弦便又道：“这话本挺有趣，陛下要看吗？”

顾见深连忙道：“朕……朕还有奏折没看完。”

沈清弦道：“这样啊……那您继续，臣再看会儿。”

顾见深坐到案前，眼睛盯着奏折，心早就不知飘到哪里去了。

原来国师也会看……看这种东西……

沈清弦看了好一会儿，颇觉没趣。

太矫情了，爱就爱，喜便喜，推来拒去的又是为何？

过了一会儿，沈清弦看累了，看向顾见深道：“陛下。”

顾见深正出神呢，被他一唤，猛地回神：“怎么？”

沈清弦合上话本道：“天气这般热，咱们歇歇吧。”

顾见深也觉得热得很，便道：“行，朕陪你去湖边走走？”

沈清弦道：“湖边这会儿也晒得很，我们不如……”他顿了一下，才慢慢说道，“去看看后山那温泉？”

顾见深愣住了。

沈清弦起身道：“那温泉水不冷不热，泡一泡很是得宜。”

顾见深顿了一下后说道：“你去吧……泡泡对你的身体有好处。”

沈清弦道：“这奏折总也批不完，劳逸结合才是正理。”

这温泉也是沈清弦精心设计的，金铜镶壁，衬着汩汩清泉，平生出一股旖旎曼妙之色。

沈清弦自在得很，把人挥退后便准备入水。

顾见深站在原地，看着沈清弦抬脚入水。

沈清弦刚刚泡进去便扬声道：“陛下，这水里很是舒服，您也快快下来吧。”

半天没有动静，沈清弦抬头看去——

哪儿还有半个人影！

人呢？

顾见深呢？

这家伙去哪儿了？

顾见深不在，沈清弦顿时觉得有些枯燥乏味了。

他起初想着，没准一会儿他会回来？结果等啊等……等半天也没把人给等回来。

沈清弦走出温泉，穿好衣服，四处找了找，也没瞧见顾见深。

后来听说他在议事厅，正和几个老头议事。

沈清弦懒得理会这些烦琐的政事，索性拿了话本，继续偷闲。

晚膳的时候他见着顾见深了。

他俩时常一起用膳，福达打点清楚后便老实地退出去，绝不打扰。

往日里顾见深都会给沈清弦布菜，但今日沈清弦主动得很，给他夹了菜道：“陛下劳累了一下午，该多吃些。”

尤其该多吃点这人参炖的鸡，国事操劳，必须好好补补。

顾见深连忙道：“朕自己来就行。”

沈清弦又给他夹了一筷子青菜：“这个瞧着做得也不错，吃点。”

顾见深顿了顿……

沈清弦又给他斟了酒：“陛下再喝点酒吧，解乏。”

他如此殷勤，顾见深却满心愧疚。

顾见深猛地起身。

沈清弦被他吓了一跳：“陛下怎么了？”

顾见深道：“朕……忽然想起还有一事，先去处理一下，国师早些休息吧。”

沈清弦：“……”

扔下这话，顾见深大步离开。

沈清弦放下筷子，什么情况？这家伙……到底怎么了？

真是越大越不听话，他这么辛辛苦苦地讨好顾见深，顾见深不为所动也就罢了，还一跑再跑？

想到这里，沈清弦就很不爽了，不爽到想把他拎回万秀山好好问问！

算了，再忍忍……沈清弦想想自己都在这凡间待了许久，怎么也得顺利完成任务。

晚上沈清弦等顾见深，等到都睡着了，也没把人给等来。

第二天一早，他看到了顾见深："陛下……"

顾见深没看他："嗯。"

沈清弦很不开心，坐在床上看他："今天还忙吗？"

顾见深道："有些事要处理。"

沈清弦又问他："中午回来用膳吗？"

顾见深道："看看吧。"

沈清弦的不爽持续累积："晚上呢？"

顾见深自始至终都没抬眼看他："晚上前面设宴，你也过去吧。"

沈清弦赌气道："臣就不过去了。"

顾见深犹豫了一下，想说点什么，可一抬头又垂下了眼帘："也罢，人多，天气又热，你不去也行。"

沈清弦："……"

顾见深又道："你歇着，朕先走了。"

他转身离开，沈清弦差点没抬脚回万秀山。

还做什么任务？他不做了！

玉简微弱地闪了闪，沈清弦瞧它那样子，只得耐下性子，从长计议。

到底是哪里不对？明明一切都好，怎么忽然间顾见深就这样躲着他了？

沈清弦仔细想想，实在是想不出缘由。

却说顾见深……内心真是天人交战。

那日他同秦清谈起"娶妻"一事，才恍然意识到他和对方以后皆会有各自的家室，到了那时，他还能同自己的涟华哥哥这般亲近吗？

涟华哥哥是他极为重视的人，在他孤身一人时，是这人陪伴了自己，给了自己温暖。

顾见深的心脏揪成一团。

极深的黑暗滋生，他又看到了那身处深渊、被铁链束缚手脚的孤零零的自己。

顾见深一时不知道该如何面对沈清弦……

接连五六天，沈清弦坐不住了。

顾见深在躲他，这已经没什么可怀疑的了，顾见深就是在躲他！

他也没怎样啊？也没挑事啊！

沈清弦不想理顾见深了，决定让他冷静冷静。

又是一天两天三天……沈清弦越来越气。

他们现在的情况就是，他白天见不到顾见深，晚上等不到顾见深，早上这人又溜了。

眼下连人都见不到了！不能这样下去，他首先要逮到人。

白天不方便，因为顾见深很会给自己找事，一议事就是一上午。知道他在哪里也没用，人家忙，沈清弦总不好过去把大臣都赶走吧？

只能晚上等他，反正他不信顾见深晚上不回来！

为了晚上能顺利熬夜，沈清弦睡了一下午。

他没想到的是，他睡着的时候，顾见深竟然回来了。

这么多天都没和沈清弦好好说说话，顾见深的心一直空落落的，想趁着白天来看看，结果一眼就看到了睡在软榻上的沈清弦。

怎么这时辰了还在睡？顾见深心一紧，以为他又病了，赶紧走过来，伸手碰了碰他的额头。

没事……大概他只是累了？

顾见深静静地看着他，这么多天没见，顾见深有些担忧他的身体。

冷不丁躲他这么多天，顾见深也不太好受。

睡了一下午，沈清弦晚上倍有精神。

呵呵，他等着，就不信等不到这浑蛋！

他从酉时开始，一直等到了戌时……愣是没见着半个人影。

沈清弦坐不住了，决定去找他。

这个时间点，想来他也只能在书房了。

那里应该不会有别人，他要去好生问问顾见深，到底要躲他躲到什么时候？

虽然是炎炎夏日，但行宫所处之地本来就要偏凉一些，这夜里微风阵阵，竟然还挺凉的。

沈清弦披了件外衣便出门了。

这一众的宫人都是自己人，哪里敢拦沈清弦？只得小心看着，怕他出事。

沈清弦走到书房，进门一看，没看到人……

他问了个小太监："陛下呢？"

小太监恭声道："回国师，今日前头设宴，陛下应该还未回来。"

又设宴？来行宫果然放纵啊！

沈清弦拧拧眉："都这时候了，还没散吗？"

小太监道："应该是……散了。"

沈清弦问道："既然散了，那陛下……"一边说着沈清弦又停下了，问这些小太监也不会知道，浪费时间。

难道顾见深回去了？他俩恰好错开？要不要这么巧？

沈清弦原路返回，回到屋里也是空荡荡的，顾见深没回来……那么问题来了，他到底去哪里了？

沈清弦还真不信了，不信找不到他！

没在他这里，难道顾见深回自己寝宫了？

沈清弦继续出门，打算去皇帝寝宫看看……

从他这边过去还是有些远的，小太监们有些担心他的身体，但又不敢开口，只能老实地站着。

沈清弦倒也不觉得累，没多久就远远地看到了清云湖，过了桥，就快了。

沈清弦这般想着，脚步不禁更快了些。

谁承想，没等沈清弦走到皇帝寝宫就见着顾见深了，不仅看到他，还看到了他身边的女子。

朗朗月夜下，年轻英俊的帝王和娇美柔弱的美人……

沈清弦："……"

跟着他过来的小太监大气不敢出一声。

湖中水光潋滟，桥上一双璧人。虽然离得远，虽然沈清弦如今体弱，但这点距离，他们的声音，他还是听得到的。

只听那美人柔柔低语："陛下……且让奴才扶您回寝宫吧。"

好，很好！男才女貌，郎情妾意，还口是心非地说什么不立后！

还做什么任务！他要走了！

顾见深就好生在这里当他的皇帝，娶他的皇后，生他的孩子吧！

他沈清弦恕不奉陪！

沈清弦这就想一脚踩空，去湖里冷静冷静。结果他身边的小太监眼明手快，一把拉住他，惊呼一声："国师小心！"

沈清弦："……"

他竟然就这么被拉住了，也是挺丢人的。

更丢人的是，这小太监一喊，顾见深岂不听见了？

他还是先不跳了，回头想个别的招走人……

他这边动静如此大，自是惊到了桥上的两个人。

那女子抬头看来，见到是沈清弦不觉一愣，当即行礼道：“国师大人。”

沈清弦懒得理她，当没听见，转身走人。

谁知那女子竟惊呼一声：“陛下……您慢些，这桥上危险，您又喝醉了……”

喝醉了？沈清弦耳朵动了动，不过转念一想：喝醉了又如何？躲他这么多天，活该！

于是，沈清弦走得头也不回。

结果他身体太弱，走三步抵不住顾见深走一步。明明隔得很远，可顾见深却在眨眼之间追了上来。

沈清弦转头瞪他。

顾见深却就着月色一把抓住他。

沈清弦当时没想太多，顺势拉着他就逃离了此地。

这时，沈清弦忽然意识到这家伙状态不对。

被人下了药？

沈清弦看看他的眼睛，再看看他的神态，基本可以确定了。

虽说如今顾见深的身体百毒不侵，但这药不算毒，顶多算起兴的物件，不伤身，所以也就扛不住了。

沈清弦的脑袋瓜一转就知道是怎么回事了。

估计是那帮大臣急不可耐地想让顾见深留下子嗣，所以在酒里做了手脚，然后又送上来个美人，想着给他们的陛下开开窍。

一想到事情的因果缘由，沈清弦便觉得顾见深也挺可怜的。

虽然这些大臣糊涂，可也算是误打误撞地帮了他，沈清弦不由得抿唇一笑。

在顾见深遇到困难的情况下，帮助他脱离困境，事后他一定会感激自己，任务不就好完成了？

然而，事情的结果并不如人意，第二天玉简上那“请让顾见深重新对你敞开心扉，并与之结为好友”还是亮着的！任务没完成……

沈清弦倒也没着急，再多努力努力，顾见深肯定会对他敞开心扉的！

任务有了头绪，沈清弦的心情好了很多。

不过，过了一会儿后，他又眉心紧皱了。

顾见深人呢，怎么就走了？

沈清弦这会儿可真没想多，他只以为顾见深是有事，还挺后悔地想着：早知道不该把他培养得如此勤政，也太影响完成任务的进度了！

然后过了中午，到了晚上要睡觉了，还没见人影，沈清弦才察觉到不对劲。

难道……顾见深又跑了？

沈清弦又来气了，说来尊主大人也是惨，在修真界几千年都心平气和不动怒，结果来凡间几年，生了半辈子的气！

气归气，但他还是反思了一下。

也许昨晚是药物作祟，顾见深醒来觉得尴尬，所以躲着他？

沈清弦这边按下不提，整个大卫国的朝臣却已经瑟瑟发抖了！

一早顾见深便大发雷霆！

他冷静下来一想，便知道是怎么回事，至于怎么回事？自然是因为有人给他下药！

来到行宫后，这些大臣便一个个心怀鬼胎，递上来的大婚奏折全被他扔出去，这帮人便开始想歪路。

难怪自从来了行宫，这些大臣一直用这个由头那个由头来大设宴席。

顾见深体谅他们，想着好不容易出来，就陪他们来一出君臣尽欢。

结果这帮老东西昏了头，竟然给他下药！

一想到昨晚的事情，顾见深就勃然大怒，恨不得把这些肇事者全砍了！

他这一怒，真是让满朝的新旧臣子全清醒过来了。

亲政四年的陛下早已是个杀伐果决的一国之君，而且性格强势，手段狠辣，绝非心慈手软之辈！

更让他们看清的是，当今圣上早已大权在握，平日里对几个老臣态度和善，背地里却早已扶持了自己的新生力量。

若非此遭，他们都还没看清，原来整个大卫已经全部被他紧紧握在手中！

顾见深当然没杀人，可也狠狠地抽了他们一鞭子，让那些自以为是之徒彻底消停了。

昨晚那女人被留在了宫里。

封妃？做梦。

顾见深在朝堂上这一怒，结果是极好的。

再没人敢提大婚立后这事了，死谏可以，但得流传千古啊？当今圣上心机深沉，又有手段，只怕他们死谏不成，反倒得罪了圣上，被圣上安个其他由头，身败名裂！

大臣们老实了，顾见深却不痛快。

沈清弦等到打瞌睡了，才把顾见深给等回来。

门一开，他立马清醒了，板着脸坐在床边。

顾见深一进来便看到他，见到他生气的脸，顾见深心一沉。

沈清弦这阵子是真被他给气到了，越想越气，越等越气，这会儿见他来了也不行礼。

顾见深哪里还计较他这些礼数？如今又知他恼怒，哪里还会讲究？

沈清弦不理人，顾见深也不出声。

气氛就这样僵持着，沈清弦忍不住看了他一眼。

顾见深垂着眸，整个人都很平静，平静得十分诡异。

沈清弦看他这样，到底是有些心软，毕竟陪在他身边这些年，还是知道他脾气的。

沈清弦冷声问道："陛下到底是什么意思？"

听到他冷若寒霜的声音，顾见深的身体越发冷凉，好在他已经做好了最坏的打算，所以也不慌张了。

他低声道："昨晚……是朕的失误。"

没等沈清弦回话，顾见深又垂眸道："朕被人下药了。下药之人朕已严惩，昨晚之事是朕失态，朕已忘记，还望国师也能够忘记。"

忘记？顾见深自己忘记就算了，还让他也忘记？怪不得昨晚的任务没完成呢！

之前躲了他那么多天，昨天晚上他辛苦那么久，这人就叫自己忘记？

沈清弦这个脾气被点爆了："出去！"

顾见深一愣，抬头看他。

他何曾见过秦清这般生气的模样？只觉得不安又惶恐，还有不断向上蔓延的绝望。

沈清弦气道："陛下且回吧！是臣自作多情了，以为陛下会感激臣！"

沈清弦现在不只想赶顾见深走，还恨不得自己也马上回万秀山。

沈清弦怒气冲冲，顾见深却一动都不动。

沈清弦瞪他："陛下还在这儿做什么？"

顾见深愣了好大一会儿，终于回神了："自……自作多情？"

沈清弦怒道：“臣自己明白就行！不用陛下重复！”

顾见深看着他，问道：“你没生气吗？”

沈清弦道：“臣怎么敢气陛下？”

要不是为了玉简，他早就甩手不干了！

顾见深道：“你、你不恼我吗？”他一急，自称就没了。

沈清弦道：“怕是陛下在恼臣吧？日日想尽办法躲着臣。”

听他此言，顾见深急了：“朕不是故意躲着你。”

还真是在躲着他！沈清弦更气了：“陛下以后不用躲了，臣定不会再出现在你面前！”

“不是的，”顾见深着急道，“是朕不敢来见你。”

沈清弦愣住了。

顾见深有些语无伦次：“朕……朕是怕惹你生气，才躲着你的。”

是这样吗？

沈清弦的不快立马烟消云散，他看向顾见深：“怕我生什么气？”

年轻的帝王道：“朕希望你不要离开，朕只信你……”

顾见深又道：“自那日谈起娶妻一事之后，朕便总想着以后娶妻了，也希望国师能在身边陪着朕。”

沈清弦一下子释然了。

竟然是这样的！

原来皇帝如此依赖他？

他本来就不是个扭捏的人，此时心情快慰，更加不遮掩了。

“陛下觉得臣会气你？”

顾见深没出声，显然是默认了。

沈清弦轻声问道：“臣怎么会气您呢？”

顾见深忍不住唤他：“涟华哥哥。”

这一声称呼让沈清弦心底一暖，不禁松了口气。还好他没放弃，还好他没白疼这顾见深。

第十五章

遇见故人

自第二日起，沈清弦就过上了比当“沈皇后”还要惬意的小日子。

当年顾见深还总赖着他，让他帮忙批奏折，让他处理政事。

如今的顾见深却乖得很，什么都不让他做。

嗯……鉴于帝尊大人天生会伺候人，沈清弦又安稳享受了，什么陛下啊臣的，嘴上说说就行。

行宫两月，堪称惬意。

按理说一切都很好，顾见深得了空闲就来陪他，有了好东西就先给他，连外族进贡的果子也二话不说先让人给他送来。

就冲这个重视程度，按道理完成任务应该没问题了吧？

可是……玉简毫无动静。

沈清弦又开始怀疑玉简的质量了。

这玉简，怕是坏了吧？

玉简瑟瑟发抖……除了闪两下，也不敢做什么。

顾见深照样上朝议事批奏折，样样不缺。

反观他……一觉睡到晌午，晒晒太阳天又黑了。

谁料，天渐冷后，沈清弦又病了。

他一病，顾见深只能精心照顾他。

第二天，沈清弦起得也早，但他还在发烧，很不舒服，看到顾见深，便小声道："陛下……"

顾见深走过来问他："不舒服？"

沈清弦把手从被子中伸出来："有些冷。"

顾见深探了探他的额头道："还有些发烧，一会儿朕再让太医来看看。"

沈清弦皱眉道："看也没用，过阵子就好了。"

这也是惯病了，顾见深都明白，一换季就发烧，烧得沈清弦难受，顾见深也看着心疼，不过好生养上几日，也就没事了。

顾见深道："你先睡会儿，朕一会儿就回来。"

即将入秋，国中有诸多事宜，他比较忙。

沈清弦把手缩回被子里，轻声应道："嗯。"

一旁的福达附和道："陛下，时候不早了。"

顾见深回神，又嘱咐沈清弦道："小心歇着，不舒服了就喊他们来伺候。"

沈清弦点点头。

顾见深说完便出门。

外头一阵凉风袭来，倒是让他清醒了些，可脑子里还是记挂着秦清。

国师的身体实在不好，顾见深总不安。

生怕秦清哪日就……

顾见深闭了闭眼，告诉自己：不会的……

今日议事，顾见深有些心不在焉，不过大臣们慑于君威，也不敢说什么。

事情差不多禀报完之后，又有人说道："陛下，天气渐凉，秋收祭将近，是否该回宫了？"

在行宫里待了这许久，也是时候回去了。不过顾见深怕沈清弦的身体受不了舟车劳顿，于是说道："再等等。"

他这般说了，自然没人敢有异议。

从议事厅出来，顾见深直接去了沈清弦那里。

沈清弦冻得瑟瑟发抖，只觉得被子这么厚也不暖和。

他很清楚自己是怎么回事，体虚内寒，这是藏在骨子里的寒气，外头再怎么焐着也焐不到里头。

顾见深进来看着他道："还冷吗？"

沈清弦睁开眼看他："陛下……"

顾见深递给他一个暖水袋，道："累了就睡会儿吧。"

过了片刻，沈清弦便沉沉地睡了过去。

顾见深昨夜也没睡，这会儿见他睡着，自己也小憩了一会儿。

过了会儿，福达敲了下门。

顾见深面色冷下来了："什么事？"他声音压得很低，怕惊着沈清弦。

福达知道陛下听力极好，于是小声道："李尚书求见。"

顾见深拧眉道："让他回去，有什么事明天再说。"

福达顿了一下："是。"

沈清弦一病，顾见深便顾不上其他事了，总盼着他快些好。尤其见他难受，顾见深更是只想着能让他舒坦些了。

大概是行宫这边太凉，挨了四五日沈清弦也不见好转，顾见深便有些着急。

沈清弦自己也不舒坦，畏寒又困倦，还吃不下东西，一来二去又瘦了不少。

顾见深看着他道："要不还是回宫吧？"

宫里气候要好很多。

一想到要坐两日车，沈清弦便道："再等等……兴许就好了。"

顾见深只能依着他。

又过了两日，沈清弦的病还是不见好转，顾见深挂念他，连清晨的议事都是草草结束。

沈清弦本就不在乎那些，他的精神被这肉胎给弄得很不济，只有靠着顾见深才觉得舒服些，所以总缠着他。

后来沈清弦想想，这怕是因为顾见深体内灵气充盈，靠着他是真的能滋养身体。

当然了，如今沈清弦没精力考虑这个，只是本能地接近他。

顾见深起初还有精力处理政务，后来沈清弦这么难受，又这般缠着他，他便哪里都去不了了。连批奏折，沈清弦都待在他旁边。

只要沈清弦能舒服些，他怎样都不介意。本来他就体力好精力足，整宿不睡地陪着他也不觉得累。

只是沈清弦不见好转，他一颗心紧紧揪着，总会想些不好的事。

一想那些事，他便无心管其他的了。

连续两天没去议事厅后，几个大臣已经满心都是小九九了。

都是猴精一样的人，大臣们便纷纷猜想，得出结论：陛下之所以一直不立后，是因为心里装着一位美人，眼里再看不上其他人。

其实吧，这些猜想对大臣们来说都不算什么，他们好歹也是世家大族，什么秘辛没听过？

陛下千好万好，执政几年，大卫国泰民安，百姓康乐，更重要的还是皇权在握，极有手段，他们也惹不起，所以就算是陛下有点小“爱好”，他们也是能包容的。

这么想着的大臣其实也不太急，虽然最近陛下有些荒废朝政，其实也没什么大事，该批的奏折也都批了，该给的裁定也都给了，只是不乐意见他们而已，影响不大。

直到现实残忍地打肿他们天真的脸蛋……

因为秋收祭将近，顾见深不得不回宫，而且行宫越发冷凉，他担心是这气候太冷让沈清弦迟迟不得康复，所以更想回宫。

晚上他问沈清弦：“明日我们回宫吧。”

沈清弦道：“不想坐车。”

顾见深看着他苍白的脸，低声道：“我让人赶制了一辆车辇，你可以睡在里面，不会太难受。”

沈清弦还是微蹙着眉。

顾见深又哄他道：“车辇里我让人好生布置了，铺了金丝被，还镶了个红玛瑙。”

这无疑是对症下药，撬动了沈清弦懒得动的心。

他看向顾见深：“真的？”

顾见深道：“自然是真的。”

沈清弦问道：“那红玛瑙漂亮吗？”

顾见深道：“你看看就知道了。”

沈清弦应道：“嗯。”

顾见深心疼他：“好好休息，等回宫了应该会好很多。”

沈清弦也实在没精神，没过多久便睡着了。

第二日，顾见深终于摆驾回宫了。

远远看到车辇时，沈清弦觉得自己被骗了！

从外头看，一点也不好，素白素白的。

顾见深低声道：“别急。”

沈清弦也没力气瞪他了，索性闭上眼，一副上了贼船的模样。

顾见深被他逗笑：“没骗你，一会儿进去就知道了。”

沈清弦转头不出声了。

顾见深挥退了旁人，先带着他上了车辇。

进去之后，顾见深喊他：“抬头看看。”

沈清弦这抬头一看，顿时喜笑颜开。

顾见深道：“朕没骗你吧？”

沈清弦盯着那一整块晶莹剔透的红玛瑙，直叹道：“真漂亮。”

回到宫里，沈清弦大门不出二门不迈，都怀疑自己要提前回万秀山了。

顾见深日日精心照顾着他，时刻懊悔着，总怕沈清弦出事。

太医们轮番来看过了，只说体弱气虚，要好好休养。

顾见深听得不耐烦，气得把人轰出去。

太医们不敢嚼舌根，但来来回回也让大臣们知道了，宫里的“美人”重病，怕是不行了。

大臣们讨好顾见深道：“要不要去民间求一下名医？”

顾见深一听自是立马允了：“快去！”

沈清弦听闻后笑道：“没用的。”

他的意思是，连他自己都养不好这肉胎，任谁来了都不管用，反正他也死不了。

顾见深却以为顾见深是说自己身体不行，已经药石无医，他便安慰道：“无论如何，朕都会寻到名医来治好你！”

沈清弦道：“与其找那劳什子名医，陛下还不如多来看看臣。”

这话又戳心了，顾见深道：“朕会每天来看你。”

沈清弦如今最喜顾见深在身旁，没多久便睡下了。

之后陆陆续续来了不少“名医”，结果当然是没用。

有的名医还觉得沈清弦早该死了，能活到现在，全是顾见深用极品药给吊着命，还劝顾见深莫要执念，给沈清弦个痛快。

顾见深大怒，差点把这庸医给杖毙。

后来还是有大臣劝道：“此等时候，还是当为贵人祈福。”

因为顾见深瞒着沈清弦的身份，所以大家都称“她”为贵人。

顾见深满头黑线，却并未过多解释。

沈清弦这一病竟病了半年有余。来年开春，凤凰木开花时，他的身体奇迹般地好了起来。

顾见深阴沉了半年有余的面色终于转晴，上朝时也不再冷着脸了。

大臣们都松了口气，知道那位贵人总算是熬过一劫。

他们也算是见识了陛下的用情至深，所以想讨好他一番，于是有人出列奏请：“自古帝后和鸣，方为乾坤盛世……”

顾见深以为大臣又要让他立后，眉头一皱，有些恼怒。

谁知这人又说道：“贵人得陛下厚爱，已是至尊之躯，入主中宫是为顺天而为。”

这话就说得很好听了，而且还暗示了一番。

贵人身份卑微没事呀，只要陛下想，身份也是可以做出来的……

这大臣本以为拍了波极溜的马屁，结果却拍到马腿上了。

顾见深勃然大怒：“朕之私事，尔等休要妄论！”

好不容易放晴的天又阴下来了，朝上大臣一个个大气都不敢出。

顾见深竟拂袖离开：“没事都回去吧！”

执政越久，皇威越重，这帮人哪里还记得当年那个稚嫩的皇帝？

顾见深回到宫里，看到待在凤凰木下的沈清弦，火气瞬间消失无踪。

沈清弦见他来了，招手道：“陛下快来，膳房今日做的这点心很是可口。”

顾见深走过去，嘱咐他道：“好不容易身体好了，别再凉着。”

沈清弦笑道：“没事，臣这阵子觉得好多了。”

顾见深见他笑，心里也舒坦些，低声道：“点心可口？”

沈清弦道：“你尝尝，甜而不腻，味道极佳。”

他给了顾见深一块，顾见深也分不清是个什么味，只觉得沈清弦这般健康模样令他心情很好。

“的确不错。”顾见深看向福达，“今日膳房不错，赏。”

福达立时应下。

沈清弦吃了三块后，顾见深便道：“也别吃多了，小心积食。”

沈清弦道：“没事，臣当真觉得身体好了，陛下莫要担心。”

天气渐热之后，沈清弦的身体竟真是越发好了，还有心情题字作画……

看他兴致高，顾见深便去让人寻了上等好墨和宣纸，供他把玩。

当然顾见深也不许他写画太久，过一会儿就会引着他吃些喝些，努力做到劳逸结合，很是贴心了。

身体好了，沈清弦的精神也好多了，近一年没琢磨的事也有心情研究了。

都说久病床前无孝子，他病了这许久，顾见深不仅没烦，反而把他照顾得无微不至。这用心程度，估计谁见了都得汗颜。

外头的话沈清弦也听到许多，他自己也觉得顾见深待他很好了，天底下感情最深的知己，只怕也做不到这程度。

可是，玉简怎么就没动静呢？

怎么那条“请让顾见深重新对你敞开心扉，并与之结为好友”的任务就是没完成呢？

沈清弦这回是真的觉得这破玉简坏了。

玉简被他盯得瑟瑟发抖，一个没忍住，又冒出一条任务。

沈清弦定睛一看，愣住了。

“其二十六，请让顾见深信任你。”

看到这句话的瞬间，沈清弦的第一反应是：这玉简果然坏了。

什么叫让顾见深信任他？顾见深会不信任他吗？他陪伴顾见深数年，劳心劳力地教导，为顾见深鞠躬尽瘁，顾见深会不信他？

开什么玩笑？

再说了，顾见深不信他的话，会只在他身边才能安睡？不信他，会这般待他？不信他，会恨不得日日照顾他？

沈清弦断定：玉简坏了，可以扔了！

玉简被他这念头给吓到，赶忙讨好地闪一闪，努力证明自己是好的。很好，非常好，质量很高的那种好！

沈清弦盯着它看了好一会儿。

……

难道顾见深真的不信他？

相处十年，他一心为顾见深，顾见深竟然不信他？

瞬间，急火攻心，沈清弦用力咳嗽起来，撕心裂肺的。

恰好这时顾见深回来，听到他这般咳嗽，顿时加快脚步走到他跟前：“怎么了？受寒了？怎么咳得这么凶？”

他声音里满是焦灼，为沈清弦顺气的手也有藏不住的慌乱和紧张。

一想到都这样了，这浑蛋竟然不信自己，沈清弦又剧烈地咳嗽起来。

他本就体虚，受了这样的气，立时病了。

其实他是想直接眼一闭回万秀山的，但到底有些不甘心，决定再留下来看看。

万一……好吧，没准就是玉简坏了。

这岂不是冤枉了顾见深？毕竟是认识了这么久的人，沈清弦还是心软。

可惜他这身体不争气得很，被这么狠狠一气，真是丢了大半条命。

顾见深连忙传来太医，太医诊脉后道：“陛下，请出来谈。”

顾见深放下沈清弦的手，到外面问道：“怎么回事？”他的声音极冷，心却慌极了。

太医斟酌道：“大人身体虚，不得动气，还望陛下珍重。”

“动气？”顾见深拧眉道，“他这是……”

太医说道：“气血攻心，胸肺郁结。”

是谁竟敢惹他这般生气？

顾见深面色瞬间沉下来，陡然溢出的杀伐之气骇得那太医额间直冒冷汗。

太医连忙道：“臣……臣这就开一些疏肝理气的方子，早晚服用，大有裨益。”他顿了一下，还是小声道，“药只是治身，不治心，还望陛下能开解大人，让他仔细身子。”

顾见深拂袖道：“下去配药！”

他大步回屋，来到沈清弦身边时已经恢复原本温和悉心的模样。

顾见深轻声问沈清弦：“是谁惹了你？朕定狠狠罚他，你莫要动怒，这般伤了身体，岂不是糟蹋自己？”

他说得真切，又满是关怀和后怕的语调。

可一想到玉简上最后两行字，沈清弦顿觉痛心，一个没忍住又咳了起来。

顾见深连忙给他顺气。

沈清弦咳完后不仅面色苍白，连唇瓣都泛着病态的淡紫色。

顾见深更加揪心，只恨不得将那惹他动怒之人大卸八块！

沈清弦的心很累，生怕顾见深这肉身会把他气回万秀山，于是虚弱地道：“陛下，臣想一个人静静。”

顾见深一怔。

沈清弦却闭上了眼。

顾见深好半晌才开口："你身体不舒服，朕在这儿陪陪你吧。"

沈清弦闭着眼说："臣想一个人待着。"

顾见深有些不安，却不愿再惹他生气，只低声道："你有什么便告诉朕，别自己闷着。"

沈清弦真想拉着他的领子好生问问他……

这白眼狼！自己掏心掏肺地对他，他怎么还不信自己？

如今他这假惺惺的模样又是为了什么？

要不，还是一口气把自己气回万秀山算了！

越想越难受！

沈清弦没回他，想翻个身又没力气，也是很可怜了。

顾见深看沈清弦实在不愿见自己，只得起身道："朕就在外面。"

沈清弦没出声。

顾见深慢慢走出去，小心地把门关上了。

他叫来了伺候的宫人，从头问到尾，事无巨细地盘问着。

宫人们却都茫然得很，只道："一直都好好的，大人起来后便拿了个话本看着，看了会儿，又题了个字，之后似是累了便到床上歇息，然后……就开始咳嗽了。"

都是沈清弦平日里爱干的，听起来似乎没什么能惹他生气的事。

顾见深去找来沈清弦看过的话本，又看了看他题的字。

话本还是那些胡言乱语，不过他知道，沈清弦无聊了就爱看这些。

这些东西哪值得沈清弦如此动怒？

既是没人惹了沈清弦，那便是他自己想到了什么，所以气到了。

可到底是什么事能让他如此大动肝火？

是关于谁的事？顾见深心中的不安愈甚，总觉得有什么他不知道的东西在阴暗地滋长着。

沈清弦气了一整天，吃不下喝不下，躺在床上只觉得胸口闷，好像马上要离开肉胎了。

他这般模样，顾见深也忧心得很，劝他吃些东西，他不理；劝他喝药，他不睬。顾见深再多说几句话，他便道："臣想歇息了。"

顾见深手掌攥拳，只得道："朕就在外面。"

沈清弦已经闭上眼睛。

两人相处了十年之久，从未有哪一日是这样的。

他们一直都很融洽，顾见深很愿意照顾他，也很依赖他。

可如今，他竟连看都不愿看自己。

到底怎么了？

顾见深很茫然，他不知道缘故，心却一沉再沉。

他忽然发现，自己离秦清仍旧很远。

再近的距离也能被推开，再亲近的关系也可能被丢弃。

天色渐黑，沈清弦也没找他，他便这样在外面站了一宿。

宫人们也在外头跪了一宿，一个个噤若寒蝉，生怕被圣上迁怒，进而丢了性命。

沈清弦气了一天，晚上睡得也不踏实。

他这破身体，一病便像被火烧过的枯木，一阵风都能给吹散了。

他难受了就想顾见深，可一想到顾见深他就气，越想越气，一气更难受，哪里还肯见。

这一宿他睡得浑浑噩噩，顾见深也站得浑浑噩噩。

天亮后沈清弦渴了，低声唤人，顾见深却先听到了。

他急忙进来，给他倒了杯热水。

沈清弦睁眼一看来人便愣住了。

顾见深浑身湿漉漉的，长发还在滴水，眼底有丝疲倦，双眸却仍是明亮的。

沈清弦本想赶他出去，如此一看又心软了："外面下雨了吗？"

顾见深这才反应过来，怔了下，道："我去换身衣服。"

沈清弦问他："陛下……您一直在外头吗？"

顾见深道："嗯，朕就在外面。"

这是昨晚沈清弦赶他出去时，他说的话。

这个"就在外面"，竟然是站了一宿吗？

沈清弦一阵心疼，转念又忍不住生气。

他不信自己，难道这般作态都是装出来的吗？

如此一想，沈清弦又咳嗽起来。

顾见深连忙走过来，给他拍拍后背，道：“到底是怎么了？若是朕哪里做得不对，你只管打我骂我，不要这样折腾自己的身体。”

他这般说着，真是焦心又卑微，全没一个帝王该有的姿态。

沈清弦听得心里酸酸的，又忍不住觉得玉简坏了！

沈清弦道：“陛下快些去换衣服吧。”

顾见深也怕将身上的凉气过给他，于是说道：“朕很快就回来。”

沈清弦点了点头。

顾见深当真是非常快了，衣服换了，头发却是来不及擦干。

沈清弦到底是心软了，叹口气道：“陛下先去擦干头发吧，小心着凉。”

沈清弦终于肯和自己说话，顾见深只觉得一阵喜悦蔓延。

“我没事，”顾见深问他，“觉得怎么样了？饿了吗？我这就让他们备膳。你不想吃也少吃点，要不身体受不住。”

沈清弦点了点头，顾见深这就忙活起来了。

沈清弦被哄得消了些气，他明白玉简说的都是事实，可也不信顾见深对他这般细心都是假的……

再说了，作假总得有个缘由，他又有什么是顾见深可以图谋的？

他是当今圣上，万人之上，再无掣肘，想做什么便做什么，又何必来哄骗他这个半死不活的废人？

这其中……应该是有些问题。他决定从长计议。

沈清弦这病来得快，去得却极慢，本来好不容易养好的身体，又给糟蹋了。

顾见深也不敢多问，生怕惹恼了他，只是小心伺候着，愿他别再动怒。

沈清弦一肚子问题却找不到答案。

他问顾见深：“陛下，您信赖臣吗？”

顾见深望着他：“朕当然信你。”

然而玉简上的“让顾见深信任你”亮得刺眼。

沈清弦身体不好，精神也会不好，慢慢地也顾不上去想这些了。

顾见深无微不至地照顾他，就这般模样，竟然不信任他？

沈清弦一想就觉得心里堵得慌。

他虽然精神不济，但也不再像以前那般闲散，试着联系了一下外面，结果也是让他心情复杂。

诚然，他这些年都没怎么在意过，可也没想到，他的眼线竟然被拔除得如此彻底。

不只是被拔除，他如今完全身处顾见深的势力下，彻底被控制着。

他倒是拥有足够的自由，可这个自由是有限制的，只要不离开顾见深，他想做什么都是为所欲为。

他这几年一直病着，也一直挂念着顾见深，所以压根儿没给自己谋划，可没想到竟已是这般境地……

顾见深用这些情谊建了个无比坚固的精致牢笼。

他身处其中，却浑然不觉。

从这一点来看，沈清弦明白玉简没坏，它显示的状态是正确的。

顾见深的确不信他，顾见深在暗处做的一系列动作，都不是对待一个信任的人该做的事。

顾见深像一个捧着一点清水的沙漠旅人，小心翼翼地，又时刻担忧着。

但这捧水任顾见深怎样珍视，都在不断地从指尖渗透出去。顾见深眼睁睁地看着，越发惶恐越发不安，也只能越发地坚信沈清弦迟早会离开他。

想到这里，沈清弦倒是消了些气。

是顾见深的童年造就了他这样的性格，童年缺爱，没有安全感。

他给了顾见深唯一的关爱，可是他的身体太差劲，任谁天天守着这样一个随时会离开的人，都会不安吧。

更何况，顾见深比寻常人更加恐惧失去。

沈清弦是这么认为的。

所以说，要让顾见深相信他，首先得养好身体！

可这肉胎实在被糟蹋得够彻底，能这样吊着口气，还是沈清弦的意识强，换成其他人，早就撒手不干了！

就这程度的肉胎，想养好？凡间的手段是真不行。

正在沈清弦焦头烂额之际，事情竟奇迹般地有了转机。

他病了半个月，顾见深又开始广纳名医，来回寻了四五个，虽然都没什么用处，但第六人就出其不意了。

这第六位神医生得很是年轻英俊，一袭雪白长袍衬着修长的身形，颇有些仙气飘飘的意味。

起初顾见深望着他便拧起眉，觉得他太年轻，哪里像能医病的模样。

不过这姓朱的医生颇有些名气，本着试试的念头，顾见深温声道：“朱大夫，请。”

朱大夫别的不提，派头挺足，行了个礼后便进了门。

这一进门，朱大夫惊着了：“……朝……朝……”

沈清弦看到他也是一愣，立马眯起眼睛瞪他。

朱大夫今非昔比，早已不是那个张口就冒大实话的胖子了，他清清嗓子道：“找套针石给我一用。”

他硬生生把“朝烟”的“朝”字给扭曲成了个“找”字。

顾见深还是察觉到了，拧眉看他：“朱大夫，不诊脉便要行针吗？”

朱子林还装得挺像样子：“病人郁结于胸，不尽快施针，恐成大祸！”

这话让顾见深戒心骤减，这大夫看来的确有些本事，没诊脉便知沈清弦是郁结于胸！

他拿了针走过去，没几下便让沈清弦气色大好。

顾见深一看便喜形于色，问沈清弦：“觉得如何？”

沈清弦很是捧场道：“胸口舒畅很多，身体也轻便了。”

顾见深本来还瞧不起这朱大夫，如今却敬若“神人”。

理论上倒也没毛病，朱子林正是当年那个和沈清弦分在一个小院的胖子。这几十年过去了，他显然已有小成，瞧着已经筑基大圆满了。

别说这等修为，即便是随随便便一个练气的弟子，在这凡间也是“神人”了。当然了，修士没有特殊机缘也是不可入世的。

朱子林如今也是在一肉胎里，大约是结丹前的劫难，正在入世修炼。

他一眼就认出了“朝烟”，沈清弦自是一眼也认出了他。

朱子林再看顾见深便有些疑惑了。

因为意识的关系，顾见深如今长得已很像清深，但他锁住了记忆，遮掩了意识，所以朱子林竟认不出他来。

只凭样貌相似，他不好妄加判断。

朱子林又道：“大人气虚体弱，虽气血攻心之症暂缓，但这身体仍需好生调养。”

听他此言，顾见深问道：“朱神医可有调养的办法？”

朱神医沉吟道：“有是有的，只是略有些麻烦，需耗些年月。”

顾见深大喜：“只要有办法，无论多麻烦，朕都会全力配合！”

朱子林便道："那便极好了。"

顾见深喜道："真是天降福缘！"

沈清弦也挺开心的，没想到他和这胖子还有此机缘，倒也是缘分一场了。

有这家伙在，他的身体自是不成问题。等到身体康健了，想必顾见深也就放下心来，能好生信他了。

如此一举两得，沈清弦也很是开心。

朱子林治病的时候，把人都屏退了。

顾见深有些不放心，但他听力好，在外头也能听得清楚，所以只是安抚了沈清弦几句后便出去了。

朱子林正要开口，沈清弦在他手上写道：隔墙有耳。

朱子林便拿出一物件，展开后说道："放心，我在凡间已久，寻到了不少宝贝。"

沈清弦这才放下心来。

朱子林好奇地问道："朝烟，你也来凡间历劫吗？"

他自是不认识沈清弦的，只当他是当年的朝烟。

沈清弦直接说道："我此行是要历劫，外头那皇帝就是我的劫数。"

朱子林恍然："这样啊。"

沈清弦问道："你与我相识一场，不会弃我于不顾吧？"

朱子林连忙道："我是那种人吗？行医救人是我的职责，更何况要救的人是你。"

接着，朱子林清清嗓子道："我会治好你的！"

沈清弦看他："你行吗？"

朱子林道："开玩笑，我在子午观专修医术，极有造诣，掌门师尊都夸过我！"

沈清弦想想叶湛那无限负增长的医修资质，忍不住怀疑起朱子林。

不过好在朱子林嘴上不正经，本事还是有的。

他略一施针，沈清弦便觉舒坦许多，那些堵塞的经脉也通畅了些。

朱子林皱眉道："你这肉胎资质不错，怎么落到这般境地？"

真是不提不生气，一提气死人，要不是为了顾见深，沈清弦至于这么糟蹋自己吗？

朱子林又问："你别是被人暗害了吧？"

沈清弦不出声。

朱子林又道："放心，有我在，保你这世长命百岁。"

这话沈清弦还是信的。

诊疗结束，顾见深第一个进来："朱大夫，如何？"

朱子林说道："尚可，目前来看，只要保证心胸开阔，诊疗七八个疗程，应该足够了。"

顾见深当即便赏了朱子林一堆东西。

虽然凡间的宝贝对他来说不算什么，但朱子林入世是为了积攒功德，能帮到皇帝，尤其是廉政爱民的好皇帝，那是极有公德的好事。

朱子林离开后，顾见深问沈清弦："觉得怎样？"

沈清弦气色很好："很轻快，竟还有些饿了。"

他这几日都吃不下饭，听他这么一说，顾见深立马扬声道："备膳！"

身体好了，胃口也好，沈清弦吃了不少，顾见深越看越欢喜，那愉悦之情溢于言表，当真是压都压不住。

他这般欣喜，沈清弦倒也觉得很是受用。

虽然顾见深不信他，但毫无疑问的是，顾见深极为在意他。

这情绪做不得假，定然全是真的。

短短数日，在朱子林的诊疗下，沈清弦已然面色红润，还能下床走动。

顾见深对朱子林一赏再赏，态度更是极其尊敬！

朱子林默默观察了几日，闲来和沈清弦聊道："这皇帝对你可是情深义重啊！"

沈清弦："……"天真。

朱子林道："他都这般对你好了，你又历的哪门子劫？"

沈清弦只得说道："你看到的只是表象。"

朱子林奇了："这表象也太真了吧？"

沈清弦反问他："你可知什么是对一个人好？"

朱小胖立马回道："我……自然是知晓的。"

沈清弦继续问道："那你告诉我，怎样判断对方信任自己？"

"咦……"朱子林好奇，"你不确定皇帝是否信任你？"

沈清弦只得点点头。

朱子林道："我觉得你想太多了，他怎么可能不信你？"

沈清弦摇头道："我真心待他多年，他虽记挂着我，但并不一定真正信任我。"

朱子林懂了："这样啊，那我还真有个办法！"

沈清弦也是"病急乱投医"了："你说。"

朱子林充分展示了何为"不作死就不会死"，只听他信誓旦旦地道："比如，做点让他难过的事！"

"比如呢？"沈清弦问道。

朱子林又道："要不你试着分开一下？"

"分开？"沈清弦有些信不过他的主意了。

朱子林兴致勃勃地道："只要分开一下，他定会想起你的好，便会全心全意地信任你。"

沈清弦默然半晌："真的？"

朱子林回道："信我，只要你出走几天，他定会死心塌地地信任你！"

可问题是，现在的顾见深就是一副信任的模样啊。

沈清弦觉得朱子林不靠谱，摆摆手道："再说吧。"

朱子林又道："不急，先把身体养好，等你想走了，随时告诉我，哥哥带你走！"

沈清弦："……"忍住，不知者不怪，从朱子林的角度来看，他的确是比朝烟年长……

虽然朱子林满肚子馊主意，但医术还是很了不起的。

一个月不到，沈清弦已经恢复得极好，在院子里走了好几圈都不见气喘，胃口也好多了，吃得比平常多了一倍。

晚上顾见深回来，只觉得沈清弦的气色好了些，顿觉欣喜，不停重赏朱子林。

朱子林本来还对顾见深不满，一个月待下来，也不由得帮着顾见深说话："你怎么会觉得陛下不信你？这要是不信任，全天下就没有信任了好吗？"

沈清弦是哑巴吃黄连有苦说不出。

朱子林感慨道："瞧瞧陛下这情深义重……空前绝后了好吗？"

沈清弦看看玉简，不想说话。

朱子林还胆大包天地埋怨上他了："你啊，悠着点吧，可别作了，去哪里找陛下这样待你好的人？”

沈清弦恼了：“闭嘴！”

沈清弦已经很想赶人了。

朱子林正欲再说，却又停下了。

沈清弦感觉不到顾见深来了，只说道：“他再怎样也不是……”

朱子林赶紧道：“差不多了，中午用过饭后，可以出去走一走。”

沈清弦反应过来了，道：“嗯，有劳朱大夫了。”

然而顾见深还是听到了那半句话……

他再怎样什么？也不是什么？他是谁？

顾见深心一紧，面上却很平静：“诊疗结束了？”

朱子林向他行礼后道：“结束了。”

顾见深又问沈清弦：“怎样，觉得还好吗？”

沈清弦自是应下道：“很好，一日比一日有力气。”

顾见深眉眼舒展：“真是多亏了朱大夫。”

朱子林回道：“那草民先下去了。”

顾见深又是一番赏赐。

这一天顾见深都陪着沈清弦，同往常没有丝毫区别。

第二天朱子林过来的时候，先是神经兮兮地布置一番，转头又小声说道：“有个事我觉得你该注意一下。”

沈清弦以为他又要来胡说八道，所以很没当回事：“干吗？”

朱子林将声音压得很低：“我觉得……陛下的听力异于常人。”

异于常人？

沈清弦眸子微眯，问他：“说明白点。”

朱子林便把自己昨晚发现的蹊跷事给说了。

他这肉胎的资质很好，再加上他尚且不错的医学天分，所以开阔了经脉，还能将灵气聚积在眼睛上，用来查看其他人的经脉流转。

一般情况下，人一旦生病，就是各个地方不通，只要找到症结，打通了便能康复大半。

这也是他针灸的奥妙所在，有了这眼力，他施起针来才会精准，效果也才会翻倍。

本来他这灵气聚眼只敢在诊疗的时候用，毕竟肉胎积攒的灵气极为稀薄，他不敢浪费。

但是，最近他从沈清弦这里领悟到不少东西，想着多练练，没准能让这肉胎更加强健，也方便他立功德。

昨晚他这眼力刚好就用到了顾见深身上，他本来还想着看看皇帝有什么问题，回头也一起治了，毕竟给皇帝治病是大功德，他还挺感兴趣的。

结果这一看，他立即目瞪口呆——

妈呀！这皇帝再加把劲，都算半个散修了！

体内灵田小成，灵脉充盈，似乎还有心法加成，所以自成一体，非常厉害！

难怪他总觉得顾见深脚步轻盈，悄无声息……敢情是这缘故啊！他还以为顾见深只是单纯的武林高手呢……

这一看他就忍不住多看了看，于是就看到更多了。

比如，顾见深的耳侧天生比别人多了三股灵脉，这意味着哪怕他不修炼听力也比常人好上很多。随着年龄增长，以及他这灵气的吸纳运转，想必如今的听力已经是登峰造极，想听什么就听什么了！

朱子林说完又问他："你是不是教他什么功法了？"

沈清弦沉默了。

朱子林又道："我记得你说过，是你陪着他长大的，难道你一直没发现？"

沈清弦深刻体会到什么叫膝盖中了一箭。

他哪里会想到这些？

早些年他的确是肉胎资质好，能飞檐走壁，但也没像朱子林这样专程去培养眼睛，他又不打算当什么神医，有事没事看人经脉干吗？

再说，当年顾见深虽然身体瘦弱，却健康得很，沈清弦又有在凡世三十余载的医疗基础，根本不想去浪费灵气开什么"灵眼"。

虽然没亲眼所见，但沈清弦已经信了大半。

顾见深又不傻，给沈清弦都找了个有灵田的肉胎，想必也给自己找了个很不错的肉胎，毕竟他还要封锁记忆，多点本事总比少点强。

如今看来，这肉胎的本事还真不小，竟然天生听力超凡……

想到此处，沈清弦的脸都黑了，他问朱子林："你觉得他年少时的听力能到什么范围？"

朱子林道："覆盖大半个皇宫不成问题。"

沈清弦："……"

朱子林唏嘘道："这么看来，你家陛下不容易啊，生在皇宫里，还听力这么好，小小年纪就指不定都听到些什么肮脏事了。"

沈清弦想想那个乖巧又可爱的顾见深，顿时觉得三观受到了重大冲击。

难道顾见深那乖巧的样子都是装出来的？难道顾见深早就知道了孙氏和卫琎的勾当？难道……

沈清弦不傻，细细想来，当年被忽视的全都暴露在太阳底下了，看得不要太清楚。

他一直以为自己是救了个小可爱，教了个小乖乖，保护了一个小少年，养大了一个风度翩翩的千古名君。

事实是……

小可爱的心机比他还深，小乖乖一点不乖，小少年里面是黑心馅，风度翩翩的千古名君其实早就体会到深宫阴私，并且城府深到藏了十年之久都没让他察觉！

再想想当年那个对母亲孺慕又憧憬的顾见深……他既然听力这么好，肯定早就知道孙氏是个什么德行了，竟然还能忍下来假装崇慕她！

那时候他才多大啊，不过是个十几岁的少年啊！

再想想他坚持不懈地抄经书，熬夜抄经书……

他真不知道抄经书对自己没有好处吗？他那样的听力，肯定是知道的，却坚持抄，为什么？因为怕惹恼孙氏，因为懂得藏拙！

虽然这样想来顾见深也挺招人疼的，可是细细品品，实在让人后背发凉。

十几岁的少年，心机深成这样，也太可怕了！

根据这个思路往下想，沈清弦便明白了。

起初他还以为顾见深是怕他离开，如今看来，只怕他从头至尾就没被顾见深信任过！

前四年皇帝待他那般亲密，主要的目的大概就是借刀除掉卫琎，亏他还以为皇帝缺爱，所以依赖他，原来那些依赖全是装出来的？

这家伙背地里指不定多警惕他。

当时的沈清弦根本没多想。一来，他觉得这是顾见深，二来他以为顾见深只是个十几岁的天真少年，压根儿没在意。

如今再想，恐怕那几年皇帝夜夜难眠吧？尤其是卫琎被扳倒、还没亲政那段时间，估计顾见深还以为他要夺皇位！

亏他还以为顾见深是偷懒，不想干活！敢情顾见深是做样子给他看，生怕他一个不乐意要了顾见深小命！

真是好心被当驴肝肺！

虽然后来他误打误撞装病，让顾见深亲了政，但估计那浑蛋也不会领情，只会当他“罪有应得”，活该病重，是祖宗保佑才让自己坐稳了帝座。

再看后面这五年……

顾见深八成是在假意哄住他，然后拔除了他的势力，将他彻底圈禁在身边，成了个什么都没有的废人！

很好，玉简果然是一个字都没骗他。

虽然取得了主人的信任，但玉简还是瑟瑟发抖，总觉得大事不妙怎么办？

若非朱子林给他调养好身体了，只怕现在沈清弦就被气回万秀山了！

他真是气到原地爆炸！

他的一心一意完全是喂了白眼狼！

朱子林察觉到了，连忙道：“你可别动怒，这身体好不容易养回来，再糟蹋了那真是药石无医了。”

沈清弦竟真的冷静下来了，他是个越挫越勇的要强性子。

他本以为是玉简坏了，所以狠不下心。如今一看，玉简什么事没有，全是那浑蛋心太黑。

敬酒不吃吃罚酒是吧？他还就不回万秀山了，非得好好收拾下这白眼狼！

沈清弦不出声，朱子林小声问他：“你还好吧？”

沈清弦抬眼看向朱子林：“跟着我说的做，我要治好这肉胎。”

朱子林眨眨眼：“急不得的，只要这般治疗七八个月，就能好了。”

沈清弦道：“等不了那么久。”

朱子林：“可是……”

沈清弦看他：“听我的。”

他这般低声说话，朱子林瞬间妥协了，连忙道：“听你的听你的……要是出事了，你可别怪我。”

能出什么事？有他在，什么事都不会有！

知道真相后，沈清弦再看见顾见深就很不爽了——

一边想拎着他的耳朵把他骂个狗血淋头，一边又想一刀把他送回唯心宫，让他好生解释解释！

当然了，为了大局，沈清弦什么都不能做。

他还需要一个月的时间，要把这肉胎给养到足够经历风雨的程度。

到时候他要好好给皇帝上一课！

（第一册完）